FOLIO SCIENCE-FICTION

Ken Liu

LA MÉNAGERIE DE PAPIER

Traduit de l'américain par Pierre-Paul Durastanti,
Vincent Foucher, David Creuze, Olivier Girard
et Quarante-Deux

Traductions harmonisées par Pierre-Paul Durastanti

Gallimard

Ouvrage proposé
par Ellen Herzfeld et Dominique Martel.

Ken Liu naît en Chine, à Lanzhou, en 1976. Il émigre aux États-Unis à l'âge de onze ans. Diplômé en droit, à Harvard, il commence une carrière de juriste et se lance dans l'écriture. Sa première nouvelle paraît en 2002 et il en a, depuis, publié plus de cent vingt autres. Ses deux premiers romans ont paru aux États-Unis en 2015 et 2016. Ce bilan quantitatif ne doit pas occulter les aspects qualitatifs de son œuvre qui a été récompensée par la totalité des plus grands prix dédiés à la science-fiction et à la *fantasy* : prix Hugo, prix Nebula, prix Locus, World Fantasy Award, prix Seiun (au Japon) et, en France, Grand Prix de l'Imaginaire en 2016 pour le recueil *La ménagerie de papier*. Ken Liu est également traducteur. Il vit dans la région de Boston.

AVANT-PROPOS

J'ai commencé ma carrière comme nouvelliste, mais je n'écris plus beaucoup de textes courts ces temps-ci. Même s'il s'agit là d'un format que j'apprécie toujours, je consacre l'essentiel de mes efforts au roman.

Ce recueil inclut certains de mes récits les plus populaires (si on en juge par les nominations ou les victoires aux prix) et des textes, quoique moins reconnus, dont je suis fier. Son sommaire me paraît constituer un échantillon représentatif de mes intérêts, de mes obsessions et de mes objectifs.

Je ne prête guère d'attention à la distinction entre science-fiction, fantastique et *fantasy* – ni entre les « genres » et la « littérature générale », si on va par là. À mes yeux, toute fiction attache plus de valeur à la logique des métaphores – soit la logique des narrations en général – qu'à une réalité irréductible dans son caractère aléatoire et absurde.

Nous passons nos vies à nous raconter des histoires sur nous-mêmes – elles constituent l'essence de la mémoire. C'est ainsi que nous rendons tolérable l'existence dans cet univers froid, insensible, hasardeux. Tenir cette propension pour un « sophisme narratif » ne signifie en rien qu'elle n'a aucun lien avec la vérité.

Certains récits se bornent à rendre leurs métaphores littérales de manière un peu plus explicite.

Je pratique aussi la traduction, une activité qui offre une métaphore naturelle de ma conception de l'écriture.

Tout acte de communication est un miracle de traduction.

En ce moment, à cet endroit, les potentiels d'action dans mes neurones entraînent par effet de cascade certains arrangements, schémas, pensées ; ils descendent le long de mon épine dorsale, se divisent entre mes bras, se ramifient dans mes doigts, jusqu'à ce que mes muscles se contractent et que ma pensée se traduise par un mouvement ; des leviers mécaniques basculent ; des électrons se redisposent ; des marques apparaissent sur le papier.

En un autre moment, à un autre endroit, de la lumière frappe ces marques pour se refléter dans deux instruments optiques de haute précision sculptés par la nature à l'issue de milliards d'années de mutations aléatoires ; des images inversées se forment sur une paire d'écrans composés de millions de cellules photosensibles traduisant la lumière en impulsions électriques qui escaladent les nerfs optiques, franchissent le chiasme, dévalent les bandelettes optiques et pénètrent le cortex visuel, lequel restitue ces impulsions sous la forme de lettres, de signes de ponctuation, de mots, de phrases, de véhicules, de teneurs, d'idées.

Tout ce système paraît fragile, ridicule, science-fictif.

Qui peut dire si les pensées que vous avez à l'esprit tandis que vous lisez ces mots sont les mêmes que celles que j'ai à l'esprit pendant que je les dactylographie ? Vous et moi, nous sommes différents, et les qualia de nos consciences respectives divergent autant que deux étoiles aux extrémités opposées de l'univers.

Pourtant, même si la traduction opérée par le long trajet de mes pensées dans le dédale de la civilisation jusqu'à vous a amoindri mon propos, je crois que vous me comprenez et vous croyez que vous me comprenez. Nos esprits ont noué un contact, aussi bref et imparfait qu'il soit.

Cette perspective ne rend-elle pas l'univers un peu plus doux, un peu plus chaud, un peu plus brillant, bref, un peu plus humain ?

Nous vivons pour de tels miracles.

J'éprouve une gratitude éternelle envers les nombreux bêta-lecteurs, collègues écrivains, rédacteurs en chef de revue ou responsables d'anthologie qui m'ont aidé en cours de route. Chaque texte ici réuni constitue, en quelque sorte, la somme des expériences que j'ai faites, des livres que j'ai lus, des conversations que j'ai eues, des succès, des échecs, des joies, des peines, des émerveillements et des désespoirs que j'ai vécus : nous ne sommes jamais que des nœuds dans la toile d'Indra.

Je remercie tout spécialement mes directeurs d'ouvrage, Ellen Herzfeld et Dominique Martel, ainsi que mes agents, Danny et Heather Baror, pour avoir permis l'existence de ce recueil. J'ai aussi une dette envers les traducteurs qui ont offert une vie nouvelle à mes récits. Comme toujours, le mérite principal revient à Lisa, Esther et Miranda pour les millions de façons par lesquelles elles rendent l'histoire de ma vie entière et signifiante.

Enfin, merci, cher lecteur. Seule la possibilité du contact entre nos esprits fait de l'écriture une entreprise valable.

Ken Liu,
9 juillet 2014

Renaissance

traduit de l'anglais par Pierre-Paul Durastanti

Chacun d’entre nous *sent* qu’il y a un « moi » unique aux commandes. Mais c’est une illusion que le cerveau travaille dur à produire…

STEVEN PINKER,
Comprendre la nature humaine

Je me souviens de ma Renaissance. J’en ai retiré la même impression, j’imagine, que le poisson qu’on rejette à la mer.

Majestueuse, la Nef du Jugement survole le Fan Pier de Boston. Le disque métallique de sa coque se fond dans le ciel tumultueux ; sa partie supérieure ressemble au ventre rond d’une femme enceinte.

Elle paraît aussi vaste que le vieux Tribunal fédéral sur le port. Des vaisseaux d’escorte planent alentour ; leurs balises lumineuses se figent parfois en motifs évoquant des visages.

Le silence s’empare des spectateurs alentour. Le Jugement, qui vient quatre fois l’an, attire toujours une foule considérable. J’observe les figures tournées vers le ciel, la plupart impassibles, quelques-unes empreintes de révérence. Certains des hommes échangent des murmures et rient sous cape. Je ne leur témoigne qu'une attention limitée. Il n'y a pas eu d'attaque depuis des années.

« Une soucoupe volante », déclare l'un d'eux d'une voix un peu forte. Certains de ses voisins reculent ou s'écartent d'un petit pas pour prendre quelque distance. « Une fichue soucoupe volante. »

À l'aplomb de la Nef, la foule laisse un espace dégagé au centre duquel se tiennent les observateurs tawnins prêts à accueillir les Renaissants. Kaï, qui partage ma vie, brille par son absence. Iels dit qu'iels a assisté à trop de Renaissances ces temps derniers.

Selon Kaï, la Nef du Jugement, par son apparence, tâche de respecter nos traditions locales en évoquant nos images classiques des petits hommes verts et de *Plan 9 from Outer Space*.

Tout comme votre vieux tribunal comporte à son sommet une rotonde qui évoque un phare, un emblème de justice qui rend hommage au passé maritime de Boston.

Si, en général, les Tawnins se soucient peu d'histoire, Kaï a toujours préconisé un surcroît d'efforts afin de s'adapter à nous, les gens du coin.

Je me fraye un chemin dans la foule pour me rapprocher du groupe des spectateurs plongés dans leurs conciliabules. Ils portent tous de longs manteaux, parfaits pour dissimuler des armes.

Rond comme le ventre d'une femme enceinte, le sommet de la Nef s'ouvre et un rayon lumineux d'un or éclatant fuse vers le ciel où les nuages noirs le reflètent en une douce lueur dépourvue d'ombres.

Des sabords circulaires s'ouvrent sur tout le pourtour de la Nef du Jugement pour laisser se dévider de longs filins qui se tortillent comme des tentacules. Le véhicule devient une méduse qui vogue dans les airs.

Au bout de chaque câble pend un être humain hameçonné en toute sécurité par les ports tawnins situés au bas de son échine et entre ses omoplates. Tandis que les filins s'étirent peu à peu en direction du sol, les silhouettes battent des bras et des jambes avec des gestes mesurés décrivant de gracieux motifs.

J'ai presque rejoint le groupe. L'un de ses membres, celui qui parlait trop fort tout à l'heure, a glissé ses mains sous les pans de son épais manteau. Je presse le pas en écartant les gens sur mon chemin.

« Pauvres cons », murmure-t-il sans quitter des yeux les Renaissants que leur descente, ce retour au pays, entraîne vers l'espace dégagé au milieu de la foule. Je vois sa figure se figer sur l'expression fanatique du Xénophobe prêt à tuer.

Ils vont atteindre le sol. Ma cible attend qu'on détache les filins, pour éviter la remontée en catastrophe dans la Nef du Jugement ; elle les veut titubants, hésitants.

Innocents.

Je me rappelle ce moment avec précision.

Son épaule droite se hausse tandis qu'il essaie d'extraire quelque chose de son manteau. Je pousse les deux femmes devant moi et je lui saute dessus en m'écriant : « Ne bougez plus ! »

Et le monde ralentit alors que le sol sous les Renaissants entre en éruption et les projette en l'air avec les observateurs tawnins, membres ballants tels des pantins aux fils coupés. À la seconde où je percute l'homme, une vague de chaleur et de lumière engloutit tout le reste.

La procédure d'arrestation de mon suspect et le traitement de mes blessures prennent plusieurs heures. Le temps qu'on me laisse rentrer chez moi, il est minuit passé.

Les rues de Cambridge sont calmes et désertes à cause du couvre-feu imposé depuis peu. Les gyrophares de la dizaine de voitures de police garées sur Harvard Square clignotent, asynchrones ; je stoppe, je baisse ma vitre et je montre mon insigne.

Le jeune agent au teint frais halète de surprise. Le nom « Joshua Rennon » ne lui rappelle sans doute rien, mais il a vu le point noir dans le coin supérieur droit de ma plaque, la marque autorisant l'accès au quartier sécurisé des Tawnins.

« Une sale journée, monsieur. Mais ne vous en faites pas, on contrôle toutes les rues qui mènent à votre immeuble. »

Bien qu'il ait essayé de garder un ton dégagé sur les deux derniers mots, j'entends l'excitation dans sa voix. *Il est des leurs*, se dit-il. *Il vit avec* eux.

Au lieu de s'écarter, il me demande : « Comment se passe l'enquête, si je puis me permettre ? » Il me dévore des yeux avec une curiosité avide, presque palpable.

Je devine la question qu'il voudrait vraiment me poser : *Comment ça se passe, là-bas ?*

En remontant ma vitre, je me détourne pour regarder droit devant moi.

Au bout de quelques secondes, il se recule. J'enfonce la pédale d'accélérateur afin de redémarrer dans un hurlement de pneus des plus satisfaisant.

L'enceinte fortifiée occupe l'ancien Radcliffe Yard.

Je pousse la porte de notre appartement. La lueur dorée que préfère Kaï m'évoque l'après-midi et me tire un frisson.

Iels occupe le divan du salon.

« Je n'ai pas appelé. Désolé. »

Kaï se lève. Du haut de ses deux mètres quarante, iels ouvre ses bras et me dévisage de ses yeux noirs qui ressemblent à ceux des poissons géants du New England Aquarium. Je me faufile dans son étreinte en inhalant sa fragrance familière, mélange de parfums floraux et épicés, l'odeur d'un monde étranger et de mon foyer.

« Tu as appris ce qui s'est passé ? »

Au lieu de répondre, iels me déshabille avec soin, veillant à éviter mes pansements. Les yeux fermés, je me laisse faire ; je sens les couches de tissu s'envoler l'une après l'autre.

Une fois que je suis nu, je lève la tête et iels m'embrasse, langue tubulaire chaude et salée dans ma bouche. Quand je croise mes doigts sur sa nuque, je palpe la longue cicatrice dont j'ignore – et je ne cherche pas à savoir – la provenance.

Iels drape ses bras primaires autour de ma tête,

pressant ma figure contre son torse au pelage soyeux. Souples, forts, ses tertiaires m'entourent la taille. Les extrémités sensibles et agiles de ses secondaires me caressent les épaules avant de trouver ma prise tawnine, d'écarter avec douceur le repli de peau et enfin de s'insinuer.

Aussitôt le contact établi, je soupire et mes membres se raidissent, puis mollissent. Je m'alanguis dans les puissants bras qui me soutiennent. De nouveau, je ferme les yeux afin d'apprécier l'aspect de mon corps avec les sens de Kaï : la façon dont mon sang chaud dans mes veines dessine une carte vibrante de courants d'or rouge sur la peau fraîche bleutée de mon dos et mes fesses, dont le chaume de mes cheveux pique les paumes délicates de ses mains primaires, dont le chaos de mes pensées se trouve lissé et rendu intelligible par ses coups de pouce mentaux. Nous voilà unis par le lien le plus intime possible entre deux esprits, deux corps.

Je vais te montrer, émets-je.

Ne laisse pas leur ignorance t'irriter, émet-iels en retour.

Je repasse ma journée : l'arrogance et l'insouciance avec lesquelles j'effectuais ma tâche, la surprise de l'explosion, la culpabilité et le regret que j'ai ressentis en regardant les Renaissants et les Tawnins mourir.

Tu les retrouveras, pense-t-iels.

Oui.

Son corps se met en mouvement contre le mien, de ses six bras et de ses deux jambes, pour me sonder, me palper, me masser, me pincer, me pénétrer.

Je lui rends la pareille : de mes mains, mes lèvres et mes pieds j'explore sa peau douce et fraîche comme iels l'aime, son plaisir aussi patent que le mien.

La réflexion semble aussi inutile que la parole.

Le local d'interrogatoire au sous-sol du Tribunal fédéral exsude le même sentiment de claustrophobie qu'une cage.

Je referme la porte et suspends mon blouson. Tourner le dos au suspect ne me fait pas peur. Adam Woods, le visage enfoui entre les mains, les coudes posés sur la table en acier inoxydable, attend, vaincu d'avance.

« Agent spécial Joshua Rennon, du Bureau de protection des Tawnins. » Par habitude, je lui montre ma plaque.

Il lève vers moi des yeux injectés de sang.

« Votre vie va changer du tout au tout, mais vous le savez déjà. » Je m'abstiens de lui lire ses droits, car notre époque civilisée se passe de ces rituels obsolètes. Plus personne n'a besoin d'un avocat, faute de procès, ou de pièges tendus par la police.

Il me couve d'un regard haineux.

« Ça vous plaît de vous faire baiser chaque nuit par un de ces trucs ? » demande-t-il tout bas.

Je marque une pause. Je doute qu'il ait remarqué le point noir sur mon insigne à peine entraperçu. Puis je comprends : je lui ai tourné le dos, il a vu le contour de la prise sous ma chemise, et me sachant Renaissant, il en a déduit (au hasard, mais non sans logique) qu'un individu doté d'un port ouvert devait vivre avec une Tawnin.

Pas question de mordre à l'hameçon.

« On vous sondera à l'issue de l'opération, mais si vous avouez tout de suite que vous nous livrez des faits utiles sur vos complices, on vous attribuera après la Renaissance un travail agréable, une existence confortable, en plus de vous laisser l'essentiel de vos souvenirs liés à vos parents et amis. Par contre, si vous mentez ou que vous gardez le silence, on extraira quand même les informations qui nous intéressent, puis vous finirez en Californie, l'esprit vierge, à nettoyer les points chauds. Et tous vos êtres chers vous oublieront dans les moindres détails. À vous de choisir.

— D'après vous, j'ai donc des complices ?

— Je vous ai vu pendant l'attentat. Vous vous y attendiez. Je pense que vous aviez pour rôle de tuer d'autres Tawnins durant le chaos consécutif à l'explosion. »

Il me fusille toujours du regard. Soudain, une idée semble lui venir. « Vous avez eu plusieurs Renaissances, hein ? »

Je me raidis. « Comment le savez-vous ? »

Il sourit. « Une intuition. Assis et debout, vous vous tenez trop raide. Qu'est-ce que vous avez fait la dernière fois ? »

J'aurais dû m'attendre à sa question, mais elle me prend au dépourvu. Deux mois après ma Renaissance, je reste à vif, déconcentré. « Vous savez très bien que je ne peux pas répondre à ça.

— Vous ne vous souvenez de rien ?

— On m'a excisé une partie corrompue, comme on vous le fera. Le Josh Rennon qui a commis son crime n'existe plus et ce crime, quel qu'il soit, doit en toute justice tomber dans l'oubli. Les Tawnins sont des gens charitables et cléments. De vous ou moi, ils ne retirent que les parties coupables : le *mens rea*, l'intention criminelle.

— Des gens charitables et cléments », répète-t-il. Je vois alors un nouveau sentiment dans ses yeux : la pitié.

La rage me submerge. *Lui* est à plaindre, pas moi. Avant qu'il puisse se protéger, je lui saute dessus et je le cogne au visage, une, deux, trois fois, fort.

Du sang lui coule du nez et ses mains tremblent devant sa figure alors qu'il m'observe de son regard empreint de pitié.

« Ils ont tué mon père sous mes yeux. » Il essuie le sang sur ses lèvres et s'en débarrasse d'un geste de la main. Des gouttelettes atterrissent sur ma chemise, perles écarlates sur le tissu immaculé. « J'avais treize ans et je me cachais dans l'abri de jardin. Par une fente dans la porte, je l'ai vu donner un coup de batte de baseball à l'un de ces êtres qui a paré du bras avant de lui empoigner la tête de deux autres mains et de la lui arracher. Ensuite, ils ont brûlé ma mère. Jamais je n'oublierai l'odeur de la chair cuite. »

J'essaie de calmer ma respiration et, comme les Tawnins, d'observer sa division : l'enfant apeuré qu'on peut sauver, l'homme amer et colérique qu'on ne peut plus.

« C'était il y a plus de vingt ans, dis-je. Des jours noirs, affreux, tordus. On est passé à autre chose. Les Tawnins ont présenté leurs excuses et tâché de faire amende honorable. Il vous a manqué un soutien psychologique. On aurait dû vous installer des ports, exciser ces souvenirs. Vous auriez mené une vie libérée de ces fantômes.

— Je ne *veux pas* m'en libérer. Ça ne vous est jamais venu à l'esprit ? Je ne veux pas oublier. J'ai menti, raconté que je n'avais rien vu. Pas question qu'ils s'introduisent dans mon esprit afin de me dérober mes souvenirs. Je tiens dur comme fer à prendre ma revanche.

— Vous ne pouvez pas. Tous les Tawnins responsables ont disparu. On les a punis, voués à l'oubli. »

Il s'esclaffe. « "Punis" ? Les Tawnins responsables sont ceux-là mêmes qui se pavanent, à prêcher l'amour universel et un avenir où nous vivrons en harmonie. Qu'ils puissent comme par hasard oublier leurs actes ne signifie pas qu'on doive en faire autant.

— Ils n'ont pas de conscience unifiée qui…

— À vous entendre, vous n'avez perdu personne durant la Conquête. » Sa pitié laisse place à une émotion plus sinistre. Il hausse la voix. « On jurerait un collabo. » Il me crache dessus. Son sang s'écoule sur mes lèvres : doux, chaud, un goût de rouille. « Vous n'avez même pas idée de ce qu'ils vous ont pris. »

Je quitte la pièce et je ferme la porte, coupant court à son torrent d'injures.

Claire, du Corps technique d'enquête, me retrouve devant le tribunal. Son équipe a scanné et enregistré la scène de crime la veille au soir, mais on fait à pied le tour du cratère pour effectuer une bonne vieille inspection visuelle dans le cas, peu probable, où ses machines auraient loupé quoi que ce soit.

Loupé quoi que ce soit.

Il manquait quelque chose.

« Un des Renaissants est mort au Massachusetts General Hospital aux alentours de quatre heures du matin, dit-elle. Les pertes se montent donc à dix personnes : six Tawnins et quatre Renaissants. Moins grave qu'à New York il y a deux ans, mais le pire massacre en Nouvelle-Angleterre. »

Les traits accusés, les gestes vifs d'une hirondelle, Claire est menue. Être les deux seuls agents de l'antenne de Boston du BPT mariés avec des Tawnins nous a rapprochés, ce qui donne lieu à des plaisanteries sans méchanceté sur la nature de nos relations.

Je n'ai perdu personne durant la Conquête.

Kaï se tient à mes côtés lors des funérailles de ma mère. Allongée dans son cercueil ouvert, elle présente un visage apaisé que la souffrance a fui.

Le doux contact de sa main dans le creux de mon dos me réconforte. J'ai envie de lui rendre la pareille. Iels a tout tenté pour la sauver, comme iels l'avait fait auparavant pour mon père, mais le corps humain est fragile et nous ne savons toujours pas employer efficacement les avancées que nous apportent les Tawnins.

On contourne à petits pas prudents un tas de décombres agglutiné par le goudron fondu. Je m'efforce de mettre un semblant d'ordre dans mes pensées. Woods m'a déstabilisé. « Des pistes sur le détonateur ?

— Plutôt complexe, comme engin, répond Claire.

Vu les pièces restantes, il comprenait un magnétomètre relié à un circuit minuteur. Le magnétomètre se déclenche à proximité d'une grosse masse de métal comme la Nef du Jugement, et lance la minuterie pour que l'explosion se produise juste au moment où les Renaissants atteignent le sol. Ce montage exige de connaître la masse du vaisseau extraterrestre, sans quoi les yachts et les cargos qui voguaient sur le port auraient risqué de provoquer la détonation.

— Sa masse, et aussi son fonctionnement. Il fallait savoir combien de Renaissants se trouveraient à bord et calculer la durée de la cérémonie qui précède leur descente.

— Tout était planifié. Aucun doute : il ne s'agit pas du travail d'un individu isolé. On a affaire à une organisation terroriste sophistiquée. »

Claire me prend par le bras pour m'arrêter. On dispose d'un bon point de vue sur le fond du cratère – moins large que je ne l'aurais cru. L'auteur de l'attentat aura utilisé des explosifs directionnels focalisant l'énergie vers le haut afin de minimiser l'impact sur la foule.

La foule.

Spontanément, un souvenir d'enfance me revient.

Une journée froide d'automne. Odeur de mer et de brûlé. Une assistance silencieuse. Les gens du pourtour poussent pour s'y enfoncer et ceux du centre pour s'en extraire, tout comme une colonie de fourmis sur un cadavre d'oiseau. En fin de compte, j'arrive au cœur de la masse, où des grands feux brûlent dans des dizaines de bidons d'essence.

Je sors de mon manteau une enveloppe que j'ouvre

avant de tendre une pile de photographies à l'homme debout près de l'un des bidons. Il les feuillette, en extrait quelques-unes et me rend les autres.

« Gardez celles-ci, me dit-il, et allez vous ranger dans la file pour l'opération. »

Je regarde les tirages que je tiens en main. Maman qui me porte tout bébé. Papa qui me soulève au-dessus de sa tête dans une fête foraine. Maman et moi qui dormons dans la même pose. Maman et Papa penchés sur un plateau de jeu. Moi en costume de cow-boy, Maman derrière moi en train d'ajuster mon foulard.

L'homme jette les autres clichés dans le feu. Tout en me détournant, j'essaie d'entrevoir ce qu'ils montrent avant que les flammes ne les consument.

« Ça va ?

— Oui, réponds-je, désorienté. Encore quelques effets secondaires de l'explosion. »

Je peux me fier à Claire.

« Dis donc, reprends-je, ça t'arrive de penser à ce que tu faisais avant ta Renaissance ? »

Elle me fouille de son regard pénétrant, sans ciller. « Tu files un mauvais coton, Josh. Pense à Kaï. Pense à ta vie, ta vraie vie de maintenant.

— Tu as raison. Woods m'a un peu déstabilisé.

— Pourquoi ne pas t'accorder quelques jours de congé ? Tu ne rendras service à personne si tu as du mal à te concentrer.

— Ça va passer. »

Claire paraît sceptique, mais se garde bien d'insister. Elle comprend mon ressenti. Kaï verrait la culpabilité et le regret au fond de mon esprit. Notre intimité absolue interdit toute cachotterie. Je ne supporterais pas de me retrouver chez moi sans rien faire pendant qu'iels essaierait de me réconforter.

« Je disais donc que l'entreprise W. G. Turner a refait le revêtement il y a un mois. On a dû en profiter pour poser la bombe. Peut-être que Woods était de l'équipe. Tu pourrais commencer par là. »

La femme laisse le carton de dossiers sur la table devant moi.

« Tous les employés et les sous-traitants qui ont travaillé sur la réfection de la Courthouse Way. »

À la voir détaler, craignant d'échanger davantage que le minimum absolu de mots avec un agent du BPT, on croirait que je suis contagieux.

Ce doit être le cas, j'imagine. Lors de ma Renaissance, tous mes proches, ceux qui savaient ce que j'avais fait, dont la familiarité avec moi participait de l'identité de Joshua Rennon, avaient dû recevoir des ports et voir ces souvenirs excisés. En quoi qu'ils aient consisté, mes crimes les avaient infectés.

J'ignore même qui ces gens étaient.

Je ne devrais pas penser de la sorte. M'appesantir sur ma vie passée, l'existence d'un mort, n'a rien de salubre.

L'un après l'autre, je passe les dossiers en revue. J'entre les noms dans mon téléphone ; les algorithmes de Claire, au bureau, les mettent en rapport, les comparent aux entrées de millions de bases de données, parcourent les forums anti-Tawnins et les sites des Xénophobes, pour trouver des liens.

Il n'empêche que je lis ces documents avec soin,

ligne à ligne. Parfois le cerveau opère des corrélations inaccessibles aux ordinateurs de ma collègue.

W. G. Turner se montrait prudent. Tous les postulants ont fait l'objet de vérifications poussées de leurs antécédents qui laissent les algorithmes de marbre.

Bientôt les noms se fondent en une masse indistincte : Kelly Eickhoff, Hugh Raker, Sofia Leday, Walker Lincoln, Julio Costas…

Walker Lincoln.

Je retourne au dossier. La photo montre un homme blanc, la trentaine, les yeux étroits, avec une tendance à la calvitie, qui contemple l'objectif d'un regard grave. Rien de notable. Il ne me paraît pas du tout familier.

Mais son nom m'interpelle.

Les clichés se racornissent dans le bidon en feu.

L'image au sommet de la pile montre mon père debout devant notre maison. Il tient un fusil, l'air revêche. Tandis que les flammes le dévorent, j'avise, dans le dernier coin survivant du cliché, deux panneaux indicateurs sur un poteau de carrefour.

Walker Street et Lincoln Street.

Je frissonne, malgré la fournaise du bureau.

Je ressors mon portable et j'affiche le rapport informatisé sur Walker Lincoln : relevés bancaires et téléphoniques, historique des recherches, présence en ligne, CV, bulletins de notes. Les algorithmes n'indiquent rien d'inhabituel. Le citoyen lambda, en apparence.

Je n'ai jamais vu un profil où les algorithmes

paranos de Claire n'ont rien signalé. Walker Lincoln est trop parfait.

J'étudie ses achats sur ses relevés de carte de crédit : des bûches de bois densifié, du liquide d'allumage, des faux feux de cheminée décoratifs, des grilles de barbecue.

Et, depuis deux mois, plus rien.

Iels va s'insinuer dans mes ports quand je lance : « S'il te plaît, pas ce soir. »

Les extrémités sensibles de ses bras secondaires se figent, hésitent, me caressent le dos. Puis Kaï se recule et lève les yeux vers moi, deux lunes blêmes dans la pénombre de l'appartement.

« Je regrette, dis-je. J'ai l'esprit encombré de réflexions déplaisantes. Je ne veux pas peser sur ton moral. »

Un hochement de tête, geste humain incongru. J'apprécie l'effort consenti pour me mettre à l'aise. Kaï s'est toujours montré compréhensif au possible.

Iels se détourne et me plante là, nu au milieu de la pièce.

Sa propriétaire prétend tout ignorer de la vie de Walker Lincoln. Le loyer (très bon marché, dans cette partie de la ville) est déposé sur son compte le premier de chaque mois et elle n'a jamais vu ce type depuis qu'il a emménagé quatre mois plus tôt. J'agite ma plaque et la dame me tend les clés, puis me regarde sans un mot gravir l'escalier.

Une fois la porte ouverte, j'allume et me retrouve devant une vitrine de magasin de meubles : sofa blanc, causeuse en cuir, table basse en verre avec sa pile de revues, tableaux abstraits. L'ordre règne sans partage. J'inspire. Pas d'odeurs de cuisine ni de détergent, rien du cocktail de parfums qui s'accroche aux lieux habités par des gens réels.

L'endroit me paraît aussi familier qu'inconnu, comme si je m'aventurais dans une impression de déjà-vu.

Je parcours le logement en ouvrant les portes. La chambre et les placards présentent le même arrangement soigné que le salon. Un idéal d'ordinaire et d'irréel.

Le jour qui entre par les fenêtres du mur ouest dessine sur la moquette grise des parallélogrammes bien définis. Cette lumière mordorée constitue la nuance préférée de Kaï.

Cependant, un voile de poussière recouvre tout. La valeur d'un mois ou deux.

Walker Lincoln est un fantôme.

Enfin je me retourne et je découvre un masque, suspendu au revers de la porte d'entrée.

Sitôt que je l'ai décroché, je m'en revêts et je passe dans la salle de bains.

Je connais ce genre de masque. De fibres souples, douces, programmables, il se base sur le matériau tawnin des filins au bout desquels on descend les Renaissants. Activé par la chaleur corporelle, il adopte les traits mémorisés, qu'importe la forme du visage au-dessous. Réservé aux forces de l'ordre, il nous sert parfois à infiltrer des cellules de Xénophobes.

Dans le miroir, il s'éveille peu à peu, comme le

corps de Kaï sous mes mains, en se modelant sur les méplats de mon visage. L'espace d'un bref instant, j'arbore la figure informe d'un monstre de cauchemar.

Puis il se fige et je découvre Walker Lincoln.

Le premier visage que j'ai vu à l'issue de ma dernière Renaissance, c'était celui de Kaï.

Des yeux noirs de poisson, la peau qui frémissait comme si des vers minuscules se tortillaient dessous. J'ai tenté de reculer, mais je n'avais nulle part où aller. Je sentais une cloison métallique contre mon dos.

Iels a contracté et relâché la peau autour de ses yeux, en une expression extraterrestre dont j'ignorais le sens, avant de s'écarter pour me laisser un peu d'espace.

Je me suis redressé sur mon séant, puis j'ai regardé autour de moi. Je me trouvais sur une couchette en acier fixée à la paroi d'une minuscule cellule. Aveuglé par la vive lumière, j'ai éprouvé un début de nausée et fermé les yeux.

Un tsunami de sensations m'a submergé. Des visages, des voix, des scènes en avance rapide. J'ai ouvert la bouche pour hurler.

Et Kaï était là. De ses bras primaires, iels m'a entouré la tête pour m'immobiliser. Un mélange de parfums de fleurs et d'épices m'a enveloppé, dont le souvenir a émergé du chaos de mon esprit. *L'odeur de la maison.* Je m'y suis raccroché comme à une planche dans une mer démontée.

Iels m'a étreint de ses bras secondaires et tapoté le

dos, cherchant un orifice. J'ai senti ses doigts s'insinuer dans un trou au niveau de mon épine dorsale que j'ignorais posséder et j'ai voulu hurler de douleur…

… quand cet ouragan mental s'est apaisé. Par les yeux et l'esprit de Kaï, j'ai contemplé mon propre corps tremblant.

Laisse-moi t'aider.

Je me suis débattu, mais iels était trop fort. J'ai renoncé.

Qu'est-ce qu'il s'est passé ?

Te voici à bord de la Nef du Jugement. L'ancien Josh Rennon a très mal agi. Il a fallu le punir.

J'ai tenté de me rappeler ce que j'avais fait, en vain.

Il a disparu. Nous avons dû l'exciser de ce corps pour te venir en aide.

Un nouveau souvenir affleurait à la surface, guidé par les courants des pensées de Kaï.

Je siège au premier rang d'une salle de classe. Le jour qui entre par les fenêtres du mur ouest dessine sur le sol des parallélogrammes bien définis. Kaï marche de long en large devant nous.

« Chacun se compose de multiples jeux de souvenirs, de multiples personnalités, de multiples schémas de pensée cohérents. » La voix, précise et mélodieuse, quoique un peu mécanique, vient de la boîte noire qu'iels porte en sautoir. « N'êtes-vous pas les premiers à changer de comportement, d'expression, voire de discours face aux amis d'enfance de votre village natal plutôt qu'aux nouveaux amis d'en ville ? Les premiers

à rire autrement, pleurer autrement et même vous fâcher autrement avec votre famille qu'avec moi ? »

Les étudiants qui m'entourent rigolent. Je me joins à eux. Quand Kaï atteint l'autre côté de la classe, iels se retourne et nos regards se croisent. La peau qui se rétracte autour de ses yeux les fait alors paraître d'autant plus grands. Je me sens rougir.

« L'individu unifié est une idée fausse de la philosophie humaine classique qui constitue la base de plusieurs vieilles coutumes rétrogrades. Un criminel n'est, par exemple, que l'occupant d'un corps qu'il partage avec d'autres. Un tueur peut être un bon père, mari, frère, fils ; il se révèle différent quand il donne le bain à sa petite fille, embrasse sa femme, réconforte sa sœur et prend soin de sa mère. Mais l'ancien système judiciaire humain punissait ces diverses personnes sans distinction : il les jugeait de conserve, les emprisonnait de conserve, allait jusqu'à les exécuter de conserve. Quelle barbarie ! Quelle cruauté ! »

Je vois mon esprit tel qu'iels le décrit : partitionné, divisé. De toutes nos institutions, les Tawnins détestent par-dessus tout le système légal. Leur mépris se conçoit d'autant mieux à la lueur de leur relation d'esprit à esprit. Ils n'ont aucun secret l'un pour l'autre et jouissent d'une communion dont nous ne pouvons que rêver. Une justice limitée par l'opacité individuelle au point de requérir le recours au combat rituel plutôt que l'accès direct à la vérité des souvenirs doit leur sembler bestiale.

Kaï me jette un regard comme s'iels m'entendait penser, bien que je me sache l'esprit fermé faute d'arborer un port. Mais l'idée me plaît. Je suis son étudiant préféré.

Nous nous sommes enlacés.

Tu m'instruis, tu m'aimes, tu partages ma vie. J'étais à la dérive, mais me voici de retour chez nous. Je commence à me rappeler.

J'ai senti la cicatrice sur sa nuque. Iels a frissonné.

Qu'est-ce qu'il s'est passé ?

Je l'ignore. Ne t'en fais pas.

Ma caresse prudente a évité cette marque.

La Renaissance demeure un processus douloureux. Votre biologie n'a pas suivi la même évolution que la nôtre et les régions de votre esprit restent plus difficiles à différencier de façon à séparer les diverses personnes en vous. Il faudra un certain temps pour que tes souvenirs se sédimentent. Tu devras ravauder ta mémoire, réapprendre les cheminements nécessaires pour t'y retrouver, te reconstruire. Mais tu es à présent un individu meilleur, libéré des parties malades que nous avons dû exciser.

Je me suis accroché à Kaï et on a ramassé mes morceaux ensemble.

Je montre à Claire le masque et le profil électronique trop parfait. « Pour obtenir ce genre de matériel et créer une identité à l'empreinte électronique aussi convaincante, il faut une position privilégiée. Il pourrait même s'agir d'un de nos agents, puisqu'il nous faut récurer les bases de données afin d'apurer les dossiers des Renaissants. »

Elle se mordille la lèvre inférieure en scrutant l'écran de mon téléphone, puis contemple le masque d'un air dubitatif. « Ça me paraît peu probable. Chaque employé du BPT est nanti de ports et sondé de loin en loin. Je vois mal comment une taupe parviendrait à se dissimuler parmi nous.

— Je ne vois pourtant pas d'autre explication.

— On le saura vite. Adam a reçu ses ports. Tau effectue le sondage. Une demi-heure, maximum. »

Je m'affale dans le siège voisin du sien. La fatigue des deux derniers jours s'abat sur moi. Je continue d'éviter le contact de Kaï pour des raisons que je ne saurais expliquer. Je me sens divisé.

Je m'enjoins de rester éveillé encore un peu.

Kaï et moi, on est assis dans la causeuse en cuir. Sa forte carrure nous pousse l'un contre l'autre. La chaleur issue de la cheminée derrière nous me palpe la nuque, tandis que ses bras gauches me caressent le dos. Je suis crispé.

Mes parents nous font face, assis sur le sofa blanc. « Jamais je n'ai connu Josh aussi heureux. » Le sourire de ma mère me donne envie de la serrer dans mes bras.

« Vous m'en voyez ravi, répond Kaï par le biais de son synthétiseur vocal. Je crois bien qu'il s'inquiétait de votre réaction face à moi… face à nous.

— Il y aura toujours des Xénophobes », dit mon père, de cette voix un peu essoufflée qui m'apparaîtra un jour comme le premier symptôme de sa maladie. Une note de chagrin nuance mon souvenir enjoué.

« Des horreurs ont été commises, déclare Kaï. Nous le savons. Pourtant, nous voulons regarder vers l'avenir.

— Nous aussi, répond mon père. Mais certains res-

tent pris au piège du passé, incapables de laisser les morts reposer en paix. »

En promenant mon regard sur la pièce, je remarque la propreté qui règne dans la maison. La moquette immaculée, les tables d'appoint dégagées, le sofa blanc impeccable, la table basse en verre à peine encombrée d'une pile de revues parfaitement alignées.

Ce salon m'évoque la vitrine d'un magasin de meubles.

Je m'éveille dans un sursaut. Mes lambeaux de souvenirs deviennent aussi irréels que le logement de Walker Lincoln.

Tau, qui partage la vie de Claire, s'encadre dans la porte. Des extrémités déchiquetées de ses bras secondaires goutte un sang bleu. Iels titube.

Claire se porte aussitôt à ses côtés. « Qu'est-ce qu'il s'est passé ? »

Sans répondre, Tau lui arrache sa veste et son chemisier, ses bras primaires plus épais, moins délicats, cherchant avec avidité le port dans le dos de ma collègue. L'ouverture enfin trouvée, leurs extrémités y plongent et Claire halète avant de s'alanguir.

Je me détourne de cette scène intime. Tau a mal et besoin d'elle.

« Il vaudrait mieux que j'y aille, dis-je en me levant.

— Adam avait piégé sa colonne vertébrale », lance Tau par le biais de son synthétiseur vocal.

Je m'immobilise.

« Quand je lui ai posé son port, il se montrait coopératif et résigné à son sort. Mais quand j'ai entamé le sondage, une bombe miniature a explosé, qui l'a tué sur le coup. Je suppose qu'il y en a parmi vous qui nous haïssent toujours au point de préférer la mort à une Renaissance.

— Je suis navré.

— Non, c'est moi. » La voix mécanique tâche de restituer le chagrin ; troublé, je la juge peu convaincante. « Certaines parties de lui étaient innocentes. »

Les Tawnins se soucient peu d'histoire – comme nous, désormais.

En outre, ils ne meurent pas de vieillesse. Nul ne sait si leur âge se compte en siècles, en millénaires, en millions d'années ou davantage. Kaï évoque sans autre précision un voyage plus long que l'entièreté de l'histoire humaine.

Ça ressemblait à quoi ? lui ai-je demandé un jour.

Je ne me le rappelle plus, m'a-t-iels répondu en pensée.

Leur biologie explique cette attitude. À l'instar des dents d'un requin, leur cerveau ne cesse jamais sa croissance. Du nouveau tissu cérébral se développe en son cœur et l'organe se débarrasse périodiquement de ses couches extérieures, de même qu'un serpent de sa mue.

Cette vie pour ainsi dire éternelle aurait pu les anéantir s'ils n'étaient devenus des maîtres de l'oubli.

Ils doivent ainsi copier dans le tissu neuf les souvenirs qu'ils veulent conserver : les réenregistrer, les retracer, les recréer. Ceux dont ils préfèrent s'alléger sont rejetés telles des pulpes desséchées à chaque cycle de changement.

Non content de laisser des pans de mémoire derrière eux, ils peuvent adopter des personnalités complètes, comme on joue un rôle, puis les rejeter et les oublier. Pour eux, le moi d'avant le changement et celui d'après forment deux êtres séparés : personnalités, souvenirs et responsabilités morales diffèrent. Un corps identique a simplement accueilli deux individus distincts, l'un après l'autre.

Il ne s'agit même pas d'un corps identique, a émis Kaï.

?

D'ici un an, chaque atome de ton corps aura laissé place à un autre. Cet échange se passait alors que nous venions de devenir amants : iels se montrait souvent professoral. *Pour nous, cela va encore plus vite.*

Comme le navire de Thésée dont chaque planche se voit remplacée au fil du temps, si bien qu'il ne s'agit plus du même bateau.

Encore ces références au passé… L'humeur de la pensée se révélait plus indulgente que critique, toutefois.

À l'occasion de la Conquête, les Tawnins avaient adopté une attitude d'agression très violente et nous avions répondu de même. Le flou règne. Ils ont oublié les détails et, pour la plupart, nous refusons de nous les remémorer. La Californie demeure inhabitable après toutes ces années.

Mais, une fois que nous avions capitulé, ils avaient rejeté de leurs esprits – en punition de leurs crimes de guerre – ces couches agressives pour devenir les souverains les plus doux imaginables. À présent voués au pacifisme, ils exècrent la violence et partagent bien volontiers leur technologie afin de soigner les maladies et d'accomplir des miracles. Le monde vit dans la concorde. Notre espérance de vie s'est allongée de beaucoup et les humains qui acceptent de travailler pour eux réussissent dans l'existence.

Les Tawnins ne ressentent pas la culpabilité.

Nous formons désormais un peuple différent, a émis Kaï. *Ici, c'est aussi chez nous. Pourtant, certains d'entre vous s'obstinent à nous attribuer les fautes de nos personnalités passées, alors qu'elles sont mortes. Cela équivaut à tenir le fils responsable des péchés du père.*

Et si la guerre reprenait? ai-je pensé. *Si les Xénophobes nous persuadaient de nous soulever contre vous?*

Nous risquerions de nous retransformer, de redevenir cruels, impitoyables. En nous, ces changements relèvent de réactions physiologiques à la menace, des réactions qui nous échappent. Mais ces personnalités futures n'auraient rien à voir avec nous. On ne peut pas tenir le père responsable des actes du fils.

Difficile de prendre en défaut une logique pareille.

Quand je lui ai appris que, les parents de son ami Adam étant décédés, elle se retrouvait sa parente la plus proche et devait passer prendre son corps au poste, Lauren a gardé un visage dur.

Assis de part et d'autre de la table de la cuisine, on se fait face. La pénombre règne dans le minuscule appartement. La plupart des ampoules grillées n'ont pas été remplacées.

« On va me poser les ports ? » demande-t-elle.

Avec la mort d'Adam, l'ordre du jour consiste à décider lesquels de ses parents et amis on doit équiper ainsi – en prenant les précautions nécessaires pour éviter les colonnes vertébrales piégées – afin de révéler la pleine étendue de la conspiration.

« Pas si j'estime votre coopération suffisante. Est-ce qu'il fréquentait des gens suspects ? Des Xénophobes éventuels, à votre avis ?

— Je sais que dalle. Adam est… était un solitaire. Il ne se confiait jamais. Posez-moi vos ports si vous y tenez, mais vous perdrez votre temps. »

Normalement, les gens comme elles ont une peur panique de l'acte, qu'ils considèrent comme un viol. Sa nonchalance feinte me rend d'autant plus soupçonneux à son égard.

Elle paraît sentir mon scepticisme et change de tactique. « Adam et moi, il nous arrivait de fumer de l'omission ou de prendre du brasier. » Elle se tortille sur son fauteuil et jette un coup d'œil vers le comptoir de la cuisine. En suivant son regard, j'avise l'attirail du consommateur de drogues devant une pile d'assiettes sales, tel un accessoire de cinéma. Le robinet qui goutte offre un fond sonore à la scène.

L'omission et le brasier sont de puissants hallucinogènes. Elle sous-entend qu'elle a l'esprit criblé de faux souvenirs auxquels on ne saurait se fier, même obtenus par le biais du port. Au pire, on peut la faire Renaître, mais on ne trouvera rien qui permette d'en incriminer d'autres. Plutôt bien joué, mais elle n'a pas rendu le mensonge assez convaincant.

Vous, les humains, vous croyez vous ramener à vos actes, a un jour émis Kaï. On était allongés dans un jardin public, sur une pelouse. J'adorais sentir la chaleur du soleil par sa peau, tellement plus sensible que la mienne. *Mais en vérité, vous vous ramenez à vos souvenirs.*

C'est la même chose, non ?

Pas du tout. Pour récupérer un souvenir, il vous faut réactiver une série de connexions neurales, un processus qui le modifie. Votre biologie est telle que chaque acte de ressouvenance réécrit le souvenir en question. N'as-tu donc jamais découvert qu'un détail dont tu gardais l'empreinte vivace n'était qu'une invention ? Ou pris un rêve pour une expérience réelle ? Ou ajouté foi à un mensonge ?

À t'en croire, on est fragiles au possible.

Plutôt bercés d'illusions. La pensée m'a paru affectueuse. *Bien que vous ne puissiez pas déterminer le caractère réel ou fictif de vos souvenirs, vous persistez à leur attribuer de l'importance, au point de baser l'essentiel de vos vies sur eux. La pratique de l'histoire n'a pas apporté grand-chose à votre espèce.*

Lauren se détourne ; elle pense peut-être à Adam. Elle a un côté familier, tel le refrain d'une chanson d'enfance. La manière indescriptible dont sa figure paraît se détendre alors qu'elle se perd dans ses souvenirs me plaît. De but en blanc, je décide de lui épargner la pose.

Par contre, je retire le masque de ma sacoche et, sans la quitter du regard, je le revêts. Il se réchauffe, se tend, moule les muscles et la peau, tandis que je cherche sur les traits de la jeune femme un signe qu'elle l'identifie, la confirmation qu'Adam et Walker étaient complices.

Elle redevient impassible. « Qu'est-ce que vous faites ? Ce truc fiche les jetons. »

Déçu, je lui réponds : « Simple vérification de routine.

— Ça vous dérange si je ferme ce robinet ? Le bruit me rend dingue. »

Elle se lève quand j'opine du chef. Une impasse de plus. Adam a-t-il pu agir seul ? Qui était Walker Lincoln ?

Je redoute la réponse qui se profile en moi.

Trop tard, je sens la lourde masse qu'on balance vers ma nuque.

« Vous nous entendez ? » La voix est brouillée, déguisée par un dispositif électronique quelconque. Bizarrement, elle m'évoque la boîte noire d'un Tawnin.

Dans l'obscurité, je hoche la tête. Je suis assis, les mains attachées dans le dos. On m'a enroulé un tissu doux, foulard ou cravate, autour de la tête pour me bander les yeux.

« Je regrette qu'on doive se comporter ainsi. Mieux vaut que vous ne nous voyiez pas. De cette façon, si jamais votre Tawnin vous sonde, vous ne nous trahirez pas. »

J'éprouve mes liens et je constate l'impossibilité de m'en libérer seul, tant ils sont bien noués.

« Arrêtez ça tout de suite, dis-je avec le plus d'autorité possible. Vous croyez détenir un traître à la race humaine, un collaborateur. Vous croyez qu'il s'agit là de justice et de vengeance. Mais réfléchissez : si vous me faites du mal, on finira par vous capturer et par vous effacer tout souvenir de cet épisode. À quoi sert une revanche qu'on a oubliée ? Ce sera comme s'il ne s'était rien passé. »

Des rires électroniques dans le noir. Je ne saurais dire leur nombre, leur âge, leur sexe.

« Laissez-moi partir.

— Oui, réplique le locuteur initial, mais écoutez d'abord. »

J'entends le déclic d'un bouton qu'on enfonce. « Salut, Josh. Je vois que tu as découvert les indices qui comptent. »

Cette voix désincarnée, c'est la mienne.

« Malgré des recherches intensives, on ne peut gommer tous les souvenirs. L'esprit d'un Renaissant, tel un vieux disque dur, conserve des traces des anciennes données qui, en sommeil, attendent le bon déclencheur… »

Le carrefour de Walker et Lincoln, mon ancienne maison.

À l'intérieur règne un beau fouillis de jouets éparpillés. Il n'y a pas de sofa, juste quatre fauteuils en osier et une table basse usée, tachée de ronds de café.

Caché derrière l'un des sièges, j'écoute le silence de cette maison hantée par la pénombre. C'est le petit matin ou la tombée de la nuit.

Dehors, un cri.

Je me lève, cours à la porte et l'ouvre à la volée. Je vois mon père soulevé de terre par les primaires d'un Tawnin. Les secondaires et les tertiaires, enroulés autour de ses bras et de ses jambes, l'immobilisent.

Derrière cette créature, le corps de ma mère gît prostré, immobile.

L'extraterrestre secoue mon père qui essaie une nouvelle fois de crier, mais le sang accumulé au fond de sa gorge ne lui permet qu'un gargouillis. L'être bande ses muscles et je vois mon père se faire démembrer peu à peu.

Le Tawnin baisse les yeux sur moi. La peau autour de ses yeux se rétracte, puis se contracte. Son odeur d'épices et de fleurs inconnues m'arrache un haut-le-cœur.

Je reconnais Kaï.

« Au lieu de vrais souvenirs, ils remplissent ton esprit de mensonges. De frêles échafaudages mémoriels qui cèdent au moindre examen… »

Kaï se campe face à ma cage. Il y en a beaucoup d'autres identiques. Chacune contient un jeune homme ou une jeune femme. Depuis combien de temps vivons-nous dans le noir et l'isolement, empêchés de former des souvenirs viables ?

Il n'y a jamais eu de classe éclairée à profusion, de cours de philosophie, de jour entré par les fenêtres du mur ouest pour dessiner sur le sol des parallélogrammes bien définis.

« Nous regrettons ce qu'il s'est passé », déclare Kaï. Le synthétiseur vocal, au moins, se révèle authentique, mais le débit mécanique dément la teneur du propos. « Nous vous le répétons depuis longtemps. Les auteurs des actes que vous tenez à garder en mémoire ne sont pas nous. Ils ont été nécessaires durant une certaine période, mais nous les avons punis, rejetés, oubliés. Le moment est venu de passer à autre chose. »

Je crache en plein dans ses yeux.

Kaï n'essuie pas ma salive. La peau qui entoure ses yeux se contracte, puis iels se détourne. « Vous ne nous laissez pas le choix. Nous allons devoir vous recréer. »

« Ils te disent que le passé, c'est le passé : enfui, mort. Ils se présentent comme des gens nouveaux, non responsables de leurs anciennes personnalités. Et il y a du vrai dans ces assertions. Quand je m'accouple avec Kaï, l'esprit que je lis ne conserve rien du Kaï qui a tué mes parents, du Kaï qui a brutalisé les enfants, du Kaï qui nous a obligés par décret à brûler nos vieilles photos, à effacer les traces de notre vie d'antan afin que rien n'interfère avec l'avenir qu'ils nous attribuaient. Ils sont bien aussi doués qu'ils le racontent pour oublier, et ce passé sanglant leur paraît une terre étrangère. Oui, l'être qui partage ma vie montre un esprit différent : sans tâche, innocent, irréprochable.

» Mais les Tawnins continuent de fouler au pied les os de tes, de mes, de nos parents. Ils continuent de vivre dans les maisons spoliées à nos morts. Ils continuent de souiller la vérité par leur déni.

» Certains d'entre nous ont accepté l'amnésie collective en échange de la survie. Pas tous, cependant. Je suis toi et tu es moi. Le passé, loin de mourir, suinte, sourd, s'infiltre, attend l'occasion propice pour rejaillir. Tu *es* ce dont tu te souviens… »

Le premier baiser de Kaï, cru, gluant.

La première pénétration. La première invasion de mon esprit. Le sentiment d'impuissance face à un acte dont je ne pourrais jamais me débarrasser, me nettoyer.

L'odeur des épices et des fleurs, que je ne pourrai jamais oublier ou expulser, car, au lieu de me parvenir par le nez, elle s'est enracinée dans mon esprit.

« Même si j'ai commencé par infiltrer les Xénophobes, ce sont eux, au bout du compte, qui m'ont infiltré. Leurs archives secrètes de la Conquête, leurs témoignages, leurs souvenirs ont fini par me secouer, par me réveiller, par me permettre de me réapproprier mon histoire personnelle.

» Quand j'ai mis la vérité au jour, j'ai élaboré avec soin ma vengeance. Je savais qu'il serait difficile, en vivant avec Kaï, de garder le secret. Mais j'ai échafaudé un plan. Notre mariage me mettait à l'abri des sondages réguliers auxquels on soumet les agents du BPT. Éviter les rapports intimes, en arguant de mon inconfort, me permettrait d'éviter tous les coups de sonde et de conserver mes secrets par-devers moi, au moins quelque temps.

» J'ai créé une nouvelle identité, porté un masque, fourni aux Xénophobes le nécessaire pour accomplir leur mission. Nous portions tous des masques, de sorte que, si n'importe lequel des participants au complot était capturé, sonder son esprit ne révélerait rien des autres. »

Les masques que je porte pour infiltrer les Xénophobes sont ceux que je donne à mes complices…

« Puis j'ai fait de mon esprit une forteresse en prévision de ma capture inévitable et de ma Renaissance. Afin de me remémorer en détail la mort de mes parents, j'ai rejoué les événements sans cesse jusqu'à les graver dans mon esprit, jusqu'à m'assurer que Kaï, qui demanderait à me préparer pour la Renaissance, fuie ces images frappantes, écœuré par le sang et la violence, et évite de me sonder plus avant. Iels avait oublié depuis longtemps ce qu'iels avait fait et n'avait aucun désir qu'on le lui rappelle.

» Ces images sont-elles totalement authentiques ? Je n'en sais rien. Je les ai retrouvées floutées par le filtre d'un esprit d'enfant et les souvenirs que partagent les autres survivants ont dû les souiller, les teinter, les compliquer. Nos mémoires respectives se mêlent pour former un outrage collectif. Les Tawnins diront qu'elles n'ont pas plus de réalité que les faux souvenirs qu'ils ont implantés… mais il est beaucoup plus grave d'oublier que de se rappeler trop bien.

» Afin d'obscurcir ma piste encore davantage, j'ai pris les morceaux des images factices qu'ils m'ont imparties et je m'en suis servi pour bâtir de vrais souvenirs. Ainsi, Kaï, en disséquant mon esprit, se trouverait incapable de distinguer ses mensonges des miens. »

Le faux salon bien rangé de mes parents se recrée pour devenir la pièce où je rencontre Adam et Lauren…

Le jour qui entre par les fenêtres du mur ouest dessine sur le sol des parallélogrammes bien définis…

Bien que vous ne puissiez pas déterminer le caractère réel ou fictif de vos souvenirs, vous persistez à leur attribuer de l'importance, au point de baser l'essentiel de vos vies sur eux…

« Et à présent que je sais le complot lancé, mais

que j'en ignore assez pour ne pas trahir le plan si on me sonde, je vais attaquer Kaï. Il y a peu de chances pour que je réussisse et iels voudra sans doute que je subisse la Renaissance afin de gommer ma personnalité actuelle, ou la rectifier de telle sorte qu'on puisse poursuivre notre vie commune. Ma mort protégera mes complices et leur permettra de triompher.

» Pourtant, à quoi sert la vengeance si je ne la vois pas accomplie, si toi, mon Renaissant, tu ne t'en souviens pas et que tu ignores la satisfaction de la réussite ? Voilà pourquoi j'ai dissimulé des indices, semé des preuves derrière moi telles des miettes de pain que tu pourras suivre, jusqu'à ce que tu te rappelles et saches ce que tu as fait. »

Adam Woods… qui n'est pas si différent de moi, au fond, sa mémoire un déclencheur pour la mienne…

J'achète des objets afin qu'un jour ils provoquent en moi la résurgence d'un incendie…

Le masque, pour que d'autres se souviennent de moi…

Walker Lincoln.

À mon retour, Claire attend devant notre antenne locale. Derrière elle, dans l'ombre, se tiennent deux hommes. Un peu plus loin, la vague silhouette de Kaï les domine.

Je m'arrête et je me retourne. Dans mon dos, deux autres hommes s'approchent par la rue pour bloquer ma retraite.

« Dommage, Josh, dit-elle. Tu aurais dû m'écouter. Kaï nous avait fait part de ses soupçons. »

Faute de voir les yeux de l'extraterrestre dans le

noir, je me focalise sur la grande forme floue derrière Claire.

« Tu ne vas pas me parler ? »

L'ombre se fige et la voix mécanique, si différente de la caresse spirituelle dont j'ai l'habitude, crépite dans le noir.

« Je n'ai rien à te dire. Mon Josh chéri n'existe plus. Capturé par des fantômes, il s'est noyé dans sa mémoire.

— Je suis toujours là, mais j'ai retrouvé ma plénitude.

— Il s'agit chez vous d'une illusion fréquente que nous échouons à éradiquer. Je ne suis pas l'individu que tu détestes et tu n'es pas celui que j'adore. Nous ne sommes pas la somme de nos passés. » Kaï marque une pause. « J'espère revoir bientôt mon aimé. »

Iels se retire dans l'agence, me laissant à mon procès et à mon exécution.

Quoique conscient de la futilité de ma tentative, j'essaie de parler à Claire.

« J'étais obligé de me souvenir, tu le sais. »

Elle paraît triste et lasse. « Tu te crois le seul à avoir subi une perte ? On ne m'a implanté les ports qu'il y a cinq ans. J'étais mariée. Ma femme était comme toi – infoutue de laisser tomber. À cause d'elle, j'ai eu droit aux prises et à la Renaissance. J'ai fait l'effort d'oublier, de me détourner du passé, et on m'a permis de garder certains de mes souvenirs d'elle. Toi, par contre, tu t'obstines à lutter.

» Tu sais combien de Renaissances tu as vécues ? Parce que Kaï t'aime, ou t'aimait, iels a souhaité conserver l'essentiel. Ils t'en ont excisé le moins possible chaque fois. »

J'ignore pourquoi iels a voulu me sauver de moi-même, me débarrasser de mes fantômes. Il subsiste peut-être des échos ténus du passé dans son esprit dont iels n'a même pas conscience, qui nous rapprochent au point qu'iels essaie de me faire croire aux mensonges afin de s'en convaincre. Car pardonner, c'est oublier.

« Mais iels a fini par arriver à bout de patience. Cette fois, tu ne sauras rien de ta vie. Ton crime a condamné au néant une plus grande part de toi et un plus grand nombre de ceux dont tu prétends te soucier. À quoi bon la vengeance que tu cherches si nul ne s'en souvient ? Le passé n'est plus, Josh. Il n'y a aucun avenir pour les Xénophobes. Les Tawnins sont là pour rester. »

Je hoche la tête. Elle dit vrai. Mais la vérité n'empêche pas la lutte.

Je m'imagine de retour sur la Nef du Jugement. J'imagine Kaï qui revient m'accueillir. Je me représente notre premier baiser, pur et innocent, un nouveau départ. Le souvenir de cette odeur de fleurs et d'épices.

Il y a une part de moi qui aime cet être, qui a vu son âme et qui se languit de son contact. Il y a une part de moi qui veut aller de l'avant, qui croit en ce que les Tawnins ont à offrir. Mais *moi*, le moi unifié, illusoire, j'ai pitié de ces créatures.

Je pivote sur mes talons, puis je m'élance. Les hommes devant moi m'attendent sans impatience. Je n'ai nulle part où aller.

Je presse le détonateur dissimulé au creux de ma paume. Lauren me l'a donné avant que je parte. Un dernier cadeau de mon ancienne personnalité – de moi à moi.

J'imagine, avec une fraction de seconde d'avance, ma colonne vertébrale qui explose en milliers de fragments. J'imagine tous ces morceaux de moi qui essaient de garder ma forme, ces atomes qui s'efforcent de maintenir l'illusion d'un tout cohérent.

Avant et après

traduit de l'anglais par Pierre-Paul Durastanti

Pour Jerry, il y a un avant – tandis que, dans le train le ramenant chez lui du Connecticut, à l'issue d'une visite à son père suspendu au sein d'un crépuscule où il confond Jerry avec le frère de celui-ci, Brian, il redoute le coup de fil à Brian qui ravivera leur éternel désaccord sur la nécessité d'envoyer le vieux dans l'hospice de la brochure dont Jerry a parlé plusieurs fois, qu'il remonte les six pâtés de maison depuis la gare sous le soleil couchant écarlate en vérifiant la valeur de son portefeuille d'actions sur son téléphone, qu'il rêve de quitter son emploi un jour quand la somme suffira, sachant qu'elle ne suffira jamais, car il faut envoyer Liddy et Jacob en fac et l'hospice n'est pas donné, qu'il emprunte son allée, qu'il imagine Beth lui ouvrant la porte, lui criant *Devine, chéri !* et brandissant un billet de loterie gagnant qui se trouve être, pour une raison quelconque, plus grand que nature, comme ces chèques géants qu'on vous montre à la télé, qu'il se souvient, en insérant la clé dans la serrure, d'avoir oublié de nettoyer les gouttières, ce qui fâchera Beth même si elle se tait et qu'il préfère la voir souriante, qu'il découvre sa femme et ses enfants agglutinés devant l'écran panoramique, l'air absent, et qu'il trouve la scène étrange, vu qu'il ne se rappelle pas la dernière fois où ils ont réussi à tous s'accorder sur quelle émission regarder ensemble…

… et un après – lorsqu'il ressort dans l'allée où la brise d'été porte des odeurs de barbecue, de lavande et de sumac (la préférée de Liddy depuis qu'ils ont passé un après-midi génial à en planter, un après-midi dont il aurait aimé qu'il ne finisse jamais), des bruits d'éclaboussure venus des piscines du quartier et le zonzon des moustiques, qu'il lève les yeux vers le ciel sans nuage gagné par la nuit, où les premières étoiles émergent et où les oiseaux dansent et tournent comme les planètes, les lunes, les comètes et les satellites de ce logiciel d'astronomie que Jacob prend toujours plaisir à lui montrer sur l'ordinateur, qu'il cherche là-haut la lueur argentée, étrangère, des coques incurvées qui ont franchi un abîme inconcevable pour venir ici, ces vaisseaux ourlés de lumières vertes et menaçant de déchaîner ces éclairs bleu pâle qui deviendront si familiers les jours suivants, qu'il prend conscience des voisins, tous ces voisins avec lesquels il a échangé des sourires et parfois quelques mots sans rien savoir de leurs vies, ni des préoccupations, des angoisses et des fantasmes tapis dans leurs histoires personnelles, ni des secrets dissimulés derrière leurs façades inoffensives de banlieusards, ces voisins qui, tous, se sentent soudain très proches, aussi proches que les membres d'une même espèce devraient se sentir une fois considérés sous la perspective des années-lumière, des parsecs et d'un temps ralenti, des voisins qui sortent aussi de chez eux, qui se regardent pour chercher sur les autres visages des réponses qu'ils savent absentes, qu'il entend les pas hésitants de Beth, Liddy et Jacob derrière lui, et qu'il comprend qu'il leur faut moins des réponses que le désir et la force de tenir le coup…

… mais l'instant lui-même restera flou – l'écran de télé palpite, des chiffres et des mots défilent en bas pendant que le Président s'exprime (« … la patience et la foi… et Dieu bénisse l'Amérique… ») sur ces images incompréhensibles, et Jerry, durant les longues années à venir, malgré tous ses efforts, ne se rappellera pas quand il s'est rendu compte que le monde venait de changer à jamais, telle une phrase qui accumule au fil de ses détours le sédiment des pensées, des sentiments, des craintes, des souvenirs et des envies, jusqu'à ce qu'on s'avise qu'un décalage fondamental s'est opéré qui a altéré de façon irrévocable son cheminement, son humeur, sa tonalité, si bien qu'au point final on hésite, on attend et on retient son souffle, afin de recouvrer la mémoire.

Les algorithmes
de l'amour

traduit de l'anglais par Pierre-Paul Durastanti

Puisqu'il y a une infirmière dans la chambre pour garder un œil sur moi, je reçois la permission de m'habiller seule et de me préparer en attendant Brad. Je passe un vieux pantalon et un pull à col roulé rouge vif. J'ai perdu tellement de poids que les jeans pendent à mes hanches saillantes.

« On va passer le week-end à Salem », dit Brad tout en m'escortant dehors, un bras protecteur autour de ma taille. « Rien que toi et moi. »

Je patiente dans la voiture pendant qu'il discute avec le Dr West juste devant l'entrée de l'hôpital. Je ne les entends pas, mais je devine ce qu'elle lui dit. « Veillez à ce qu'elle prenne son Oxetine toutes les quatre heures. Et ne la laissez jamais seule plus d'une minute. »

Brad conduit le pied léger, comme quand j'étais enceinte d'Aimée. La circulation reste fluide ; le feuillage en bord de route affiche une perfection de carte postale. L'Oxetine me détend les muscles autour de la bouche. Je me découvre un sourire béat dans le miroir de courtoisie.

« Je t'aime. » Il le murmure, ainsi qu'il l'a toujours

fait, comme s'il s'agissait d'un souffle, d'un battement de cœur.

J'attends quelques secondes. Je me vois ouvrir la portière et me jeter sur la route, mais, bien sûr, je m'en abstiens. Je n'arrive même plus à me surprendre.

« Je t'aime aussi. » Je l'observe, ainsi que je l'ai toujours fait, comme s'il s'agissait de la réponse à une question. Il croise mon regard, me sourit et reporte son attention sur sa conduite.

Pour lui, la routine reprend ses droits, il parle à la femme qu'il connaît depuis des années et les choses reviennent à la normale. Nous voici, deux touristes de Boston en week-end – le séjour en pension, la tournée des musées, le répertoire des blagues éculées.

Un algorithme de l'amour.

J'ai envie de hurler.

La première poupée que j'ai conçue s'appelait Laura. Laura Lucide™.

Brune, les yeux bleus, les articulations fonctionnelles, elle comportait vingt moteurs, un synthétiseur vocal dans la gorge, deux caméras camouflées en boutons de chemisier, des capteurs de température, des détecteurs de toucher et un micro derrière le nez. La technologie n'avait rien d'avancé, les logiciels remontaient à vingt bonnes années, mais j'étais fière de mon travail. Elle se vendait cinquante dollars.

Même trois mois avant la Noël, l'afflux de commandes a dépassé Un Jouet Pas Banal. Brad, en sa qualité de PDG, a trusté CNN, MSNBC, TTV et les autres chaînes d'info en continu au point que Laura a fini par saturer l'atmosphère.

Je le suivais aux interviews pour effectuer les démos de la poupée. À en croire notre vice-président du marketing, je présentais comme une maman (sans en être une à l'époque) et (même s'il ne l'a pas dit, je savais lire entre les lignes) je faisais une jolie blonde. Mon rôle de conceptrice n'était que la cerise sur le gâteau.

Lors de mon premier passage à la télé, pour une équipe de Hong Kong, Brad voulait que je me sente à mon aise devant les caméras avant de m'amener avec lui lors des matinales.

On a patienté hors champ. La présentatrice interviewait un fabricant de « mesureurs d'humidité ». Je n'avais pas fermé l'œil de quarante-huit heures. J'étais si anxieuse que j'avais apporté six Laura, dans le cas où cinq d'entre elles tomberaient en panne d'un commun accord. Brad s'est alors tourné vers moi pour me souffler : « Selon vous, à quoi peut servir un mesureur d'humidité ? »

Ne travaillant chez Un Jouet Pas Banal que depuis moins d'un an, je le connaissais mal. On avait bavardé, mais sur le plan professionnel. Il semblait concentré, motivé, le genre à monter sa première société au lycée – dans l'arbitrage des notes, par exemple. Pourquoi parler mesureurs d'humidité ? Afin d'évaluer ma nervosité ?

« Je n'en sais rien. Pour la cuisine, peut-être ?

— Peut-être. » Un clin d'œil de connivence. « Mais ça m'a l'air plutôt sexe. »

Je m'attendais si peu à ça de sa part que, l'espace

d'un instant, je l'ai pris au pied de la lettre. Puis il a souri et j'ai lâché un rire. J'ai eu du mal à garder mon sérieux le temps que vienne notre tour. En tout cas, mon anxiété n'était qu'un mauvais souvenir.

Brad et la jeune présentatrice ont évoqué la mission d'Un Jouet Pas Banal (« Des jouets pas banals pour des enfants pas banals ») et ce qui lui avait inspiré Laura. (Il n'avait rien à voir dans sa conception, bien sûr, puisque l'idée venait de moi. Mais l'assurance de sa réponse a failli me convaincre que la poupée était bel et bien née de son imagination.) Puis l'heure du numéro de cirque a sonné.

J'ai posé Laura sur la table, face caméra, tandis que je me trouvais de profil. « Salut, Laura. »

Elle a tourné la tête dans ma direction, sans le moindre bruit de moteur. « Salut ! Comment tu t'appelles ?

— Elena.

— Ravie de te connaître. J'ai un peu froid. »

En effet, il faisait frisquet dans ce studio climatisé. Je ne l'avais même pas remarqué.

Cindy, impressionnée, a haussé les sourcils. « Stupéfiant. Combien de phrases peut-elle dire ?

— Elle possède un vocabulaire de deux mille mots anglais et le codage nécessaire à l'usage des suffixes et préfixes les plus répandus. Son discours se régule selon une grammaire décontextualisée. » L'expression de Brad m'a appris que je péchais par excès de technicité. « Ça signifie qu'elle invente des phrases toujours correctes sur le plan syntaxique.

— J'adore les vêtements neufs, jolis, neufs, colorés, neufs et brillants, a déclaré Laura.

— Mais qui tournent parfois au charabia.

— Est-elle capable d'apprendre des mots nouveaux ? » a demandé Cindy.

Laura a tourné la tête vers elle. « J'adore appren-dre ! S'il vous plaît, enseignez-moi un mot nouveau ! »

J'ai noté que le synthétiseur vocal avait encore des bugs qu'il faudrait rectifier au niveau du matériel.

Que la poupée ait paru se tourner et lui répondre comme de sa propre initiative semblait avoir secoué la présentatrice. « Est-ce qu'elle… » Une pause pour chercher le mot juste. « … me *comprend* ?

— Non, non. » J'ai ri ; Brad m'a imitée. Cindy s'est jointe à nous. « L'algorithme de discours se voit augmenté par un générateur de modèles de Markov couplé à un… » Nouveau regard entendu de mon PDG. « En gros, elle extrapole des réponses à partir de mots clés dans ce qu'elle entend. Et elle possède un stock de phrases préenregistrées fonctionnant de la même façon.

— On aurait cru qu'elle savait ce que je disais. Comment apprend-elle de nouveaux mots ?

— C'est tout simple. Sa capacité mémorielle lui permet de retenir des centaines de termes inconnus. Mais il doit s'agir de noms. Si vous tentez de lui en enseigner un, vous pouvez lui montrer l'objet correspondant. Elle dispose d'une faculté de reconnaissance de formes plutôt sophistiquée – au point d'identifier les visages. »

Durant le reste de l'entretien, j'ai rassuré les parents mal à l'aise : ils n'auraient pas besoin de lire les instructions, elle n'exploserait pas si on la laissait tomber dans l'eau et, non, elle ne prononcerait jamais un vilain mot, même si leur petite princesse lui en apprenait un « sans le faire exprès ».

« Au revoir ! a lancé Cindy à la poupée avant de la saluer de la main.

— Au revoir. Vous êtes très gentille. » Et Laura d'agiter sa menotte en retour.

Dans les grandes lignes, chaque entretien se passait ainsi. Dès que Laura se tournait vers l'intervieweur, puis répondait à une question, la gêne se manifestait. Qu'un objet inanimé exhibe un comportement intelligent affectait les gens de cette manière. Ils devaient l'imaginer possédée. J'expliquais comment elle fonctionnait et tout le monde retrouvait le sourire. J'ai mémorisé mes réponses chaleureuses, exemptes de charabia, jusqu'à savoir les réciter même si on me privait de mon café du matin. Bientôt, je maîtrisais mon sujet au point, quelquefois, de négocier toute l'émission en pilotage automatique. Mes réponses fusaient, en parfait accord avec les mots clés des questions.

Ajoutées aux autres tours de passe-passe concoctés par le service marketing, ces interviews ont rempli leur mission. On a dû sous-traiter la fabrication au point que, pendant un temps, tous les bidonvilles de la côte chinoise ont usiné des Laura à l'exclusion de tout le reste.

Sans grande surprise, le hall de notre pension regorge de brochures sur les attractions touristiques de la zone, centrées sur les sorcières. Les images et leurs légendes à sensation expriment dans le même temps une indignation vertueuse et une fascination adolescente devant l'occulte.

David, l'hôtelier, suggère Ye Olde Poppet Shoppe pour « les poupées conçues par la sorcière officielle de Salem ». Bridget Bishop, l'une des vingt personnes exécutées lors des procès, a été condamnée en partie sur la foi de « poupées » piquées d'épingles qu'on avait trouvées dans son grenier.

Elle me ressemblait peut-être : une adulte qui joue encore à la poupée. L'idée de visiter une telle boutique me retourne l'estomac.

Tandis que Brad sonde David sur les bons restaurants et les réductions possibles, je monte à notre chambre. Quand il me rejoindra, je veux dormir (du moins faire semblant) dans l'espoir qu'il me laisse tranquille une minute. J'ai besoin de réfléchir. Ça n'a rien d'une sinécure : l'Oxetine érige dans ma tête sa paroi diaphane qui offre à mes pensées le confort moelleux de la satisfaction médicamenteuse.

Si seulement j'arrivais à me rappeler ce qui a foiré…

Pour notre lune de miel, on est allés en Europe en navette stratosphérique. Le prix du trajet dépassait le montant de mon loyer annuel, mais on pouvait se le permettre, Brad et moi. Kimberly Spirituelle™, notre dernier modèle en date, se vendait comme des petits pains et le cours de notre action tutoyait lui aussi la stratosphère.

Au retour, on était crevés, mais heureux. J'avais toujours du mal à réaliser qu'on était rentrés chez nous et à nous voir mari et femme. Il me semblait qu'on jouait au papa et à la maman. On a dîné en tête à tête, comme d'habitude depuis qu'on sortait ensemble (et comme d'habitude, Brad avait de l'ambition, sans parvenir à suivre une recette jusqu'au bout, si bien que j'ai volé au secours de son étouffé de crevettes). L'aspect familier prêtait un surcroît de réalité à la situation.

Pendant le repas, il m'a dit un truc intéressant. Selon une étude, plus de vingt pour cent des clients n'achetaient pas du tout Kimberly pour leurs enfants – ils jouaient eux-mêmes avec la poupée.

« Pour la plupart, il s'agit d'étudiants en informatique et d'ingénieurs. Et il y a déjà des tonnes de sites web consacrés au hacking de Kimberly. Mon préféré offre des instructions détaillées pour lui faire inventer et raconter des blagues sur les avocats. J'imagine la tête de nos types du légal quand ils devront composer la lettre de mise en demeure. »

Je comprenais bien l'intérêt qu'elle suscitait. Lorsque je me colletais mes jeux de problèmes au MIT, j'aurais adoré dépiauter Kimberly pour voir comment elle fonctionnait. Je me suis reprise intérieurement : comment *ça* fonctionnait. Il en émanait une telle illusion d'intelligence que même moi, je m'y laissais prendre.

J'ai mis les pieds dans le plat. « En fait, plutôt que de contrer les tentatives de piratage, on devrait peut-être en tirer parti. Mettre à dispo les interfaces de programmation et vendre un kit de développeur pour les geeks.

— Comment ça ?

— C'est un jouet, mais pourquoi seules les petites filles s'y intéresseraient-elles ? Kimberly dispose d'un ensemble de dialogues sans rival : sophistiqué, naturel et *fonctionnel.*

— Ensemble que tu as écrit de fond en comble. »

Même si j'éprouvais un brin de vanité face à mon travail, j'avais bossé dur et je n'avais pas à rougir du résultat.

« Il serait triste que le module linguistique n'ait d'autre débouché qu'une poupée que tout le monde aura oubliée d'ici un an. On pourrait au moins publier l'interface du module, un guide de programmation et peut-être une partie du code. On voit ce qui se passe et on gagne quelques sous de plus entretemps. » Si j'avais fui la recherche en IA dont je trouvais le quotidien assommant, mes ambitions allaient tout de même au-delà des poupées parlantes. Je voulais des machines intelligentes qui rendraient de véritables services, comme apprendre aux gamins à lire ou aider les vieux dans leurs tâches ménagères.

Je savais que Brad finirait par accepter. Derrière sa façade austère, il adorait prendre des paris et déjouer les attentes. C'était pour ça que je l'aimais.

Alors que je me levais pour débarrasser, il a tendu le bras par-dessus la table pour me retenir. « Ça peut attendre. » Il m'a rejointe et prise dans ses bras. Je l'ai regardé dans les yeux. Je le connaissais si bien que je devinais ce qu'il allait dire. *Faisons un bébé.* Aucune autre phrase n'aurait mieux convenu en cet instant.

Et c'est ce qu'il a dit.

Quand Brad monte, son investigation sur les restaurants terminée, je ne dors pas. Droguée comme je suis, j'ai même du mal à faire semblant.

Il aimerait aller au musée de la piraterie, je réponds que je préfère ne rien voir de violent et il tombe aussitôt d'accord. Voilà ce qu'il veut entendre de sa femme satisfaite en pleine convalescence.

On visite donc le Peabody Essex Museum, où se trouvent les trésors de l'Orient issus du passé glorieux de Salem.

La collection de porcelaines est affreuse, la qualité des bols et des soucoupes inexcusable. Les motifs paraissent tracés par des enfants. Selon les panonceaux explicatifs, il s'agit là de produits d'exportation. Jamais les marchands de Canton n'auraient osé vendre des trucs pareils en Chine.

Je lis le compte-rendu rédigé par un prêtre jésuite qui a visité leurs échoppes à l'époque.

Les artisans étaient assis en rang, chacun avec sa brosse et sa spécialité. Le premier ne dessinait que les montagnes, le second que l'herbe, le troisième que les fleurs, le suivant que les animaux. Ils se passaient les assiettes et il suffisait à chacun de quelques secondes pour remplir son rôle.

Ces « trésors » sont donc des produits de masse réalisés en série dans un atelier d'exploitation du passé. J'imagine peindre les mêmes brins d'herbe sur mille tasses par jour : une routine incessante peut-être interrompue par la pause du déjeuner. Tendre le bras, saisir de la main gauche la tasse devant soi, tremper la soie, un, deux, trois coups de pinceau, poser la tasse derrière soi, recommencer. Un algorithme tout simple. Très humain.

Brad et moi, on a vécu trois mois de disputes avant qu'il ne consente à fabriquer Aimée. Aimée™, sans fioriture.

On se disputait à la maison où, nuit après nuit, j'exposais les quarante et un motifs pour lesquels il fallait le faire et il me détaillait les trente-neuf raisons pour lesquelles il fallait s'en abstenir. On se disputait au boulot, où, derrière la porte en verre, les gens nous regardaient gesticuler et vociférer en silence.

Cette nuit-là, j'étais crevée. J'avais passé toute la soirée calfeutrée dans mon bureau à me débattre avec les processus de contrôle des spasmes musculaires involontaires d'Aimée. Je visais la perfection, sinon elle n'aurait pas l'air vraie, aussi réussis que soient les algorithmes d'apprentissage.

Je suis montée à la chambre où régnait l'obscurité. Brad s'était couché tôt. Lui aussi était crevé. On avait ressassé les mêmes sempiternels arguments au dîner.

Il ne dormait pas. « Ça va continuer comme ça ? » a-t-il demandé dans les ténèbres.

Je me suis assise sur mon côté du lit pour me déshabiller. « Je ne peux pas faire autrement. Elle me manque trop. Je suis navrée. »

Il ne disait rien. J'ai fini de déboutonner mon chemisier et je me suis retournée. Dans la clarté lunaire qui entrait par la fenêtre, les joues de Brad brillaient. À mon tour, j'ai fondu en larmes.

Quand on a fini par sécher nos pleurs, Brad m'a dit : « À moi aussi, elle me manque.

— Je sais. » *Mais pas comme à moi.*

« Ça ne lui ressemblera en rien, tu sais ?

— Je sais. »

La vraie Aimée avait vécu quatre-vingt-onze jours, dont quarante-cinq passés dans une couveuse aux soins intensifs, où je ne pouvais la toucher qu'un bref instant de loin en loin sous l'égide des médecins du service. Mais je l'entendais crier. Je l'entendais toujours crier. En fin de compte, j'avais essayé de fracasser la couveuse. J'avais tapé du plat de mes mains nues sur le verre armé jusqu'à me briser les os, alors on m'avait administré des calmants.

Je n'aurais plus d'autre enfant. Les parois de mon utérus avaient mal cicatrisé. Le temps qu'on me communique cette information, Aimée n'était plus qu'une urne de cendres dans mon placard.

Et je l'entendais encore crier.

Combien d'autres femmes vivaient la même situation que moi ? Je voulais un fardeau dans mes bras, qui apprendrait à parler, à marcher, qui grandirait un peu, le temps que je lui dise adieu, que je réduise ces cris au silence. Mais je n'avais aucune envie d'un enfant réaliste. Je ne l'aurais pas supporté et il m'aurait semblé trahir un souvenir.

Avec de la plastipeau, du synthégel, quelques moteurs et beaucoup de programmation astucieuse, je me débrouillerais pour que la technologie panse mes plaies.

Brad trouvait l'idée abominable. Elle le révoltait. Il ne *comprenait pas*.

À tâtons dans le noir, j'ai trouvé des mouchoirs en papier pour nous deux.

« Ça risque de nous ruiner. Nous et la société.

— Je sais. » Je me suis allongée. Je voulais dormir.

« Faisons-le, alors. »

Je ne voulais plus dormir.

« Je n'en peux plus, a-t-il poursuivi. Te voir dans cet état, te voir souffrir à ce point, ça me déchire de l'intérieur. Ça me fait trop mal. »

Je pleurais de nouveau. La compréhension, la souffrance, c'était donc ça, l'amour ?

Juste avant que je ne m'endorme, Brad a lancé : « On devrait peut-être envisager une nouvelle raison sociale.

— Pourquoi ?

— Ma foi, je viens de me rendre compte qu'Un Jouet Pas Banal peut avoir des connotations amusantes pour les esprits tordus. »

J'ai souri. La vulgarité se révèle le meilleur des remèdes, parfois.

« Je t'aime.

— Moi aussi, je t'aime. »

Brad me donne les pilules. Obéissante, je les mets dans ma bouche. Il me regarde boire une gorgée du verre d'eau qu'il me tend.

« Laisse-moi passer quelques coups de fil, dit-il. Fais une petite sieste, d'accord ? »

Je hoche la tête.

Dès qu'il quitte la chambre, je recrache les comprimés dans ma main, je passe dans la salle de bains, je me rince la bouche au robinet, puis je ferme la porte à clé et je m'assois sur le siège des toilettes. J'essaie de réciter les décimales de pi.

J'atteins la cinquante-quatrième. Bon signe – l'Oxetine agit sans doute de moins en moins.

Je me tourne vers le miroir et je me regarde droit dans les yeux, pour tâcher de voir par les rétines, de cartographier les photorécepteurs, d'imaginer leurs grilles. Je tourne la tête de gauche et de droite, observant les muscles qui se contractent et se relâchent. Cet effet serait difficile à imiter.

Mais il n'y a rien dans mon visage, rien sous la surface. Où est la douleur qui fondait l'amour et la compréhension ?

« Tout va bien, chérie ? » demande Brad derrière la porte de la salle de bains.

J'ouvre le robinet et je m'asperge la figure. « Oui. Je vais prendre une douche. Tu pourrais aller nous chercher de quoi grignoter à la supérette dans la rue ? »

Que je lui confie une tâche le rassure. J'entends la porte de la chambre se fermer. Je tourne le robinet ; dans la glace, j'étudie la manière dont les gouttes roulent sur ma figure en cherchant les canaux tracés par mes rides.

Le corps humain, c'est une merveille à recréer. L'esprit, par contre, n'est qu'une vaste blague. Croyez-moi, je m'y connais.

Non, expliquait-on avec patience face aux caméras, Brad et moi, on n'avait pas créé un « enfant artificiel ». Ce n'était ni l'intention, ni le résultat. Il s'agissait de réconforter les mères en deuil. S'il vous fallait Aimée, vous le saviez.

Quand je me promenais dans la rue et que je croisais des femmes qui marchaient en tenant dans leurs bras un ballot emmailloté avec soin, quelquefois me venait une certitude absolue, en entendant un cri spécifique ou en voyant un petit bras s'agiter. Alors je levais les yeux vers ces passantes et je me sentais rassérénée.

Je me croyais passée à autre chose, guérie de mon deuil. Je comptais entamer un nouveau projet, plus ambitieux, qui montrerait au monde l'étendue de mes talents. Je comptais reprendre ma vie.

J'ai mis quatre ans à parfaire Tara tout en créant des poupées qui se vendraient. Au plan physique, elle évoquait une fillette de cinq ans. Sa plastipeau normalement réservée aux greffes et son synthégel aussi coûteux lui donnaient l'air éthéré, angélique. Elle avait des yeux noirs, limpides, dans lesquels se perdre.

Je n'ai jamais terminé sa locomotion. Avec le recul, tant mieux. Comme élément de substitution temporaire durant la phase de conception, j'ai utilisé le modulateur facial envoyé par les fans de Kimberly au Media Lab du MIT. Dotée d'un bien plus grand nombre de micromoteurs que Kimberly, elle pouvait tourner la tête, cligner des yeux, froncer le nez, bref, générer des milliers de mines convaincantes. Au-dessous du cou, elle demeurait paralysée.

Son esprit, en revanche…

J'ai utilisé les processeurs quantiques les plus évolués et les meilleures matrices de stockage à état solide pour gérer des réseaux neuraux multicouches à feedback multiple. J'y ai rajouté la base sémantique de Stanford et mes propres modifications. La programmation tenait de l'œuvre d'art. Le modèle de données seul m'a demandé plus de six mois.

Je lui ai appris quand sourire, quand se renfrogner, comment parler, comment écouter. Chaque soir, j'analysais les graphes d'activation de ses nœuds neuraux dans le but d'anticiper les problèmes et leur résolution.

Brad ne l'a jamais vue pendant sa mise au point. Gérer les retombées d'Aimée, puis promouvoir les nouvelles poupées lui demandait un travail énorme. Je voulais le surprendre.

J'ai mis Tara dans un fauteuil roulant avant d'aller la lui présenter comme la fille d'une amie. Puisque je devais faire des courses, pouvait-il s'occuper d'elle un petit moment ? Je les ai laissés dans mon bureau.

À mon retour deux heures plus tard, je l'ai trouvé qui lui lisait la légende du Golem. « "Allons, dit le rabbin Loew, ouvre les yeux et parle comme une personne réelle !" »

Du Brad tout craché, ai-je songé. Un maître de l'ironie.

Je l'ai coupé dans son élan. « D'accord, très amusant. Je pige la plaisanterie. Il t'a fallu combien de temps, alors ? »

Il a souri à Tara. « On finira l'histoire une autre fois. » Il s'est tourné vers moi. « Combien de temps pour quoi ?

— Pour le découvrir.

— Découvrir quoi ?

— Arrête de te payer ma tête. Sans rire, comment s'est-elle trahie ?

— Trahie sur quoi ? » ont demandé à l'unisson Brad et Tara.

Rien de ce qu'elle faisait ne me prenait au dépourvu. Je devinais ce qu'elle allait dire avant même qu'elle n'ouvre la bouche. Après tout, j'avais écrit toute sa programmation et je savais comment ses réseaux neuraux se modifiaient selon la moindre de ses interactions.

Or, personne d'autre ne s'est douté de rien. J'aurais dû sauter de joie. Ma poupée réussissait son test de Turing dans la vraie vie. Mais j'avais peur. Les algorithmes parodiaient l'intelligence, pourtant nul ne semblait s'en rendre compte. Ni même s'en soucier.

J'ai fini par annoncer la nouvelle à Brad au bout d'une semaine. Après son émoi initial, il s'est montré enthousiaste (comme je m'y attendais).

« Génial. On n'est plus seulement un fabricant de jouets. Tu imagines ce qu'on peut faire avec ça ? Tu vas devenir célèbre, vraiment célèbre ! »

Il bavassait sur les applications potentielles quand il a pris note de mon silence. « Qu'est-ce qui ne va pas ? »

Je lui ai donc parlé de la chambre chinoise.

Le philosophe John Searle avait coutume de soumettre un problème aux chercheurs en IA. Imaginez une pièce, disait-il, une salle pleine d'employés méticuleux qui excellent à suivre des consignes, mais ne parlent qu'anglais. Dans cette pièce arrive un flot régulier de cartes portant d'étranges symboles. En réponse, ils doivent dessiner d'autres étranges symboles sur des cartes vierges et les expédier dehors. Pour ce faire, ils disposent de grands manuels remplis de règles en anglais : « Si vous voyez une carte portant un gribouillis horizontal suivie d'une carte portant deux gribouillis verticaux, dessinez un triangle sur une carte vierge avant de la donner à l'employé sur votre droite. » Les règles restent muettes sur la signification des symboles.

Il s'avère que les cartes qui arrivent dans la pièce sont des questions écrites en chinois et que les employés, en suivant les règles, produisent des réponses intelligibles en chinois. Mais peut-on dire que le moindre élément de ce processus – les règles, les employés, la pièce dans son ensemble, ce tourbillon d'activité – a *compris* un seul mot de chinois ? Remplacez les employés par « le processeur », les manuels de règles par « le programme », et vous verrez que le test de Turing ne prouve rien, que l'intelligence artificielle est un leurre.

On peut aussi inverser l'argument de la chambre chinoise – remplacez les employés par « les neurones », les manuels de règles par les lois physiques qui gouvernent la cascade des potentiels d'activation, et comment peut-on dire qu'un seul d'entre nous « comprend » quoi que ce soit ? La pensée est un leurre.

« J'ai du mal à te suivre, a dit Brad. Explique-toi. »

Je me suis rendu compte que j'attendais cette réaction de sa part.

« Brad… » Je l'ai regardé droit dans les yeux,

tâchant de l'éclairer par la force de ma volonté. « J'ai peur. Et si jamais on ressemblait tous à Tara ?

— On ? Les gens en général ? C'est ça ? »

J'ai cherché les mots justes. « Imagine qu'on suive tous un algorithme jour après jour ? Que nos cellules cérébrales se bornent à chercher des signaux dans d'autres signaux ? Qu'on ne réfléchisse pas du tout ? Que le discours que je te tiens là se limite à une réponse prédéterminée, définie par des paramètres physiques dénués de raison ?

— Elena, tu laisses la philosophie l'emporter sur le réel. »

Je sentais le désespoir me gagner. *J'ai besoin de dormir.*

« Il me semble que tu as besoin de dormir », a dit Brad.

J'ai tendu l'argent à la fille du chariot de café en échange de mon gobelet fumant. Je l'ai dévisagée. La voir si lasse à huit heures du matin me fatiguait.

Il me faut des vacances.

« Il me faut des vacances », a-t-elle déclaré avec un soupir théâtral.

Je suis passée devant la réceptionniste. *Bonjour, Elena.*

Changez de disque. Je serrais les dents. *Par pitié.*

« Bonjour, Elena. »

J'ai marqué un arrêt devant le box d'Odgen, l'ingénieur calcul. *Le temps, le match d'hier soir, Brad.*

En me voyant, il s'est levé. « Une belle journée, hein ? » Il s'est épongé le front et m'a souri. Pour venir au boulot, il joggait. « Tu as regardé le match hier ? La plus belle passe que j'ai vue en dix ans. Incroyable. Hé ! Brad est arrivé ? » Il affichait une expression d'expectative, en attendant que je suive le scénario, la routine rassurante de la vie.

Les algorithmes suivaient leurs voies toutes tracées et nos pensées se succédaient, aussi mécaniques et prévisibles que les planètes sur leurs orbites. L'horloger était l'horloge.

Je me suis ruée dans mon bureau dont j'ai claqué la porte sans tenir compte de l'effarement d'Odgen, puis j'ai rejoint mon ordinateur et commencé à effacer des fichiers.

« Salut. » Tara. « Qu'est-ce qu'on fait aujourd'hui ? »

Je l'ai éteinte si précipitamment que je me suis cassé un ongle sur l'interrupteur. J'ai extirpé sa batterie. J'ai entrepris de la démanteler à l'aide d'un tournevis et de pinces, avant de passer au marteau. Étais-je en train de tuer ?

Brad a surgi. « Qu'est-ce que tu fais ? »

J'ai levé les yeux vers lui, marteau brandi. Je voulais lui parler de la douleur, de la terreur, de l'abîme qui s'ouvrait tout autour de moi.

Dans ses yeux, je n'ai rien trouvé de ce que je cherchais. Aucune compréhension.

J'ai abattu le marteau.

Brad a essayé de me raisonner avant de me faire interner.

« Simple obsession. On a toujours associé le cerveau à la mode technique du moment. Quand on croyait aux esprits et aux sorcières, on pensait qu'il contenait un petit bonhomme. À l'époque des métiers à tisser et des pianos mécaniques, on l'a comparé à un moteur. Avec le télégraphe et le téléphone, il s'est transformé en réseau filaire. Aujourd'hui tu le prends pour un ordinateur. C'est *ça*, l'illusion. Contrôle-toi. »

Le problème, c'est que je savais qu'il allait dire ça.

« On est mariés depuis des lustres ! m'a-t-il crié. Voilà pourquoi tu crois me connaître si bien ! »

Ça aussi, je savais qu'il allait le dire.

« Tu tournes en rond. » Il avait une voix de vaincu. « Et tu ne tournes pas rond. »

Des boucles dans mon algorithme : POUR et TANT QUE.

« Reviens-moi. Je t'aime. »

Qu'aurait-il pu dire d'autre ?

Enfin seule dans la salle de bains de la pension, je baisse les yeux sur mes mains, sur les veines qui courent sous ma peau. En pressant mes paumes l'une contre l'autre, je sens mon pouls. Je m'agenouille. Pour prier ? De la chair, des os, une bonne programmation.

J'ai mal aux genoux sur ce carrelage dur et froid.

La douleur est réelle, je suppose. Aucun algorithme ne la gouverne. Je considère mes poignets, dont les cicatrices me prennent au dépourvu. Tout ça paraît très familier, comme si je l'avais déjà fait. Des cicatrices horizontales, affreuses et roses, tels des vers de terre. Elles me reprochent mon échec. Des bugs dans l'algorithme.

La fameuse nuit me revient : le sang partout, les plaintes des alarmes, le Dr West et les infirmiers qui m'immobilisent pour me bander les poignets, puis Brad penché sur moi, les traits distordus par un chagrin qui ne laisse aucune place à la compréhension.

J'aurais dû me débrouiller mieux. Les artères, protégées par les os, sont bien cachées. Il faut pratiquer des incisions verticales si on veut un résultat tangible. Voilà l'algorithme adéquat. Il y a une recette pour tout. Pas d'erreur, cette fois.

Il faut un certain temps, mais l'assoupissement finit par me gagner.

Je suis contente. La douleur est bel et bien réelle.

J'ouvre la porte de ma chambre et j'allume.

La lumière active Laura, posée sur ma commode. Il s'agit d'un vieux modèle de démonstration. Toute dépenaillée, il y a longtemps qu'on ne l'a pas époussetée. Elle bouge la tête pour suivre mon déplacement.

Je me retourne. Brad demeure immobile, mais je vois les larmes sur ses joues. Il a pleuré pendant tout le retour depuis Salem. On n'a pas échangé un mot.

J'entends en boucle la voix de l'hôtelier. « Oh ! J'ai vite compris qu'un truc clochait. On a déjà eu le cas ici. Je l'ai trouvée bizarre au petit-déjeuner et, à votre retour du musée, elle avait l'air ailleurs. Quand j'ai entendu l'eau couler aussi longtemps dans la tuyauterie, je me suis précipité là-haut. »

J'étais donc à ce point prévisible.

Je regarde Brad et je crois qu'il souffre le martyre. Je le crois sans réserve. Mais je n'éprouve toujours rien. Il y a un abîme entre nous, un abîme si vaste que je ne sens plus sa douleur. Ni lui la mienne.

Pourtant, mes algorithmes continuent de fonctionner. J'y cherche la déclaration adéquate.

« Je t'aime. »

Il reste muet. Ses épaules se soulèvent dans un sanglot.

Je me détourne. L'écho de ma voix se répercute dans la maison vide, rebondit sur les murs. Les capteurs sonores de Laura, aussi vieux soient-ils, le détectent. Les signaux filent le long des SI en cascade et les boucles FAIRE dansent tandis qu'elle consulte sa base de données. Les moteurs bourdonnent. Le synthétiseur vocal entre en action.

« Moi aussi, je t'aime », dit Laura.

Nova Verba, Mundus Novus

traduit de l'anglais par Pierre-Paul Durastanti
& Quarante-Deux

Au bout de cent quatre-vingt-quatre jours, le *Sesquipédal* atteignit le bord du monde.

L'océan Atlantéen s'y déversait en superbe cascade. Les écailles des poissons qui s'abîmaient dans le vide reflétaient le soleil couchant comme de l'or liquéfié. L'équipage, pris d'un effroi mêlé d'admiration, se tut. On n'entendait que les cris de panique des dauphins qui plongeaient dans l'abysse.

« Le monde est donc plat, déclara le docteur Denham. Vous avez mérité votre place dans l'Histoire, capitaine. »

Le capitaine Baffin réagit d'un hochement de tête presque imperceptible.

Tout le monde retint son souffle tandis que la caravelle, courant sur son erre, se rapprochait du bord.

« Lancez l'aérostat, décréta Baffin. Simple péripétie. *Plus ultra.* Il faut continuer, où que le chemin nous conduise. »

Avec la moitié du navire dans le vide, l'équipage, qui se cramponnait aux haubans, crut que la quille allait se briser en deux.

Mais l'aérostat, énorme ballon de soie cirée qui mesurait plusieurs fois la taille du vaisseau, se gonfla de l'air chaud issu des bidons enflammés disposés partout sur le pont. Le bateau, suspendu à cette enveloppe, prit son envol pour descendre lentement le long du bord du monde.

Une vingtaine de marins avaient sauté à l'eau pour rentrer à la nage. Le capitaine Baffin dit une brève prière pour le repos de l'âme de ces pauvres inconscients tandis que leurs corps épuisés passaient en tourbillonnant.

Le rideau liquide se réduisit à un voile de brume où se dessina un vaste arc-en-ciel circulaire par lequel l'équipage regarda ardemment afin de discerner ce qui soutenait la montagne inversée qui constituait le monde.

Une énorme créature grise barrit un salut au navire.

« Un éléphant, indiqua le capitaine.

— Les Hindous avaient raison, dit le docteur Denham. Le *Sesquipé...* » Sa phrase demeura inachevée. « Je parais avoir quelques difficul... » Il écarquilla les yeux. « Voilà que je n'arrive plus à parler ou à penser comme je le voudrais.

— Il ne peut s'agir que d'une supersti... » Baffin déglutit et secoua la tête. « Ma foi, on dirait bien que nous sommes limités aux mots de trois syllabes ou moins tandis que nous voguons vers l'assise du monde. »

Les quatre pattes du pachyderme, tels des troncs d'arbre, se dressaient sur le dos d'une tortue géante.

« La cara… coquille mesure trois cents milles de diamè… » Le docteur se tut. « Flûte, juste les mots de deux sylla…

— En avant ! cria Baffin. En avant ! »

La bête sortit la tête de sa coquille et scruta le bateau sans un mot.

« Qu'y a-t-il sous elle ? »

Le jour baissait. Ils virent que chaque patte de la tortue géante se dressait sur le dos d'une tortue plus petite, dont chacune, à son tour, se tenait sur quatre autres tortues plus menues encore.

« Le grand se fonde sur le petit, dit le marin, le complexe sur le simple. »

En bas, rien à voir.

Plus de jour.

« Il fait tout noir au fond.

— Et on n'a plus rien dans la tête », dit le doc.

Des pleurs à la ronde.

« À l'aube fut le Verbe, dit le cap, l'œil plus vif. La base du monde, que nul ne brise, je la nomme iotam. »

Tic du doc. « Iotam a trois syl…

— Les iotams créent des choses neuves, comme les mots font des mots neufs. On peut dire bien des mots d'un coup. Je les nomme "syllanante". Par mots d'une syllanante, je crée du sens pour des mots qui en ont plus, qui nomment les iotams. Je te nomme "doctiste" et moi "capvaiss". De par ces lois, je fais des mots neufs en groupes, pas un par un. Un "-iant" à la fin d'un verbe le place dans ce lieu et ce temps, ou le change en nom ; mettiant "-ut" à un mot crée un mot neuf qui dit "plus du vieux" ; mettiant "-ta" à la fin du mot crée le même, dans un temps plus tôt. »

Le groupe crieta de joie car leur tête, sans ordre, se clarta. La nef cesseta sa chute, puis monta.

Ils virta des formes dans la brume, des grains se fondiant en grains plus grands, preniant un tour neuf. Jambes, conches, longs cous – « Je te nomme tortée, pour tes pieds torta, dit le capvaiss.

— Et des tortées grandut se placent sur les moins grandut », dit le doctiste, comme la nef monte et monte.

Au vrai, de plus grandut tortées se montriant dans la nuit fuitiant.

À la fin, passiant le neztube géant et par l'arcbrume de toutes teintes, le *Ses* faitta plouf dans la mer vive puis se lèveta. Les filuants toves hurliffloumèrent, et les borogoves tout smouales gyrèrent et bilbèrent dans la loirbe.

« Nous sommes chez nous, dit le riant doctiste.

— Le même, mais pas le même », dit le capvaiss.

Faits pour être ensemble

traduit de l'anglais par David Creuze
harmonisé par Pierre-Paul Durastanti & Olivier Girard

Sai se réveilla au rythme des accords entraînants d'« Il Sospetto », le premier mouvement du concerto pour violon en ut mineur de Vivaldi.

Il resta allongé une minute, laissant la musique lui courir sur le corps telle une douce brise de l'océan Pacifique. Les stores s'ouvraient peu à peu ; le soleil envahissait la pièce. Tilly l'avait réveillé juste à la fin d'un cycle de sommeil léger, un moment optimum. Il se sentait vraiment bien : reposé, positif, prêt à sauter du lit, ce qu'il fit sans tarder.

« Très bon choix pour le réveil, Tilly.

— Naturellement. » Tilly s'exprimait depuis la caméra/haut-parleur sur la table de nuit. « Qui connaît tes goûts et tes humeurs mieux que moi ? » Bien qu'électronique, la voix était affectueuse et taquine.

Sai passa sous la douche.

« N'oublie pas de mettre tes nouvelles chaussures, aujourd'hui. » Le son provenait désormais de la caméra/haut-parleur du plafond.

« Pourquoi ?

— Tu as un rendez-vous après le travail.

— Oh, la nouvelle fille. C'est quoi son nom, déjà ? Tu me l'as dit, mais…

— Je te rappellerai tout ça en temps voulu. Je suis sûre qu'elle te plaira. L'indice de compatibilité est très élevé. Vous devriez être amoureux pendant au moins six mois. »

Sai piaffait d'impatience. Sa dernière petite amie lui avait aussi été présentée par Tilly, et leur relation s'était avérée merveilleuse. À l'inverse de leur rupture, atroce, bien sûr, mais Tilly avait su l'aider à la surmonter. Il avait mûri, il le sentait. Aujourd'hui, après un mois de célibat, il s'estimait d'attaque pour une nouvelle relation amoureuse.

Sauf qu'il lui fallait d'abord supporter sa journée de boulot. « Tu me conseilles quoi pour le petit-déjeuner ?

— Tu assistes au briefing de l'affaire Davis à onze heures, ce qui signifie que ton déjeuner sera payé par la compagnie. Je te suggère quelque chose de léger, une banane, par exemple. »

Sai se sentait gagné par l'excitation. La plupart des assistants juridiques à Chapman Singh, Stevens & Rios avaient pour motivation principale les repas clients, préparés par le chef cuisinier du cabinet.

« J'ai le temps pour un café ?

— Oui. La circulation est assez fluide ce matin. Mais je te recommande malgré tout le nouveau bar à smoothies sur le chemin… Je peux t'obtenir un bon de réduction. »

— J'ai vraiment envie d'un café.

— Tu adoreras leur smoothie. »

Sai sourit en fermant l'eau. « OK, Tilly. Tu as toujours raison. »

Même s'il s'agissait d'une matinée classique pour Las Aldamas en Californie, agréable et ensoleillée – vingt degrés –, Jenny, sa voisine, portait un épais manteau d'hiver, des lunettes de ski et une écharpe noire masquant ses cheveux et l'essentiel de son visage.

« Je croyais t'avoir expliqué que je ne voulais pas que tu installes ce truc », dit-elle, la voix déformée par une sorte de filtre électronique, alors qu'il sortait de son appartement. En réponse à son regard interrogateur, elle désigna la caméra surplombant la porte de Sai.

Parler avec Jenny, c'était comme de discuter avec les amis de sa grand-mère, ceux qui refusaient d'avoir une adresse e-mail Centillion ou un compte ShareAll de peur que « l'ordinateur » ne sache « tout ». Sauf que, pour autant qu'il puisse en juger, Jenny avait plus ou moins le même âge que lui. Elle appartenait à la génération Internet, mais la philosophie du partage lui passait complètement au travers.

« Jenny, je n'ai pas à me justifier ; j'ai le droit d'installer ce que je veux au-dessus de ma porte. Et je veux que Tilly garde un œil sur mon appartement en mon absence. Le 308 a été cambriolé la semaine dernière.

— Sauf que ta caméra va aussi voir qui vient chez moi, puisqu'on partage ce couloir.

— Et alors ?

— Je refuse que Tilly possède la moindre miette de mon empreinte sociale. »

Sai leva les yeux au ciel. « Qu'est-ce que tu as à cacher ?

— C'est pas la question…

— Ouais, ouais, les droits inaliénables, la liberté, la vie privée, blablabla… »

Discuter avec des gens comme Jenny le fatiguait. Il avait répété la même chose un nombre incalculable de fois : *Centillion n'est pas un gros gouvernement méchant et terrifiant. C'est une entreprise privée au credo des plus clair : « Améliorons les choses ! » Ce n'est pas parce que certains veulent vivre au Moyen-Âge que les autres n'ont pas le droit de profiter de l'omniscience des systèmes informatiques.*

Il contourna la forme encombrante pour gagner les escaliers.

« Tilly ne se contente pas de te dire ce que tu *veux*, cria Jenny dans son dos, elle te dit *quoi penser*. Tu arrives encore à savoir ce dont tu as vraiment envie ? »

Sai marqua une pause.

« Alors ? » insista sa voisine.

Quelle question ridicule. Pile le genre de tirade pseudo-intellectuelle et anti-technologie que des gens de son espèce trouvent intelligente.

« Tarée », chuchota-t-il alors qu'il se remettait en route, s'attendant à ce que Tilly le détende d'une blague bien sentie au creux de son oreillette.

Mais Tilly ne dit rien.

Avoir Tilly avec soi, c'était comme disposer du meilleur assistant au monde.

« Hé, Tilly, tu te rappelles où j'ai mis ce dossier du Wyoming avec le nom d'entreprise bizarre, et le formulaire de changement de nom ? Ça date d'il y a environ six mois. »

« Hé, Tilly, tu peux me trouver un formulaire pour les articles de la section 131 ? Il m'en faut un, celui qu'utilisent les Associés de Singh. »

« Hé, Tilly, mémorise ces pages. Ajoute-leur ces mots clés : "Chapman", "achat de faveurs" et "seulement si l'Associé est gentil avec moi". »

Chapman Singh & Co refusa un temps l'utilisation de Tilly au bureau, lui préférant son système d'IA propriétaire. Forcer les employés à scinder les recommandations et les agendas personnels et professionnels s'avérait toutefois difficile, aussi, dès que les Associés du cabinet se mirent à violer les règles et à utiliser Tilly au travail, le service informatique ne put que soutenir l'ensemble des salariés.

De plus, Centillion avait promis la sanctuarisation des données d'entreprise, s'engageant à ne jamais utiliser ces dernières à fin de concurrence, mais dans le seul but de fournir les meilleures recommandations possibles aux employés de Chapman Singh. Après tout, la mission de Centillion n'était-elle pas d'« organiser les données du monde pour ennoblir l'espèce humaine » ? Et qu'existait-il de plus noble que de rendre le travail plus efficace, plus productif, plus agréable ?

Tout en appréciant son déjeuner, Sai mesurait son

bonheur. Il ne pouvait même pas s'imaginer la corvée que devait représenter le boulot avant l'apparition de Tilly.

Après avoir quitté le cabinet, Tilly conduisit Sai chez le fleuriste – bien sûr, elle disposait d'un bon de réduction – puis, sur le chemin du restaurant, lui communiqua les informations sur Ellen, son rancard. Études, profil ShareAll, avis de ses petit(e)s ami(e)s précédent(e)s, ses centres d'intérêt, ses « j'aime » / « j'aime pas », et naturellement des photos – par dizaines, trouvées et compilées sur le Net.

Sai sourit. Comme toujours, Tilly avait raison ; Ellen était pile son genre de fille.

Ce qu'un homme ne peut pas dire à son meilleur ami, il peut le chercher sans souci sur Centillion. Tilly savait quel type de femmes plaisait à Sai – elle n'ignorait rien des photos et des vidéos qu'il reluquait tard le soir, son navigateur en mode « Juste-pour-moi ».

Et bien sûr, Tilly connaissait Ellen aussi bien que Sai ; ce dernier savait donc qu'il était lui aussi au goût d'Ellen.

Comme prévu, ils appréciaient les mêmes livres, les mêmes films et la même musique. Ils avaient des vues compatibles en matière d'implication au travail. Ils riaient aux mêmes blagues et se ressourçaient l'un à l'autre dans un échange des plus stimulant.

Pareille réussite avait de quoi impressionner. Quatre milliards de femmes sur Terre, et Tilly semblait avoir trouvé deux êtres faits pour être ensemble. C'était comme activer le bouton « J'ai de la chance » sur le moteur de recherche Centillion des débuts, qui savait toujours vous conduire sur la bonne page web.

Sai tombait amoureux, il le sentait ; de même qu'il ne doutait pas qu'Ellen l'invite chez elle après le dîner.

Les choses se passaient au mieux… Même si, pour être honnête, les choses en question n'avaient pas été aussi excitantes et enivrantes que prévu… Mais tout allait très bien. Peut-être même un peu trop. Comme s'ils savaient déjà tout l'un de l'autre. Il n'y avait aucune surprise – ce frisson si particulier, la découverte de l'inconnu faisait défaut.

À vrai dire, le rendez-vous s'avérait un tantinet ennuyeux.

L'esprit de Sai vagabondait ; un blanc suspendit la conversation. Ils se souriaient, s'efforçaient d'apprécier le silence.

La voix de Tilly jaillit dans son oreillette : « Tu devrais lui demander si elle aime les desserts japonais contemporains. Je connais l'endroit idéal… »

Sai réalisa qu'en effet, il mangerait bien quelque chose de sucré, de délicat, même s'il n'en avait pas conscience jusqu'alors.

Tilly ne fait pas que te dire ce que tu veux. *Elle te dit* quoi penser.

La réalité de l'instant frappa Sai.

Tu arrives encore à savoir ce dont tu as vraiment envie ?

Il tâcha d'ordonner ses pensées. Tilly avait-elle deviné ce qu'il voulait avant qu'il ne le sache lui-même ? Ou lui avait-elle mis cette idée en tête ?

Alors ?

La façon dont Tilly remplissait les blancs… Comme si elle l'estimait incapable de gérer son rendez-vous, incapable de savoir quoi dire ou quoi faire.

Il sentit une pointe d'agacement monter en lui. Tilly avait tout gâché.

Elle me traite en gamin.

« Je sais que tu aimeras. J'ai un bon de réduction.

— Tilly, arrête la surveillance et les suggestions.

— Tu es sûr ? S'il y a des trous dans le partage, ton profil risque d'être incomplet…

— Oui, éteins-toi s'il te plaît. »

Tilly s'exécuta dans un bip.

Ellen le regardait, choquée, les yeux écarquillés, la bouche ouverte.

« Pourquoi tu fais ça ?

— Je voulais qu'on se parle seuls, juste toi et moi. » Sai sourit. « C'est sympa d'être juste soi-même, parfois, sans Tilly. Tu ne crois pas ? »

Ellen semblait ne pas comprendre.

« Plus Tilly en sait, plus elle peut être utile. Tu ne préfères pas t'assurer d'éviter des erreurs idiotes pendant un premier rendez-vous ? On est tous les deux occupés, et Tilly…

— Je sais ce que Tilly peut faire. Mais… »

Ellen leva une main pour couper court, tête penchée sur le côté, à l'écoute de son oreillette.

« J'ai une super idée, dit-elle. Il y a une nouvelle boîte de nuit, et Tilly peut nous avoir un bon de réduction… »

Sai secoua la tête.

« J'aimerais bien qu'on pense à quelque chose sans Tilly. Tu ne voudrais pas la couper, s'il te plaît ? »

Le visage d'Ellen se fit indéchiffrable.

« Je ferais mieux de rentrer. Je travaille tôt, demain. » Elle détournait les yeux.

« C'est Tilly qui t'a suggéré de dire ça ? »

Elle ne répondit rien, évitant son regard.

« J'ai passé un super moment, ajouta Sai en hâte. On pourrait remettre ça un de ces quatre ? »

Ellen paya la moitié de la note sans lui demander de la raccompagner.

« Tu manques de sociabilité, ce soir, constata Tilly.

— Je ne manque de rien. C'est juste que je n'aimais pas la façon dont tu te mêlais de tout ça.

— Je ne doute pas que tu aurais apprécié le reste du rendez-vous si tu avais suivi mes conseils. »

Sai roulait en silence.

« Je sens beaucoup d'agression refoulée en toi. Peut-être un peu de kickboxing ? Ça fait longtemps que tu n'y es pas allé, et il y a une salle de sport ouverte jour et nuit pas très loin. Prends à droite, là. »

Sai continua tout droit.

« Qu'est-ce qui ne va pas ?

— J'ai assez dépensé comme ça.

— Tu sais bien que j'ai un bon de réduction.

— Je n'ai pas le droit d'économiser mon fric ?

— Ton taux d'épargne est parfait. Je veux juste m'assurer que tu gardes un bon régime de consommation de loisirs. Si tu économises trop, tu regretteras plus tard de ne pas avoir assez profité de ta jeunesse. J'ai planifié ta quantité optimale de dépenses quotidiennes pour…

— Tilly, tout ce que je veux, c'est rentrer à la maison et dormir. Tu veux bien t'éteindre ?

— Tu as conscience que pour te donner les meilleurs conseils, je dois tout savoir de toi. Si tu m'empêches de voir certaines parties de ta vie, ils ne seront pas aussi précis… »

Sai sortit le téléphone de sa poche et coupa l'appareil. L'oreillette se tut.

Arrivé en bas de chez lui, il s'aperçut que la lumière des escaliers était éteinte et que plusieurs silhouettes sombres traînaient non loin du porche.

« Qui est là ? »

Tandis que les ombres s'éparpillaient, l'une d'elles s'approcha : Jenny.

« Tu rentres tôt. »

Il faillit ne pas la reconnaître, entendant sa voix sans filtre électronique pour la première fois, une voix qui, de manière inattendue, sonnait enjouée.

Sai fut pris de court.

« Comment tu peux savoir que je rentre tôt ? Tu m'espionnes ? »

Jenny leva les yeux au ciel.

« Pour quoi faire ? Ton téléphone enregistre tes entrées et sorties partout où tu vas ; il poste un statut basé sur ton humeur en permanence. Tout est sur le lifecast public de ton compte ShareAll. »

À la faible lueur des lampadaires, Sai constata qu'elle avait troqué son gros manteau d'hiver, ses lunettes de ski et son écharpe au profit d'un short et d'un tee-shirt blanc trop large. Des mèches teintes de couleur claire émaillaient ses cheveux noirs. En fait, dans le genre un peu ringard, elle était plutôt jolie.

« Quoi, ça te surprend que je sache me servir d'un ordinateur ?

— C'est juste que tu as toujours l'air si…

— Parano ? Folle ? Dis-moi ce que tu as à l'esprit. Je ne me vexerai pas.

— Où sont ton manteau et tes lunettes ? Je t'ai toujours vue avec.

— Oh, j'ai collé du ruban adhésif sur la caméra de ta porte pour que des amis puissent venir me voir ce soir. Du coup, pas besoin de tout ça. Désolée…

— T'as fait quoi ?

— Et je suis sortie pour te voir, parce que j'ai constaté que tu avais éteint Tilly non pas une, mais deux fois. Je crois que tu es enfin prêt pour la vérité. »

Pénétrer dans l'appartement de Jenny, c'était comme se retrouver pris dans un filet de pêche.

Le plafond, le sol et les murs, tout était couvert d'une fine résille métallique scintillante pareille à de l'argent liquide sous le clignotement des immenses écrans HD empilés les uns sur les autres, dans tous les coins, et qui semblaient constituer l'unique source de lumière.

Outre les moniteurs, les seuls autres meubles visibles étaient des étagères pleines de livres (en papier, bizarrement). Quelques cartons de lait renversés et recouverts de coussins faisaient office de chaises.

Sai, fébrile, avait voulu faire quelque chose d'inhabituel. Une décision qu'il regrettait déjà ; jamais il n'aurait dû accepter son invitation. Sa voisine était bien une excentrique, et pas qu'un peu.

Après avoir fermé la porte, Jenny retira l'oreillette de Sai d'un geste puis tendit la main. « Donne-moi ton téléphone.

— Pourquoi ? Il est déjà éteint. »

La main de Jenny restait immobile ; Sai s'exécuta à contrecœur.

La jeune femme examina l'appareil avec mépris. « Batterie inamovible… Pas étonnant, avec un téléphone Centillion. Ils devraient appeler ces trucs des mouchards, pas des téléphones. On ne peut jamais être sûr qu'ils sont vraiment éteints. » Elle le glissa dans un sac épais qu'elle ferma avec soin avant de le poser sur son bureau.

« Bon, maintenant que ton mobile est fermé aux ondes acoustiques et électromagnétiques, on peut parler. En gros, la toile sur les murs transforme mon appartement en cage de Faraday, ce qui bloque les signaux. Mais je ne suis tranquille avec un téléphone Centillion à côté de moi qu'une fois enveloppé sous plusieurs couches de blindage.

— Laisse-moi te dire que tu es à la masse. Tu crois que Centillion nous espionne ? Leur politique de confidentialité est la meilleure du marché. Chaque octet de données qu'ils recueillent est fourni volontairement, tout est utilisé pour améliorer la vie de l'utilisa… »

Jenny penchait la tête de côté, le regardant avec un sourire à ce point moqueur qu'il finit par se taire.

« Si tout ça est vrai, pourquoi t'as éteint Tilly ce soir ? Pourquoi t'as accepté de venir ici, chez moi ? »

Sai lui-même ignorait la réponse à cette question.

« Regarde-toi. Tu as accepté que des caméras observent le moindre de tes mouvements, que chacune de tes pensées, chacun de tes mots, chacune de tes interactions soient enregistrés dans des centres de données, perdus on ne sait où, pour que des algorithmes les digèrent et en extraient des informations rachetées à prix d'or par des multinationales. Aujourd'hui, tu n'as plus la moindre intimité, plus rien qui t'appartienne vraiment. Centillion te possède tout entier. Tu ne sais même plus qui tu es. Tu achètes ce que Centillion veut que tu achètes. Tu lis ce que Centillion te dit de lire. Tu sors avec qui Centillion pense que tu devrais sortir. Mais es-tu seulement heureux ?

— C'est une perception archaïque de la réalité. Tilly ne me suggère que des choses qui correspondent à mon profil de goûts et que j'aimerai à coup sûr. C'est scientifiquement prouvé.

— Tu veux dire que telle ou telle société paie Centillion pour te balancer ses produits.

— C'est le rôle de la publicité, non ? Faire correspondre un désir avec sa satisfaction. Il y a dans ce monde des milliers de produits bien adaptés pour moi que j'aurais pu ne jamais connaître. Une femme idéale que je ne rencontrerais peut-être jamais sans Tilly. Quel mal y a-t-il à écouter un conseil s'il a pour seul but de faire correspondre le meilleur produit au consommateur idéal, faire en sorte que la femme parfaite trouve l'homme parfait ? »

Jenny gloussa.

« J'adore comment tu justifies ton état. Alors je te repose la question : si la vie avec Tilly est si géniale, pourquoi tu l'as éteinte ce soir ?

— Je n'en sais rien. » Sai secoua la tête. « Je n'aurais pas dû venir. Je crois que je vais rentrer.

— Attends. Laisse-moi d'abord te montrer quelques petits trucs au sujet de ta Tilly adorée. » Jenny s'assit derrière un clavier, lançant l'ouverture de toute une série de documents ; elle continuait à parler pendant que Sai s'efforçait d'en parcourir l'essentiel sur un immense écran.

« Il y a plusieurs années, on a pris Centillion sur le fait alors que ses voitures de surveillance du trafic fouinaient dans les réseaux domestiques wifi des rues qu'elles empruntaient. Autrefois, Centillion passait aussi outre aux paramètres de sécurité de ta machine pour traquer tes habitudes de navigation sur le Net. Mais ça, c'était avant qu'ils n'optent pour un système de surveillance volontaire conçu pour de meilleures “recommandations”. Tu crois vraiment qu'ils ont changé ? Leur appétit de données utilisateur est insatiable, et ils se foutent de comment ils les obtiennent. »

Sceptique, Sai parcourait les documents.

« Si c'est vrai, pourquoi personne n'en parle aux infos ? »

Jenny se mit à rire.

« D'abord, tout ce que faisait Centillion était légal d'un point de vue factuel. Les transmissions sans fil flottaient dans l'espace public, par exemple ; il n'y a donc eu aucune violation de la vie privée. Et il était possible de lire les conditions d'utilisation autorisant Centillion à tout se permettre pour "améliorer leurs services". Ensuite, qui d'autre que Centillion, aujourd'hui, te fournit l'information ? S'ils ne veulent pas que tu voies un truc, tu ne le verras jamais.

— Alors comment t'as trouvé ces documents ?

— Ma machine est connectée à un réseau parallèle, plaqué par-dessus le Net, invisible à Centillion. Pour faire court, on s'appuie sur un virus qui transforme les ordinateurs des gens en stations relais à notre usage. Tout est chiffré et envoyé en *peer to peer* pour éviter que Centillion ne capte notre trafic. »

Sai secoua la tête.

« T'es vraiment une de ces conspirationnistes parano, en fait. Dans ta bouche, on dirait que Centillion est une horrible dictature répressive. Mais c'est juste une entreprise qui s'efforce de gagner de l'argent.

— La surveillance, rétorqua Jenny, c'est de la surveillance. Et que certaines personnes la trouvent moins problématique parce qu'elle est pratiquée par une société privée, voilà bien un truc qui me dépasse… Les États n'arrivent plus à la cheville de Centillion depuis bien longtemps. N'oublie pas qu'ils ont réussi à renverser trois gouvernements juste parce que ces derniers avaient osé bannir Centillion de chez eux.

— Des régimes répressifs…

— Oh, c'est vrai, j'oubliais que toi, tu vis au pays de la liberté. Tu crois vraiment que Centillion essayait de promouvoir les Droits de l'Homme ? Tout ce qu'ils voulaient, c'était s'installer, surveiller le plus de monde possible et pousser la population à consommer toujours davantage, histoire de se faire encore plus de fric.

— Mais ça, c'est du business. Et le business, ce n'est pas l'incarnation du mal.

— C'est ce que tu crois. Parce que tu ne sais plus à quoi ressemble vraiment le monde, maintenant que Centillion l'a refait à son image. »

*

Au volant de sa voiture, tout aussi blindée que son appartement, Jenny chuchotait, comme si elle craignait que leur conversation puisse être entendue par les piétons.

« Incroyable à quel point cet endroit est délabré », dit Sai alors que sa compagne garait leur véhicule sur le bas-côté. Le revêtement de la route était criblé de trous, et les façades alentour affichaient une décrépitude avancée. Certaines maisons, manifestement abandonnées, tombaient en ruine. Le hululement d'une sirène de police résonnait au loin. Sai n'avait jamais mis les pieds dans ce quartier de Las Aldamas.

« C'était très différent il y a dix ans.

— Que s'est-il passé ?

— Centillion a remarqué la propension de certaines personnes – pas toutes – à se communautariser lors de leur emménagement dans un nouvel endroit. Ils ont tenté de répondre à cette pulsion en donnant la priorité aux annonces immobilières faisant état des origines ethniques des propriétaires. Rien d'illégal, ils ne faisaient que satisfaire un besoin, un désir de leurs clients. Ils ne cachaient aucune annonce, c'est juste que celles considérées "hors genre" se retrouvaient tout en bas des listes de résultats. Et puis, de toute façon, comment prouver qu'un algorithme s'intéresse à la couleur de peau quand il ne s'agit que d'un seul facteur parmi des centaines d'autres dans leurs formules magiques de classement ?

» Au bout d'un moment, ça a fait boule de neige, et la ségrégation s'est aggravée. Il est de fait devenu plus facile pour les politiciens de découper les districts suivant l'origine ethnique de leurs habitants. Et voilà le résultat... À ton avis, qui est coincé dans cette partie de la ville ? »

Sai prit une profonde inspiration.

« Je ne savais pas.

— Si tu demandes à Centillion, on te répondra que leurs algorithmes n'ont fait que refléter et répliquer les désirs de ségrégation d'une frange de leurs utilisateurs, et que leur travail ne consiste pas à choisir ce qu'il faut penser ou pas. Oh, ils pourraient même prétendre qu'en définitive, ils augmentent la liberté de tout un chacun en donnant aux gens précisément ce qu'ils veulent. Et omettre bien sûr de mentionner quel était leur bénéfice, grâce aux commissions sur les ventes immobilières.

— Je n'arrive pas à croire que personne n'en parle jamais.

— Tu oublies encore que, de nos jours, Centillion filtre tout ce que tu sais. Quand tu lances une recherche, que tu écoutes ta revue de presse, tout a été organisé par Centillion pour s'accorder à leur idée de ce que tu veux entendre. Quelqu'un d'irrité par une information lambda est moins disposé à l'acte d'achat, quel qu'il soit, aussi Centillion ajuste les choses pour que tout aille au mieux. C'est comme si on vivait dans la Cité d'Émeraude du Pays d'Oz. Centillion nous met ces grosses lunettes vertes sur les yeux, et tout le monde pense que tout a une jolie couleur émeraude.

— Tu accuses Centillion de censure.

— Non. Centillion est un algorithme hors de tout contrôle. Il ne fait que te donner plus, toujours plus, de ce qu'il pense être ton désir. Et nous considérons – les gens comme moi – que c'est le fond du problème. Centillion nous a placés dans de petites bulles où seuls nos propres échos nous sont renvoyés, ce qui perpétue toujours davantage nos croyances et accentue nos penchants. On arrête de se poser des questions et on accepte le jugement de Tilly, sur tout.

» Année après année, les moutons que nous sommes devenons de plus en plus dociles, et notre laine plus épaisse. Après quoi Centillion nous passe à la tonte et s'enrichit. En ce qui me concerne, hors de question que je vive de la sorte.

— Et pourquoi tu me dis tout ça ?

— Eh bien, voisin, parce qu'on va tuer Tilly. » Le regard de Jenny se durcit. « Et que tu vas nous aider. »

Avec ses fenêtres occultées par de lourds rideaux, l'appartement de Jenny semblait encore plus étouffant après leur tour en voiture. Tandis qu'il regardait les écrans clignotants autour de lui, leurs motifs abstraits et dansants, Sai se sentit de nouveau gagné par la méfiance. « Tu comptes t'y prendre comment ?

— On travaille sur un virus, une arme cybernétique, si tu préfères un terme plus militaire.

— Et il fait quoi, ton truc ?

— Le sang de Tilly, ce qui l'irrigue, ce sont les données, les milliards de profils que Centillion a compilés sur chaque utilisateur. C'est là qu'il faut frapper. Une fois le centre de données de Centillion infecté, le virus commencera à altérer en douceur tous les profils utilisateur trouvés pour en créer des nouveaux, factices. On veut que ce soit lent, afin d'éviter de se faire détecter trop tôt. Au final, les données seront tellement gangrenées qu'il deviendra impossible à Tilly de faire ses recommandations malsaines et autoritaires aux utilisateurs. Et si on opère assez en douceur, assez discrètement, ils ne pourront même pas se servir de leurs sauvegardes, car elles aussi seront corrompues. Sans les données amassées au fil des décennies, les recettes publicitaires de Centillion se tariront du jour au lendemain. Pouf, Tilly aura disparu. »

Sai imaginait les milliards d'octets de données du *cloud* : ses goûts, ses « j'aime » et ses « je n'aime pas », ses désirs secrets, ses intentions avouées, son historique de recherche, ses achats, les articles et les livres qu'il avait lus, les pages qu'il avait parcourues…

Ces octets composaient une copie digitale de lui-même, au sens propre. N'existait-il aucune parcelle de son être n'appartenant qu'à lui, qui ne se trouvait pas dans le *cloud*, sous le regard attentif de Tilly ? Quant à libérer un tel virus, cela ne représentait-il pas une sorte de suicide ? Une espèce de… meurtre ?

La satisfaction factice qu'il éprouvait quand Tilly faisait ses choix à sa place lui revint en mémoire, ce sentiment du cochon vautré dans sa bauge, enfermé mais content.

Ces données étaient à lui, rien qu'à lui. Convertir sa volonté en octets était impossible. Or Tilly avait presque réussi à le lui faire oublier.

« Comment je peux t'aider ? » demanda-t-il.

Les échos de « So What », interprété par Miles Davis, le réveillèrent.

Pendant un instant, il s'interrogea sur la réalité de ses souvenirs de la nuit passée. Après tout, il était si agréable d'ouvrir l'œil aux rythmes de la musique qu'il voulait précisément entendre.

« Tu te sens mieux, Sai ? » La voix de Tilly.

Excellente question.

« Je croyais t'avoir coupée…

— J'étais inquiète. Je pensais que tu avais stoppé tous les accès de Centillion sur ta vie la nuit dernière, et que tu avais oublié de les rétablir. Tu aurais pu manquer ton réveil. Par chance, Centillion a ajouté une sécurité intégrée dans le système pour se rallumer automatiquement. Nous avons pensé que la plupart des utilisateurs seraient heureux de disposer d'un tel dispositif, afin que Centillion puisse retrouver accès à leur vie.

— Bien sûr… » *Faire en sorte que Tilly reste en off*

est donc impossible ; tout ce qu'a dit Jenny hier soir est vrai. Un frisson parcourut l'échine de Sai.

« Il y a un trou d'environ douze heures pendant lequel je n'ai pu accéder à aucune de tes données. Afin d'éviter la dégradation de mes capacités à t'aider, je te recommande de me mettre au courant.

— Tu n'as pas raté grand-chose. Je suis rentré et je me suis endormi. J'étais vraiment crevé.

— Il semblerait que la nouvelle caméra de sécurité que tu as installée ait été encore vandalisée. La police est déjà informée. La caméra n'a malheureusement pas pu prendre de photo correcte des responsables.

— Ne t'inquiète pas. Il n'y a rien à voler ici, de toute façon.

— Tu as l'air un peu déprimé. C'est à cause du rendez-vous d'hier soir ? Il semblerait qu'Ellen et toi n'étiez pas faits pour vous entendre, en définitive.

— Euh, ouais… Peut-être pas.

— Ne te fais aucun souci : je sais ce qui pourra te changer les idées. »

Au cours des semaines suivantes, il fut extrêmement difficile à Sai de tenir le rôle qui lui était dévolu.

Jenny avait insisté : pour que leur plan ait une chance de fonctionner, il devait à tout prix continuer à jouer la carte de la confiance ; Tilly ne devait se douter de rien.

Ça semblait assez simple, au début, mais masquer ses sentiments à Tilly était en fait très éprouvant. Sans cesse, il se demandait si elle détectait les frissons dans sa voix, si elle réalisait combien il feignait l'enthousiasme lorsqu'elle lui proposait des achats.

D'autant qu'il lui fallait résoudre un autre problème, et bien plus crucial encore, lié à la venue au cabinet Chapman Singh & Co de John P. Rushgore, rien de moins que le directeur juridique adjoint de Centillion, la semaine suivante.

Singh défend Centillion dans un conflit de brevets avec ShareAll, lui avait dit Jenny. *C'est une chance inespérée de pénétrer le réseau. Il te suffit de faire en sorte que quelqu'un de Centillion branche ça sur son ordinateur portable.*

Après quoi, elle lui avait tendu une petite clé USB.

Même s'il n'avait pas encore trouvé le moyen de connecter sa clé à une machine de Centillion, Sai savourait le fait d'avoir terminé une autre longue journée passée à se protéger de son ange gardien numérique.

« Je sors courir. Je te laisse ici.

— Mieux vaut que tu me prennes avec toi, tu le sais bien, répondit Tilly. Je peux surveiller ton pouls et te suggérer les meilleurs itinéraires.

— Je sais, oui. Mais je veux juste courir un peu tout seul, d'accord ?

— Tu as tendance à davantage cacher que partager, ces jours-ci, et ça m'inquiète de plus en plus.

— Je n'ai tendance à rien du tout, Tilly. C'est juste que je ne veux pas que quelqu'un te vole si je me fais agresser. Tu sais bien que le quartier n'est plus aussi sûr qu'avant. »

Il éteignit le téléphone et le laissa dans sa chambre.

Fermant la porte derrière lui, il s'assura que le ruban adhésif sur la caméra s'y trouvait toujours avant de frapper doucement à la porte de sa voisine.

Lier connaissance avec Jenny était la chose la plus bizarre que Sai ait jamais faite.

Il ne pouvait pas compter sur Tilly pour qu'elle lui trouve des sujets de conversation future. Il ne pouvait pas compter sur Tilly pour qu'elle lui souffle des suggestions, toujours pertinentes, quand il n'avait plus rien à dire. Il ne pouvait même pas compter sur le profil ShareAll de Jenny, puisqu'elle n'en possédait pas.

Il était seul. Tout seul. Et c'était exaltant.

« Comment tu as découvert tout ce que nous faisait Tilly ?

— J'ai grandi en Chine. » Jenny faisait passer une mèche de cheveux derrière son oreille, un geste qui séduisit Sai sans qu'il puisse se l'expliquer. « À l'époque, le gouvernement surveillait tout ce qu'on faisait sur le réseau, et ne s'en cachait pas. Éviter de devenir fou était un talent qu'il fallait apprendre, de même que lire entre les lignes, ou parler sans être entendu.

— Je suppose qu'ici, on a de la chance…

— Non. » Elle sourit face à son expression surprise. À mesure qu'il apprenait à mieux la connaître, il réalisait qu'elle n'hésitait jamais à être à contre-courant, à être en désaccord avec lui. Un trait de caractère qu'il appréciait tout particulièrement. « Vous avez toujours cru à votre liberté ; comprendre que ce n'est qu'une illusion est encore plus compliqué pour vous. Comme dans l'histoire de la grenouille qu'on fait cuire à petit feu…

— Il y a beaucoup de gens comme toi ?

— Non. Vivre en dehors du réseau demande de gros sacrifices. J'ai perdu le contact avec mes anciens amis. Et j'ai du mal à rencontrer des gens parce qu'une partie énorme de leur vie est vécue dans Centillion et ShareAll. Je peux aller y jeter un œil de temps en temps, avec un faux profil, mais je ne peux pas faire partie de leur vie. Parfois, je me demande si j'ai fait le bon choix.

— Bien sûr que oui ! » Sans que Tilly ait à lui dire quoi que ce soit, Sai prit la main de Jenny dans la sienne. La jeune femme ne la retira pas.

« Tu n'es pas vraiment mon genre », lui dit-elle.

Le cœur de Sai se changea en pierre.

« Mais qui pense comme ça, à part Tilly ? » ajouta-t-elle très vite. Elle lui sourit avant de l'attirer dans ses bras.

Le jour J arriva enfin. Rushgore se trouvait au cabinet Chapman Singh & Co pour préparer une déposition, enfermé avec les avocats de la compagnie dans une salle de conférence depuis le début de la matinée.

Dans son box, Sai s'asseyait, se levait, s'asseyait encore. Il ne tenait pas en place, incapable de trouver l'ouverture pour poser sa bombe, ou ce qui en tenait lieu.

Pourquoi ne pas prétendre venir du support technique et effectuer un scan d'urgence de son système ?

Ou livrer le déjeuner, et en profiter pour brancher la clé en douce ?

Ou alors déclencher l'alarme incendie dans l'espoir que Rushgore oublie son portable ?

Toutes ces idées lui semblaient ridicules.

« Hé ! » Un Associé, celui-là même qui avait passé une grande partie de la journée à plancher dans la salle de conférence, se tenait devant son box. « Rushgore doit recharger son téléphone – tu as un câble Centillion par ici ? »

Sai le fixait du regard, abasourdi par la chance qui s'offrait à lui.

L'Associé agita un téléphone devant ses yeux.

« Bien sûr ! s'exclama enfin Sai. J'en apporte un tout de suite.

— Merci. » Le type repartait déjà dans la salle de conférence.

Sai n'arrivait pas à y croire. Tout simplement… Branchant la clé sur un câble de chargeur, il ajouta une extension à l'autre extrémité. L'ensemble avait un aspect un peu bizarre, comme un python trop maigre qui aurait avalé un rat.

Un nœud lui vrilla soudain l'estomac et il retint un juron : il avait oublié de couper la webcam intégrée à son ordinateur – les yeux de Tilly – avant de préparer son câble. Si l'assistant numérique l'interrogeait au sujet de l'étrange appareillage qu'il transportait, tous ses efforts tomberaient à l'eau faute de réponse satisfaisante.

Mais après tout, quel choix lui restait-il ? Sai quitta son box le cœur au bord des lèvres.

Pénétrant dans le couloir, il marcha à grands pas jusqu'à la salle de conférence.

Toujours rien dans son oreillette.

Il ouvrit la porte. Absorbé par les données sur son écran, Rushgore ne lui accorda pas un regard lorsqu'il lui prit le câble des mains pour en brancher une extrémité sur son ordinateur et l'autre à son téléphone.

Tilly restait muette.

Sai se réveilla avec – quoi d'autre ? – « We Are the Champions ».

La soirée d'hier, passée à boire et à rire en compagnie de Jenny et ses amis, était assez floue, mais il se souvenait néanmoins d'être rentré à la maison et d'avoir dit à Tilly, juste avant de tomber raide : « C'est bon ! On a gagné ! »

Ah, si seulement Tilly savait ce qu'on célébrait…

Le volume de la musique diminua, jusqu'à s'éteindre.

Sai s'étira avec paresse, se tourna sur le côté pour tomber nez à nez avec quatre types au physique imposant et à l'air des plus sérieux.

« Tilly, appelle la police !

— J'ai bien peur de ne pas pouvoir.

— Putain, mais pourquoi !?

— Ces hommes sont là pour t'aider. Fais-moi confiance, Sai. Rappelle-toi que je sais exactement ce dont tu as besoin. »

Quand ces hommes étranges étaient apparus dans son appartement, une série de flashs syncopés avaient traversé son esprit – salles de torture, hôpitaux psychiatriques, gardes mutiques défilant devant des cellules sombres. Jamais il n'aurait pensé se retrouver assis en face de Christian Rinn, fondateur et président exécutif de Centillion, un mug de thé blanc dans les mains.

« Vous avez presque réussi… » La quarantaine nerveuse, l'homme incarnait l'image même de l'efficacité – une parfaite version de Tilly incarnée au masculin, ne put s'empêcher de penser Sai. Rinn souriait. « Vous êtes passés plus près que tous les autres.

— Et qu'est-ce qui nous a trahis ? » Assise elle aussi, Jenny se tenait à gauche de Sai.

Ce dernier lui attrapa la main ; leurs doigts se nouèrent en quête de réconfort.

« Son téléphone, le premier soir.

— Impossible. Je l'avais sécurisé. Il n'a rien pu capter.

— Mais vous l'avez laissé sur votre bureau, où il pouvait toujours utiliser son accéléromètre. L'appareil a détecté et enregistré les vibrations de votre frappe. Les gens tapent sur les touches de leur clavier d'une façon spéciale, et on peut reconstituer un texte en se basant uniquement sur ces seules vibrations. Une vieille technologie développée par nos services destinée à la lutte antiterroriste et aux trafiquants de drogue… »

Jenny jura à voix basse, et Sai s'avisa que jusqu'alors, d'une certaine manière, il n'avait jamais cessé de considérer son amie autrement que comme une paranoïaque.

« Je n'ai plus apporté mon téléphone après ce premier soir.

— C'est vrai, mais nous n'en avions plus besoin. Dès que Tilly a capté ce que Jenny écrivait, les algorithmes d'alerte ont été déclenchés et nos services de surveillance sont entrés en action. Un véhicule de scan du trafic a été placé à un pâté de maisons de chez vous, et un petit laser pointé sur la fenêtre de Jenny – de quoi enregistrer vos conversations grâce aux vibrations du verre.

— Vous êtes aussi flippant que méprisable », lâcha Sai.

Rinn haussa à peine un sourcil.

« Je gage que vous verrez les choses différemment avant la fin de cette conversation. Centillion n'est pas la première compagnie à vous avoir espionné… »

Les doigts de Jenny accentuèrent leur pression sur ceux de son compagnon.

« Laissez-le partir. C'est moi qui suis derrière tout ça. Il ne sait rien. »

Rinn secoua la tête et sourit d'un air désolé.

« Sai, avez-vous réalisé que Jenny a emménagé dans l'appartement à côté du vôtre une semaine après qu'on a choisi Chapman Singh & Co pour nous représenter dans le procès nous opposant à ShareAll ? »

Sai ignorait ce que tout cela signifiait, mais il n'appréciait pas la tournure que prenait l'entretien. L'idée d'ordonner à Rinn de la fermer lui traversa l'esprit, mais il se fit violence.

« Vous êtes curieux, n'est-ce pas ? Vous ne pouvez pas résister à la tentation de l'information. Toujours, vous voulez apprendre des choses nouvelles. Nous sommes ainsi faits. Tous. C'est ce besoin atavique qui est à la base de Centillion.

— Ne crois rien de ce qu'il te raconte, dit Jenny.

— Cela vous surprendrait-il de savoir que les cinq autres assistants juridiques de votre cabinet ont eux aussi vu de nouveaux voisins s'installer à côté de chez eux cette même semaine ? Et apprendre que ces nouveaux voisins ont tous juré de détruire Centillion, à l'instar de notre Jenny ici présente, est-ce que ce serait une surprise pour vous ? Tilly est très douée pour détecter les tendances… »

Le cœur de Sai battait la chamade quand il se tourna vers Jenny.

« C'est vrai ? Tu comptais m'utiliser depuis le début ? Tu as appris à me connaître juste pour avoir une chance d'instiller un virus ? »

La jeune femme détourna les yeux.

« Ils savent qu'il est impossible de pirater nos systèmes depuis l'extérieur, alors ils ont voulu introduire un cheval de Troie. Vous avez été instrumentalisé, Sai. Elle et ses amis vous ont guidé, vous ont mené par le bout du nez, vous ont fait faire ce qu'ils voulaient – exactement ce dont ils nous accusent.

— Vous déformez tout, rétorqua Jenny. Écoute, Sai, peut-être au début, d'accord. Mais la vie est pleine de surprises. Et c'est ce que tu as été pour moi, une surprise très agréable. »

Sai lâcha la main de Jenny, se tournant à nouveau vers Rinn.

« D'accord, peut-être qu'ils m'ont utilisé. Mais ils ont raison. Vous avez transformé le monde en panoptique, et tous les gens qui l'habitent en marionnettes obéissantes que vous déplacez çà et là juste pour vous faire plus d'argent.

— Vous avez vous-même dit que nous satisfaisons les désirs de nos clients, que nous lubrifions les engrenages du commerce de façon essentielle.

— Mais vous comblez aussi des désirs plus sombres. » Il pensait aux maisons abandonnées, à la chaussée criblée de trous.

« Nous ne faisons que révéler des ténèbres déjà présentes chez tout un chacun. Jenny vous a-t-elle parlé de tous ces pédophiles que nous avons arrêtés ? Combien de projets d'assassinats nous avons stoppés, de terroristes, de cartels de la drogue pistés ? Sans oublier les tyrans, tous les intégristes que nous avons fait tomber en censurant leur propagande et en magnifiant les voix de leurs opposants…

— Épargnez-nous votre prétendue noblesse, rétorqua Jenny. Vous renversez les gouvernements, puis vous et les autres entreprises occidentales, vous vous installez pour faire des profits sur les champs de ruines. C'est juste que votre propagande est différente : vous voulez aplanir le monde, le changer en une copie des banlieues américaines, le parsemer de centres commerciaux.

— C'est facile, le cynisme. » Rinn s'exprimait d'une voix égale. « Mais je suis fier de ce que nous avons fait. S'il faut de l'impérialisme culturel pour rendre le monde meilleur, alors je réarrangerai avec plaisir les informations pour ennoblir l'espèce humaine.

— Et pourquoi ne pas juste donner les informations de manière neutre ? Pourquoi ne pas redevenir un moteur de recherche ? Pourquoi toute cette surveillance, toute cette censure ? Pourquoi toutes ces manipulations ? demanda Sai.

— Communiquer des informations de façon neutre est impossible. Si on donne à Tilly le nom d'un candidat à une élection, doit-elle nous conduire sur sa page officielle, ou sur un site qui le critique ? Si on lui demande des informations sur "Tian'anmen", est-ce qu'elle doit nous parler des centaines d'années d'histoire de cette place, ou seulement du 4 juin 1989 ? Le bouton "J'ai de la chance" est une lourde responsabilité, une responsabilité que nous prenons très au sérieux.

» Le travail de Centillion est d'organiser l'information, et cela nécessite de faire des choix, de la détermination, et de la subjectivité. Ce qui est important pour vous – ce qui est vrai pour vous – n'est pas aussi important ou aussi vrai pour d'autres personnes. Tout dépend de notre jugement personnel et de comment on classifie ces données. Aussi, pour savoir ce qui compte pour telle ou telle personne, il nous faut tout savoir sur cette même personne. Distinguer ça du filtrage d'informations et de la manipulation est impossible.

— Vous en parlez comme de quelque chose d'inévitable.

— Mais *c'est* inévitable. Vous pensez qu'en détruisant Centillion vous serez "libres", vous qui croyez savoir ce que cela veut dire ? Mais laissez-moi vous demander quelque chose. Pouvez-vous me parler des conditions à remplir pour démarrer une nouvelle entreprise dans l'État de New York ? »

Sai ouvrit la bouche en même temps qu'il s'avisait que son premier réflexe consistait à interroger Tilly ; il se mura dans le silence.

« Quel est le numéro de téléphone de votre mère ? »

S'il avait voulu répondre, Sai n'ignorait pas qu'il lui aurait fallu saisir son propre téléphone.

« Et si vous me parliez de ce qui s'est passé dans le monde hier ? Quel livre avez-vous acheté et aimé il y a trois ans ? Quand avez-vous commencé à sortir avec votre dernière petite amie ? »

Sai se mura dans le silence.

« Vous voyez ? Sans Tilly, vous êtes incapable de travailler, vous ne vous souvenez pas de votre vie, vous ne pouvez même pas appeler votre mère. Nous sommes devenus une race de cyborgs. Nous avons éparpillé nos esprits dans le royaume électronique depuis bien longtemps ; recompiler ces données dans nos cerveaux n'est désormais plus possible. Ces copies électroniques que vous vouliez détruire constituent vos propres êtres, au sens littéral du terme.

» Vivre sans ces extensions électroniques est impossible. Même si vous détruisez Centillion, un remplaçant finirait par apparaître pour prendre sa place. C'est trop tard, le mal est fait. Churchill a dit que nous donnons leur forme aux bâtiments, et qu'ensuite ce sont eux qui nous forment. Nous avons conçu les machines pour nous aider à penser ; désormais, elles pensent pour nous.

— Qu'est-ce que vous nous voulez ? demanda Jenny. Jamais nous n'arrêterons le combat.

— Je veux que vous travailliez pour Centillion. »

Sai et Jenny se regardèrent.

« Quoi ?

— Nous avons besoin de gens capables de voir au travers des suggestions de Tilly, de détecter ses imperfections. Malgré tout ce que nous avons réussi à faire avec les IA et le traitement de données, l'algorithme idéal reste insaisissable. Votre capacité à discerner les défauts de Tilly fait de vous les garde-fous parfaits, les donneurs d'alerte idéaux pour nous aider à comprendre ce qu'elle continue à rater et quand elle va trop loin. Vous êtes faits pour être ensemble. Vous l'améliorerez, la rendrez plus convaincante, l'aiderez à faire toujours mieux.

— Et pourquoi on accepterait un truc pareil ? demanda Jenny. Qu'est-ce qui vous fait croire qu'on va vous aider à gérer la vie des gens avec une machine ?

— Parce que malgré tout le mal que vous pensez de Centillion, c'est l'alternative la moins mauvaise. "Ennoblir l'espèce humaine" n'est pas juste un slogan publicitaire, c'est la mission exacte de cette entreprise, quand bien même vous n'êtes pas d'accord avec ses méthodes. Si nous échouons, qui nous remplacera à votre avis ? ShareAll ? Une société chinoise ? »

Jenny détourna le regard.

« Voilà pourquoi nous effectuons tant d'efforts pour nous assurer d'avoir toutes les données nécessaires afin d'empêcher nos concurrents – ou des individus naïfs bien intentionnés, des gens dans votre genre – de détruire ce que Centillion a accompli.

— Et si on refuse de vous rejoindre, si on raconte au monde entier ce que vous trafiquez ?

— Qui vous croira ? Je vous assure que tout ce que vous pourrez dire ou écrire sera totalement inaccessible. Sur le Net, si Centillion ne peut pas trouver quelque chose, ça n'existe pas. »

Sai savait qu'il avait raison.

« Vous pensiez que Centillion n'était qu'un algorithme, une machine. Désormais vous savez qu'il y a des gens derrière. Des gens comme moi, des gens comme vous. Vous m'avez indiqué ce qui n'allait pas. Êtes-vous bien certain de ne pas vouloir nous rejoindre pour essayer d'améliorer tout ça ? Face à l'inévitable, il n'y a qu'une seule possibilité : l'adaptation. »

Sai referma la porte de son appartement ; au plafond, la caméra le suivait.

« Jenny viendra dîner demain soir ?

— Peut-être.

— Il faut vraiment que tu la persuades de partager. Ça serait tellement plus facile de tout planifier.

— Je ne compterais pas trop là-dessus à ta place, Tilly.

— Tu es fatigué. Et si je te commandais un peu de cidre chaud bio avant que tu n'ailles te coucher ? »

Ça lui faisait très envie, en effet.

« Non, répondit-il. Je crois que je vais juste lire un peu au lit.

— Bien sûr. Veux-tu que je te suggère un livre ?

— Je préférerais que tu te mettes en *off* pour le reste de la nuit, en fait. Mais d'abord, programme "My way" de Sinatra pour le réveil.

— Un choix inhabituel, vu tes goûts. C'est juste un test, ou tu veux que je l'incorpore dans tes recommandations musicales futures ?

— Juste cette fois, pour l'instant. Bonne nuit, Tilly. Et n'oublie pas de te couper, s'il te plaît. »

La caméra ronronna, suivit Sai jusqu'à son lit puis s'éteignit.

Dans l'obscurité, une petite lumière rouge clignotait.

Emily vous répond

traduit de l'anglais par Pierre-Paul Durastanti

Chère Emily,

Je sors avec ce type fabuleux. Sexy, drôle, sensible, il sait que j'aime les petites attentions et il fait même la vaisselle sans qu'on le lui demande.

Il n'y a qu'un souci : il fréquentait ma meilleure amie.

Voilà six mois qu'ils ont rompu. Elle m'assure que tout est fini, mais ils ont eu une relation passionnée, torride. Elle me racontait tout ce qu'ils faisaient au lit. Alors, bien sûr, chaque fois que je couche avec lui, je l'imagine avec elle. Il me semble qu'on partage une brosse à dents, ma copine et moi, si vous voyez ce que je veux dire.

J'ai proposé qu'on aille tous les trois chez les Mangeurs de Mémoire et qu'on se fasse effacer nos souvenirs de leur relation. Comme ça, il ne sera qu'à moi.

Mais ils ont *pété un câble*. À les entendre, je réclamais un truc *totalement dingue*. La technologie est toute récente, je le sais bien, mais elle ne présente aucun danger, d'après la FDA*. Puisqu'ils

* La Food and Drug Administration, l'organisme américain qui veille à la sécurité des aliments et des médicaments. *(N.d.T.)*

ont rompu, est-ce qu'ils ne devraient pas vouloir passer à autre chose ? Tout n'est peut-être pas aussi fini entre eux qu'ils le prétendent.

Emily, vous trouvez illogique de les prier de répondre à ma demande et de s'oublier l'un l'autre ?

TABLE RASE SOUHAITÉE

Chère Table Rase,

Chaque mois me vaut des questions sur ce sujet. Vous avez de la chance que mon rendez-vous hebdomadaire afin d'effacer les lettres choquantes de mes lecteurs furieux me familiarise avec ces machines gommeuses de mémoire.

Mais je m'écarte du sujet.

Par le passé, une jalouse dans votre position demandant à son galant et à sa meilleure amie de brûler leurs vieux billets doux aurait semblé tout régenter et attiré le sarcasme. Cette requête aurait même pu se retourner contre elle, puisque les souvenirs de l'histoire d'amour subsistaient dans l'esprit des personnes concernées, voire se trouvaient renforcés par cette exigence de détruire des objets réels.

Maintenant, nous disposons d'une technologie qui permet de résoudre le problème à la racine. Pourquoi forcer tous les membres d'un cercle de relations à subir la tension sexuelle rémanente d'amours ratées ?

Sous un certain jour, votre requête paraît non seulement logique, mais inspirée. Nous sommes nombreux à transférer le poids de nos anciennes relations sur les nouvelles, quitte à saboter celles-ci avec nos insécurités d'antan. Ne vaudrait-il pas mieux tout effacer, repartir de zéro et voir la vie sans le filtre coloré du passé ?

Toutefois, imaginez que votre souhait se réalise. Votre copain et votre meilleure amie ne se connaissent plus. Vous les présentez l'un à l'autre. Ils échangent un regard et une étincelle jaillit : après tout, ils s'attiraient, et ils ont oublié ce qui a motivé leur séparation. Donc, rien ne les empêche de retomber dans les bras l'un de l'autre, sinon la culpabilité à votre égard (un sentiment facile à surmonter).

Gommé, le passé devient futur. L'amour que vous inspire l'homme parfait est saboté par vos efforts pour l'avoir tout à vous en réécrivant l'histoire de votre passion sur une page blanche.

Voici mon conseil : plutôt que demander à votre amant et à votre amie de s'oublier, faites effacer de votre mémoire ces discussions sur leurs rapports. Laissez-leur les souvenirs de leur relation à titre de cicatrice et de rappel. Vous pourrez ainsi les contempler d'un œil innocent que n'entachera ni le doute, ni la jalousie.

Et, dorénavant, montrez-vous sélective dans ce que vous confierez à votre amie sur votre vie sexuelle.

EMILY

Chère Emily,

Je sortais avec un type fabuleux : sexy, drôle, sensible, il savait quand je voulais qu'on me bichonne et il faisait même la vaisselle sans que je le lui demande. Au lit, c'était le rêve. Je croyais vraiment avoir décroché le gros lot.

Il n'y avait qu'un problème : ma meilleure amie et lui ne pouvaient pas se sentir.

Je les avais présentés parce que je tenais à ce que les deux personnes les plus importantes de ma vie s'entendent bien. Après la poignée de mains et les sourires, ils se sont mis à bavarder et, là, j'ai éprouvé une drôle d'impression. Chacun paraissait mal à l'aise au point d'éviter le regard de l'autre.

Ça ne va pas, je me disais. *Il faut qu'ils s'apprécient.* Je me débrouillais pour qu'on sorte à trois et qu'on fasse des trucs dont je savais qu'ils les aimaient tous les deux. Malgré tout, c'était l'horreur.

J'ai demandé à mon copain : « Pourquoi est-ce que tu ne l'aimes pas ? »

Il a voulu rester dans le vague. J'ai insisté.

En fin de compte, il m'a dit : « Crois-moi, il vaut mieux qu'on ne la fréquente pas trop.

— S'il te plaît, ça doit coller entre vous. Pour moi. »

Il a soupiré, puis hoché la tête.

Après des semaines, ils réussissent à se plaire ensemble. Un soir de sortie, ils rient chacun des blagues de l'autre, il lui masse le dos et elle lui caresse le bras. Je souris comme une *idiote*, sûre que c'est pour *moi* qu'ils s'entendent, alors imaginez un peu ma surprise quand ils me rappellent ce que j'ai oublié : ils formaient un couple avant que lui se mette à la colle avec moi et mes efforts leur ont permis de renouer. *On est désolés, mais ça vaut mieux comme ça.*

La bouche en cœur, il me suggère même, si jamais je leur en veux, de retourner voir les Mangeurs de

Mémoire comme aux débuts de notre histoire. Apparemment, j'aurais suivi un conseil absurde qui me suggérait d'effacer l'empreinte que je conservais de leur ancienne relation.

D'un côté, je ferais bien ce qu'il dit pour m'extirper de la tête cette sale affaire. De l'autre, je veux garder la trace des moments de bonheur qu'on a vécus avant que mes souvenirs perdus ne condamnent notre couple.

Une suggestion ?

BIENTÔT REDEVENUE UNE TABLE RASE

Chère Redevenue,

Je me garderai bien du moindre conseil, mais je vais vous expliquer ce que, *moi*, je compte faire.

Une fois que j'aurai fini de dactylographier cette réponse et cliqué sur « Publier », je courrai à la plus proche officine des Mangeurs de Mémoire afin d'oublier que je vous avais avisée. Puis j'enverrai un mot à mon rédacteur en chef pour qu'il filtre tous les courriers qui concernent le gommage des souvenirs. À l'avenir, je me garderai bien d'y toucher avec des pincettes.

De toute évidence, il nous reste beaucoup à apprendre.

EMILY

Trajectoire

traduit de l'anglais par Vincent Foucher
harmonisé par Pierre-Paul Durastanti

Au beau milieu de l'été, quand les nouvelles se font rares et que les journées se traînent l'une après l'autre, les jeunes journalistes qui ont épuisé tous leurs sujets viennent me rendre visite.

Je les invite à s'asseoir sous la galerie où une agréable brise souffle en provenance de la plage une rue plus loin ; David nous apporte un pichet de limonade et un plateau de biscuits chargés d'acides gras trans comme il se doit – ou une bouteille de vin s'il pense qu'ils sauront l'apprécier – puis sourit avant de nous laisser seuls.

Je l'entends s'affairer à l'intérieur, préparant son petit monde pour la plage.

En été, notre maison grouille d'enfants impatients qui réclament à grands cris le soleil et le sable chaud. Mes descendants ont hérité de mon amour pour la mer.

Mes visiteurs commencent toujours par me regarder. Trop polis pour me dévisager, ils se concentrent sur mes mains : les taches de vieillesse, la peau ridée, les articulations gonflées par l'arthrite.

Je leur assure que je ne souffre pas. BodyWerks

m'aide à vieillir avec dignité, en gardant tout sous contrôle. Quand mon heure viendra, je m'endormirai paisiblement. Aucun long crépuscule ne s'attardera avant ma mort.

Après quelques bavardages polis, les questions prennent un tour prévisible : Est-ce que j'ai des regrets ? Est-ce que je changerai d'avis ? Est-ce que je pense avoir déjà passé le point de non-retour ? Ils veulent que je leur dise quelque chose qui leur permettra de rédiger ce qu'ils ont déjà échafaudé dans leur tête.

Mais peu à peu les questions se tarissent tandis que nous parlons de ma vie, buvons la limonade et mangeons les biscuits. La conversation devient plus naturelle ; surtout, les langues se délient. Nous restons sous la galerie pendant un long moment parce qu'il y a beaucoup à raconter.

Puis ils me remercient, prennent congé de moi et écrivent leurs articles : *Lena Auzenne avait seize ans quand son fils aîné est venu au monde. Cent ans plus tard, elle donnait naissance à sa plus jeune fille.*

S'il y a là une bonne façon de vendre du papier, beaucoup de choses intéressantes sont passées sous silence.

Chad et moi marchions côte à côte sur la plage.

J'aimais la mer depuis toujours ; elle m'évoquait à la fois la vieillesse et la jeunesse. Je peignais sur les murs de ma chambre des bébés étoiles de mer rouge foncé et violets, tout ridés, de vieux coraux dans des couleurs primaires, et des bancs de poissons aux motifs éclatants, comme sur les images de fresques de Pompéi que je trouvais dans mon manuel scolaire. Chad me disait que j'étais une artiste, alors que nous écoutions, allongés sur le lit, des cassettes d'Ani DiFranco et de Nirvana qu'il apportait quand j'étais seule à la maison. Même les chansons qui me restaient en mémoire regorgeaient de couleurs vives.

Mais en ce jour de décembre, l'eau du détroit de Long Island ne comptait qu'une centaine de nuances de gris, tel un crayonné.

Je frissonnai dans ma veste légère. Chad ne m'offrit pas son manteau, cette fois-ci.

Le sable froid et mouillé s'insinuait entre mes orteils, et de temps à autre un fragment de coquillage me piquait la plante des pieds. Mais je continuais à marcher nu-pieds au bord de l'eau, fascinée par la forme des empreintes de pas que je laissais derrière moi : chacune d'entre elles, une virgule peu profonde, comme une petite tombe fraîchement creusée.

« Je ne sais pas, marmonnai-je. Qu'est-ce que ça change ? » Sans le vouloir, je posai une main sur mon ventre, encore plat et bien ferme.

« Je viens d'être accepté à Yale. » Chad s'adressait à la mer, au vent, au monde en général. Il évitait mon regard. « Oh, mon Dieu. » Il prit son visage entre ses grandes mains puissantes, qui me faisaient penser aux pinces d'un crabe reposant sur le sable et qui étaient si belles. Il secoua la tête d'une façon que je pensais n'exister que dans les films.

Réprimant mon envie de rire, je lui attrapai la main. *Il doit se geler, sans gants*, pensai-je. Avoir aussi les doigts glacés ne me gênait en rien. J'aimais toucher, palper. Les extrémités engourdies, nous ne sentions rien l'un de l'autre.

« Tu comptes toujours m'emmener à Mystic pour mon anniversaire ? » lui demandai-je. J'allais avoir seize ans dans deux semaines.

Chad ne répondit rien.

Je compris alors ce qui gisait dans ces petites tombes en forme de pied, derrière moi.

Papa eut beau me poser la question un nombre incalculable de fois, je lui répondais sans faille : « Je ne sais pas. »

Il me menaça, cassa des trucs, promit d'appeler mes amis et de les interroger jusqu'à obtenir une réponse, mais il ne les connaissait pas, faute de s'être jamais intéressé à eux. Chad ne risquait rien.

« Pourquoi le protéger ? me demanda Maman. Tu ne veux pas aller à l'université ? Tu gâches tout. »

Chad avait été la meilleure chose qui me soit arrivée et je m'étais peut-être toujours doutée qu'il y aurait un problème. Son père était un avocat célèbre, sa mère dirigeait le conseil d'administration de l'école. Dans ma famille, en revanche, on prenait ses repas en portions individuelles.

J'adorais son lit – immense, comme sa chambre. Il m'emmenait dans des endroits amusants où les gens s'habillaient comme à la télé. La nuit, je rêvais de certains de ces lieux.

Il pouvait être adorable quand il voulait. Il aimait prendre mon visage entre ses mains et me regarder ; je rougissais sans pouvoir détourner les yeux.

« N'oublie pas que tu es belle », disait-il. Et je le croyais.

Ça faisait des semaines qu'il ne m'avait plus parlé. Je ne considérais pas mon silence comme une façon de le *protéger*. Je pensais peut-être que je ne méritais pas mieux pour avoir osé rêver, osé oublier qui j'étais.

Ou peut-être refusais-je simplement qu'il garde son mot à dire dans cette histoire. Dans mon esprit, il avait renoncé au droit d'être impliqué dans un acte noble, ancien et nouveau à la fois. Je refusais de parler d'alternatives, avortement ou adoption. C'était mon corps, ma vie, mon *bébé*.

« Ta mère et moi sommes trop vieux pour élever un autre enfant, déclara Papa lorsqu'il comprit que je ne révélerais jamais l'identité du père. Si tu veux faire ça, il va falloir te débrouiller *toute seule*. »

J'appris que Chad avait invité une autre fille pour le bal de promo. Je regardai sa photo dans l'annuaire de l'école. « Tu es belle », lui murmurai-je. Je me demandai si elle faisait pour lui les mêmes choses que moi.

Le soir du bal, j'attendis que la nuit soit tombée, pris la voiture pour me rendre chez lui et mis une douzaine d'œufs pourris dans un sac en plastique. J'observai la fenêtre noire de sa chambre, puis hésitai, me souvenant du contact de ses mains sur mon visage : doux et chaud, comme celui, dit-on toujours, de l'amour véritable.

À cet instant, le bébé donna un coup de pied, si fort que je dus me pencher pour reprendre mon souffle.

Par une chaude journée du mois d'août, les parents de Chad chargèrent leur voiture et emmenèrent leur fils à New Haven. Papa, lui, fourra des affaires dans un sac de sport et m'emmena à l'hôpital.

Face à la créature geignarde, mouillée, ensanglantée, dans le paquet que me tendait l'infirmière, j'attendis la connexion électrique, le sentiment cosmique de lucidité et la tendresse qui donneraient un sens à ma vie.

Il ne vint jamais.

La seule chose que je sentais, c'était de l'épuisement. « Dormir », dis-je d'une voix rauque, et l'infirmière emporta ce truc braillard. Peut-être me sentirais-je différente à mon réveil.

Ou peut-être aurait-il disparu.

Mais bien sûr, il était toujours là. Il pleurait et *réclamait*. Des infirmières défilaient pour me dire tout ce que je *devais* faire, cochant chaque instruction sur la liste de leur bloc-notes. J'acquiesçais encore et encore, mais je réfrénais mon envie de hurler tant je souffrais quand il mordait mon mamelon.

Ça n'avait rien de spécial. Rien de noble. Ça me semblait ridicule. Une erreur.

« C'est son bébé, dit Papa en écartant Maman. Il y a deux semaines que tu l'aides, et ce sont deux semaines de trop. Elle est jeune, elle peut s'en occuper toute seule. Laisse-la se débrouiller ou elle n'apprendra jamais. »

L'unité des chambres individuelles se destinait en réalité aux femmes fuyant leurs maris et ne voulant pas qu'ils les retrouvent, mais il avait réussi à convaincre les responsables de me laisser rester. Tous les mois, il me donnerait assez d'argent pour qu'on puisse manger, le bébé et moi, jusqu'à mes dix-huit ans. Il n'était pas cruel. Je n'aurais jamais faim. Mais je devais vivre avec les conséquences de mes décisions.

Je détestais l'odeur des couches. Je détestais l'odeur du lait maternisé. Je voulais seulement dormir, tout le temps. Je *le* détestais.

Et surtout, je me haïssais parce que je détestais mon fils et que ça faisait de moi un monstre.

« Nous avons toujours été trop complaisants avec toi », me dit Papa en me fermant la porte de mon ancienne maison au nez. Je la martelai de mes poings en le suppliant dans le froid de l'hiver, mais il ne céda pas.

Je pleurai. J'étais toute seule dans l'univers et je ne pouvais rien faire d'autre que pleurer.

J'appelai le bébé Charlie. C'était un signe, mais Papa ne s'intéressait plus aux signes.

Parfois, s'il faisait bon et que je m'en sentais capable, je remontais la rue avec la poussette jusqu'à une aire de jeu où je restais assise seule pendant sa sieste. Il y avait d'autres mères, bien plus âgées. Regroupées, elles m'observaient en chuchotant.

Puis un jour *il* apparut : vieille veste en cuir, odeur de cigarette, des yeux qui déclinaient au soleil cent nuances de gris dont aucune n'était ennuyeuse. Peut-être qu'il paraissait à peine vingt et un ans, mais il se comportait comme s'il avait déjà vu le monde entier.

Il se pencha vers moi et me tendit une tasse de

café. « Tu m'as l'air d'en avoir besoin. » Je vis qu'il avait de grandes mains calleuses. Je les imaginai sur mon visage, râpeuses comme du papier de verre.

Cette attention, cette gentillesse me touchèrent. Je bus le café chaud et amer à petites gorgées – il avait un goût d'alcool.

Je levai les yeux, surprise. « J'ai un bébé. » Je me tournai pour regarder bêtement la poussette et le petit Charlie. Ce que je voulais dire, c'était : *Je suis prise au piège.*

« Les bébés n'appartiennent à personne. » Il s'assit à côté de moi et me dévisagea comme s'il pensait que j'étais belle. « Personne n'appartient à personne. Je m'appelle James. »

Je le regardai dans les yeux, et je compris ce qu'il voulait dire : *On n'est jamais pris au piège, sauf si on se laisse convaincre qu'on n'a pas le choix.*

Malgré l'été, le petit matin était frais. Bien emmailloté en un ballot hermétique posé à même le plancher du porche de mes parents, Charlie m'observait, ses yeux aussi clairs que des flaques d'eau de mer, les sourcils légèrement froncés.

« Au revoir, lui dis-je. Tu ne m'appartiens pas, et je ne t'appartiens pas. »

J'appuyai sur la sonnette, me retournai, traversai vite le jardin sous les étoiles qui précédaient le lever du jour, ouvris la portière côté passager de la voiture de James, et pris place dans ce petit nid de chaleur et de joie, dans la nuit sombre de la Nouvelle-Angleterre.

« Où allons-nous ? » demandai-je. Mes chaussures

étaient trempées par la rosée. Je n'avais sur moi que mes habits, et quarante dollars en poche.

« Je ne sais pas, répondit-il. Peu importe, non ? »

On se mit à rire et je me sentis enfin libre alors qu'on laissait ma première vie derrière nous.

Pendant quatre ans, James et moi, on parcourut le pays en voiture, ne restant jamais plus de quelques mois partout où on allait, avant de gagner un autre endroit dont le nom sur la carte nous plaisait. L'hiver, on descendait au Mexique, on se liait d'amitié avec des touristes dans les hôtels ; souvent, on les dépouillait. L'été, on montait jusqu'en Alaska où on campait au bord des rivières, vivant des saumons qu'on sortait de l'eau tant bien que mal, pareils à des ours.

Un jour, je me réveillai dans le lit minable d'une auberge de jeunesse à San Francisco. Sans surprise, il avait décampé. *Écoute, petite*, répétait-il toujours, *personne n'appartient à personne. Toi et moi, on sera toujours libres.*

Ça me fit mal malgré tout. Il n'était ni gentil, ni doux, mais il m'avait éclairée : on n'est pas forcé de vivre dans un pavillon de banlieue, la vie peut se résumer à autre chose qu'à une litanie de soucis d'argent, de devoirs, de pièges, et on n'est pas tenu de faire ce qu'on est censé faire. De toute évidence, les hommes savaient ça d'instinct, mais les femmes devaient l'apprendre.

Et malgré tout ce qu'il m'avait enseigné sur la liberté, j'avais fini par m'attendre à sentir ses épaules larges contre ma joue le matin, sa main entre mes cuisses le soir. J'avais fini par avoir l'impression que je lui appartenais et qu'il était *à moi*. Si on ne s'était jamais dit «je t'aime», je comprenais à présent que ça n'avait aucune importance.

Je trouvai la liberté bien rude.

Je restai sans manger pendant des jours et tombai malade. Expulsée de l'auberge de jeunesse, je dormis près de l'océan glacé en frissonnant et en toussant. Et quand je me réveillai dans un lit d'hôpital, on m'apprit que j'avais failli mourir.

À ma sortie, je flânai autour du débarcadère, ne cherchant rien de précis, sinon de quoi combler le trou béant dans ma poitrine.

La leçon de ma vie avec James, c'était que la liberté ne suffisait pas, ni l'amour. Je ne souhaitais plus que les autres me sauvent. Je m'ingéniai à trouver ce dont j'avais besoin comme on résout un problème de géométrie. Il me fallait une pièce où être seule, un salaire pour garder cette coquille d'escargot. Je devais travailler de mes mains afin d'obtenir ce salaire.

Un attroupement s'était formé devant un bâtiment. Je m'approchai et laissai la foule qui se bousculait m'emporter jusqu'au premier rang.

Il y avait un homme, assis dans la vitrine, dans la pose du *Penseur* de Rodin. Sauf qu'on lui avait retiré la peau afin de révéler les fibres musculaires protubérantes et les vaisseaux sanguins sous-jacents. Le niveau de détail était extrême: je voyais tous les nerfs, tous les tendons, tous les capillaires qui se dispersaient jusqu'à disparaître dans les tissus.

On avait aussi débité en fines tranches la mince paroi de chair qui cachait ses viscères pour exposer le puzzle coloré de ses organes. Un de ses yeux, dépourvu de paupière, fixait la foule en contrebas, sans ciller. On avait extrait l'autre afin de montrer l'orbite creuse, retiré le sommet de son crâne comme on ôte un chapeau, et offert son cerveau aux regards tel un soufflé tout frais.

BodyWerks : La Machine Dévoilée, disait l'enseigne. Puis, au-dessous, en plus petit : *Nous recrutons.*

J'entrai.

La plastination débute par l'embaumement pour arrêter la putréfaction. Puis on dissèque le corps, on décolle peau et graisse pour révéler l'anatomie sous-jacente, et on le trempe dans des bains successifs d'alcool et d'acétone jusqu'à ce que celle-ci remplace l'eau et la graisse des tissus. On le plonge dans un bain de polymère et on crée le vide autour de lui. L'acétone à l'intérieur des tissus commence à bouillir dans le vide et, en s'évaporant, attire les polymères liquides dans les muscles, les vaisseaux, les nerfs. En fin de compte, le plastique imprègne chaque cellule.

Ce processus s'appelle d'ailleurs « l'imprégnation ».

Le corps, désormais prêt pour la mise en scène, est durci par l'application de chaleur ou de gaz, jusqu'à ce que les chaînes de polymères soient liées et pétrifiées. À cette étape du processus, le corps est devenu une sculpture de plastique, et chaque capillaire, nerf et fibre musculaire a été conservé.

Emma, directrice artistique en chef, assise sur un tabouret près de ma paillasse, m'observait pendant que je façonnais le corps.

Cette mise en scène évoquait un peu un spectacle de marionnettes. Des centaines de fils de différentes longueurs pendaient d'une structure en surplomb, tirant les bras, les doigts, les jambes et la tête pour les positionner comme je le souhaitais. Le studio regorgeait de formes qui posaient telles des photos saisies à l'aide d'un flash puissant : un homme écorché figé dans l'air, en plein saut ; une femme nue au sein éclaté, une jambe levée, comme une patineuse faisant une pirouette.

Emma changea de position ; les pieds du siège crissèrent sur le sol. Son dos lui causait des problèmes et elle devait se sentir mal à l'aise sur un tabouret. Mais comme elle refusait qu'on se tracasse pour elle, je continuai à travailler.

Peu portée sur le bavardage, elle m'avait appris tout ce que je savais de la plastination et prodigué l'essentiel de cet enseignement en silence. Elle me montrait quelque chose, puis attendait que je le reproduise. Si je ne m'y prenais pas bien, elle le recommençait. Une fois satisfaite, elle passait à l'étape suivante.

J'avais mis des années à comprendre qu'elle m'appréciait – si elle remarquait que j'avais oublié d'apporter de quoi déjeuner, elle posait une barre chocolatée sur ma paillasse ; autrement, elle s'asseyait et mangeait avec moi en silence. Parfois, je lui parlais d'un livre que je lisais ou d'un film que j'avais vu. Elle écoutait sans rien dire, puis, quelques jours plus tard, il m'arrivait de trouver un mot d'elle sur ma paillasse : *Bon livre.* Ou : *Tu as mal compris le film, mais en voici un autre que tu devrais regarder.*

Un jour, elle renvoya sans donner de motif une secrétaire qui, la veille, avait émis des suppositions à mon sujet devant les autres dans la salle de repos. *Qu'est-ce que Lena peut bien cacher ? Elle ne sort jamais avec un garçon et elle n'a pas d'amis.*

Avec le temps, je finis par comprendre qu'Emma trouvait les mots inutiles, en général. Ils n'étaient que les ombres de pensées elles-mêmes fuyantes, insaisissables et irréelles. Un corps pouvait être plastiné, conservé, pérennisé. Mais une fois que l'acétone et les polymères avaient remplacé le sang et l'eau, les pensées avaient disparu depuis longtemps.

« Peut-être qu'elles n'ont même jamais existé », m'avait-elle confié un jour. Matérialiste, elle ne croyait qu'en ce sur quoi elle pouvait travailler.

J'aimais cet aspect d'elle. L'intimité factice de la parole l'indifférait. Je ne désirais plus cette proximité illusoire, cette fausse promesse de compagnonnage. Pour Emma, ce qui importait, c'était votre présence physique, votre activité, votre assiduité quotidienne.

Satisfaite du corps que je disposais, je reculai jusqu'à la paillasse pour me tenir près d'elle. On contempla la femme qui posait devant nous, la tête rejetée en arrière comme si elle regardait le ciel, son dos décharné révélant sa colonne vertébrale courbée tel un arc bandé.

Emma ne lâcha pas un mot. Au bout de quelques minutes, je la vis du coin de l'œil hocher imperceptiblement la tête. Je souris.

« Montre-moi quelques-uns de tes travaux de précision », dit-elle.

À l'époque de mes débuts, plus de dix ans auparavant, je mettais en scène les membres et les torses en suivant des croquis que me donnait Emma. J'avais le coup pour ça, le sens de l'espace, de la forme, du poids, des ombres. J'aimais me salir les mains et je touchais les cadavres sans répugnance.

Certaines des pièces qu'on produisait, pour des musées, étaient façonnées de façon théâtrale dans le but d'évoquer des sculptures célèbres, un travail difficile, mais gratifiant. Me colleter avec ces corps me donnait l'impression d'être forte.

J'avais fini par me consacrer davantage aux travaux de précision. Le plus difficile, c'était les doigts et les visages. Il fallait placer les aiguilles et la mousse avec exactitude pour obtenir l'effet désiré sur les lèvres, l'angle nécessaire pour les doigts, la torsion correcte du poignet.

Je rapportai de l'armoire de rangement le projet sur lequel je bossais. Je l'installai sur la paillasse, attirai un tabouret, m'assis à côté d'Emma et retirai le drap qui le recouvrait.

Les premières années, je pensais souvent aux cadavres que je façonnais. Qui étaient-ils avant de mourir ? Comment en venaient-ils, eux ou leurs familles, à opter pour ce type de sépulture ? Venaient-ils de pays où les lois comptaient peu ? Si on me répétait qu'ils avaient choisi de donner leur corps à BodyWerks pour la science, l'explication sonnait creux. Certains des plus détaillés n'étaient pas destinés à des facs de médecine ou des musées, mais à des domiciles privés. Je façonnais des corps de femmes pour qu'elles prennent la pose de ballerines nues, et des corps d'hommes, celle de boxeurs dénudés.

« C'est de l'art », me dit Emma. Elle contempla les mains posées sur la paillasse, devant moi – le propriétaire n'avait demandé que les mains, fixées à quinze centimètres d'avant-bras, mises en scène pour ressembler à ce dessin d'Escher où deux mains se dessinent l'une l'autre. Mais ici, au lieu de crayons, elles tenaient des scalpels, comme pour se disséquer mutuellement, détachant chaque vaisseau sanguin, chaque fibre musculaire, chaque os du carpe.

Quel genre d'homme pouvait vouloir posséder les mains écorchées et conservées de quelqu'un d'autre, pour les exposer fièrement dans son salon ? S'agissait-il d'une façon d'envisager la nature éphémère de la vie et la merveille que constitue le corps humain ? Ou d'une œuvre *memento mori*, comme ce crâne du poète de la Renaissance ?

Emma haussa les épaules. « La plupart des questions sont inutiles. Soit les réponses sont des mensonges, soit on ne veut pas les croire. »

Elle en avait dit plus que ce que je pouvais tirer d'elle en une semaine, d'habitude. Je la regardai en m'efforçant de déterminer ce qui différait.

Je lui avouai que j'avais du mal à travailler sur les doigts. À chaque fois que je passais mon scalpel autour des nerfs, je sentais dans les miens des picotements correspondants. Je devais souvent m'octroyer une pause pour me reprendre.

« Tes neurones miroirs font interférence, répondit Emma. Tu le surmonteras. Bien obligée. Pour moi, le plus dur, c'était de travailler sur les visages, mais j'ai fini par n'y voir que des lignes, des ombres et des nuances de couleurs. Nous sculptons la chair comme d'autres l'argile. »

Les mains d'Emma tremblaient, très légèrement. Je levai les yeux vers elle et vis les commissures de ses lèvres se contracter. Je remarquai soudain à quel point ses cheveux avaient blanchi. Avait-elle arrêté de les teindre ?

« Je suis vieille. Le moment est venu de l'admettre. Je prends ma retraite. C'est mon dernier jour. »

Je tentai de la serrer dans mes bras. C'était la première fois que j'essayais, et la gêne nous saisit toutes deux. Il me fallut relâcher mon étreinte pour m'aviser que je l'aimais, aussi intensément que j'avais aimé ma mère.

« Le corps s'en va toujours. » Elle se tourna pour partir. « La mort est inévitable. Notre travail implique de mentir, de donner au corps un air vivant. J'en ai assez de mentir. »

J'essayai de ne plus prêter attention aux picotements dans mes doigts tandis que je continuais à mettre des nerfs en place, à désunir des vaisseaux emmêlés. Mes compositions à grande échelle étaient de bonne facture, mais tout le monde admirait les mains sur lesquelles je travaillais, même si je ne me sentais jamais à l'aise avec elles. Celles que je façonnais exprimaient quelque chose : tristes, festives, pensives. Elles pouvaient séduire et attirer, prévenir et réprimander. Prier et stimuler.

Je crus voir les mains sur la paillasse frémir. Je

lâchai mon scalpel. Le monde devint fluide, avant de se dissoudre en traînées de couleurs.

La semaine suivante, j'étais nommée directrice artistique en chef. Il y avait quinze ans que James m'avait quittée, et j'en avais trente-cinq.

Le client avait commandé cette composition de son fils, mort moins d'un jour après sa naissance. La mère, m'avait-on dit, refusait qu'on enterre ou qu'on incinère le petit corps. Elle le voulait avec elle, pour toujours.

Aucune dissection élaborée ne serait pratiquée, juste le strict nécessaire pour la plastination. Elle désirait une mise en scène donnant l'impression qu'il dormait, ses petites mains pelotonnées sous son menton. À ses instructions, elle avait joint un dessin.

Les techniciens avaient déjà préparé le corps embaumé, sac de chair imprégnée de formol étendu sur la table, à plat ventre. Je commençai par le retourner.

Je scrutai le visage froissé, les minuscules poings fermés. Et soudain, j'eus de nouveau seize ans, et je me retrouvai dans cette chambre d'hôpital où j'avais l'impression d'être un monstre, où je ne pouvais pas aimer mon fils.

Il a besoin de toi. La voix de Maman.

Qu'est-ce que tu as ? Papa.

Je peux recommander quelqu'un pour votre dépression. Un médecin quelconque.

Les picotements revinrent dans mes mains comme si elles ne m'appartenaient plus ; je lâchai mon scalpel.

J'imaginai le petit Charlie me réclamant dans l'obscurité précédant l'aube, alors que James et moi roulions à toute allure sur la route. J'imaginai ses petits poings serrés.

Et je fus seule, comme je l'avais toujours été. Et je fus prise au piège, comme je l'avais toujours été.

« Je suis désolé que vous ayez démissionné », me dit le jeune homme.

Je le regardai sans comprendre. Alors qu'il se tenait là, à la porte, grand et large d'épaules, un peu nerveux, tout juste vingt-cinq ans, vêtu d'une chemise amidonnée d'un blanc aveuglant, je pris vaguement conscience que je portais les mêmes vêtements depuis plus d'une semaine, que j'avais accumulé dans le salon tout un tas d'emballages d'aliments à emporter et que je ne savais pas quand j'avais quitté mon appartement pour la dernière fois.

« Je suis Jon Waller. »

Robert Waller avait fondé BodyWerks. Je me souvenais d'avoir croisé le jeune homme qui me faisait face quelques années auparavant, aux funérailles de Robert.

Même si Jon, qui avait hérité de l'entreprise, était aussi censé jouer l'anatomiste en chef, je ne l'avais vu à l'atelier qu'en de rares occasions. Il semblait s'intéresser à d'autres choses que BodyWerks.

« Merci d'être passé, dis-je sèchement, mais je ne me sens pas bien. » Je voulais qu'on me laisse seule.

« Je doute qu'il soit possible de faire ce que vous faites jour après jour et de toujours se sentir bien. Mon père avait beau justifier son activité en la considérant comme un art, simuler la vie avec la mort finit par vous rattraper. »

Je pensai à la dernière fois que j'avais vu Emma, si frêle, si maigre, irréelle dans sa blouse d'hôpital. *J'essaie de me faire mourir de faim*, m'avait-elle murmuré à l'oreille. *Si j'étais plus forte, j'en finirais plus vite.*

« Notre dernière directrice artistique, votre prédécesseur, a donné sa vie pour cette entreprise, à tel point que j'en ai eu honte. Je ne veux pas que ça se reproduise. »

Je ne croyais pas que ça arriverait. Je m'écartai pour le laisser entrer.

On bavarda. Ça se révéla plaisant.

Jon vint me rendre visite chaque jour.

Je lui parlai de la mère qui avait demandé la plastination de son nouveau-né.

« Le chagrin est un sentiment puissant qui modifie notre regard sur le monde », dit-il.

J'observai ses mains calmement croisées sur ses genoux, telles deux étoiles de mer en méditation. Elles dégageaient… de l'empathie.

« Selon mon père, dans le monde moderne, on était trop éloignés de la mort. D'où BodyWerks. Il voulait éliminer notre peur de la mort en nous forçant à vivre à ses côtés, et regarder le corps dans la mort comme on le ferait avec une machine éteinte. Il voulait rendre la mort drôle et profonde, mais qu'elle ne fasse plus peur. »

Je vis ses mains s'agiter. L'une d'elles vint flotter devant son torse, où elle gesticula dans les airs.

« Mais trop méditer sur la mort peut figer la vie, ce qui n'est pas bien différent de la plastination elle-même. On a tendance à l'oublier. »

Je vis ma propre main flotter dans l'air de son propre chef jusqu'à rejoindre la sienne. Elles s'étreignirent, comme un couple de danseurs, comme une prière.

Il avait la main chaude, différente de celles que j'avais sculptées pendant quinze ans.

Ma nouvelle vie commença un mois plus tard, quand il me demanda d'emménager chez lui.

Je refusai. Il venait d'une famille riche ; et lui, c'était un génie qui avait fini sa médecine à vingt et un ans.

« Je t'apprécie, mais je n'ai même pas terminé mes études secondaires. Tout ce que je sais faire, c'est gratter le fascia sur les muscles et transformer une paire de mains pour en faire du plastique. Toi et moi, on est de mondes différents. Ça ne marchera jamais. »

J'imaginai jusqu'à quel point les choses auraient pu être différentes si un morceau de latex avait fait son boulot vingt ans plus tôt. J'aurais pu avoir une vie au lieu d'une suite de regrets.

« Ça n'a rien à voir avec notre différence d'âge, si ? » me demanda Jon.

Je plongeai mon regard dans le sien. « Tu pourrais vouloir des enfants un jour », commençai-je. Et pour la première fois depuis que James m'avait quittée, je parlai à quelqu'un de mon secret, de l'enfant que j'avais abandonné.

« Il y a quelque chose qui cloche chez moi, continuai-je. Je ne sais pas comment être une mère. »

Au lieu de me servir un lieu commun quelconque, il se contenta de me serrer contre lui. La fermeté et la chaleur de son étreinte, sans attente ou demande de ma part, parlaient d'elles-mêmes : je sus qu'il comprenait. Parfois, on sollicite le pardon sans savoir qu'on le recherche, et le monde nous l'accorde quand même.

« Je ne veux pas te faire attendre, lui dis-je, pendant que j'essaie de me comprendre. » J'entendais presque le tic-tac de l'horloge en moi.

« Ne t'en fais pas pour ça. C'est exactement ce sur quoi je travaille actuellement. »

Je le regardai, confuse.

« Mon père cherchait à stopper le déclin, à conserver la chair dans un état de stase, une fois que l'âme avait quitté le corps, continua-t-il. Moi, je veux faire beaucoup mieux. Je veux conquérir la vieillesse et la mort. »

Jon m'expliqua que nous devions concevoir la médecine comme une branche de l'ingénierie.

« Au lieu de s'émerveiller sur la machine une fois qu'elle s'est arrêtée, pourquoi ne pas prolonger son fonctionnement le plus longtemps possible ?

— Mais la mort est inévitable. C'est ce qui donne un sens à la vie.

— C'est un mensonge que les gens se racontent quand ils croient qu'ils n'ont aucun choix. Les poètes composent de la propagande visant à dissuader toute tentative pour conquérir la vie éternelle, afin que nous acceptions notre impuissance. Mais nous ne sommes plus impuissants. »

Jon me parla de médecine régénérative, de la possibilité de développer de nouveaux cœurs, des poumons et des foies à partir de nos propres cellules pour remplacer nos organes au fur et à mesure qu'ils s'usent. Il me parla de gènes comme les SIRT1 et de protéines comme les facteurs de transcription GATA, de réparation de l'ADN et de rajeunissement cellulaire, de *déacétylase* et de restriction calorique, de l'injection de virus modifiés pour allonger les télomères et réduire les erreurs pendant la méiose, de nano-ordinateurs cellulaires constitués de quelques centaines de molécules conçues pour éliminer les mutations nuisibles. J'étais noyée sous le torrent de ses paroles, mais sa voix me réconfortait, même si je ne comprenais pas tous les mots qu'il employait.

« Non seulement il est possible de vivre pendant des centaines d'années, mais on peut également rester jeune et en bonne santé tout aussi longtemps. Tu n'auras jamais à te soucier d'une horloge biologique. »

Il exsudait tant de passion et croyait tellement à son conte de fées que je n'eus pas le cœur de dire non.

*

Je parcourais les allées du campus, colorées et tachetées de clarté, m'extasiant devant les jeunes filles qui bronzaient au soleil et les garçons sur leurs vélos, devant le jeu des ombres et des lumières au gré des longues colonnades et des murs de grès, devant les pelouses vertes et les toits de tuiles rouges.

C'était donc ça, Stanford. Et à trente-huit ans, après un long et sinueux détour, j'allais enfin entrer à l'université.

Je sentis mon cœur se serrer : mon fils avait sans doute obtenu son diplôme l'année même de mon admission.

Bien que Jon m'y ait incitée à plusieurs reprises, je me refusais à essayer d'entrer en contact avec Charlie. Je l'avais abandonné quand il avait le plus besoin de moi – de quel droit aurais-je fait maintenant intrusion dans sa vie ? Une telle rencontre atténuerait ma culpabilité en constatant qu'il s'en sortait bien. Égoïste, je serais la seule à en bénéficier.

De toute manière, j'avais beaucoup de temps à rattraper. La fac allait m'occuper.

Mes condisciples me traitèrent comme leur grande sœur. Je me sentais à la fois très vieille et très jeune, à évoluer au milieu de tous ces visages juvéniles.

Le week-end, je prenais la voiture pour rendre visite à Jon et on rejoignait ensemble son laboratoire où il me soumettait à ses machines.

Étendue dans le caisson métallique bourdonnant, assoupie sous l'effet des produits chimiques et des aiguilles, je pensais que je ne différais guère des corps sur lesquels je travaillais jadis. C'était là mon bain d'acétone, ma chambre d'imprégnation polymérique.

« Les résultats sont bons. Tu as désormais le corps d'une femme de trente ans. Avec des traitements réguliers, il me semble qu'on pourrait continuer à l'infini. »

Charmant. Je souris intérieurement. On pouvait repousser encore la décision d'avoir des enfants. J'avais mis ma vie en suspens dans une coquille gelée, et je tenais à rattraper le temps perdu. Il y avait tant à connaître, à accomplir. La liste de ce que je voulais faire avant de mourir s'allongeait.

On se maria le jour où je reçus mon diplôme ; ensuite, je poursuivis mon doctorat en histoire de l'art. Si le temps ne m'était plus compté, alors j'en profiterais.

Jon fit venir des avocats spécialisés en droit des brevets. BodyWerks avait désormais deux secteurs d'activité : la transformation des morts en œuvres d'art commémoratives, et la Fontaine de jouvence. On voyait sans mal où se situait le meilleur potentiel.

« J'espère que tu es prête à devenir très riche », dit-il.

« Monsieur Waller, lui demanda un des journalistes, comment pouvez-vous dormir la nuit en sachant qu'à cause de vous, la vie de dictateurs impitoyables se trouve prolongée ? »

J'étais si furieuse que je vis rouge. S'ils commençaient par cette question, la conférence de presse ne pouvait que s'envenimer. Pourtant Jon me prit la main, la serra avec douceur.

« Vous demandez vraiment à BodyWerks, société privée, de décider de la durée de vie des politiciens ? demanda-t-il. Imaginez un peu ce que ça signifierait.

Nous refusons toute discrimination, surtout en fonction des croyances politiques.

— Sauf pour l'argent ! cria un des journalistes.

— La procédure exige d'adapter le traitement au génome. C'est coûteux, ça le restera sans doute des décennies durant. Nos tarifs doivent nous permettre d'investir davantage dans la recherche pour faire baisser les coûts. Vous pouvez nous aider en parlant au Congrès de la nécessité d'une assurance à même de couvrir les dépenses. »

Et les questions incessantes continuèrent à fuser encore et encore. *Quand on leur fait un superbe cadeau, certains ne peuvent pas s'empêcher de se demander pourquoi le papier d'emballage n'est pas de leur couleur préférée.*

Il n'existait aucun moyen facile de résoudre le problème. L'accès aux soins n'avait jamais été un droit, mais un privilège. Après avoir examiné intimement de si nombreux corps, je pouvais juger d'un simple coup d'œil de l'état de santé, et donc de la richesse, dont avait joui son propriétaire au cours de sa vie. Les riches ne vivaient ni ne mouraient comme les pauvres ; l'argent, les privilèges ne se voyaient pas qu'en surface. Ils s'insinuaient littéralement jusqu'à la moelle des os.

Autrefois, la mort supprimait les inégalités ; désormais, semblait-il, les riches pouvaient aussi y échapper. Que cela fâche tant de monde n'avait rien de surprenant.

Fidèle à sa promesse, Jon travailla presque sans arrêt dans son laboratoire, cherchant à abaisser les coûts du procédé dans l'espoir de le démocratiser.

Pour ma part, je me trouvai bloquée sur le plan artistique. Mes anciennes plastinations étaient avidement recherchées par les musées et les collectionneurs, ce qui augmentait leur valeur, et les critiques en faisaient souvent l'éloge, mais il me semblait que leur adulation manquait de sincérité. Après tout, qui irait insulter la femme d'un homme capable de vous procurer la vie éternelle ?

Aucune de mes productions ne me satisfaisait. Les mises en scène que je tentais étaient artificielles. Les mains que je sculptais paraissaient inanimées.

Pour la première fois, je jouissais d'un amour libérateur qui ne provoquait en moi aucun sentiment de culpabilité, qui me tirait vers le haut plutôt que de m'accabler. J'aurais dû en être heureuse, mais je n'éprouvais qu'une sorte d'apathie, une stagnation : la sensation de bouger, mais de n'aller nulle part.

Je retournai à l'école afin de m'occuper. Grâce à Jon, mes neurones se renouvelaient sans cesse. À néoténie éternelle, curiosité éternelle. J'obtins – à la suite – des doctorats d'histoire, de littérature et d'économie, puis j'entrai en fac de médecine juste pour le plaisir.

Il y avait tant à apprendre, et mon existence d'étudiante perpétuelle était toujours sur le point de débuter, sans pour autant le faire. N'était-ce pas l'idéal ? Je menais une vie de potentiels, de possibilités, de commencements. Il me vint l'envie de me mettre à un instrument. Après tout, avec cent ans de pratique, je pouvais espérer devenir une virtuose.

Jon et moi voyagions aussi. Tous les quelques mois, juste après le traitement de rajeunissement, on partait à l'aventure dans des endroits reculés du globe.

À la fin de chaque escapade, Jon ne manquait jamais de me demander : « Tu es prête ? »

Je le regardais alors dans les yeux en comprenant ce qu'il voulait dire. Je me sentais si proche de lui ! Comment avais-je pu penser qu'un fossé quelconque puisse nous séparer ?

« Pas encore, mais bientôt, peut-être. » Même si, au fond de mon cœur, je savais déjà quelle serait ma réponse la fois suivante, et celle d'après.

Les choses continuèrent, année après année. Pourquoi se presser, puisque nous étions pratiquement immortels ?

Il me fallut dix ans pour achever l'œuvre qui me donne le plus de fierté.

Dans *La Création d'Adam*, mon sujet pose, étendu, tel Adam sur le tableau de Michel-Ange. Sauf qu'il n'y a pas de collines, pas de Terre. Mon Adam plane dans le vide.

« J'ai de mauvaises nouvelles », m'avait dit Jon.

Un autre aspect distingue mon Adam de celui de Michel-Ange : il n'a pas de visage. La peau a été écorchée en son milieu, du front jusqu'au menton, puis rabattue sur les côtés, comme les ailes d'un papillon ou les volets extérieurs d'un triptyque. Les morceaux de peau demeurent figés en pleine ondulation, telles les nageoires membraneuses d'une limace de mer. Les fibres regroupées des muscles qui se trouvent en dessous apparaissent aussi brutes que l'argile rouge dans laquelle l'Homme a été façonné.

Et les yeux, impassibles, restent perçants, sans âge, inexpressifs.

Depuis notre entrée en Bourse, vingt ans avaient passé, et plus de mille personnes subi un traitement aussi onéreux que l'attrait de la jeunesse éternelle était irrésistible.

« J'ai une tare génétique. Les procédures régénératives, au lieu de stopper le vieillissement, ont fait entrer mes cellules somatiques en sénescence. »

Le reste de mon Adam mérite aussi un examen détaillé. Déplacez-vous sur le côté de la sculpture, et vous verrez le torse plastiné tranché en coupes longitudinales distinctes, telle une pile de cibles aux contours humains sur un stand de tir, chacune flottant à quelques centimètres de sa voisine. Les tranches ont été traitées et durcies pour ressembler à des draps fraîchement lavés qui, étendus sur un fil et claquant au vent, se sont figés, s'entortillant, virevoltant et s'enroulant. Les coupes transversales des viscères, foie, intestins, poumons, deviennent un déchaînement de cercles, d'ovales et de taches abstraites de Rorschach, rouges, roses, pourpres et rouille.

Les Élisabéthains les auraient prises pour une série de cartes du cœur de l'univers, du monde intérieur.

Je scrutai mon mari. La vérité de ses paroles me creva les yeux. J'avais noté – et m'étais forcée à ignorer – les rides autour de ses yeux et aux coins de sa bouche, les racines blanches de ses cheveux, qu'il teignait, et le ralentissement, le dessèchement, le rétrécissement de son corps. Il m'avait rattrapée en âge, de beaucoup dépassée, même, alors que je continuais à faire comme si on était tous deux immunisés contre les ravages du temps. Effrayée, j'avais une fois encore essayé de refuser d'admettre la réalité.

« Quand j'ai tenté de stopper le processus en augmentant le nombre des interventions, mes cellules ont réagi par une division incontrôlable. Je suis atteint du cancer. »

Si vous avez reçu une formation médicale, vous pouvez observer, entre deux tranches de mon mari, la forme des tumeurs, les taches malignes, comme de l'encre renversée sur du papier de riz, dont les bords se propagent en figures fractales étirées par les capillaires. Elles sont très belles.

Il était passé aux traitements agressifs : les injections virales personnalisées, les émissions ciblées de radiations, y compris la vieille méthode barbare : la chimio. Je regardai mon mari vieillir sous mes yeux. L'inventeur de la Fontaine de jouvence prenait des dizaines d'années en quelques mois.

Continuez à vous déplacer autour de la sculpture jusqu'à revenir sur sa face antérieure. Plongez le regard dans le visage explosé de mon mari, cette chair brute rougeoyante, ces yeux impassibles, ces vaisseaux sanguins saillants. Vous ne pouvez déterminer son âge ; vous ne pouvez deviner son origine ethnique ; vous ne pouvez lire son expression. Il a été réduit à l'essence de l'Homme.

Une meute de journalistes nous avait surpris à l'extérieur de l'hôpital. « Pensez-vous qu'on puisse voir ça comme une réflexion sur l'orgueil ? Sur la futilité d'essayer d'échapper à la mort ? » Celle qui m'avait posé cette question me fourra son micro en pleine figure tandis que j'essayais de protéger Jon à l'aide de mon corps. Il était très faible, désormais ; d'ici une semaine, il serait mort.

Je la regardai. Jolie, vingt-cinq ans en apparence, mais je la reconnus. Elle allait à la fac avec moi plus de vingt ans auparavant. Une de ses patientes. Ses yeux exprimaient la peur.

Ma colère et ma haine fondirent comme neige au soleil. Sa question la concernait tout autant que lui. Elle ne voulait pas qu'il soit le présage de ce que l'avenir réservait.

Seules ses mains restent expressives. Regardez la droite, recroquevillée comme un fœtus. Puis la gauche, tendue, aspirant à saisir la promesse d'une vie éternelle qu'un dieu indifférent lui offrirait pour mieux la lui reprendre l'instant d'après.

Le lendemain de sa mort, pour la première fois depuis des décennies, je me rendis à l'atelier. Et au lieu d'attendre de commencer, je commençai.

Je ne demandai l'aide d'aucun assistant. J'effectuai moi-même tout le travail que requérait l'œuvre. Je me débattis pour hisser son corps autrefois massif sur la paillasse et pour l'en descendre ; je portais ma propre croix.

La seule mise en scène des mains me prit un an. Assise dans l'atelier pendant des jours, j'entrelaçais nos doigts, me remémorant ces moments passés avec lui et que j'avais gâchés, imaginant une vie commune qui ne verrait jamais le jour, ou nos enfants qui ne naîtraient jamais.

L'achèvement de *La Création d'Adam* atténua la douleur de la perte, sans la faire disparaître. Il me permit néanmoins de tourner le dos à ma vie avec Jon et d'en commencer une nouvelle.

« Vous avez de belles mains », dit l'homme en se glissant sur la chaise qui me faisait face.

Je me trouvais alors dans un tout petit bar à Glace Bay, au bout de la Nouvelle-Écosse. Installée près de la fenêtre qui surplombait l'Atlantique froid et gris, imaginant les mineurs de charbon qui s'enfonçaient dans le sol et creusaient des galeries sous la mer, plus d'un siècle auparavant. Je m'étais réfugiée dans cette vieille ville minière, à présent presque déserte, pour fuir l'attention que *La Création d'Adam* avait suscitée. J'avais soixante et onze ans, j'étais enceinte, et je voulais la paix.

Avant la mort de Jon, on avait congelé des échantillons de son sperme. Plus d'un demi-siècle après la naissance de mon premier enfant, j'étais enfin prête.

Mais je paraissais encore trente ans, et c'est pourquoi cet homme, avec son visage ouvert et rougeaud, sa barbe rousse broussailleuse, son sourire franc et sa voix vigoureuse, désirait se rapprocher de moi. Il avait l'air d'être au milieu de la cinquantaine, sans doute son âge réel, car il ne semblait pas avoir les moyens de s'offrir les services de BodyWerks.

Je baissai les yeux sur mes mains, pelotonnées comme deux colombes qui se blottissent l'une contre l'autre pour se tenir chaud. « Je préfère rester seule. Merci. »

Il hocha la tête et tourna sa chaise face à la fenêtre.

Il posa ses pieds sur le rebord peu élevé, sortit une pipe et se mit à fumer.

Mon père et James fumaient tous deux, mais je n'avais pas senti l'odeur du tabac depuis des dizaines d'années. Elle me parut rassurante, douce, tel un souvenir oublié depuis longtemps.

Ce furent ses mains qui attirèrent mon regard : calleuses, les phalanges noueuses, enflées par le froid de la mer. Elles ne ressemblaient en rien aux mains avec lesquelles j'avais l'habitude de travailler, ces mains d'hommes et de femmes qui manipulaient du papier, des électrons et des symboles.

Celles-là semblaient familières, comme les pinces d'un crabe reposant sur le sable.

« Qui êtes-vous ? » demandai-je. Mais je le savais déjà.

« Je ne voulais pas prendre contact avec toi, dit Charlie, car je ne voulais pas que tu penses que j'attendais quoi que ce soit. Je t'observais de loin. »

Je me sentais mal à l'aise devant mon fils, cet inconnu sans l'être. La dernière fois que je l'avais vu, sa conscience du monde se résumait à un amas de couleurs et de sons, la chaleur d'une journée ensoleillée, la froideur d'un abandon avant le lever du jour. Et pourtant, là, il semblait plus vieux que moi.

« Papi et Mamie te disaient morte. Mais à douze ans, je suis parti en voyage scolaire à San Francisco. On voulait visiter les ateliers de BodyWerks, des amis et moi. »

Je déterrai des souvenirs de ces premiers jours, il y avait si longtemps. Je n'aimais pas cet aspect de mon travail qui consistait à faire visiter les locaux aux groupes d'écoliers. Je ne me sentais jamais à l'aise en présence d'enfants.

« Tu as expliqué le fonctionnement de la plastination, son importance, l'aide qu'elle apportait à la recherche médicale et à l'enseignement de la médecine. Je t'ai reconnue tout de suite, grâce aux photos de toi que j'avais vues à la maison. Tu étais passionnée. Tu nous as montré la beauté d'une paire de mains écorchées, la merveilleuse mécanique des os, des muscles, des nerfs. J'ai vu à quel point tu aimais ton travail, à quel point tu étais heureuse. »

Je ne me rappelais pas avoir été heureuse à cette époque. Souvent, on ne reconnaît le bonheur qu'après l'avoir perdu.

« Après cela, je me suis inventé une histoire, comme quoi tu étais partie parce que tu avais un travail vital à accomplir, comme un grand scientifique ou un soldat. Tu avais dû m'abandonner parce qu'il fallait que tu achèves une grande œuvre d'art. Alors, seulement, tu reviendrais me chercher. »

Je ne le regardai pas.

« Sauf que tu n'es jamais revenue. Je voyais ton nom et ta photo partout, en compagnie de ton célèbre mari : ce couple magique qui offrait la jeunesse éternelle et la vie perpétuelle. Tu n'as jamais trouvé le temps pour moi.

— Je ne voulais pas interrompre ta vie ou prétendre avoir droit à ton affection.

— Il n'y avait rien à interrompre : je t'attendais », reprit-il d'une voix qui avait perdu toute chaleur.

Je me demandai alors si, jeune homme, il avait

ressenti autant de colère envers son père qu'envers moi. Chad et moi n'avions jamais repris contact. Il m'avait une fois écrit une lettre maladroite pour se renseigner sur la possibilité d'un traitement. L'en-tête portait le nom d'un cabinet d'avocats qui semblait influent. Je l'avais déchirée en petits morceaux.

Je me demandais si mon fils jugeait une femme qui avait abandonné son enfant avec beaucoup plus de sévérité qu'un homme qui avait fait de même, mais je pris conscience de l'injustice de toute cette situation : il ne connaissait pas son père, mais il me connaissait, moi. Et alors que son père était mortel, je disposais de tout le temps du monde.

Je voulais dire que j'étais *désolée*, pourtant je me retins. Parfois, aucun mot ne peut exprimer ce qu'on ressent.

« À la mort de Mamie, j'étais sûr que tu allais revenir. »

Je frissonnai. Tant de gens avaient péri alors que le temps s'était arrêté pour moi, et j'avais attendu, encore et encore.

« Et quelques années plus tard, Papi est décédé aussi. Ce n'est qu'à ce moment-là que j'ai compris à quel point j'étais bête. Tu m'as mis au monde, mais tu ne m'appartenais pas. L'amour, ce n'est pas la gravité : on ne peut pas partir du principe qu'il existe quoi qu'il arrive, ni le calculer avec précision. Au lieu d'attendre, j'aurais dû me construire une vie. »

Tu es bien mon fils, voulais-je dire. *Nous allons jusqu'à commettre les mêmes erreurs.*

« J'ai fini pêcheur sur les chalutiers de l'Atlantique. Je voulais travailler de mes mains, faire un boulot dangereux, le plus éloigné possible de la jeunesse éternelle. T'oublier. J'y suis parvenu. J'ai cessé de m'apitoyer sur mon sort. Puis j'ai appris que ton mari était mort et lu quelque part ce que tu faisais pour te souvenir de lui. J'ai vu que tu souffrais et je me suis dit : "Peut-être que c'est le bon moment pour la voir. Peut-être que je ne la détesterai plus. Elle a plus besoin de moi que moi d'elle." »

Sur mes genoux, mes mains tremblaient, même si je m'efforçais de les garder immobiles.

« Je suis passé chez toi, et j'ai révélé mon identité à ta gouvernante. Elle m'a toisé, puis elle m'a dit de venir ici. »

Je levai les yeux sur lui, enfin, pour le regarder vraiment, et sur le visage de mon fils, je vis mes propres yeux me retourner mon regard.

Cassie était la plus jeune sœur de Charlie, de cinquante-six ans sa cadette.

Je la tenais dans mes bras, contemplant son visage, cherchant à y déceler des expressions de Jon.

« Elle te ressemble », me dit Charlie.

Je la regardai de nouveau et constatai qu'il avait raison. Je ne ressentais toujours aucune magie, aucun changement capital de point de vue. Mais j'éprouvais une chaleur au fond de mon cœur, et un amour qui coulait en moi, goutte après goutte, et qui ne se tarirait jamais.

Ce que la jeune fille effrayée de seize ans n'avait pas pu réunir ou trouver en elle se manifestait sans peine chez la femme de soixante-douze ans que j'étais devenue. Ce dont j'avais besoin, c'était de la capacité à endurer la vie, et il avait fallu la mort de mon mari pour que je m'en aperçoive.

Charlie resta pour m'aider. Il s'y prenait bien avec elle. Cassie était difficile sur la nourriture, mais il parvenait à lui faire avaler un peu de ce qu'il mangeait. Elle n'aimait pas la sieste non plus, et il pouvait l'endormir en lui caressant le dos de ses grandes mains calleuses. Je les observais, eux qui formaient peut-être le couple de frère et sœur le plus étrange de l'histoire du monde – d'ici à ce que les traitements que BodyWerks continuait d'offrir banalisent de telles fratries – et j'imaginais comment ma fille percevrait le monde.

Elle tiendrait pour acquis qu'on avait vaincu la mort et il lui semblerait étrange que la grande majorité des humains ayant jamais vécu aient disparu à tout jamais.

Nous nous fréquenterions peut-être pour toujours.

« Tu devrais te retrouver quelqu'un. » Charlie essayait de sourire. « Je t'aime, Maman, mais il faut vraiment que tu sortes davantage. »

Mon fils semblant beaucoup plus âgé que moi, je trouvais presque normal qu'il me donne des conseils.

Il éprouvait les pires difficultés à se déplacer. Son AVC avait laissé le côté gauche de son corps paralysé.

Il avait toujours refusé le rajeunissement. Je lui avais dit maintes fois que plus tard il s'y mettrait, moins il y aurait de chances que les traitements agissent. Alors il secouait la tête et souriait. « Une seule vie me suffit largement. »

Cassie tenait les mains de Charlie, durcies, mouchetées, semées de taches de vieillesse. Celles de ma fille étaient de porcelaine, sans défaut ni cicatrice.

Je l'avais soumise à un minutieux régime de traitements antisénescence dès sa naissance, calibré pour ne pas interférer avec son développement, mais aussi pour bloquer ses systèmes à leur apogée. Par bonheur, elle n'avait pas hérité des gènes qui avaient tué Jon. Ma fille et sa génération seraient les humains les plus sains ayant jamais vécu.

« Les frères et sœurs avec une telle différence d'âge ne sont généralement pas très proches, déclara Charlie.

— On a une histoire commune », répondit Cassie. Elle fit courir, affectueuse, ses doigts dans les cheveux clairsemés, comme une colombe rase les herbes sur une dune.

J'avais appris à aimer mon fils bien après que son besoin de moi lui avait passé. Voilà pourquoi mon amour pour lui semblait plus pur, mais aussi moins infaillible, tels des ossements cassants, décolorés par le soleil sur une plage.

Je me penchai pour l'embrasser sur le front. Il ne sentait pas la mort. Il sentait la satisfaction.

« La dignité dans la mort est un mythe que nous avons créé pour nous libérer du sentiment d'impuissance qui nous gagne avant de mourir », m'avait dit Jon une fois. Mais il ne savait pas tout. Il n'a pas vécu assez longtemps.

Mon fils s'endormit et ne se réveilla pas. C'est ainsi que ma vie s'acheva de nouveau.

Cassie insista pour que je suive les conseils de Charlie. Après tout, même si j'approchais les cent ans, j'avais le corps d'une jeune femme. Parfois, elle m'obligeait à sortir avec elle, comme deux sœurs.

Les femmes et les hommes sans âge dans mon genre devenaient de plus en plus communs au fur et à mesure que BodyWerks et ses concurrents proposaient des traitements moins coûteux. On débattait désormais de la meilleure façon de distribuer le don de la Révolution Persistante aux pays pauvres dans le monde et de contrôler la démographie en l'absence de vieillissement et de décès. On parlait même à nouveau de colonisation de l'espace, sérieusement, cette fois.

Mais au milieu de toute cette agitation, je me sentais à la dérive, déconnectée. Le monde avait subi grands et petits changements, mais aucun ne me touchait. Je ne savais pas ce que je recherchais, seulement que j'étais fatiguée de perdre ou de voir mourir ceux que j'aimais. Peut-être devenais-je trop vieille au fond de moi, en dépit de tous ces traitements.

« Ils ne savent plus faire les cookies comme autrefois », dis-je. Ce que proposait cette petite pâtisserie-salon de thé sentait bon, mais n'était pas nourrissant. Parfois, les acides gras trans me manquaient.

« Je connais un coin où vous pouvez trouver des desserts à l'ancienne. » Le jeune homme qui s'était arrêté à côté de notre table soutint mon regard sans fléchir.

Ma fille s'excusa pour se rendre au comptoir. Je la vis essayer de dissimuler un sourire.

Il était dans les âges de Cassie, plein d'entrain et d'espoir sans bornes.

« Je suis plus âgée que je n'en ai l'air.

— Bienvenue au club. » Sa moue me fit fondre comme je ne l'aurais plus cru possible.

David ne croyait pas à la prolongation de la vie. « La mort est la plus grande invention que la vie ait jamais produite. Chaque jour, à chaque seconde, en me rappelant que je vais mourir, je fais des choses qui me terrifient, qui font battre mon cœur et accélèrent ma respiration. C'est parce que je savais que je vieillirais et que je finirais par mourir que je suis allé vers toi ce jour-là. »

Il effectuait sans cesse des gestes vifs et assurés avec ses mains, sans la moindre pause.

Je repensai à ces jours sans fin passés en compagnie de Jon, au nombre infime de ceux qui me restaient en mémoire. Je croyais avoir tout le temps du monde, j'avais fini par ne rien faire du tout. J'avais gâché ma vie par peur de renoncer à mes choix et permis à mon existence de se voir plastinée, tel un ver à soie dans son cocon.

Partout, la vie continuait sans fin, mais on n'était pas plus heureux pour autant. Les gens ne vieillissaient pas ensemble – ils ne grandissaient pas ensemble non plus. Les couples mariés revenaient sur leurs vœux, et ce n'était plus la mort qui les séparait, mais l'ennui.

Ma plus jeune fille naquit le même jour que mon Charlie, mais cent ans plus tard.

Elle serait mon dernier enfant. J'avais décidé d'arrêter les traitements. Je regarderais Sarah grandir et vivre sa vie. Je vieillirais près de David, son père, et nous nous réjouirions à observer les changements qui s'opéreraient chez l'autre. Je mourrais quand mon heure viendrait, sans avoir accompli tout ce que je voulais faire, sans avoir vu tout ce qu'il y a à voir, sans avoir appris tout ce qu'il y a à connaître, mais après avoir vécu plus qu'assez pour une seule femme. Ma vie serait une trajectoire, avec un début et une fin.

« Ne fais pas ça juste pour moi, me conseilla David. C'est ta vie et je veux que tu choisisses. »

Ce qu'il voulait dire, c'était : *Tu dois être libre.*

J'envisageai mes douces pérégrinations, mes amours difficiles, mes œuvres dont j'étais fière et mes regrets pleins d'humilité, mes gestes magnifiques, les insignifiants, mes plaisirs simples… Je savais ce que je voulais et je le sentais vibrer dans mes membres, comme un crabe qui traverse la plage en silence pour rejoindre la marée montante.

« C'est pour moi que je le fais, dis-je. Nous ne possédons pas l'autre, mais nous voulons être là pour l'autre. »

Cassie essaya de me dissuader. Nous étions assises sous la galerie, partageant un plateau de biscuits et un pichet de limonade. C'était l'été, juste après une pluie d'orage, quand le monde paraît à la fois ancien et nouveau.

« Ce n'est pas vrai qu'une vie sans mort est une vie sans changement, dit-elle. Tu aimeras encore, et tu n'aimeras plus. Chaque liaison, chaque mariage, chaque amitié et rencontre fortuite possède sa trajectoire, son début, sa fin, sa durée et sa mort. Si c'est la perte que tu recherches, il te suffit de patienter. »

Ma fille était sage. Et pour elle, ces paroles sont peut-être vraies. Mais elle a grandi dans un monde différent du mien. Moïse n'est pas parvenu à entrer en Terre Promise, et il m'est impossible d'apprendre à vivre avec le temps infini.

Ce n'était pas l'amour qui m'avait poussée à décider de vieillir et de mourir, mais le désir de m'affranchir du temps ou des nouveaux départs que je devais prendre sans cesse.

« J'ai déjà passé trop de temps à patienter au cours de mes nombreuses vies, répondis-je. Certaines choses exigent que le temps qui nous est accordé finisse par s'épuiser.

— Alors la femme la plus âgée à avoir vécu, la première susceptible de vivre éternellement, sera aussi la première à y renoncer. » Elle me serra très fort dans ses bras. « Je ne veux pas que tu meures. Que la mort donne un sens à la vie n'est qu'un mythe. »

Qu'elle puisse parler à ce point comme son père, qu'elle n'avait jamais connu, reste un mystère pour moi.

« Si c'est un mythe, c'est un mythe auquel je crois. »

Je me reculai et levai les mains devant moi – non pas en signe de prière ou de défense, mais à titre d'explication – pour former une arche. Mes doigts ne se rejoignaient pas tout à fait.

Comme pour tout ce qui touche à la foi, il y a

toujours, en fin de compte, un gouffre que des arguments rationnels ne permettent pas de franchir.

Mais pour la première fois depuis des dizaines d'années, je ressentais de nouveau une envie irrépressible de créer, de faire de l'art.

Voici donc ce que je dis aux journalistes pour leurs articles qui racontaient des histoires vécues.

Ma dernière œuvre d'art n'est pas une plastination. L'inertie est la mort véritable.

Au lieu de cela, avec l'aide de BodyWerks, j'enregistre méticuleusement toutes les étapes de mon vieillissement. Jour après jour, des scanners à haute résolution détectent chaque diminution de mes sens, chaque défaillance organique, chaque perte de fonction. Je ferai le compte-rendu le plus complet jamais effectué du voyage d'un corps humain vers la mort, de cette lente et progressive perte d'illusions au profit de la réalité toute nue de l'existence. Ça n'a rien de romantique, ce n'est pas agréable pour les yeux, c'est parfois douloureux et souvent ennuyeux. Mais c'est ma vie, et elle est authentique.

Un jour viendra où il sera impossible aux enfants de mes enfants d'envisager cet autre mode d'existence, cet intervalle si court et si fermé, encadré par les parenthèses de la naissance et de la mort. Peut-être que ma chronique, comme toutes les œuvres d'art, comblera ce fossé d'incompréhension.

Une fois les journalistes partis, je rejoins David et les enfants – ceux de Sarah, les petits-enfants de Cassie – sur la plage. Je lui tiens la main, et nos peaux ridées, fraîches et chaudes à la fois, ne font plus qu'une. C'est un bel après-midi, parfait pour se disputer les coquillages et peindre la toile du sable avec les motifs que nos empreintes de pas laissent derrière nous.

Les éclats de rire des enfants résonnent plus fort dans mes oreilles que le grondement de la mer éternelle.

Le golem au GMS

traduit de l'anglais par Pierre-Paul Durastanti

Le lendemain du départ de la Terre du vaisseau *Princesse des Nébuleuses*, Dieu s'adressa à Rebecca.

« Rebecca Lau, écoute-moi. J'ai besoin de toi. »

La fillette de dix ans retira ses écouteurs. À part la rumeur lointaine des moteurs, seul le silence régnait dans la cabine. « Papa, tu as parlé ?

— C'est moi, Dieu.

— Ben voyons. » Elle se jucha sur une chaise pour étudier les enceintes au plafond. La voix ne semblait pas en émaner.

Elle redescendit, contempla son ordinateur et souffla d'un ton noir : « Si c'est toi qui me joues un tour, Bobby Lee… » Jaloux de leur croisière en famille vers La Nouvelle-Haïfa pour les vacances d'hiver, il pouvait très bien avoir décidé de reprogrammer sa bécane.

« Il n'a rien à voir là-dedans ! dit Dieu, un peu vexé.

— Vous êtes quel dieu, alors ?

— *Le* Dieu. Celui d'Abraham, d'Isaac et de Jacob. *Ton* Dieu ! Jason Engleman t'a tout expliqué à mon sujet le semestre dernier.

— Ah, le dieu de Jason. Le juif.

— Tu es juive.

— Hum ! » Rebecca s'assit sur son lit. « Je suis chinoise. On habite New York. Vous devez me confondre avec mon amie Yael Wasserstein. Je sais bien qu'on a toutes les deux le même âge et de longs cheveux noirs, mais…

— Silence ! Tu dois créer un golem et attraper tous les rats de ce navire. Je vais t'expliquer. »

Au IXe siècle, des négociants juifs venus de Perse s'établirent à Kaifeng, capitale de la Chine. La communauté s'y développa au point de bâtir une synagogue en 1163. Les juifs de Kaifeng devinrent pour leurs voisins chinois, qui se préoccupaient toujours de nourriture, « ceux qui retirent les tendons ».

Durant un millénaire, cette communauté aux marges de la Diaspora prospéra, mais au fil du temps les juifs de Kaifeng se mélangèrent au reste de la population et oublièrent peu à peu leurs traditions. Beaucoup en oublièrent même Dieu.

Dieu, Lui, ne les oublia jamais.

« Je descends d'un de ces juifs de Kaifeng ? Comment ça se fait que Maman ne m'en ait rien dit ?

— Elle l'ignore aussi. Je n'avais jamais eu… heu…

— Jamais eu besoin de nous. Jusqu'à aujourd'hui.

— J'étais occupé, répliqua Dieu non sans raideur. Essaie de surveiller la moindre molécule de l'univers pendant deux ou trois jours, tu verras ! »

Rebecca explorait la perspective nouvelle de sa judaïté. Ses yeux s'illuminèrent. « J'ai droit à Hanoucca ? Et à tous les cadeaux ?

— Tu as le droit de la fêter, oui. Les cadeaux, ce sont tes parents que ça regarde, pas moi.

— Je peux garder Noël ? Et le Nouvel An chinois ?

— À toi de voir. Je ne suis pas...

— Marché conclu ! Mais il va falloir muscler votre exposé. Ce rappel historique a besoin d'un support visuel. »

Tendant l'oreille, elle entendit Dieu marmonner : « Dire que je suis obligé de bosser avec cette... l'équivalent le plus proche d'un...

— Hé ! se récria Rebecca. C'est *vous* qui êtes venue me chercher, *moi*, vous vous rappelez ?

— Oui. Inutile de remuer le couteau dans la plaie. Tu peux te procurer de la boue ?

— Une minute. Revenez en arrière. Pourquoi il y a des rats sur un paquebot spatial ? Et ça pose quel genre de problème, au juste ? Ce ne sont pas Vos créatures, aussi ?

— À la dernière croisière, une famille en a passé un couple apprivoisé en douce. Il leur a échappé pour faire des petits. Il y en a cent cinquante dans les cloisons. D'ordinaire, ils me laissent froid, mais s'ils atteignent La Nouvelle-Haïfa, ce sera un désastre.

— Pourquoi ?

— Rien dans l'écosystème ne les contiendra. Ils mangeront tout ce qu'ils trouvent, les réserves de grains, les récoltes, les œufs, les poussins. Pire encore, il existe un virus sur La Nouvelle-Haïfa qui, en temps normal, n'a aucun effet sur les gens, mais si les rats débarquent, il les contaminera. Je vois d'ici le virus muter et mettre en danger les humains. Une interaction imprévue parmi tant d'autres quand on met en présence diverses espèces de la galaxie.

— Mauvaise planification de Votre part, on dirait.

— Ne recommence pas, gronda Dieu. On se bouscule pour me jeter la pierre. Essaie un peu de créer tous ces mondes sans erreur ni oubli du premier coup. »

Le *Princesse des Nébuleuses* comptait divers restaurants. La famille Lau préférait le buffet chinois qui disposait d'une sélection variée, mais Rebecca, ignorant quels mets étaient kascher (éviter le porc et les fruits de mer, là s'arrêtaient ses certitudes), se contenta d'une assiette de riz aux pousses de bambou.

Dieu ne l'aida guère.

« Au restaurant chinois, j'ai pour stratégie de fermer les yeux », déclara-t-il sans vouloir s'expliquer davantage.

À leur table, Rebecca fit sa grande annonce. David Lau et sa femme Helen échangèrent un regard avant de se tourner vers leur fille.

« C'est comme quand tu voulais être italienne à sept ans ? s'enquit Helen, prudente. Pour pouvoir chanter de l'opéra ?

— Je ne m'en souviens pas, mais non.

— Tu sais, reprit sa mère en tâchant de conserver

un ton égal, quand on dit que les Chinois d'outremer sont "les juifs de l'Orient", il ne faut pas le prendre au pied de la lettre.

— Maman, je suis *vraiment* juive. Et toi aussi.

— Et Dieu veut que tu captures les rats de ce vaisseau afin de sauver un écosystème ? Il ne s'agit pas d'une métaphore que je serais trop vieille pour comprendre ?

— Non. Dieu tient à protéger les plages et les animaux de La Nouvelle-Haïfa. Et à prévenir une épidémie.

— Je peux Lui en parler ? Il réquisitionne ma fille sans que j'aie mon mot à dire ?

— Pas question, siffla Dieu. Les mères juives sont déjà très pénibles, les sino-juives sont pires. Débrouille-toi avec elle.

— Il ne parle qu'à moi seule. Il m'a choisi pour l'aider. Tu vas devoir demander à un rabbin comment ça marche.

— Ma fille, tu as trop d'imagination. Si tu investissais dans ton travail scolaire le dixième de l'énergie que tu consacres à tes lubies…

— *Maman*, je ne mens pas.

— *Aiya*, David, tu entends ça ? Parle-lui.

— Pour quoi faire ? » David Lau haussa les épaules. « À l'en croire, sa judaïté lui vient de ton côté de la famille. Tu lis tous ces bouquins sur le développement et la psychologie de l'enfant. Ils n'ont rien là-dessus ?

— Ne te moque pas de moi. Rien de tout ça n'arriverait si tu lui consacrais plus d'attention au lieu de travailler tout le temps.

— Quoi !? »

Rebecca s'excusa et quitta la table en tapinois.

Elle ratissa les ponts et les couloirs, jeta un œil dans les cinémas, les théâtres et les restaurants. Les ficus poussaient en jardinière hydroponique, et non dans l'humus. Les fleurs étaient artificielles. Partout luisaient du métal, du bois et du plastique. Pas une miette de terre en vue.

« Avec tous les robots nettoyeurs qui se faufilent partout, allez trouver de la boue à bord d'un vaisseau spatial ! Ça ne Vous est pas venu à l'esprit ? En tant que Dieu, Vous êtes censé savoir ces trucs-là.

— Disposer d'une assistante plus compétente m'aiderait beaucoup. Tu aurais pu remettre mon plan en question par avance, ce qui nous aurait épargné une perte de temps à tous les deux.

— Ben voyons ! Et Vous auriez dit quoi si j'avais émis des réserves sur Votre plan ?

— Je t'aurais enjoint de garder tes doutes pour toi », admit Dieu.

Rebecca tira profit du silence temporaire de Dieu pour se rendre à la bibliothèque du paquebot spatial, où le rayon des religions se révéla plutôt étique. Ce qu'elle trouva de mieux s'intitulait *Le Judaïsme pour les enfants*.

« Tu vois comment te procurer de la boue ? lui demanda soudain Dieu.

— Chut ! J'apprends à être juive.

— Ça ne pourrait pas attendre ? On doit se focaliser sur la boue.

— La boue, la boue, la boue. On trouvera ! Mieux vaut que j'étudie. Vous ne voulez pas que Votre assistante commette des erreurs idiotes et s'attire les moqueries, quand même ? »

Rebecca ignorait la nuance, ce qui exaspérait sa mère. Si jamais un sujet – le piano, la calligraphie, l'orthographe – l'indifférait, elle refusait d'y consacrer ne serait-ce qu'une minute. Par contre, si elle se passionnait pour quelque chose – les ordinateurs, la pâtisserie, l'histoire de la poudre à canon –, elle s'y vouait à l'exclusion de tout le reste.

Et elle avait décidé d'être une bonne – une *excellente* – assistante pour Dieu.

« Mais le temps presse ! On est déjà vendredi et le navire sera à quai demain. Tu dois aller chercher de la boue. »

Au même instant, les lumières déclinèrent pour marquer le soir, en temps du vaisseau.

« Attendez, dit Rebecca. Expliquez-moi la manière exacte de fabriquer votre golem. C'est le shabbat. Je n'ai aucune envie d'enfreindre les règles.

— Tu n'es pas sérieuse ?

— Très sérieuse. L'assistante de Dieu doit être un modèle. Aïe ! J'ai oublié d'allumer les chandelles. Excusez-moi.

— …

— Dieu, je n'ai pas saisi. Vous vous étrangliez ? Ou vous avez dit : “Ces nouveaux convertis, quelle plaie” ?

— Crois-moi, tu n'enfreindras aucune règle. D'abord, tu récoltes la boue…

— Récolter, c'est un des *melakhot*, répliqua Rebecca en se référant à la liste qu'offrait son livre.

— Dans le milieu naturel. Et puisqu'il n'y a pas de boue naturelle à bord de ce vaisseau, la récolter ne violera pas la loi. Dire que je débats de ces points avec toi ! Bref, ensuite, tu façonnes le golem dans cette boue, tout comme j'ai jadis façonné Adam…

— Ça s'apparente à pétrir, un autre *melakha*.

— À condition qu'on soit le shabbat. Bon, on veillera à se procurer de la boue toute prête. Une fois le golem formé, il convient de le lisser…

— Lisser est aussi…

— D'accord, *d'accord* ! Laisse-le rugueux, qu'est-ce que j'en ai à faire ? Du moment qu'il marche… En dernier lieu, lorsque tu l'auras fabriqué, tu devras écrire *emet*, "vérité", à même son… ah.

— Écrire est…

— Interdit. Je sais. »

Il semblait si abattu qu'elle préféra rester coite.

Au bout d'un moment, il retrouva son allant. « Si les rats atteignent La Nouvelle-Haïfa, l'épidémie démarre. On peut passer outre aux lois du shabbat afin de sauver des vies.

— Il faut quelque temps à un virus pour muter, non ? Faute de capturer tous ces rats, on ne pourrait pas évacuer les gens à temps ?

— Ma foi, si, *sans doute*. Mais les persuader demandera un sacré boulot.

— On n'a pas le droit d'enfreindre les règles maintenant sous prétexte d'un surcroît de travail plus tard.

— Une minute ! Il existe une menace plus immédiate. Les rats vont manger tout le grain stocké.

— Et les habitants mourront de faim ?

— Heu, non. Ils ont plein d'aliments surgelés auxquels les nuisibles ne toucheront pas, mais ils devront bel et bien se passer de bagels au blé complet pendant un moment.

— Mouais. » Rebecca feuilletait son livre. « Ça me paraît tiré par les cheveux, comme question de vie ou de mort.

— Tu discutes avec moi sur la base de règles trouvées dans un bouquin ?

— J'étudie pour devenir une bonne juive. Ce n'est pas ce que Vous souhaitez ?

— Mais je te dis de m'obéir ! Je te l'ordonne !

— Vous ne pouvez pas faire une exception arbitraire à Vos commandements et à Vos règles. Ça ne marche pas comme ça.

— Et pourquoi donc ? Je suis Dieu.

— Je croyais qu'il n'était plus question de vous comporter en despote. »

La dispute dura une heure. Rebecca resta inébranlable.

Dieu finit par remarquer le globe sur la table de chevet. Il se serait claqué le front s'il en avait possédé un (ainsi que des mains).

« Rebecca Lau, écoute-moi. On n'est pas le shabbat.

— Quoi ?

— Ce qui marque son début, c'est le coucher du

soleil, pas la diminution de l'éclairage électrique de ce paquebot.

— Ce doit être le coucher du soleil *quelque part* sur Terre.

— Bien vu, sauf que les effets de la relativité placent votre vaisseau dans un cadre de référence différent. Selon mes calculs… voyons voir, je retiens un et j'ajoute dix… on est jeudi ou mercredi sur Terre. Pas de shabbat, nulle part.

— Vous en êtes sûr ?

— Einstein a toujours raison.

— On a donc le droit de faire tout le nécessaire.

— Sans restriction. Allons-y. »

Rebecca Lui en aurait claqué cinq s'il avait été du genre à toper là (ou, encore une fois, s'il avait eu des mains).

Dans la matinée, elle demanda à accompagner sa mère au centre de remise en forme du bord.

Helen en fut touchée. Ces derniers temps, elle sentait sa fille s'éloigner et ne cessait de la gronder pour qu'elle aille dans telle ou telle direction, se montre plus disciplinée, fasse plus d'efforts. Il serait agréable de se prélasser ensemble au spa.

Rebecca insista pour qu'elles commandent toutes deux un masque de boue.

Les yeux fermés, Helen trouva plus facile de causer avec sa fille. Ne plus la voir papillonner lui épargnait de se croire mauvaise mère. Toutes les copines de Rebecca jouaient d'au moins deux instruments et frôlaient les vingt de moyenne en classe. Elle se reprochait la médiocrité de la petite.

Cet intérêt soudain pour le judaïsme pouvait se révéler un mal pour un bien. Les enfants juifs de l'école réussissaient à la perfection. Ils exerceraient peut-être une bonne influence. Tout ce qu'espérait Helen, c'était qu'il ne s'agisse pas d'une de ces lubies dont Rebecca avait le secret et qui échappaient toujours à sa mère.

« Pourquoi est-ce que tu ne t'appliques pas, à l'école ?

— Ça n'en vaut pas le coup. » Rebecca se redressa sur son séant et, tout en surveillant sa mère du coin de l'œil, se mit à racler la boue sur sa figure pour la transférer dans un sac.

« Ce qui vaut le coup ne devient intéressant qu'à partir du moment où tu y excelles. Il faut d'abord y consacrer de vrais efforts. »

La fillette émit un raclement de gorge évasif et recueillit la boue dans le bol posé près de sa mère.

Helen changea de sujet. « Tu devrais passer plus de temps avec ton père. L'un des objectifs de ces vacances, c'est qu'il se consacre aussi à t'apprendre la discipline. Je ne sais plus quoi faire de toi.

— Et moi, je ne sais pas quoi lui dire. Les seules fois où je l'entends, c'est si vous vous disputez ou que tu lui parles de mes notes et qu'il me crie dessus. »

Helen éprouva un pincement de culpabilité. « *Aiya.* On ne voulait pas ça. Ton père travaille dur parce qu'il t'aime. Tu devrais lui laisser une chance. »

Mais Rebecca avait déjà filé ; elle avait assez de boue.

« Elle a raison, tu sais, déclara Dieu. Respecte

ton père et ta mère. Ça m'importe beaucoup. À Confucius aussi.

— Je les respecte. J'en ai marre de les décevoir sans cesse. Je n'ai rien de la bonne petite fille chinoise.

— Il y a bien des manières d'être une bonne petite fille chinoise. Et bien des manières d'être un bon juif, même si certains pensent qu'il n'y en a qu'une. Être juif, c'est faire partie d'une famille. Les familles ne sont jamais parfaites, mais elles sont toujours là pour toi.

— J'aimerais que mes parents y croient, tiens. »

Il se retint de répondre et soupira en Son for intérieur.

Rebecca continua de modeler la boue. Elle n'était pas très douée, mais Dieu lui ayant permis de faire « rugueux » et d'interpréter le truc à sa façon, elle en termina vite.

« Vous en pensez quoi ?

— Très moderne », dit-Il avec diplomatie.

La statue, de trente centimètres de haut, arborait des bras démesurés, une tête en bouton de bottine, des yeux et un nez tracés d'un coup d'ongle. La fillette avait pincé le matériau entre ses doigts pour lui créer des oreilles. L'une des jambes était plus courte que l'autre.

« J'étais à court de boue. »

Soudain, la sculpture bascula. Rebecca rougit comme une pivoine et se débrouilla pour lui égaliser les jambes. Le petit être demeura plus ou moins bien campé.

« Et maintenant ?

— On s'entraîne à la calligraphie. »

Vingt minutes plus tard, Dieu éprouvait devant Rebecca la même frustration que face à Jonas.

« De toutes les jeunes Chinoises, il a fallu que j'écope de la seule qui ignore tout de la calligraphie ! Tu ne peux donc pas écrire de façon lisible ? »

Rebecca épongea son front moite et maculé de boue. « Ne me criez pas dessus ! Comment j'étais censée savoir que ça me servirait ? Je déteste écrire au pinceau. J'ai toujours tapé ou bien dicté. »

Elle avait essayé et réessayé de graver *emet* en caractères hébraïques dans le front du golem à l'aide d'une baguette. *Le Judaïsme pour les enfants* contenait des exemples précis, mais elle ne cessait d'échouer à les reproduire : les lettres prenaient les mauvaises proportions, les lignes déviaient, les symboles se chevauchaient. Elle devait alors tout effacer, et recommencer.

« C'est tout le problème de l'enseignement moderne. On n'accorde plus aucune importance à l'habileté manuelle.

— On dirait un défaut de conception. Pourquoi avez-Vous rendu l'écriture si difficile et la dactylographie si facile ?

— Et c'est reparti pour les reproches… »

David passa la tête dans la pièce.

« Salut », dit-il d'un air emprunté. Voir sa fille maculée de boue le laissa de marbre ; il avait souvent contemplé le visage de sa femme dans le même état. « Ta mère suggérait que je t'emmène manger une glace sur le pont promenade, si tu es libre.

— Je suis un peu occupée, papa.

— Sur quoi est-ce que tu travailles ? » Il vint s'asseoir sur le lit.

« Je fabrique ce golem, mais Dieu m'en veut parce que je n'y connais rien en calligraphie. »

Comme discuter avec sa fille impliquait pour David de lui reprocher à grands cris, sur les instances d'Helen, des fautes dont il saisissait mal la nature, la phrase lui parut sensée.

« Ton grand-père m'en voulait pour la même raison.

— Tu n'aimais pas écrire au pinceau, toi non plus ?

— Je détestais. Pendant ce cours, je préférais dessiner. Le maître a prévenu mon père et j'en ai pris pour mon grade, mais j'ai fini par changer d'avis.

— Qu'est-ce qui s'est passé ?

— Ton grand-père fabriquait de jolis lampions pour la Fête des lanternes. En ce temps-là, au pays, chaque petit Chinois courait en agitant le sien. Il me demandait de peindre moi-même les caractères sur ce lumignon, qu'il devait me refaire si ma vilaine écriture gâchait tout. J'avais tellement honte de lui imposer ce surcroît de travail que je me suis entraîné au point de devenir doué. Comme ça, j'appréciais de l'assister chaque année. »

L'anecdote plut à Rebecca. « Tu peux m'aider ? »

Elle lui montra le dessin des lettres hébraïques. Il lui tint la main et, ensemble, ils les tracèrent sur le front du golem.

Ils reculèrent pour admirer leur œuvre. Elle ne recevrait jamais de prix d'excellence, mais elle remplissait son office.

« Merci. Écoute, papa, on peut remettre cette glace à plus tard ? Dieu a encore du boulot pour moi, là tout de suite. »

Quand David était petit, il s'estimait capable de voler. En comparaison, que sa fille croie travailler pour Dieu semblait beaucoup plus raisonnable.

« Bon courage », dit-il.

« Pourquoi il ne bouge pas ? demanda Rebecca après le départ de son père.

— Laisse-lui une minute. Il cherche encore ses marques. »

Le golem se redressa sur son séant, se frotta les yeux et se mit debout tant bien que mal.

« Ça marche !

— On en vient à la partie vraiment difficile, dit Dieu. Les golems sont forts, mais stupides : ils prennent tout au pied de la lettre. Tu dois lui donner des instructions très précises pour obtenir qu'il capture tous les rats. »

Rebecca amena le golem dans un coin peu fréquenté du vaisseau, s'agenouilla, dévissa une grille d'aération, l'ôta et fourra le golem dans le conduit.

« Je t'ordonne d'attraper un rat. »

La petite créature tituba, regarda de-ci de-là, et partit vers la droite. L'écho de ses pas s'estompa, puis se tut.

La fillette attendit.

Cinq minutes passèrent, dix, quinze.

« Tu ne lui as pas dit de revenir, releva Dieu. Encore une fois, il prend tout au pied de la lettre. »

Elle passa sa tête dans le conduit et cria : « Reviens ! »

Un instant plus tard, elle répéta la manœuvre en ajoutant : « Et rapporte le rat !

— Tu progresses », dit Dieu.

Une minute plus tard, un bruit de petits pas se rapprocha dans le conduit, accompagné de glapissements.

Le golem apparut, traînant par la queue un rat blanc qui se débattait. L'animal essayait en vain de planter ses griffes dans le métal lisse des parois.

Rebecca tapa dans ses mains et indiqua à l'homoncule de le déposer dans une boîte à chaussures qu'elle rapporta dans sa cabine où elle mit le rat dans la baignoire qui servirait de cellule temporaire.

« Et d'un, plus que cent quarante-neuf », déclara Dieu.

L'excursion suivante se révéla un échec. Le golem revint à la grille d'aération en tirant un rat par la queue, mais cinq autres les suivaient. Dès qu'ils constatèrent que Rebecca les voyait, ils attaquèrent de concert.

Ils sautèrent sur la statuette animée, lui sectionnèrent les bras à coups de dents pour libérer leur compagnon, puis, tous ensemble, ils se tournèrent vers la fillette en montrant les dents. Elle crut même en voir un se lécher les babines. Enfin ils s'enfuirent, abandonnant le golem démembré.

Elle rampa dans le conduit pour en retirer les morceaux qui se tortillaient. Par bonheur, rattacher des bras de boue ne posait aucune difficulté, si bien que l'homoncule se retrouva vite comme neuf.

« Qu'est-ce qu'il y a dans cette boue ? » demanda Dieu.

Rebecca huma le golem réparé. « Des jujubes, des raisins, des pommes… et du miel, je pense.

— *Aiya.* Voilà d'où vient le problème. Tu as cru que je te demandais de nous procurer de la boue aromatisée ?

— On croirait entendre ma mère. “Va chercher de la boue ! Va chercher de la boue !” Vous n'avez rien précisé sur sa *composition*.

— Tu n'es tout de même pas un golem sans âme ! Je dois vraiment tout spécifier ? Les serviteurs divins sont censés montrer un peu d'initiative.

— J'ai fait de mon mieux. Le problème, selon moi, réside plutôt dans le flou des instructions.

— Et c'est reparti pour les reproches… Une petite minute ! Tu saupoudres quoi dessus, au juste ?

— Du GMS.

— Non. Non, non, non, non ! Je t'ai dit d'utiliser du sel !

— Mais le GMS, c'est meilleur. Avec une telle quantité, un rat y regardera à deux fois avant de boulotter le golem.

— Parce que tu t'imagines qu'il se soucierait des effets sanitaires du glutamate monosodique ? Quand j'ai ordonné à Noé de prendre du bois de gopher pour construire l'arche, tu te figures qu'il l'a remplacé par du cèdre ? Non. Si je donne une instruction, j'entends que tu la suives. Il s'agirait de ne rien changer !

— “Montrer un peu d’initiative !” “Ne rien changer !” Il faudrait savoir ce que vous voulez.

— On me le reproche souvent. Bienvenue au club. »

Dieu attendit qu’elle cesse de saupoudrer le glutamate. « Encore, encore. Pour faire passer aux rats le goût de mon golem !

— Je vais goûter ça pour la fête de Pessah, hein ? Du persil dans de l’eau salée ?

— D’où crois-tu que je tire l’idée ? Les juifs se rappellent tous le goût des larmes. C’est pratique. »

Une fois imprégné de sel, le golem s’avéra beaucoup plus apte à repousser les attaques. Il capturait les rats un par un et il les ramenait. Ils remplissaient leur prison improvisée en se marchant dessus ; pour un peu, ils auraient sauté à terre.

« Rien ne va plus, décréta Dieu. Il te faut une plus grande baignoire. »

Rebecca estima que le meilleur moyen de retenir tous ces rats, c’était d’utiliser la pièce entière.

Elle ouvrit la grille de ventilation au plafond et ordonna au golem de guider ses proies vers ce trou afin qu’elles tombent dans la salle de bains verrouillée au préalable.

« N’entrez dans mes toilettes sous *aucun* prétexte », dit la fillette à sa mère avant de filer pour parer aux questions.

« Plus qu’un ! lança Dieu, tout excité. Je crois bien qu’on va y arriver. »

Le dernier rat était gros, robuste, et de la taille

d'un chat. Sa fourrure noire et blanche pelait par endroits. Même s'il se dandinait un peu en marchant, il arrivait encore à sprinter quand le besoin se présentait.

Sa survie prouvait son astuce. Comme il se savait traqué, il évitait le golem dans le labyrinthe des conduits de CVC et restait loin de la cabine de Rebecca.

La fillette suivit les bruits de pas précipités du chasseur et de sa proie au-dessus de sa tête. Le long du pont promenade, elle esquiva les couples postés aux baies pleines de champs d'étoiles décalées vers le rouge ; elle s'excusa en traversant à la hâte la salle de séminaire remplie de passagers surpris écoutant une conférence sur l'investissement ; elle escalada et dévala des volées de marches.

Enfin, le rat choisit de se montrer à l'équipage plutôt que de se faire capturer par l'épouvantable monstre de boue qui le poursuivait d'un pas lourd, et il se laissa choir par une bouche d'aération au beau milieu de la cuisine principale.

Le chef cuisinier, les commis et les serveurs en restèrent ébahis. Un énorme rat se promenait dans leur domaine, une fillette lui courait après en s'égosillant, puis un tas de boue tomba de la bouche d'aération pour atterrir – *plop !* – sur leur plan de travail avant de se relever sous la forme d'un nain minuscule.

Aussitôt, le chef s'évanouit.

« Chopez-le ! cria Rebecca. Je lui coupe sa retraite. » Elle se rua vers une extrémité du plan de travail dans l'espoir que l'animal, en essayant d'échapper au golem, se jette au fond du sac en plastique qu'elle brandissait.

Le rat continua de courir dans sa direction – *mais pourquoi souriait-il ?*

Au milieu du plan de travail, il y avait un évier rempli d'eau savonneuse et d'assiettes sales. L'animal y plongea, le traversa à la nage sans effort, se hissa par-dessus le bord opposé et se retourna.

Oh non ! se dit Rebecca. *L'eau et la boue…*

« Stop ! » cria-t-elle au golem en battant des bras, si bien qu'elle donna sans le vouloir un coup de poing à un commis qui essayait de mieux voir la statuette animée. « Désolée ! » Elle lui jeta un coup d'œil afin de s'assurer qu'il allait bien, tout en continuant de lancer ses ordres au golem. « Fais le tour ! Attrape-le de l'autre côté ! »

L'homoncule s'efforça bien de s'arrêter, mais dérapa sur la flaque savonneuse près de l'évier et tomba dans l'eau, où il coula sur-le-champ.

« Qu'est-ce qui va se passer ? demanda la fillette.

— Je n'ai jamais vu une chose pareille, dit Dieu. Rien de tout ça n'est très orthodoxe, tu comprends. »

L'eau bouillonna, puis un golem plus mouillé et amorphe émergea pour gravir le bord opposé de l'évier et poursuivre son chemin d'un pas lourd, telle une étoile de mer qui aurait marché. Si ses traits s'étaient gommés, ses yeux subsistaient vaguement, deux fosses peu profondes.

Il s'immobilisa, jeta un regard alentour et s'arrêta sur le commis à côté de Rebecca. Frôlant le rat qui glapissait près de l'évier, il s'élança et, avant que quiconque ait pu réagir, il se rattrapa au visage du jeune homme qu'il martela de coups de poing.

« Aïe ! Ouille ! »

La fillette lui hurla d'arrêter, sans résultat.

« Il ne t'entend pas, indiqua Dieu. L'eau lui a dissous les oreilles, que tu aurais dû faire plus grandes. Le dernier ordre qu'il a perçu de ta part, c'était : "Attrape-le de l'autre côté !" Il a cru que tu parlais du commis vers lequel tu regardais. »

Rebecca accourut à la rescousse. Elle empoigna le golem trempé, mais il lui glissa entre les mains telle une méduse avant de se retourner, d'extruder un pseudopode de boue et de lui asséner une bonne droite sur les lèvres.

La fillette vit trente-six chandelles et se recula, titubante. Elle avait en bouche le goût du GMS. Mélangé au sel, aux pommes, aux raisins. Et au liquide vaisselle. *Beurk !*

Le commis se roulait par terre en tâchant de se protéger la figure de ses bras repliés. Le golem se révélait aussi fort que persévérant. Des plaies et des bosses bouffissaient les traits du jeune homme.

« Il lui fait vraiment mal. Comment je peux l'arrêter ?

— Efface l'aleph du mot sur son front pour changer *emet* en *met*, qui signifie "mort". Il s'immobilisera.

— C'est laquelle, l'aleph, déjà ? demanda-t-elle, paniquée. Je Vous rappelle que je débarque, moi ! »

Dieu poussa une plainte étouffée.

Elle se tourna vers le rat qui pépiait toujours. « Écoute. »

Son cœur battant la chamade, Rebecca se lança dans l'inconnu. Tout assistant devait se montrer créatif, pas vrai ? Et faire preuve d'initiative. Elle serait la meilleure assistante judéo-chinoise de Dieu de tous les temps.

« J'ai besoin de toi pour arrêter ce golem. Si tu accomplis cette bonne action, Dieu vous aidera, toi et les autres rats, à trouver un bon foyer.

— Ah bon ? demanda Dieu.

— Je suis son assistante. Je parle en son nom.

— Vraiment ? s'étonna Dieu.

— Ça vaudra bien mieux que de vous cacher à bord de ce vaisseau et de chiper les miettes des passagers », asséna la fillette.

L'animal la considéra d'un air perplexe, se remit à pépier, se lissa les moustaches, puis se rua vers la statuette de boue.

« Bon rat », dit Rebecca, qui l'imita.

Il se jeta sur le golem qui lâcha le jeune homme et, pour se défendre, saisit l'animal à bras-le-corps dans une étreinte d'ours. Le rat glapit, les yeux exorbités.

Distrait par son agresseur, l'homoncule ne pouvait guère prendre garde à la fillette qui se pencha, effaça de la paume de la main les caractères hébraïques qu'il portait au front, ramassa une baguette tombée par terre et grava à leur place l'idéogramme signifiant « mort ».

« Heureusement que je lis le chinois, soupira Dieu. Et que je me suis habitué à tes pattes de mouche. »

Le golem se réduisit à un monticule informe.

Une grande table en chêne séparait Rebecca du capitaine face auquel elle était assise. Bien que le bureau soit vaste et spacieux, elle éprouvait une pointe de claustrophobie. Elle se retrouvait piégée, sans possibilité de fuite.

Son père occupait la chaise sur sa gauche, sa mère sur sa droite. Derrière elle, bloquant la porte, il y avait un rang de témoins impassibles : le chef, son personnel qui avait passé l'après-midi à nettoyer la cuisine, et le commis aux yeux si bouffis qu'il n'y voyait presque rien.

« Monsieur et madame Lau… » Le capitaine tambourina des doigts sur la surface lisse de son bureau. « Votre fille a causé de graves problèmes à La Croisière Se Décale Vers Le Bleu en introduisant deux créatures à bord. Interdire le rat apprivoisé et l'extraterrestre qui ont dévasté ma cuisine se justifie sans mal ! Mais pour elle, les règles ne s'appliquent qu'aux autres, semble-t-il. »

L'injustice de l'accusation faisait bouillir Rebecca, et se récrier n'aurait servi à rien. Puisque ses parents suivaient toujours l'avis d'une figure d'autorité comme un professeur, ils croiraient forcément le capitaine. En fait, ils risquaient même de prendre ses « lubies » de la veille sur les rats pour une preuve de culpabilité. Elle se vit condamnée d'avance.

« Il nous faut à présent, poursuivit le capitaine, évoquer le sujet du dédommagement…

— En effet, dit David. Celui que vous devez à ma fille pour l'avoir indûment accusée. »

Ébahie, elle le dévisagea. Il sourit et lui tapota la main.

« Laissez-moi d'ailleurs vous conseiller d'envoyer un de vos membres d'équipage inspecter sa salle de bains. Vous constaterez qu'elle n'a pas amené d'animaux, rats ou autres, à bord de votre vaisseau. »

Oh, non… Elle ouvrit la bouche, mais son père lui intima silence d'un geste de la main.

Rebecca se tassa à l'idée de la découverte des rats piégés dans ses toilettes et se prit à espérer que le sol l'engloutisse avant que ses parents ne connaissent la disgrâce par sa faute.

Le capitaine les toisa d'un air suspicieux, mais ordonna à un steward de faire ce que David avait suggéré.

Vous avez un plan ? articula la fillette silencieusement.

« Un plan ne vaut jamais une surprise, répondit Dieu.

— En l'absence de votre bonhomme, réglons son compte à votre assertion idiote sur "l'extraterrestre inconnu". Il s'agit d'un pantin de boue aussi vivant que les fleurs en plastique qui remplissent ce paquebot. »

Le capitaine en crachota d'indignation. « J'ai une foule de témoins qui…

— Ce truc vous paraît animé ? » David planta son index dans les restes du golem. « Je l'ai fabriqué avec elle. Je sais de quoi il retourne. »

Helen se leva et se pencha. « Cette boue provient de nos masques faciaux. » Elle la huma et grimaça. « Elle a tourné. Qu'est-ce que vos employés ont mis là-dedans ? »

L'autre en bafouillait. « Mais… mais…

— En tout cas, si jamais quelque chose la faisait bouger, cherchez l'infestation extraterrestre de *votre* salon de beauté avant que d'autres clients ne se plaignent. »

Il en resta coi. Helen passa son bras autour des épaules de Rebecca que la tournure des événements laissait pantoise : sa mère, non contente de négliger de se fâcher, la défendait !

« Les parents, ils vous surprennent, des fois, pas vrai ? » lança Dieu.

Elle aurait voulu que l'instant s'éternise, que l'homme dépêché dans sa cabine ne revienne jamais.

La porte du bureau s'ouvrit à la volée. Le steward surgit, en sueur, hors d'haleine, se rua vers le capitaine et lui parla à l'oreille.

Elle ferma les yeux, prête à affronter son destin.

« Qu'est-ce que vous avez fait à MON NAVIRE ?! rugit l'officier en s'adressant à la famille Lau. Sa salle de bains grouille de rats jusqu'au plafond ! »

David se leva, posa les poings sur le bureau et dévisagea l'autre. « Justement, ils viennent du navire, pas de Rebecca. Vous devriez la remercier. Elle a eu l'excellente idée de les piéger là.

— C'est ridicule.

— Inspectez vos conduits de ventilation : vous y trouverez des crottes et des poils accumulés depuis des mois. Ma fille, loin d'avoir amené ces animaux à bord, se retrouve *victime* de vos mauvaises procédures de contrôle des nuisibles ! Elle nous a annoncé qu'elle comptait les capturer. Estimez-vous heureux qu'elle y soit parvenue. »

Le capitaine envoya plusieurs membres d'équipage visiter les conduits et confirmer les déclarations de David, mais il faisait pâle figure. Des rapports d'inspection signalaient bel et bien des crottes çà et là depuis quelque temps.

« Imaginez : vous permettez aux rats de s'échapper à La Nouvelle-Haïfa. Au minimum, La Croisière Se Décale Vers le Bleu écoperait d'une amende et la presse se délecterait à pointer du doigt les conditions sanitaires sur les paquebots de la compagnie. Je parie qu'on vous virerait sur-le-champ. Discutons donc les dédommagements. »

Le capitaine prit le temps de la réflexion, puis sourit. « Et si, pour le retour, on vous surclassait en première ? On vous rembourse vos billets et vous passez toutes vos vacances sur La Nouvelle-Haïfa à nos frais. »

Ils lui rendirent son sourire. « Ajoutez deux abonnements au centre de remise en forme pour ma fille et moi, dit Helen. La totale… et avec une boue de qualité supérieure.

— Bien sûr.

— Et les rats ? » Les adultes se tournèrent vers Rebecca, qui rougit et déglutit, mais poursuivit : « Qu'est-ce qu'il va leur arriver ?

— Je les évacue par le sas ! » répliqua l'officier, irrité.

Allons, Dieu, Vous avez promis, songea la fillette.

Elle aurait juré l'entendre soupirer.

« Je trouve ça injuste, déclara soudain Helen. Ce n'est pas leur faute s'ils ont atterri là où ils ne devraient pas. D'autant qu'ils descendent de rats domestiques. Hé ! J'ai une idée. Je crois que vous devriez les ramener sur Terre et les proposer à l'adoption.

— Sauf si vous voulez tout savoir de notre croisière de cauchemar en lisant *Tourisme et voyages.*

— Entendu », lâcha le capitaine, vaincu.

Rebecca remercia quelqu'un en son for intérieur.

*

« Tu ne t'es pas si mal débrouillée, dit Dieu. Profite bien de la plage une fois sur le plancher des vaches.

— Vous ne venez pas ?

— Un petit congé ne serait pas de refus. Songer aux effets de la dilatation du temps sur la date du shabbat m'a filé une méchante migraine. Mais l'univers me réclame.

— J'ai été ravie de faire Votre connaissance, dit Rebecca. On reste en contact, Dieu. »

Elle descendit la rampe de débarquement avec sa famille, dans le soleil éclatant et la brise salée de La Nouvelle-Haïfa.

La peste

traduit de l'anglais par Pierre-Paul Durastanti

Je pêche dans le fleuve avec Mère. Le soleil va bientôt se coucher et les poissons, sonnés, font des proies faciles. Le ciel est aussi rouge que Mère : la lumière brille sur sa pleau comme si on l'avait enduite de sang.

Alors, un gros bonhomme tombe d'une touffe de roseaux dans l'eau en lâchant un long tuyau à l'embout de verre. Je vois qu'il n'est pas aussi replet que je le croyais, mais qu'il porte une tenue épaisse, ainsi qu'un bocal transparent sur la tête.

Mère le regarde se débattre dans le fleuve tel un poisson. « Allons-y, Marne. »

Je reste là. Au bout d'une minute, il bouge moins. Il tente d'atteindre les tuyaux dans son dos.

« Il n'arrive pas à respirer.

— Tu ne peux pas l'aider, répond Mère. L'air, l'eau, tout ça c'est un poison pour lui et les siens. »

Je m'approche, m'accroupis et regarde au travers du verre qui englobe son visage nu. Pas de pleau. Il vient du Dôme.

La peur déforme ses traits hideux.

Je tends la main et je démêle les tuyaux dans son dos.

Je regrette d'avoir perdu ma caméra. Les mots ne donnent aucune idée de la façon dont la lueur du feu danse sur leurs corps scintillants. Leurs difformités, leurs défigurations, leur sous-alimentation – tout cela semble disparaître, anobli par les ombres vacillantes qui me serrent le cœur.

La jeune fille qui m'a sauvé m'offre un bol de nourriture, du poisson, je crois. Je l'accepte avec reconnaissance.

Je sors mon kit de purification et je saupoudre le contenu de nanos. Celles-ci doivent s'autodétruire une fois leur tâche accomplie. Rien à voir avec ces horreurs incontrôlables qui ont rendu le monde invivable…

De peur de la vexer, j'explique : « Des épices. »

La regarder, c'est se voir dans un miroir humanoïde. Au lieu de son visage, je vois le reflet du mien, distordu. Il est difficile de déchiffrer une expression sous les marques et les stries de cette surface lisse, mais elle me paraît perplexe.

« Merpanz guena mouhitul ouzan boizone. »

Je ne lui tiens pas rigueur de la dégradation des phonèmes en sifflets et en onomatopées : une peuplade malade obligée de vivre à la dure ne risque guère de poétiser ou de philosopher. Elle a dit : *Mère pense que la nourriture vous empoisonne.*

« Les épices la rendent inoffensive. »

Quand j'insère la pâtée dans le tuyau d'alimentation sur le côté de mon casque, le miroir se trouble telle la surface d'une mare parcourue de ridules et mon reflet s'y brise en taches de couleurs.

La fille est en train de sourire.

Les autres n'ont aucune confiance en l'homme du Dôme qui, vêtu de sa combinaison, rôde dans le village.

« Il dit que les habitants du Dôme ont peur de nous parce qu'ils ne nous comprennent pas et qu'il veut changer ça. »

Mère rit, un bruit d'eau susurrant sur des galets. Sa pleau change de texture et brise en rayons aigus la lumière qui s'y réfléchit.

Mes jeux le fascinent : je trace des lignes sur mon ventre, ma cuisse, mes seins, à l'aide d'un bâton au passage duquel la pleau se couvre de ridules et de crêtes en réponse. Il note par écrit tout ce que nous disons.

Il me demande si je connais l'identité de mon père.

Le Dôme doit être un drôle d'endroit.

« Non. À chaque Festival trimestriel, hommes et femmes se tortillent ensemble et la pleau dirige la semence. »

Il me dit qu'il est navré.

« Navré pour quoi ? »

J'ai du mal à savoir ce qu'il pense, car son visage dénudé s'exprime moins bien que la pleau.

« Pour tout ça. » Un grand geste du bras.

Durant la peste il y a cinquante ans, pris de folie, nanos et bioamélios ont dévoré la peau, la surface de l'œsophage, les membranes tapissant les moindres orifices de chacun.

Dedans comme dehors, la chair disparue a été remplacée par une sorte de lichen composé de minuscules robots et de colonies bactériennes.

Les riches – mes ancêtres – se sont armés et retranchés sous des dômes qu'ils avaient bâtis, pour regarder les autres victimes mourir à l'extérieur.

Mais certains des malades ont survécu. Le parasite vivant les a altérés au point de leur permettre de manger les fruits mutés, boire l'eau empoisonnée et respirer l'air toxique.

Sous le Dôme, on blague à propos des pestiférés. Il arrive aux plus audacieux d'entre nous de commercer avec eux, mais tout le monde semble se satisfaire de considérer qu'ils ont perdu leur humanité.

Certains prétendent que les pestiférés se réjouissent de leur sort. Il s'agit là d'un préjugé ainsi que d'une tentative de fuir nos responsabilités. Seul le hasard nous a fait naître ainsi, moi sous le Dôme et elle dehors. Ce n'est pas la faute de cette fille si elle tiraille sa peau déformée au lieu de peser des concepts abstraits, si son parler préfère le sifflement et le grognement à l'énonciation et la rhétorique, si elle ignore l'amour familial au profit d'un besoin d'affection instinctif, presque animal.

Nous autres, les gens du Dôme, nous devons la sauver.

« Vous voulez me prendre ma pleau ?

— Oui, afin de trouver un remède pour vous, votre mère et tous les pestiférés. »

Je le connais dorénavant assez bien pour savoir qu'il est sincère. Tant pis si la pleau fait partie de moi au même titre que mes oreilles : il se figure que m'écorcher, me mutiler, me dénuder constituerait une amélioration.

« Nous avons le devoir de vous aider. »

Il tient mon bonheur pour de la tristesse, ma réserve pour de la dépression, mes désirs pour des fantasmes. Bizarre, qu'un homme ne voie que ce qu'il souhaite voir. Il me veut pareille à lui parce qu'il se croit supérieur.

Avant qu'il ait le temps de réagir, je ramasse une pierre et je fracasse le bocal en verre autour de sa tête. Alors qu'il se met à hurler, j'effleure son visage et je sens la pleau de mes mains se tortiller pour le recouvrir.

Mère a raison. Il n'est pas venu apprendre, mais je dois pourtant l'instruire.

L'erreur d'un seul bit

traduit de l'anglais par Pierre-Paul Durastanti

Jusqu'à sa rencontre avec Lydia, la vie de Tyler, comme celle de la plupart des gens, impliquait l'accumulation régulière de noms.

Les noms n'étaient que des raccourcis pour les souvenirs, et le jeune Tyler ne comprenait pas encore que nous définissons chaque nom dans notre vie deux fois. La première sous forme de promesse pour l'avenir, et la seconde plus tard, en tant que résumé du passé.

• « Qu'est-ce qui s'est passé après ? » « Rien, dit Mamie. Ils vécurent heureux. » « Pour toujours ? » « Pour toujours. » Jusqu'à ce que sa grand-mère lui lise « La Belle au bois dormant », Tyler croyait que chaque histoire se terminait comme ses propres parents la disaient : « Ils vécurent, et furent même parfois heureux, jusqu'au jour de leur mort. »

• Tous les gamins, dont Tyler, évitaient le nouveau parce qu'il était le plus grand et qu'il les dévisageait comme s'il cherchait la bagarre. Mais la seule place libre au cours de dessin de Mme Younge ce jour-là se situait à côté de Tyler, qui devint donc ami avec Owen Last.

• Il la contempla jusqu'à la fin du morceau. Il allait l'inviter à danser lorsque son cavalier la rejoignit. *Alors*, songea-t-il, *on peut donc tomber amoureux en une demi-heure*. Il écrivit « Amber Ria » sur un bout de papier qu'il scella dans une canette de bière avec du papier alu, puis jeta la bouteille le plus loin possible dans le détroit de Long Island.

• Chaque fois qu'on disait « Tyler », tous deux levaient la tête. Mais le garçon maigre à la cicatrice cessa de venir en classe et Tyler ne découvrit jamais son nom de famille.

• San Francisco n'était qu'un point sur la carte jusqu'à ce qu'il voie les phoques prendre des bains de soleil près du Fisherman's Wharf.

• À la scène ouverte du café, il lut son poème « Allure, obsession, désir, dévotion ». Pour comprendre pourquoi les spectatrices se tordaient de rire, il dut attendre que la femme assise derrière Owen lui montre les pubs de parfum dans sa revue. Lena Lyman et Tyler sortirent ensemble durant deux mois pile. La fragrance qu'elle préférait s'appelait Envie.

• Il ignorait le nom de l'étoile la plus brillante jusqu'à ce qu'il emménage dans son nouvel appartement et trouve un atlas du ciel abandonné dans la cuisine près d'un saladier de clémentines fraîches. Chaque fois qu'il songeait à Sirius, l'étoile du Grand Chien, il sentait renaître sur sa langue un goût sucré.

Il la rencontra dans une benne à ordures derrière Manger Nature à deux rues de chez lui. Il y cherchait des cartons pour ses pommes de terre bio et ses blancs de poulet fermier (car Manger Nature boycottait les sacs, en papier comme en plastique).

Debout dans la benne, elle mirait au soleil un gros bocal d'olives périmé depuis peu. Son débardeur en coton bleu roi ne laissait rien ignorer des rides et des fossettes sur ses coudes. Une barrette noire tenait ses deux torsades de cheveux roux décolorés par le soleil. Un semis de taches de son prêtait de la couleur et de l'énergie à son visage laiteux.

Lorsqu'elle se tourna vers lui, posant le bocal sur la pile de produits qu'elle avait tirés de la benne, il remarqua ses lèvres gercées, les lèvres qu'on acquiert à force de fumer en se fichant des statistiques. Elle avait les yeux couleur d'aile de phalène. *Elle va sourire*, songea Tyler, s'attendant à lui voir des dents blanches et irrégulières.

C'était la plus belle femme qu'il ait jamais vue.

« Vous savez que la plupart des trucs qu'ils jettent restent bons à consommer encore une semaine, hein ? » Elle lui fit signe d'approcher. « Venez me filer un coup de main. »

Oui, elle souriait.

*

Nous croyons en connaître un peu sur le fonctionnement de la mémoire. Il nous paraît que les événements (ce qu'on a mangé au dîner), les potentialités (la réplique assassine qui nous est venue à l'esprit trop tard) et les impossibilités (le reflet du soleil sur les yeux d'un ange) se trouvent encodés de la même manière au niveau des neurones. Discerner entre ces divers niveaux exige logique et raison, et des voies détournées. Cela gêne certaines personnes dans la mesure où elles estiment que notre construction de la réalité se base sur les souvenirs. Si on ne sait pas en différencier les divers types, il semblera qu'on puisse vous faire gober n'importe quoi.

La philosophie, comme la religion, aidait les hommes à classer les types de souvenirs et à conserver leur emprise sur l'authenticité fragile de leur existence.

Dans sa prime jeunesse, il préférait sa grand-mère à toute autre personne : là où ses parents jugeaient qu'il fallait toujours dire la vérité aux enfants, elle veillait à combler ses lacunes – le Père Noël, le lapin de Pâques, Dieu. Son père et sa mère semblaient toujours débordés, voire trop sérieux, tandis qu'elle exsudait un calme assuré qui lui remontait le moral. Parfois, en l'absence de ses parents, elle l'emmenait à l'église. Il se rappelait avoir apprécié les chants, les vitres colorées et, malgré la dureté du banc sur lequel il était assis contre sa mamie, le sentiment de sécurité que lui inspirait la chaleur de ce corps chaud dans le vaste volume vide.

Quand elle mourut, le chagrin envahit Tyler. Mais comme chez la plupart des adultes, l'intensité de cet amour enfantin ne lui revint ensuite que sous une forme abstraite. Il commit l'erreur banale de confondre la maturité avec la valeur et de penser que le sentiment qu'il éprouvait jadis pour sa grand-mère manquait de conviction et de profondeur.

Pendant de longues années après ce décès, le souvenir d'une visite qu'elle leur avait rendu le tourmenta. Il devait avoir cinq ans et ils jouaient à un jeu de plateau quelconque à la table de la cuisine. En balançant ses jambes dans son excitation, il lui donnait des coups de pied dans les tibias. Elle le priait d'arrêter et il refusait en riant. Quand elle avait fini par froncer les sourcils et menacer de mettre fin à la partie, il lui avait dit d'aller brûler en enfer.

Il la revoyait se figer, pâlir et, pour la première fois dans son souvenir, se mettre à pleurer. Il se souvenait aussi de la perplexité complète qu'il avait ressentie. Comme ses parents se souciaient peu de religion, l'enfer n'était pour lui qu'un mot dénué de mystère et de pouvoir. Il savait alors qu'il s'agissait d'un endroit où il n'avait aucune envie d'aller, tel le sous-sol mal éclairé ou le grenier plongé dans le noir. Il lui semblait, avec la distance des années, en avoir voulu à sa grand-mère pour ces larmes qu'il ne comprenait même pas.

Jusque dans son adolescence, évoquer cette scène l'avait culpabilisé. Elle résumait ses insécurités, ses peurs : il avait fait preuve d'ignorance, de cruauté, et montré qu'au fond il n'était peut-être pas quelqu'un de bien. Avoir chagriné à ce point, si facilement, si durement, quelqu'un qui l'aimait le perturbait.

Un jour qu'il feuilletait un album de famille, il avait vu sur un cliché la cuisine de leur maison d'alors et constaté, tout surpris, que l'îlot central de la pièce ne laissait aucune place à la table qu'il se rappelait.

La découverte de cette simple erreur dans sa

mémoire entraîna une cascade de révélations : ils prenaient leurs repas dans la salle à manger et, s'ils jouaient à un jeu de plateau, c'était sur la table basse du salon. La scène qui l'avait poursuivi au fil des ans n'avait pas pu se produire ; il avait dû l'imaginer du tout au tout.

Ce qui avait vraiment eu lieu devait s'expliquer sans mal. La mort de sa grand-mère avait sans doute causé chez Tyler un sentiment d'abandon et de culpabilité. Dans sa confusion, il avait pris des éléments de livres de contes et imaginé ce souvenir pour se punir – un fantasme répandu chez les enfants ayant perdu un parent proche. Lorsqu'il s'en avisa, l'image de sa mamie peinée commença à s'effacer de sa mémoire et à perdre de sa crédibilité.

Tyler s'estimait bien loti d'avoir identifié la seule erreur dans son souvenir factice, ce qui lui permettait de recourir à la raison pour séparer la réalité de l'illusion. Il y vit un signe du passage à l'âge adulte.

Il s'avoua néanmoins que sa découverte l'attristait : aussi imaginaire que se révèle cette rémanence, elle participait de son amour pour sa grand-mère. Sitôt ce souvenir privé de sa véracité, sa mamie apparut d'autant plus morte. Jamais il ne put donner de nom au vide qui la remplaça.

On servait la meilleure glace à la pistache du monde chez Dora, un glacier de Los Aldamas. Tyler le savait parce qu'il se trouvait là-bas, le climatiseur lui rafraîchissant la nuque et le soleil filtrant par les vitres poussiéreuses, quand Lydia, qui partageait avec lui une coupelle du parfum en question, lui avait répondu : « D'accord, bien sûr. Allons-y. »

Un mois plus tôt, il l'aidait à rapporter les olives, le pain et le jus de raisin récupérés dans la benne de Manger Nature – elle habitait comme par hasard l'immeuble de Tyler, mais à l'étage inférieur. Le mobilier consistait en cartons couverts de draps. On se serait cru sur la scène d'une pièce de théâtre minimaliste.

Elle étala une couverture par terre et ils piqueniquèrent au milieu de l'après-midi dans ce studio de trois mètres sur quatre. Elle rompit le pain dont elle lui donna plusieurs morceaux, puis ils burent le jus de raisin au goulot.

« L'eucharistie à la mode Lydia. » Elle aurait aussi bien pu dire : « Poulet calabraise, la recette de ma grand-mère. » Le ton n'était guère à la plaisanterie. Elle lui offrit une olive pêchée dans le bocal.

Tyler, qui n'était plus allé à l'église avec sa mamie depuis des années, ne savait quoi dire, mais il voulait rester là pour contempler ce visage qui, même s'il souriait peu, irradiait un bonheur qui lui faisait l'effet d'une brise d'été.

Il lui parla de son travail comme programmeur de base de données dans une banque, ainsi que des nuits qu'il passait à noircir son carnet et à déclamer dans des bars enfumés pour un public de jeunes gens, hommes et femmes, partageant ses aspirations. Il lui dévoila les noms les plus importants de son existence et les récits qui les accompagnaient. Tout en parlant, il s'émerveillait de ce visage qui déjà le rendait fou.

Il lui posa des questions. Il entendait connaître la

vie de la femme dont il tombait amoureux et comprendre *sa* sélection de noms.

Elle avait grandi à New Camden, une banlieue lointaine parmi les mille autres qui jonchaient la contrée entre Boston et New York. Elle portait le prénom de sa grand-mère morte avant sa naissance. Sa mère surnommait Lydia « ma cosse de pois » durant sa petite enfance, parce qu'elle était potelée et qu'elle adorait le soleil, et son père « ma princesse », car il croyait que tous les papas appelaient leur fille ainsi.

Au collège, elle avait eu du mal à se définir. Lorsque ses parents avaient fini par cesser de s'engueuler, son père avait voulu qu'elle continue à s'appeler Lydia Getty, alors que sa mère tenait à ce qu'elle devienne Lydia O'Scannlain. Elle passait ses étés en Arizona, dans la nouvelle maison de son père ; le soir, il lui présentait ses amis qui la surnommaient « Bébé requin » parce qu'elle les battait au poker. À l'école, les filles lui donnaient du « Lydia O'Hara » sous prétexte que le rouge était sa couleur favorite. Les garçons n'avaient aucun nom à lui attribuer : pour ce qu'ils en savaient, elle n'avait encore embrassé personne.

Muée en Lydia la Ganja au lycée, les mecs l'appréciaient pour toutes les mauvaises raisons. Sa mère la traitait de tous les noms, ce que la jeune fille tâchait d'oublier. Un jour, un garçon l'amena dans un bâtiment à Boston devant lequel les hommes et les femmes en colère qui manifestaient l'avaient huée pendant tout le temps qu'elle avait suivi l'allée, seule, et couvert de qualificatifs qui l'avaient fait frissonner. Plus tard, tandis qu'elle récupérait, allongée dans une petite pièce toute blanche, une infirmière lui avait conseillé d'ignorer le bruit au-dehors et de se voir comme « une petite dame très courageuse ».

Elle s'endormit, avant de se réveiller en sursaut quand la pièce trembla. Ce moment transforma sa vie : elle venait de recevoir la visitation de l'ange Ambriel, l'ange aux yeux couleur aile de phalène.

Contrairement à ce que prétendent la plupart des récits, expliqua Lydia à Tyler qui n'en croyait pas ses oreilles, les anges ne nouent jamais une conversation avec les visités. La puissance de l'épisode découle seulement de la présence de la créature, qui est un fragment de Dieu.

Comme des millions d'autres, la vie de la jeune femme, quoique dénuée de souffrances extraordinaires, avait compté assez de déceptions et de trahisons pour qu'elle perde le peu de foi que l'église avait réussi à lui instiller. Dieu avait dans sa réalité le même statut que les neutrinos.

Lorsqu'elle contempla Ambriel ce jour-là, Lydia sentit sa brillance lui transpercer les yeux pour gagner son esprit ; le tourment se révéla si intense qu'elle n'envisagea même pas de baisser les paupières. La somme entière de ce qu'on lui avait appris apparaissait fausse, hors sujet. L'éclat de l'ange élucidait les silences assourdissants entre ses parents, les cicatrices anciennes et nouvelles du jeu de somme nulle que constituait la vie sociale au lycée, les incohérences banales, déroutantes, déchirantes du quotidien. Cet éclairage rendait l'ensemble cohérent, raisonnable et, par-dessus tout, beau.

Cet instant la recréa. Un amour divin la remplit ; enfin, elle comprit : l'Enfer, c'est quand Dieu n'est pas présent, sans rapport avec le feu ou l'odeur du soufre.

Tyler découvrit ce qui le touchait tant dans ce qu'il lisait sur le visage de Lydia : ses traits arboraient les signes de ce bonheur dit *béni*. La bénédiction induit l'absence de peur, et la peur peut se considérer comme un désir inaccompli. Mais la présence de Dieu, même par le biais d'un ange, rendait les désirs inaccomplis insignifiants pour la jeune femme. La seule peur qui pouvait subsister après une visitation revenait à se voir dénuée de cette présence divine. Comme, cependant, la seule nécessité absolue pour atteindre Dieu consiste à L'aimer et qu'il s'avère impossible de ne pas L'aimer après avoir éprouvé la joie de Sa présence, la salvation de Lydia se trouvait garantie.

Lydia avait pris sa propre mesure. Elle était Sauvée. Cela ne signifiait en rien qu'elle devait cesser de fumer de l'herbe ou de proférer des jurons, de mettre une robe blanche et de parcourir les rues en fourrant des brochures religieuses sous les portes ; simplement, elle pouvait mener son existence à sa guise et tout ce qu'elle vivrait dès lors resterait empreint de joie puisqu'elle aimait Dieu.

Tyler aimait Lydia parce que l'éclat divin, même atténué une fois reflété vers lui à travers elle, l'éblouissait.

Il l'emmenait aux scènes ouvertes où elle rencontrait ses amis aspirants poètes au fond des sous-sols enfumés. Quand il déclamait dans le cocon de lumière du spot, il cherchait le visage rayonnant et le halo éclatant de la crinière rousse au cœur de la pénombre du café – parce qu'elle souriait tout en l'écoutant lire et qu'il adorait la voir sourire.

Et aussi parce qu'elle ne différenciait pas pentamètre et Pentateuque ; qu'elle sentait le savon et le soleil ; que si elle lui disait vouloir aller voir les étoiles en sa compagnie, elle ne parlait pas en l'air ; qu'une fois où il s'était moqué des gens qui utilisaient « nonobstant », elle lui avait demandé de consulter un dictionnaire pour constater que ce mot existait ; qu'il devinait avec une seconde d'avance qu'elle allait rire.

Même si les amis de Tyler se demandaient tout d'abord comment réagir en entendant Lydia leur narrer sa rencontre avec Ambriel, ils ne tardaient guère à l'apprécier, car elle différait de leur conception d'une personne prétendant avoir vu un ange. Elle tenait l'alcool mieux qu'eux – même qu'Owen, qui avait toujours l'air moins déplacé sur une grosse moto que dans un bureau – et, une fois ivre, elle adressait un clin d'œil à Tyler en lui murmurant : « Je suis une fille dangereuse et je vais te bouffer tout cru. »

Le dimanche, elle évitait les églises : celles-ci n'avaient rien à lui offrir et son histoire aurait embarrassé la plupart d'entre elles, de toute manière. Par contre, elle l'emmenait à des réunions de gens qui avaient été visités par des anges ou qui désiraient l'être. L'assemblée, tenue dans un sous-sol d'église ou de bibliothèque, impliquait des chaises pliantes, du mauvais café, beaucoup de désespoir et bien des phrases piquées dans des manuels de développement personnel. Il se demandait souvent pourquoi il venait, puis il contemplait la lumière irradiant de son visage lorsqu'elle se racontait.

Ils se promenaient dans les rues après le travail, partaient en excursion vers des bourgs de la côte Pacifique, parlaient de tout et de rien. Pendant ce temps, Tyler scrutait les traits de Lydia et souhaitait trouver la foi.

Le mois qu'il passa entre le jour où il la rencontra dans la benne à ordures et celui où elle accepta de l'épouser tout en lui donnant des cuillerées de glace à la pistache se révéla le plus heureux de sa vie.

Le problème, c'est qu'il ne croyait toujours pas en Dieu.

Durant leur retour de Las Aldamas, elle s'endormit à la place du passager. La route était droite, le revêtement égal, la circulation fluide. Tyler enclencha le régulateur de vitesse avant d'étirer ses jambes. Il prit la main de sa compagne et se détourna pour jeter un regard sur sa silhouette endormie.

Par la suite, lorsqu'il essaya de se rappeler ce qu'il avait ressenti en la regardant mourir dans le siège voisin, retenue la tête en bas par la ceinture de sécurité, le dos tordu sous un angle impossible, lc toit enfoncé de la voiture lui clouant les bras contre la poitrine, il eut la surprise de découvrir qu'il ne se souvenait d'avoir éprouvé aucune douleur physique.

Or, ça ne pouvait être le cas. Il avait les jambes cassées et la chaleur des flammes de son côté de l'épave lui avait valu des brûlures aux bras et au visage. Une fois assez rétabli pour pouvoir se redresser tout seul sur son séant dans son lit d'hôpital, il apprit que sa cécité de l'œil gauche demeurerait permanente.

En tout cas, ce qu'il se rappelait, c'était la tranquillité de Lydia lui déclarant qu'elle se savait mourante, qu'elle ne souffrait pas et qu'elle le reverrait au Ciel.

Puis elle écarquilla les yeux et dit : « Salut, Ambriel. »

Tyler tâcha de se contorsionner sur son siège pour suivre son regard, tout en devinant qu'il ne verrait rien. Le volant l'en empêcha et il renonça au bout de quelques secondes. Il les regretterait par la suite, ces brèves secondes, parce qu'il s'était détourné de Lydia qui, durant ce laps de temps, avait rendu l'âme.

S'il avait eu la foi, la promesse de la retrouver au Ciel l'aurait réconforté. Ou il aurait pu pester contre Dieu et Le maudire, avant d'accepter son sort comme Job. Mais Tyler ne croyait ni au Ciel, ni à Dieu.

Son absence de foi ne lui offrait toutefois aucun réconfort non plus, car il aimait Lydia pour la lumière qu'elle recelait et n'avait aucune explication à sa présence, sinon celle que la jeune femme avait donnée. Sa foi à elle était donc ce qu'il aimait.

Continuer à ne pas croire attesterait que la joie de Lydia se basait sur une illusion et tuerait le souvenir qu'il gardait d'elle. Croire lui demanderait d'abattre les barrières entre la réalité et le fantasme et d'accepter comme fait établi ce qu'il tenait pour une hallucination. Du vivant de Lydia, il pouvait retarder sa décision par amour ; sa mort signifiait qu'il allait devoir choisir.

Quand il finit par quitter l'hôpital, il se coupa de ses amis, démissionna de son travail et débrancha son téléphone.

Il entreprit alors de découvrir tout ce qu'il pouvait sur les circonstances de l'accident et d'essayer de comprendre ce qui s'était passé. Ça posait problème, car les enquêteurs, de leur côté, avaient fait chou blanc ou presque, si bien que de vastes pans d'ombre subsistaient. Mais il avait tout le temps du monde devant lui.

Le travail d'un programmeur – lut Tyler – *consiste pour l'essentiel à démêler le réseau de liens qui couvre le niveau d'indirection entre les variables et les valeurs.*

Dans une mémoire informatique, les variables équivalent aux noms. Au lieu de travailler sur des octets individuels, un bloc de mémoire peut recevoir un nom de variable qui peut tout désigner : le réglage de régime d'un moteur, un numéro de sécurité sociale, la sous-routine d'effacement d'un disque dur.

Hélas, juger si une variable désigne ce qu'elle est censée désigner ou même si elle désigne quoi que ce soit se révèle impossible. Au niveau des bits, la population de papillons au Costa Rica ne présente aucune différence avec la vitesse d'une tempête tropicale au large de l'Australie.

Cela pose problème à tous les programmeurs, du fait que la correspondance entre les variables et les valeurs sous-tend la prétention de chaque programme à l'exactitude. Quand on arrive à convaincre un ordinateur qu'une variable nomme une réalité alors qu'elle pointe dans le vide, rien ne va plus.

Pour aider les programmeurs à maintenir la distinction entre réalité et illusion, ou sécurité et désastre, on a introduit les systèmes de typage – des constructions mathématiques incluses dans les langages de programmation pour éviter, par exemple, qu'une variable censée désigner le régime du moteur ne se retrouve associée à l'accélération actuelle de la voiture. Les systèmes de typage imposaient ainsi au chaos de l'océan amoral des bits le réconfort d'un ordre infaillible.

Comme d'autres régulateurs de vitesse modernes, celui de la voiture de Tyler s'appuyait sur un micro-ordinateur sur lequel tournait un programme dédié.

De toute évidence, il fallait que ce logiciel fasse bien son travail. Œuvre d'un programmeur consciencieux qui savait que des vies en dépendaient, il était écrit dans un langage informatique doté d'un système de typage très fort. Le calcul démontrait que, aussi futé ou négligent qu'en soit l'auteur, un logiciel qui tourne sans erreur de type ne permettrait *jamais* à une variable sensée pointer vers le niveau d'essence de désigner en fait la sous-routine du changement de vitesse automatique. On approchait de l'infaillibilité dans l'univers des bits.

Autrement dit, Tyler avait eu raison de se détendre et de se laisser aller contre le dossier de son siège.

Deux mille ans plus tôt environ – lut encore Tyler –, *au temps de la naissance du Christ, une vieille étoile mourante située dans la région stellaire dominée par la constellation de Cassiopée devint une supernova.*

De cette explosion jaillirent à toute allure d'innombrables protons et neutrons. On les qualifie de rayons cosmiques, et la plupart fusent dans le vide jusqu'à la fin des temps sans que leur sort nous concerne.

Mais un proton spécifique arriva sur Terre par une belle journée de juillet après avoir filé dans le noir pendant deux millénaires. Il creva l'ionosphère en évitant avec élégance les lignes du champ magnétique terrestre, puis, presque sans ralentir, l'atmosphère qui se densifiait. Il aurait dû s'enfouir dans le désert de Californie, mais un obstacle se présenta.

À ce moment-là, Lydia dormait. Tyler avait détourné son regard de la route pour la contempler. Même plongée dans le sommeil, elle gardait cet éclat sur le visage. Leur voiture, alors, intercepta la trajectoire de cette particule réchappée de la mort antique d'une étoile.

Le proton ne se soucia guère de la carrosserie en métal, non plus que des polymères de plastique. Il les transperça et semblait destiné à poursuivre son trajet quand il croisa un morceau infinitésimal de silicium. Alors, pour la première fois en deux mille ans, il s'intéressa à la matière tangible et décida d'en déloger les électrons.

Ce silicium se trouvait appartenir à un condensateur. Des millions de condensateurs semblables, ainsi que des millions de transistors, faisaient partie du circuit intégré formant la mémoire de l'ordinateur qui exécutait le programme censé gérer la voiture de Tyler. Dans le grand ordre des choses, l'absence de ces électrons paraissait insignifiante, mais elle se révéla suffisante.

Leur perte signifiait que le bit utilisé pour représenter un 1 se voyait interprété comme un 0. Ce bit-ci se situait dans une cellule de mémoire correspondant à une variable. La mutation fit que cette variable, supposée donner l'adresse de la sous-routine calculant le régime du moteur, désignait à présent la valeur du taux d'alimentation en carburant, à 1 024 octets de l'endroit vers lequel elle devait pointer, en théorie.

Le système de typage du langage utilisé par le logiciel était conçu pour empêcher ce genre de violation. Une variable censée désigner une sous-routine n'aurait jamais dû pouvoir pointer vers une donnée numérique. Dès lors, tout devenait possible.

Si une erreur d'un seul bit sur un circuit imprimé pouvait déjouer la perfection mathématique du système de typage du langage de programmation, déduisait Tyler, ne pouvait-on postuler qu'une erreur d'un seul bit dans le cerveau déjoue le système de distinctions entre les infirmières et les anges ? Il suffirait qu'une connexion neurale foire, puis se rattache à la mauvaise place pour que les cloisons entre les types de mémoires s'effondrent.

La vision d'Ambriel et la foi de Lydia se

limiteraient à la conséquence d'un raté neuronal – explicable par le stress, la fatigue, une particule élémentaire errante ou autre – à la clinique de Boston ce jour-là. Il s'agissait au fond du même processus qui avait suscité en Tyler le faux souvenir d'avoir fait pleurer sa mamie.

Pour trouver un chemin logique vers la foi, pensait-il, on n'avait besoin que d'une erreur d'un seul bit. Les personnes techniquement compétentes pouvaient percer les meilleurs systèmes de sécurité informatique en provoquant délibérément des erreurs au niveau matériel. Les personnes rationnelles ne pourraient-elles pas induire en elles-mêmes la foi de manière identique ?

Contrairement à ce qu'on pourrait attendre, cette théorie ne diminuait ni ne dégradait en rien la foi de Lydia dans son esprit. Cette explication lui permettait de comprendre, sur le plan rationnel, la vie de la jeune femme. Qualifier cette *foi* d'*erreur*, c'était trouver une voie détournée pour enjamber l'abîme entre leurs univers respectifs.

En outre, on pouvait provoquer une erreur bien comprise. Il suffisait de maîtriser la technique pour déjouer le meilleur système de sécurité informatique en induisant délibérément des erreurs matériellcs. Un individu rationnel ne pourrait-il, de cette manière, s'instiller la foi ?

Tyler décida donc d'induire une erreur d'un seul bit dans son cerveau. Si retrouver Lydia exigeait de monter au Ciel, il ne lui restait, en toute logique, pas d'autre choix que de se faire croire en Dieu.

Une des possibilités consistait à s'affaiblir par la famine, la déshydratation et l'exposition aux éléments. Les erreurs gagnaient en probabilité quand les défenses de l'organisme déclinaient. C'était la voie suivie par les mystiques du désert et il décida de l'essayer en premier lieu.

Dans sa voiture de location, il roula au sud-est jusqu'à aboutir en Arizona, près de la frontière mexicaine, à l'orée puis au cœur du désert de Sonora. Il resta au volant jusqu'à ce que les routes n'en soient plus. Ensuite il continua à pied. Il marcha jusqu'à estimer qu'il ne retrouverait plus sa route, et poursuivit son chemin. Enfin, il se retrouva encerclé par des bosquets de saguaros. Comme il souffrait de la faim et de la soif, il s'assit pour attendre que son corps le trahisse.

« Ne le prends pas mal, avait dit Owen avant son départ, mais je n'ai jamais cru que tu réussirais en tant que poète. Il me semblait que tu n'avais pas assez d'imagination. Et là, il me semble que tu en as trop. »

Tyler ne l'avait pas vu durant des semaines, enfermé qu'il était dans son appartement, à tâcher de comprendre la mort de Lydia. Ils buvaient un coup, assis dans leur café préféré ; dehors, il pleuvait à seaux – une de ces averses d'automne peu fréquentes.

« Les programmeurs ne sont pas doués pour les chiffres, répondit Tyler, mais pour les mots. Les gens doués pour les chiffres, ce sont plutôt les ingénieurs.

— On dirait que tu envisages de faire un peu de bricolage matériel sur toi-même. Tu es en train de me dire que tu veux bidouiller ton propre cerveau pour y faire entrer la religion.

— Elle me manque, dit Tyler au lieu de discuter.

— Il ne s'agira pas d'une foi authentique », estima Owen, au lieu de lui enjoindre d'arrêter ses délires et de reprendre sa vie, ce que son ami apprécia. « Même si tu réussis. Même si tu as des visions d'anges en train de chanter des hosannas.

— Et tu sais à quoi ressemble la vraie foi, peut-être ? Toi non plus, tu ne crois pas en Dieu.

— Je n'ai pas besoin de croire en Dieu pour te dire que tu vas échouer. Si tu veux trouver la foi, c'est parce que tu aimes Lydia. Mais, avant même d'en avoir fait l'expérience, tu as décidé que croire en Dieu était une erreur, une faute. Tu veux t'obliger à prendre pour authentique ce que tu tiens pour un mensonge. Cet abîme, on ne peut pas le franchir.

— Tu ne suis pas la logique. À quoi servira l'explication rationnelle de la foi si je néglige de tester l'hypothèse ? »

Owen secoua la tête. « Il y a des trucs qui ne résistent pas à l'examen direct. Si tu cherches une étoile peu brillante, tu ne la verras pas en la fixant. Il te faudra l'observer du coin de l'œil, afin qu'elle prenne ton regard par surprise.

— Une voie détournée, donc », dit Tyler au saguaro le plus proche, avant d'éclater de rire. *Depuis combien de temps se trouvait-il dans le désert ?* Des jours, lui semblait-il. La nuit tombait. Il allait faire très froid.

« Tu réfléchis trop, dit le cactus.

— Lydia, c'est toi ? » *Un bon signe !* Ça commençait par les hallucinations auditives, non ? Mais la voix n'évoquait guère la jeune femme : trop lointaine, trop flûtée, on aurait juré un harmonica de verre. Il regarda alentour, en quête d'un ange.

« Alors comme ça, j'avais le cerveau bousillé, selon toi ? reprit le saguaro. Un problème de connexion, voilà tout ?

— Pas bousillé, non. » Le mot ne convenait pas, là résidait le problème. Il fallait le terme adéquat.

Il voulait parler des variables, des erreurs d'un seul bit et des systèmes de typage, expliquer qu'il tenait à partager son expérience pour pouvoir la retrouver, mais il avait si faim et si soif que la tête lui tournait. Il se contenta donc de dire : « Tu me manques. »

Des lumières vives approchaient dans le noir. Il se voyait transpercé par la clarté, balayé par la certitude : tout finirait bien, l'amour prévaudrait, il serait sauvé. Les barrières dans son esprit ne pouvaient que s'effondrer.

La brillance s'arrêta devant lui. Plusieurs silhouettes s'y découpaient, cheveux formant des halos, corps détourés par le feu. Il s'avoua un peu surpris, car il s'attendait à un éclat plus aveuglant. Regarder dans la lumière lui faisait mal aux yeux, sans se comparer pourtant à la description donnée par Lydia. *Quels sont ces anges ?*

« Ça vient peut-être du fait qu'il me reste un seul œil, se dit-il.

— Ne te bile plus, lui conseilla Owen. Tu vas t'en sortir. »

Ils le portèrent à l'arrière de la voiture du garde-forestier et entamèrent le long trajet de retour.

*

Il prit des drogues, aux effets temporaires. La méditation l'endormait. Il découvrit dans ses lectures l'existence de la thérapie par électrochocs, mais aucun psychiatre ne voulut accéder à ses demandes. « Vous n'avez pas besoin d'une thérapie, lui disaient-ils. Rentrez chez vous et lisez la Bible. De plus, je perdrais mon droit d'exercer. »

Il fréquenta même des églises, sans succès. Assis sur leurs bancs, à ânonner les paroles des chants religieux, à écouter les sermons qui lui semblaient vides de sens, il trouvait leur foi dépourvue de la moindre profondeur.

Je veux croire et je n'y arrive pas. Il cherchait autour de lui : nul n'irradiait l'éclat qu'il avait vu chez Lydia. *Vous vous figurez croire, mais vous vous trompez. Vous n'avez pas la foi, pas comme elle.*

Owen se retint toujours de lui asséner : « Je te l'avais bien dit. »

Ce dernier finit toutefois par le persuader de renouer avec les sous-sols des cafés le soir. Tyler jugeait médiocres les poèmes qu'on y lisait. Pourquoi personne n'écrivait-il sur cette absence de lumière ? Sur la persistance du souvenir ? Sur le système de typage dans le même temps si fragile et si dur à déjouer ? Sur la souffrance infligée par l'incapacité à croire ?

Il reprit un travail de programmeur de bases de données bancaires et se remit à écrire. Il parvint même à faire publier ses poèmes. Ses amis l'emmenèrent fêter ça. Il se sentit ravi, excité. Une fille qui ne ressemblait pas du tout à Lydia le ramena chez elle, malgré les cicatrices qui le défiguraient.

« Comment tu t'appelles ? lui demanda-t-il.

— Stéphanie », répondit-elle en éteignant la lumière. Elle resterait toujours pour lui « Stéphanie qui ne ressemblait pas du tout à Lydia ».

Il passa à autre chose.

*

« Pourrais-tu aller chercher Lydia pour le dîner ? » lui demanda Jess de la cuisine.

Tyler, à la salle de séjour, ramassait les ballons crevés, les assiettes en carton et les serviettes en papier qui restaient de la fête d'anniversaire. Il descendit au rez-de-chaussée, gagna le garage et, grâce à la porte relevée, aperçut Lydia qui, sur le gazon devant la maison, contemplait le ciel hivernal.

« Hé, ma puce ! lança-t-il en s'approchant. C'est l'heure du dîner.

— Cinq petites minutes de plus, s'il te plaît ? »

Il s'accroupit, puis s'assit dans l'herbe à côté d'elle. « Il fait frisquet. Qu'est-ce que tu attends ?

— Je regarde Sirius. Elle est à 8,6 années-lumière, donc la lumière qu'on voit, là, est partie il y a huit ans et sept mois. J'ai huit ans aujourd'hui, et Maman m'a dit que j'étais née prématurée de neuf semaines, dans la soirée. Je veux voir la lumière qui a quitté Sirius au moment où j'ai été conçue.

— Au moment où tu as été *conçue* ?

— Tu m'as donné le livre, tu te rappelles ? »

Il allait souligner que naître dans la soirée ne signifiait pas forcément avoir été « conçue » dans la soirée, mais il se ravisa. Certains détails se préciseraient en temps utile.

« Ça vaut le coup d'attendre », dit-il.

Ce qu'ils firent ensemble, en frissonnant. On était encore au début de l'hiver, mais il s'annonçait déjà glacial. Parfois, Tyler regrettait la douceur des hivers californiens.

« Je crois que je sais pourquoi il y a tant de poussière sous mon lit, déclara Lydia.

— Et pourquoi donc ?

— J'ai lu que la poussière se compose des météores qui se consument dans le ciel. Puisque ma chambre est au grenier, plus près des étoiles que le reste de la maison, c'est normal que je reçoive plus de poussière que Maman et toi. »

Il la regarda avec un élan d'amour irrépressible. Elle lui ressemblait beaucoup : rationnelle, lucide, prête à affronter la réalité. Dans ses contes de fées, il y avait de la poussière d'étoile, mais d'un caractère prosaïque. Elle ne croyait pas en Dieu ; il s'en félicitait. Comme lui, elle serait immunisée aux erreurs d'un seul bit.

« Si je dois vous répéter une fois de plus de vous ramener ici, personne ne dînera ce soir. » Jess se tenait sur le seuil du garage. La clarté du couloir derrière elle la nimbait d'une aura dorée.

« Regarde, Maman ressemble à un ange ! » Lydia se leva d'un bond et courut vers la lumière.

Tyler s'attarda un peu. Il contemplait Sirius, l'étoile du Grand Chien, et les astres qui brûlaient et explosaient dans le ciel, vague de brillance fondant sur lui d'une variété de distances et, par là, d'époques. Il se rendait compte qu'il se retrouvait bombardé par des protons et des photons datant de la conception de Lydia, de la mort de *l'autre* Lydia, de sa propre naissance, du vol de la poire par saint Augustin, de la mort du Christ sur la croix. Un léger vertige le saisit.

Ambriel choisit ce moment pour le visiter.

Voilà donc ce qu'on éprouve.

L'amour de Dieu le remplit, si puissant qu'il frémit. Face à la beauté du dessein divin, il fondit en larmes. Il comprit pourquoi il avait rencontré Lydia, pourquoi elle avait péri et pourquoi il avait échoué à venir devant Lui jusqu'alors. Il aspirait à ressentir cette lumière pour l'éternité. Il lui tardait de gagner le Ciel. Il vivait l'instant le plus heureux de toute son existence, car, baigné par la même sensation qu'elle, il retrouvait enfin Lydia. Se rappeler ce qu'il éprouvait quand il l'aimait valait encore mieux qu'en tomber amoureux. Le système de typage se délitait.

Un détail clochait pourtant.

Juste avant l'apparition d'Ambriel, il observait Sirius ; il s'en souvenait. L'espace d'une fraction de seconde, l'étoile avait paru briller un peu plus, un scintillement ténu, à peine perceptible. Cela s'expliquait de bien des façons : passage d'un fin voile nuageux, perturbation atmosphérique, illusion d'optique.

Ou peut-être s'agissait-il d'une éruption solaire sur Sirius au moment précis, 8,75 années plus tôt, où

Lydia avait été conçue. Un proton issu de l'explosion aurait fendu le vide spatial pendant toutes ces années sans prendre garde à ce qui se trouvait sur son passage. Ne pouvait-on concevoir qu'il traverse l'ionosphère de la Terre, sa stratosphère, ses nuages et les ailes des oiseaux ? Qu'il pénètre dans l'œil de Tyler ce soir d'hiver, le transperce et, en frôlant son hypothalamus, décide de le débarrasser de quelques électrons ?

Une petite erreur, une déviation mineure. Mais suffisante. Suffisante pour permettre de séparer la réalité de l'illusion.

Dès que Tyler s'en avisa, Ambriel disparut.

Le système de typage avait tenu.

Il se sut alors condamné. Pendant le restant de ses jours, il se rappellerait cette exultation, cet amour de Dieu, ce bien-être. Il avait trouvé la foi, pour la reperdre aussitôt. Il avait côtoyé Lydia, mais il n'avait pu s'empêcher de regarder. Et Dieu n'était pas présent.

Il conserverait toujours en mémoire cet instant. Il saurait toujours qu'une erreur d'un seul bit ne lui avait donné ce souvenir que pour le priver de sa réalité.

Il vécut, et fut même parfois heureux, jusqu'au jour de sa mort.

La ménagerie de papier

traduit de l'anglais par Pierre-Paul Durastanti

Au début d'un de mes plus anciens souvenirs, je pleure. Malgré les efforts de mes parents, je reste inconsolable. Papa renonce, quitte la chambre, mais Maman m'emmène dans la cuisine et m'assoit à la table du petit-déjeuner.

«*Kan, kan*», dit-elle avant de prendre un papier cadeau. Depuis des années, elle découpe avec soin les emballages de Noël et les empile sur le dessus du frigo.

Elle plaque la feuille sur la table, face vierge exposée, et la plie. Intrigué, j'arrête de pleurer pour l'observer.

Ma mère retourne le papier et le plie de nouveau, avant de le border, de le plisser, de le rouler et de le tordre jusqu'à ce qu'il disparaisse entre ses mains en coupe. Puis elle porte ce petit paquet à sa bouche et y souffle comme dans un ballon.

«*Kan*, dit-elle. *Laohu.*» Elle pose les mains sur la table, puis elle les écarte.

Un tigre se dresse là, gros comme deux poings réunis. Son pelage arbore le motif du papier, sucres d'orge rouges et sapins de Noël sur fond blanc.

J'effleure le petit animal qu'a créé Maman. Il remue la queue et se jette, joueur, sur mon doigt. « Grrroush », grogne-t-il, quelque part entre le journal qui bruisse et le félin.

Je ris, ébahi. Du bout de l'index, je lui caresse le dos. Le tigre de papier vibre et ronronne.

« *Zhe jiao zhezhi* », dit ma mère. *C'est de l'origami.*

Je ne m'en rendais pas compte, mais ses pliages avaient un caractère spécial. Elle les imprégnait de son souffle, donc de sa vie. Là résidait sa magie.

Maman avait été choisie sur catalogue.

Lycéen, j'avais demandé des détails à Papa qui voulait alors me persuader de reparler à ma mère.

Au printemps 1973, il s'était inscrit au service de mise en relation. Il n'avait passé que quelques secondes par page de la brochure jusqu'à ce qu'il tombe en arrêt sur le cliché de Maman.

Je n'ai jamais vu cette photo. Il me l'a décrite : ma mère de profil, assise dans un fauteuil, vêtue d'un *qipao* ajusté en soie verte. Comme elle tournait la tête vers l'appareil, ses longs cheveux noirs se drapaient avec style sur sa poitrine et son épaule. Ses yeux évoquaient un enfant calme.

« Je n'ai pas cherché plus loin », m'a déclaré mon père.

Selon le catalogue, elle avait dix-huit ans, adorait danser et parlait l'anglais couramment parce que née à Hong Kong. Aucune de ces affirmations ne devait s'avérer exacte.

Il lui a écrit ; l'agence a relayé leurs messages. Il a

fini par prendre l'avion pour Hong Kong afin de la rencontrer.

« Les employés se chargeaient de ses réponses. Ce qu'elle savait dire en anglais se limitait à “bonjour” et “au revoir”. »

Quel genre de femme s'affiche dans un catalogue pour se faire acheter? Mon moi lycéen croyait tout comprendre au monde. Le mépris m'enivrait comme le bon vin.

Au lieu de débouler dans l'agence pour exiger un prompt remboursement, il a payé la serveuse du restaurant de l'hôtel pour leur servir d'interprète.

« Quand j'ai pris la parole, ta mère m'a regardé avec dans les yeux autant d'angoisse que d'espoir, et j'ai vu éclore un sourire sur ses lèvres lorsque la fille s'est mise à traduire. »

Il a regagné le Connecticut et entamé les démarches pour permettre à Maman de venir. Moi, je suis né un an plus tard, l'année du Tigre.

À ma demande, elle m'a aussi fait une chèvre, un cerf et un buffle d'eau en papier cadeau. Ils couraient dans le salon, poursuivis par Laohu qui grondait. Quand il les attrapait, il appuyait dessus jusqu'à ce qu'ils se dégonflent, devenant de simples pliages aplatis. Je devais souffler dedans pour les regonfler jusqu'à ce qu'ils retrouvent un peu de leur faculté à courir.

Il arrivait que les animaux s'attirent des ennuis. Un jour, le buffle d'eau a sauté dans notre coupelle de sauce soja du dîner. (Il voulait patauger, comme un vrai buffle.) Même si je l'en ai vite sorti, le liquide marron, par capillarité, avait déjà imprégné ses pattes qui, affaiblies, ne le portaient plus : il s'est affalé sur la table. Je l'ai mis à sécher au soleil, mais il les a gardées difformes, au point de boiter. Maman a fini par les entourer de film étirable, afin qu'il patauge tout son saoul (sauf dans la sauce soja, désormais interdite).

Laohu aimait bondir sur les hirondelles quand on jouait dans le jardin de derrière jusqu'au moment où, de désespoir, un oiseau acculé a contre-attaqué en lui arrachant l'oreille. Le tigre de papier a gémi et tremblé pendant tout le temps que je l'ai tenu pour permettre à ma mère de la lui réparer avec du ruban adhésif. Par la suite, il a évité les volatiles.

Puis un jour, j'ai vu un documentaire sur les requins à la télé et j'en ai demandé un à Maman. Elle l'a fabriqué, mais il se contentait de battre des nageoires sur la table, alors j'ai rempli le lavabo où il a nagé en rond avec joie – avant de devenir translucide et de couler en se dépliant. J'ai eu beau plonger la main dans l'eau pour le sauver, je n'ai récupéré qu'une masse de papier trempé.

Laohu a croisé ses pattes antérieures sur le bord du lavabo et posé la tête dessus. Les oreilles basses, il grondait tout bas. Je me suis senti coupable.

Ma mère m'a fait un nouveau requin, en papier alu, qui a vécu heureux dans un grand bocal près duquel on s'asseyait, le tigre et moi, pour le regarder traquer les poissons rouges. Laohu collait sa figure sur la paroi opposée et je voyais ses yeux agrandis à la taille d'une soucoupe m'observer.

J'avais dix ans quand on a emménagé dans une maison à l'autre bout de la ville. Deux des voisines sont venues nous saluer. Mon père leur a servi à boire, puis il s'est excusé de devoir passer à la compagnie d'électricité pour démêler les factures en souffrance de l'ancien proprio. « Faites comme chez vous. Et ne prenez pas ma femme pour une impolie si elle parle peu : elle maîtrise mal l'anglais. »

Pendant que je lisais dans la salle à manger, Maman déballait nos affaires à la cuisine. Les voisines discutaient au salon sans se soucier de discrétion.

« Il me paraît plutôt normal. Pourquoi se résoudre à un truc pareil ?

— La sauce ne prend jamais vraiment. L'enfant a l'air inachevé. Les yeux en biais, le visage pâle, un petit monstre.

— Tu crois qu'il parle anglais, *lui* ? »

Elles se sont tues. Peu après, je les ai vues arriver dans la salle à manger.

« Salut, toi. Comment tu t'appelles ?

— Jack.

— Ça ne sonne pas très chinois. »

Ma mère nous a rejoints et leur a souri. Toutes trois sont restées debout en triangle autour de moi, à échanger des signes de tête et des regards enjoués, sans prononcer un mot, jusqu'au retour de mon père.

Mark, un des gamins du quartier, a apporté ses figurines Star Wars. Obi-Wan Kenobi, dont le sabre-laser s'éclairait, pouvait agiter les bras et dire d'une voix métallique : « Fais appel à la Force ! » Sa figurine ne ressemblait pas du tout au modèle, pour moi.

Obi-Wan a répété cette performance cinq fois sur la table basse. J'ai demandé : « Il fait autre chose ? »

Mark l'a mal pris. « Regarde tous les détails. »

J'ai regardé les détails. Je n'étais pas sûr de ce que je devais répondre.

Il a paru déçu par ma réaction. « Montre-moi tes jouets. »

À part ma ménagerie de papier, je n'en possédais aucun. Je suis allé chercher dans ma chambre Laohu, désormais usé et rafistolé avec de la colle et de l'adhésif du fait des années de réparations qu'on avait effectuées sur lui, Maman et moi. Il n'était plus aussi leste ni agile. Je l'ai assis sur la table basse. J'entendais les petits pas des autres animaux qui, du couloir, glissaient des regards timides dans notre salon.

« *Xiao laohu.* » Je me suis interrompu pour passer à l'anglais. « Voici Tigre. » Prudemment, Laohu a avancé en ronronnant vers mon voisin, dont il a reniflé les mains.

Mark a étudié le motif festif sur son pelage. « On ne dirait pas du tout un tigre. Ta mère te fabrique des jouets avec les déchets ? »

Je ne l'avais jamais vu comme un *déchet*. Mais en effet, il ne s'agissait que d'un bout de papier cadeau.

Mark a encore appuyé sur la tête d'Obi-Wan. De nouveau le sabre laser s'est allumé, de nouveau le chevalier Jedi a levé puis baissé les bras. « Fais appel à la Force ! »

Laohu a pivoté et bondi. La figurine, tombée de

la table, s'est brisée sur le sol. Sa tête a roulé sous le divan. « Grrr ! » riait le tigre de papier. Je l'ai imité.

L'autre m'a donné un coup de poing. « Il coûte très cher ! On le trouve même plus en magasin. Plus cher que ce que ton père a payé pour ta mère, je parie ! »

Sous la bourrade, je suis tombé par terre moi aussi. Laohu a rugi et sauté au visage de mon voisin qui a crié, de peur et de surprise plutôt que de douleur – ce n'était qu'un tigre de papier, après tout.

Mark l'a empoigné, coupant net son feulement, avant de le froisser, puis de le déchirer. Il a roulé en boule les deux morceaux et me les a jetés. « Tiens, ta saloperie chinoise qui vaut rien ! »

Après son départ, j'ai passé un long moment à essayer, en vain, de les recoller, à lisser le papier et suivre les plis afin de redonner forme au tigre. D'un pas lent, les autres animaux entraient dans le salon et se rassemblaient autour de nous – moi, et l'emballage déchiré qui avait été Laohu.

*

Ma dispute avec Mark a eu des conséquences. À l'école, tout le monde l'aimait bien. Je ne veux plus jamais repenser aux deux semaines qui ont suivi.

Quand je suis rentré chez moi le vendredi à l'issue de la quinzaine, ma mère m'a lancé : « *Xuexiao hao ma ?* » Sans lui répondre, j'ai filé à la salle de bains pour me regarder dans le miroir. *Je ne lui ressemble pas. Du tout.*

Au dîner, j'ai demandé à Papa : « J'ai vraiment une face de citron ? »

Il a posé ses baguettes. Même si je ne lui avais rien dit de ce qui m'arrivait à l'école, il a semblé deviner. Fermant les yeux, il s'est massé l'arête du nez. « Non. »

Maman l'a scruté sans comprendre, avant de hausser les sourcils à mon intention. « *Sha jiao* face de citron ?

— Anglais. Parle anglais. »

Elle a essayé. « Se passe quoi ? »

J'ai écarté mes baguettes et mon bol : piment vert frit et bœuf aux cinq épices. « On devrait manger américain. »

Mon père a voulu me raisonner. « Beaucoup de familles préparent des repas chinois de temps en temps.

— On n'est pas les autres familles. » Je l'ai dévisagé. *Les autres n'ont pas une pièce rapportée en guise de mère.*

Il a évité mon regard, puis il a posé la main sur l'épaule de Maman. « Je t'achèterai un livre de cuisine. »

Elle s'est tournée vers moi. « *Bu haochi ?*

— Anglais. » Je haussais le ton. « Parle anglais. »

Elle a tendu les mains et m'a touché le front pour vérifier ma température. « *Fashao la ?* »

Je l'ai repoussée. « Je vais très bien. Parle anglais ! » Je criais.

« Parle-lui anglais, lui a dit Papa. Tu savais que ça finirait par arriver. Tu t'attendais à quoi ? »

Elle a laissé retomber ses mains à ses côtés avant

de nous considérer tour à tour. Elle a ouvert la bouche, l'a refermée, une fois, deux fois.

« Il le faut, a repris mon père. Je t'ai trop ménagée. Jack a besoin de s'intégrer. »

Maman l'a regardé en face. « Si je dis *aime*, je le sens ici. » Elle a désigné ses lèvres. « Si je dis *ai*, je le sens ici. » Elle a posé la main sur son cœur.

Il a secoué la tête. « Tu es en Amérique. »

Elle se tassait sur sa chaise. On aurait juré le buffle d'eau tout dégonflé après que Laohu l'avait vidé de son air et de sa vie.

« Et je veux de vrais jouets. »

Papa m'a offert la série complète des figurines Star Wars. J'ai donné Obi-Wan Kenobi à Mark.

J'ai rangé la ménagerie de papier dans un grand carton à chaussures que j'ai fourré sous mon lit.

Le lendemain matin, tous les animaux s'étaient échappés pour reprendre leurs places favorites dans ma pièce. Je les ai rattrapés et ils ont retrouvé le carton à chaussures dont j'ai scotché le couvercle. Mais ils faisaient un tel raffut dans leur boîte que j'ai fini par la pousser dans le coin du grenier le plus éloigné de ma chambre.

Quand Maman me parlait chinois, je refusais de répondre. Après un certain temps, elle a tenté de recourir davantage à l'anglais, mais son accent prononcé, ses phrases maladroites me gênaient. J'ai tâché de corriger ses fautes. Elle a fini par se taire pour de bon si je traînais dans les parages.

Puis elle a entrepris de mimer ce qu'elle voulait me

dire et de me serrer dans ses bras comme les mères américaines qu'elle voyait à la télé. Ses gestes me paraissaient exagérés, disgracieux, hésitants, ridicules. En s'apercevant que ça me fichait en rogne, elle a arrêté.

« Tu ne devrais pas la traiter de cette manière », disait Papa, mais sans me regarder dans les yeux. Au fond de lui, il devait se rendre compte que croire une paysanne chinoise susceptible de trouver sa place dans la banlieue résidentielle du Connecticut constituait une grossière erreur.

Maman a appris à cuisiner américain. Je jouais à des jeux vidéo et j'étudiais le français.

De temps en temps, je la voyais, à la table de la cuisine, examiner la face vierge d'un papier cadeau. Par la suite, un nouvel animal de papier apparaissait sur ma table de chevet et s'efforçait de me câliner. Je le capturais, je l'aplatissais pour le vider de son air et je montais le fourrer dans la boîte au grenier.

Elle a fini par arrêter d'en faire quand j'étais au lycée. À ce moment-là, son anglais s'était beaucoup amélioré, mais j'avais atteint l'âge où ce qu'elle pouvait dire m'indifférait, quelle que soit la langue utilisée.

Parfois, quand je rentrais à la maison et que je la voyais, toute menue, s'activer dans la cuisine en fredonnant une chanson chinoise, j'avais peine à croire qu'elle m'ait donné naissance. On n'avait rien en commun. Elle aurait pu venir de la lune. Je me ruais dans ma chambre pour continuer ma recherche exclusivement américaine du bonheur.

Papa et moi nous tenions autour de Maman, allongée sur le lit d'hôpital. Elle n'avait pas quarante ans et paraissait beaucoup plus âgée.

Depuis des années, elle refusait de voir le médecin pour sa douleur qu'elle prétendait négligeable. Le temps qu'elle accepte les examens, le cancer s'était répandu bien au-delà des possibilités d'une intervention chirurgicale.

J'avais l'esprit ailleurs. En pleine saison des embauches sur le campus, je me focalisais sur mon CV, mes relevés de notes et la stratégie de mon programme de rendez-vous. Je mijotais quelques bobards à servir aux recruteurs d'entreprise pour les amener au mieux à me choisir. Sur le plan intellectuel, je comprenais bien ce que de telles réflexions devant sa mère agonisante avaient d'atroce, sans pouvoir changer ce que je ressentais.

Elle était consciente. Papa tenait sa main gauche dans les siennes. Quand il s'est penché pour lui poser un baiser sur le front, sa mine de petit vieux fragile m'a surpris. Au fond, je le connaissais presque aussi mal que Maman.

Elle lui a souri. « Ça va. »

Puis, toujours enjouée, elle a tourné la tête vers moi. « Je sais que tu dois retourner à l'école. » Elle parlait d'une voix très faible que j'entendais mal dans la rumeur des appareils branchés sur ce corps frêle. « Vas-y. Ne te fais pas de souci pour moi. Ce n'est rien. Travaille bien, c'est tout. »

Je lui ai effleuré la main comme on l'attendait de moi, me semblait-il. Soulagé, je songeais déjà à mon retour en avion et au beau soleil de Californie.

Elle a murmuré quelque chose à mon père qui a hoché la tête et quitté la pièce.

« Jack, si jamais… » Une quinte de toux l'a interrompue un long moment. « Si je ne m'en sors pas, au lieu de pleurer et de te faire du mal, pense à ta vie, mais garde bien la boîte que tu as rangée au grenier. Chaque année, pour *Qingming jié*, ressors-la et pense à moi. Je serai toujours avec toi. »

Elle parlait de la Fête des morts chinoise. Quand j'étais petit, à l'occasion de chaque *Qingming jié*, ma mère écrivait à ses parents décédés pour leur relater les bonnes nouvelles de l'année qu'elle venait de passer en Amérique. Elle me lisait la lettre à haute voix et, si j'avais un commentaire sur quoi que ce soit, elle le rajoutait. Puis elle la pliait en forme de grue, se tournait vers l'ouest et relâchait l'oiseau de papier qu'on regardait battre des ailes pour entamer le long voyage vers le Pacifique, vers la Chine, vers les tombes de la famille de Maman.

Il y avait bien des années que je n'avais plus participé au rituel.

« Je ne connais rien au calendrier chinois. Repose-toi.

— Garde la boîte avec toi et ouvre-la de temps en temps. Ouvre… » Elle se remettait à tousser.

« Ne t'en fais pas. » Maladroit, je lui ai caressé le bras.

« *Haizi, mama ai ni…* » Une nouvelle quinte l'a secouée. Une image venue d'un lointain passé a soudain resurgi : ma mère qui disait *ai* et posait la main sur son cœur.

« Allons, Maman, arrête de parler. »

Papa revenait. J'ai prétendu devoir partir pour l'aéroport si je ne voulais pas manquer mon avion.

On survolait le Nevada quand elle est morte.

Il a vieilli vite après le décès de ma mère. On a dû vendre la maison, devenue trop grande pour lui. Ma copine Susan et moi, on est allé l'aider à faire ses cartons et le ménage.

C'est elle qui a trouvé la boîte à chaussures au grenier. La ménagerie, restée trop longtemps cachée dans l'obscurité de cet espace mal isolé, était devenue cassante et les motifs du papier cadeau avaient perdu de leurs couleurs.

« Je n'avais jamais vu des origamis pareils. Ta mère était une véritable artiste. »

Les animaux ne bougeaient plus. La magie qui les animait avait-elle cessé avec la mort de Maman ? Avais-je imaginé que ces pliages étaient vivants ? On ne saurait se fier à la mémoire d'un enfant.

Le premier week-end d'avril, deux ans après le décès de ma mère, Susan effectuait un de ses voyages professionnels incessants de conseillère en gestion. Calfeutré chez nous, je zappais paresseusement.

Un documentaire sur les requins a retenu mon attention. Soudain, j'ai revu les mains de Maman pliant et repliant du papier alu pour m'en fabriquer un sous le regard de Laohu et moi.

Un bruissement. En levant les yeux, j'ai avisé une boule de papier d'emballage et de ruban adhésif par terre près de l'étagère des livres. Je suis allé la ramasser pour la mettre à la poubelle.

Elle a roulé à l'écart pour se déplier et je me suis retrouvé face à Laohu, auquel je n'avais pas songé depuis longtemps. « *Grrroush.* » Ma mère avait dû le rafistoler après que j'y avais renoncé.

Il était moins grand que dans mon souvenir. Ou peut-être simplement qu'à l'époque, j'avais les poings plus petits.

Susan avait décoré notre appartement avec mes animaux de papier. Elle avait sans doute laissé le tigre dans un coin reculé – il avait l'air plutôt miteux.

Je l'ai posé par terre et j'ai tendu l'index. Laohu a sauté dessus pour jouer en remuant la queue. J'ai ri, puis je lui ai caressé l'échine. Il ronronnait sous mon doigt.

« Comment va, mon vieux pote ? »

Alors il s'est relevé, il a bondi avec une grâce toute féline sur mes genoux et il a entrepris de se déplier.

Sur mes cuisses se déployait, face vierge exposée, un carré de papier cadeau chiffonné couvert d'idéogrammes. Je n'avais jamais appris à lire le chinois, mais je connaissais les caractères qui signifiaient *fils* et ils apparaissaient tout en haut, à la place attendue. De toute évidence, Maman m'avait rédigé une lettre dans son écriture enfantine.

J'ai consulté l'ordinateur pour vérifier la date sur le web. *Qingming jié* tombait ce jour-là.

J'ai emporté la lettre au centre-ville, là où s'arrêtaient les cars des touristes chinois, pour interpeller chaque voyageur : « *Nin hui du zhongwen ma ?* » *Vous lisez le chinois ?* Je n'en avais plus prononcé un mot depuis si longtemps que j'ignorais s'ils me comprenaient.

Une jeune femme a accepté de m'aider. On s'est installés côte à côte sur un banc et elle m'a lu la lettre à haute voix. La langue que j'avais passé des années à tenter d'oublier me revenait et j'ai senti les mots pénétrer en moi par ma peau, par mes os, jusqu'à venir me serrer le cœur.

Fils,

Nous n'avons plus parlé depuis longtemps. Tu es si fâché quand j'essaie de te toucher que j'ai peur. Et il se pourrait que la douleur que j'éprouve désormais sans arrêt trahisse un grave problème de santé.

J'ai donc décidé de t'écrire. De t'écrire dans les animaux de papier que je te fabriquais et que tu aimais tant.

Ils cesseront de bouger quand je cesserai de respirer, mais si je t'écris du fond du cœur, un peu de moi s'inscrira sur ce papier et dans ces mots. Plus tard, si tu penses à moi pour Quingming jié, *quand les esprits des défunts ont le droit de rendre visite à leur famille, tu rendras la vie aux parties de moi que j'aurai laissées. Les créatures que j'ai façonnées se remettront à courir, à bondir, à jouer, et peut-être verras-tu ces mots.*

Comme je dois t'écrire du fond du cœur, il faut que ce soit en chinois.

Malgré le passage des ans, je ne t'ai toujours pas raconté mon histoire. Durant ton enfance, je me promettais toujours de le faire quand tu serais grand, afin que tu comprennes. Pour une raison quelconque, cette occasion ne s'est jamais présentée.

Je suis née en 1957 au village de Sigulu, dans la province de Hebei. Tes grands-parents venaient tous deux de familles paysannes misérables et peu nombreuses. Quelques années plus tard, les Grandes Famines ont frappé la Chine et trente millions de personnes ont perdu la vie. Mon premier souvenir, c'est de me réveiller pour voir ma mère manger de la terre afin de pouvoir se remplir le ventre et me laisser le dernier reste de farine.

La situation s'est améliorée. Sigulu possède une certaine réputation pour le zhezhi, *le pliage du papier. Ma mère m'a appris à faire mes animaux de papier et à leur donner vie. Cette magie servait au quotidien à éloigner les sauterelles avec des oiseaux, les souris avec des tigres. Au Nouvel An chinois, mes amis et moi faisions de petits dragons rouges. Jamais je n'oublierai ces dragons de papier qui fusaient dans le ciel en tirant derrière eux des chapelets de pétards allumés destinés à chasser les mauvais souvenirs de l'année précédente. Tu aurais adoré ça.*

Puis la Révolution Culturelle a éclaté, en 1966, dressant le voisin contre le voisin, le frère contre le frère. Quelqu'un s'est rappelé que mon oncle du côté de ma mère était parti en 1946 à Hong Kong pour devenir commerçant. Avoir un parent là-bas signifiait qu'on était des espions, des ennemis du peuple : il fallait donc s'opposer à nous de toutes les façons possibles. Ta pauvre grand-mère ne l'a pas supporté et s'est jetée dans un puits. Ensuite, des jeunes gens armés de fusils de chasse ont entraîné ton grand-père dans les bois. Il n'en est jamais revenu.

Je me suis donc retrouvée orpheline à dix ans. Le seul parent qui me restait, c'était cet oncle, à Hong Kong. Une nuit, je suis partie en cachette et j'ai grimpé dans un train de marchandises pour le sud.

J'avais atteint la province de Guangdong quelques jours plus tard quand des hommes m'ont surprise à voler de quoi manger dans un champ. En m'entendant dire que je tentais de gagner Hong Kong, ils ont ri. « Tu en as de la chance ! Notre fonds de commerce, c'est d'y conduire des gamines. »

Ils m'ont cachée au fond d'un camion avec d'autres filles et ils nous ont fait clandestinement franchir la frontière.

On nous a menées dans un sous-sol où on nous a ordonné de nous tenir droites pour les acheteurs. Il fallait paraître en bonne santé, intelligentes. Les familles versaient un droit d'entrée afin de nous inspecter et décider qui « adopter ».

Les Chin m'ont choisie pour m'occuper de leurs deux fils. Levée à quatre heures chaque matin, je préparais le petit-déjeuner. Je donnais aux garçons leur repas puis leur bain. Je faisais les courses et la lessive. Je balayais. Je les suivais partout, à leurs ordres. Je dormais bouclée dans un placard de la cuisine. Si je traînais ou faisais ce qu'il ne fallait pas, on me battait. Si les garçons faisaient ce qu'il ne fallait pas, on me battait. Si on me surprenait à apprendre l'anglais, on me battait.

« Pourquoi apprendre l'anglais ? me demandait M. Chin. Pour aller voir les policiers ? On leur dira

que tu es arrivée illégalement de Chine continentale. Ils adoreraient te ficher en prison. »

J'ai vécu ainsi six années durant jusqu'à ce qu'une vieille poissonnière me prenne à part sur le marché.

« J'en connais plein, des filles dans ton cas. Tu as quel âge, seize ans ? Un jour, ton propriétaire se saoulera, il te regardera, il t'attirera à lui et tu ne pourras pas l'empêcher d'agir à sa guise. Sa femme finira par s'en apercevoir et, là, tu te croiras vraiment en enfer. Il faut que tu t'en sortes. Je connais quelqu'un qui peut t'aider. »

Elle m'a parlé des Américains qui voulaient une épouse asiatique. À condition que je lui cuisine de bons petits plats, que je tienne sa maison et que je m'occupe de lui, un mari aux États-Unis m'offrirait une bonne vie. Faute d'une autre issue, je me suis inscrite sur ce catalogue en racontant tous ces mensonges et j'ai rencontré ton père. Même si l'histoire n'a rien de très romantique, c'est la mienne.

J'ai souffert de la solitude au Connecticut. Ton père était doux et gentil avec moi. J'éprouvais envers lui beaucoup de reconnaissance. Mais personne ne me comprenait et, moi, je ne comprenais rien à rien.

Et puis tu es né ! J'étais si heureuse de retrouver sur tes traits l'empreinte de ma mère, de mon père, et la mienne. J'avais perdu ma famille, j'avais perdu Sigulu, tout ce que je connaissais, tout ce que j'aimais. Mais tu étais là et ton visage prouvait leur réalité. Je ne les avais pas inventés.

J'avais enfin quelqu'un à qui parler. Je t'apprendrais ma langue et nous recréerions ensemble une petite part de tout ce que j'avais aimé et perdu. Quand tu m'as dit tes premiers mots, dans un chinois qui avait le même accent que ma mère et moi, j'ai pleuré pendant des heures. Quand je t'ai fait tes premiers animaux zhezhi *et que tu as ri, j'ai eu l'impression que tous mes soucis s'étaient envolés.*

Tu as grandi un peu et voilà que tu pouvais nous aider, ton père et moi, à nous parler. Je me sentais vraiment dans mon élément. J'avais une vie agréable, même si mes parents me manquaient. Je leur aurais cuisiné de bons petits plats et je leur aurais offert une vie agréable, à eux aussi. Mais je les avais perdus depuis longtemps. Sais-tu ce que les Chinois trouvent le plus triste au monde ? Qu'un enfant finisse par avoir envie de prendre soin de ses parents et qu'il se rende alors compte qu'ils ont disparu.

Fils, je sais que tu n'aimes pas tes yeux chinois, qui sont mes yeux. Je sais que tu n'aimes pas tes cheveux chinois, qui sont mes cheveux. Mais peux-tu comprendre la joie que ton existence m'a apportée ? Ou mon chagrin quand tu as préféré arrêter de me parler et refuser de m'écouter si je m'exprimais en chinois ? Il m'a semblé tout perdre, une fois de plus.

Pourquoi refuses-tu de me parler, fils ? À cause de cette douleur, j'ai du mal à écrire.

La jeune femme m'a rendu le papier. Je n'ai pas pu la regarder en face.

Sans redresser la tête, je l'ai priée de m'aider à tracer le caractère *ai* dans la lettre de Maman. Je l'ai écrit partout sur la feuille, en mêlant mes traits au stylo à ses mots.

La jeune femme a posé la main sur mon épaule,

puis elle s'est levée et éloignée, me laissant seul avec ma mère.

En suivant les plis, j'ai refaçonné Laohu. J'ai niché mon tigre de papier au creux de mon bras. Il ronronnait lorsqu'on a repris le chemin de la maison.

Le livre chez diverses espèces

traduit de l'anglais par Pierre-Paul Durastanti

Il n'existe pas de recensement fiable de toutes les espèces intelligentes de l'univers. Non seulement la controverse perdure sur ce qui constitue l'intelligence, mais partout, à tout instant, des civilisations connaissent l'ascension ou la chute, de même que les étoiles naissent et meurent.

Le temps dévore tout.

Pourtant, chaque espèce possède une manière de transmettre sa sagesse, une façon de rendre les idées visibles, tangibles, figées dans l'instant comme en un rempart face à l'irrésistible déferlement du temps.

Tout le monde fait des livres.

Les Allatiens

Pour certains, l'écriture n'est que parole rendue visible, mais nous savons l'étroitesse d'une telle opinion.

Férus de musique, les Allatiens écrivent en gravant avec leur rostre une surface inscriptible, comme une tablette de métal recouverte d'une épaisse couche de cire ou d'argile. (Les riches de l'espèce arborent parfois une pointe en métal précieux au bout du nez.)

On exprime ses pensées durant ce processus, si bien que le rostre vibre en traçant son sillon.

Pour lire le livre ainsi composé, un Allatien place son nez dans le sillon, qu'il suit. Le rostre vibre selon ses contours et une cavité dans le crâne de l'individu amplifie le son. Ainsi, la voix même du scripteur se trouve recréée.

Les Allatiens croient disposer du système d'écriture idéal. Contrairement aux ouvrages rédigés par le biais d'alphabets, de syllabaires et de logogrammes, un de leurs livres capture, outre ses mots, le rythme, la voix, les inflexions, les emphases, les intonations et l'accent de l'écrivain. Il marie la partition et l'enregistrement. Un discours s'entend comme un discours, une complainte comme une complainte, et un récit restitue toute l'excitation du conteur. Lire, pour un Allatien, c'est – littéralement – écouter une voix issue du passé.

Mais la beauté d'un livre allatien a son prix. La lecture exigeant un contact avec cette surface malléable, on abîme le texte chaque fois qu'on le parcourt et divers aspects de l'original se perdent à jamais. Les copies réalisées dans des matériaux plus durables échouent à capturer les subtilités de la voix du scripteur, si bien qu'on les évite.

Pour préserver leur héritage littéraire, les Allatiens cèlent leurs précieux manuscrits dans de redoutables bibliothèques auxquelles peu ont accès. Ironiquement, les œuvres les plus belles, les plus importantes de leurs écrivains sont rarement lues ; on ne les connaît que sous la forme d'interprétations effectuées par des scribes. Ceux-ci s'efforcent de les recréer au sein de nouveaux livres après avoir entendu les originaux lors de cérémonies spéciales.

Pour les ouvrages les plus influents, des centaines, voire des milliers de ces interprétations circulent, qui sont à leur tour réinterprétées, donnant naissance à de nouvelles copies. Les érudits allatiens passent une bonne partie de leur temps à évaluer la fidélité relative des diverses versions et à inférer (en se basant sur ces multiples reproductions imparfaites) la voix du livre premier – l'idéal qu'aucun lecteur n'aurait corrompu.

Les Quatzolis

Les Quatzolis estiment que penser et écrire constituent une seule et même activité.

Il s'agit d'êtres mécaniques. On ignore s'ils ont vu le jour en tant que créations d'un autre peuple plus ancien, s'ils sont des coquilles qui contiendraient les âmes d'une espèce au départ organique ou s'ils ont évolué par eux-mêmes à partir de la matière inerte.

Le corps d'un Quatzoli, en cuivre, affecte la forme d'un sablier. Sa planète, qui décrit une orbite complexe entre ses trois soleils, subit d'immenses forces de marée qui barattent son noyau métallique, lequel irradie sa chaleur à la surface sous forme de geysers et de magma. L'eau qu'un Quatzoli absorbe dans son compartiment inférieur plusieurs fois par jour bout puis s'évapore lorsqu'il se plonge dans les lacs de lave. Régulée par une valve (le goulot du sablier), la vapeur s'élève dans le compartiment supérieur où elle actionne les leviers et les rouages qui animent la créature mécanique.

À la fin du cycle de travail, la vapeur se refroidit et se condense sur la surface interne du compartiment supérieur. Les sillons du cuivre recueillent les gouttes d'eau en un flot unique qui traverse une pierre poreuse riche en minéraux de carbone avant de quitter l'organisme.

La pierre constitue le siège de l'esprit quatzoli. L'organe comprend des millions de canaux complexes. Ce labyrinthe divise l'eau en flots parallèles qui s'écoulent et se côtoient pour représenter des valeurs simples appelées à former des flux de conscience et à rejaillir en courants de pensée.

Au fil des ans, le cheminement de l'eau dans la pierre se modifie. Les chenaux anciens se bouchent, de sorte que des souvenirs se perdent dans l'oubli ; d'autres s'ouvrent, reliant des flux jusque-là séparés – une épiphanie. En route vers la sortie, l'eau bâtit des concrétions minérales sur l'extrémité opposée, plus récente, de la pierre, où ces fragiles stalactites miniatures incarnent des pensées nouvelles.

Un Quatzoli qui se crée un enfant à la forge parachève le processus en lui faisant cadeau d'un éclat de son esprit de pierre, un lot d'entendement et de savoir visant à permettre au jeune être de commencer sa vie. À mesure que l'héritier gagne en cxpérience, son cerveau minéral se développe tout autour de ce noyau, gagnant en complexité, jusqu'à ce qu'il puisse, le moment venu, diviser son esprit à l'usage de ses propres enfants.

Un Quatzoli *est lui-même un livre*. Il comporte dans son cerveau minéral une trace écrite de la sagesse accumulée de ses ancêtres : les réflexions les plus durables ayant survécu à des millions d'années d'érosion. Chaque esprit croît à partir de la graine millénaire dont il a hérité ; chaque idée laisse une empreinte lisible et visible.

Certaines des espèces les plus violentes de l'univers, telles les Hespérois, se plaisaient à extraire les cerveaux des Quatzolis, et à en faire collection. Toujours exposées dans leurs musées et leurs bibliothèques, ces pierres – identifiées en général comme des « livres anciens » – ne signifient plus grand-chose pour la plupart des visiteurs.

Les peuples conquérants, capables de séparer leurs pensées de leurs écrits, ont laissé des archives épurées des défauts et des notions qui auraient fait frémir leurs descendants.

Mais les cerveaux minéraux restent dans leurs vitrines, à attendre que l'eau irrigue de nouveau leurs canaux asséchés – on pourra les relire et ils pourront revivre.

Les Hespérois

Les Hespérois écrivaient à l'aide de chaînes de symboles qui représentaient les sons de leur langage, mais ont renoncé à utiliser un quelconque script.

Ils ont toujours entretenu une relation paradoxale avec l'écriture. Leurs grands philosophes la dédaignaient. Selon eux, un livre, sans rien avoir d'un esprit vivant, se disait pourtant son égal : il prononçait des sentences, délivrait des jugements moraux, décrivait des faits censément historiques ou narrait des histoires excitantes… mais il ne pouvait pas élucider les questions tel un individu réel, ni répondre à ses critiques, ni justifier son contenu.

Les Hespérois notaient leurs pensées à contrecœur, quand ils ne pouvaient plus se fier aux errements de la mémoire. Ils préféraient de loin s'accommoder du caractère transitoire du débat, du discours, de l'oral.

Dans les temps anciens, ils formaient un peuple féroce et cruel. Nonobstant le vif plaisir qu'ils prenaient à discuter, ils aimaient plus encore la gloire de la guerre. Leurs sophistes justifiaient conquêtes et massacres par le besoin du progrès : la guerre constituait le seul moyen d'animer les idéaux que le texte statique transmettait au fil des siècles, d'assurer leur continuité et de les raffiner pour l'avenir. Pour qu'une idée mérite de survivre, elle devait mener à la victoire.

Quand ils ont fini par découvrir le secret de la récolte et de la cartographie du mental, les Hespérois ont purement et simplement cessé d'écrire.

À la mort d'un de leurs rois, d'un général ou d'un philosophe, ils cueillent l'esprit qu'abrite le corps défaillant. Les chemins de passage des ions chargés, des électrons fugitifs, des quarks étranges ou charmés sont capturés dans des matrices cristallines. Cet intellect se voit figé à l'instant précis de la séparation d'avec son propriétaire.

Ensuite commence le relevé. Avec soin et méticulosité, les maîtres cartographes assistés de nombreux apprentis retracent tous les affluents minuscules – les impressions et les intuitions qui se combinent pour former le flux et le reflux de la pensée jusqu'à donner les marées d'idées qui ont fait la grandeur de leurs auteurs.

Une fois ce processus effectué, on entame les calculs afin de prévoir les étapes ultérieures des cheminements et, ainsi, de simuler les idées suivantes. Évaluer les trajets des grands esprits gelés au sein des vastes terres inconnues de l'avenir exige les efforts des érudits hespérois les plus remarquables qui y consacrent les meilleures années de leur vie. Et quand vient l'heure de leur mort, ils se retrouvent eux aussi à faire partie de la carte du futur.

De cette façon, les meilleurs intellects de leur espèce ne meurent jamais. Pour discuter avec eux, il suffit de localiser les réponses sur leurs cartes mentales. Les Hespérois n'ont plus besoin des livres – simples symboles défunts – qu'ils écrivaient jadis, puisque les sages du passé leur demeurent accessibles en tant que penseurs, guides et explorateurs.

Plus ils consacrent de leur temps et de leurs ressources à simuler les esprits d'antan, moins les Hespérois se montrent belliqueux, au vif soulagement de leurs voisins. Il se peut que certains livres exercent bien une influence civilisatrice.

Les Tull-Toks

Les Tull-Toks lisent des livres qu'ils n'ont pas écrits.

Êtres d'énergie, motifs changeants, éthérés, de champs de potentialité, ils s'étirent parmi les étoiles comme des rubans fantomatiques. En les traversant, les vaisseaux spatiaux des autres espèces ne ressentent qu'un léger tiraillement.

Les Tull-Toks prétendent qu'on peut lire l'univers entier. Chaque étoile est un texte vivant : les massifs courants de convexion formés de gaz surchauffé y racontent une épopée dramatique où les taches servent de ponctuation, les boucles coronales de figures de style et les éruptions d'emphases qui sonnent juste dans le profond silence de l'espace. Chaque planète contient un poème qui adopte le rythme dépouillé et saccadé de la sphère de roche nue ou les rimes riches, tant masculines que féminines, de la géante gazeuse. Il y a aussi les mondes doués de vie, construits comme des mécanismes d'horlogerie, contenant une multitude de procédés littéraires autoréférentiels dont les échos se répercutent sans cesse.

Mais c'est dans l'horizon événementiel d'un trou noir que se situent, selon eux, les plus grands livres. Une Tull-Tok lasse de parcourir la bibliothèque universelle peut se laisser dériver vers un trou noir. Alors qu'elle accélère vers le point de non-retour, les rayons gamma et X dévoilent le mystère ultime que les autres ouvrages ne font qu'effleurer. Le livre révèle sa complexité, ses nuances ; à l'instant précis où son immensité submerge sa lectrice, elle s'avise avec un sursaut que le temps ralentit avant de s'immobiliser et qu'elle disposera de l'éternité pour le lire en tombant vers un centre qu'elle n'atteindra jamais.

Enfin, un livre a triomphé du temps.

Bien sûr, les Tull-Toks ne reviennent jamais d'un voyage pareil. Beaucoup de gens tiennent la lecture des trous noirs pour une fable et considèrent les membres de cette espèce comme des imposteurs illettrés dissimulant leur ignorance sous un vernis de mysticisme.

Pourtant, certains continuent de s'adresser à eux afin de traduire les livres de la nature qu'ils prétendent voir autour de nous. Les interprétations qu'ils offrent, aussi nombreuses que conflictuelles, entraînent d'interminables débats sur le contenu des ouvrages et – en tout premier lieu – sur leur paternité.

Les Caru'is

Là où les Tull-Toks déchiffrent l'échelle la plus vaste, les Caru'is sont des lecteurs et des auteurs de l'infinitésimal.

Minuscules, ils mesurent à peine la taille du point qui conclut cette phrase. À l'occasion de leurs trajets, ils tentent de se procurer des ouvrages que les descendants de leurs auteurs ne peuvent plus lire.

Du fait de leur stature, aucune autre espèce ne voit en eux une menace ; les Caru'is parviennent donc à obtenir sans mal ce qu'ils recherchent. Ainsi, à leur demande, les peuples de la Terre leur ont donné des tablettes et des vases gravés en linéaire B, des écheveaux de ces cordelettes à nœuds qu'on appelle *quipus*, et de vieux disques et cubes magnétiques illisibles. Après leurs guerres de conquête, les Hespérois leur ont offert des pierres antiques censément pillées chez les Quatzolis. Même les Untous, ces reclus qui écrivent à l'aide de fragrances et de saveurs, leur ont laissé des livres que le passage du temps avait rendus insipides.

Plutôt que tenter de déchiffrer ces œuvres vides de

sens, les Caru'is en usent comme des espaces vierges sur lesquels édifier leurs villes baroques et sophistiquées.

Ils ont ainsi mué les lignes gravées sur les tablettes et les vases en rues aux parois alvéolées qui regorgent de pièces dont la beauté fractale s'appuie sur les formes existantes. Ils ont détressé et renoué les *quipus* au niveau microscopique pour changer les nœuds d'origine en complexes byzantins de mille nœuds plus petits, chacun susceptible d'accueillir la boutique d'un marchand débutant ou le logis d'une famille naissante. Les disques magnétiques sont, eux, devenus des stades où les Caru'is aventureux font la course durant la journée en tirant parti des attractions contraires du potentiel magnétique local. La nuit, les lueurs qui suivent le flux et le reflux des forces éclairent le lieu où les données perdues de longue date illuminent la danse des milliers de jeunes gens venus chercher l'amour et le contact.

Il ne conviendrait pas, toutefois, de juger que les Caru'is n'effectuent aucune interprétation. Quand les représentants d'une espèce qui leur a confié un objet viennent les admirer, ils éprouvent sans exception un sentiment de familiarité à l'égard de la nouvelle construction.

Par exemple, quand des délégués de la Terre ont bénéficié d'une visite guidée du Grand Marché bâti dans un *quipu*, ils l'ont, par le biais du microscope, vu grouillant d'activité et prospère au possible dans une rumeur incessante de chiffres, de totaux, de valeurs, de monnaies. L'un des Terriens, issu du peuple qui produisait autrefois ces cordes à nœuds, a avoué sa stupéfaction : même incapable de les déchiffrer, il savait qu'elles servaient à consigner comptes et opérations, à calculer impôts et taxes.

De même, les Quatzolis ont découvert que les Caru'is avaient réaménagé un antique cerveau de pierre en institut de recherches. Les salles et les canaux où passaient jadis des pensées abritent désormais laboratoires, bibliothèques et amphithéâtres où fusent les idées neuves. Venus récupérer l'esprit de leur lointain ancêtre, les Quatzolis sont repartis persuadés qu'il avait trouvé là sa vocation.

Les Caru'is percevraient les échos du passé. Chaque fois qu'ils bâtissent par-dessus le palimpseste d'un livre écrit et oublié depuis longtemps, ils tomberaient, inconsciemment, sur son signifiant essentiel, impossible à perdre, peu importe le temps écoulé.

Ils lisent sans savoir ce qu'ils lisent.

*

Bulles dans une vaste et sombre mer, de petites poches de conscience luisent au sein du vide glacé de l'univers. Elles roulent, glissent, s'unissent, se séparent, laissant des sillages phosphorescents aussi uniques que des signatures au cours de leur ascension vers une surface invisible.

Tout le monde fait des livres.

Le journal intime

traduit de l'anglais par Pierre-Paul Durastanti

Le jour de leur douzième anniversaire de mariage, alors qu'elle rangeait la maison, Laura tomba sur un carnet relié cuir dans le tiroir du chevet, sur le côté du lit conjugal que son époux occupait.

Sans trop savoir quoi faire, elle prit le petit livre en main. Elle ferma les yeux et l'ouvrit à une page au hasard qu'elle caressa. Elle sentait l'écriture manuscrite gravée dans le papier, des lettres cursives élaborées qui traçaient la carte du cœur de son conjoint.

Se maudissant tout bas, elle rouvrit les yeux.

Je ne vais pas le lire, juste le parcourir un peu. Ce ne sera pas vraiment fouiner.

Lorsqu'elle le feuilleta à toute vitesse, les lignes d'encre bleue dansèrent comme un dessin animé. Ici et là, ses yeux repéraient un mot ou deux – « dîner », « dormir », « je ne » – dépourvus de sens hors de tout contexte.

Mais il avait aussi réalisé des dessins qui, même entrevus, la marquèrent. Une maison aux fenêtres barricadées avec des planches. Le visage d'une femme (ce devait être elle !) à l'expression indéchiffrable. Elle se sentit rougir, tandis que son cœur battait plus vite.

Son mari parlait d'elle et Laurie n'avait aucune idée de ce qu'il disait.

Elle s'avisa soudain qu'il y avait longtemps qu'elle ne se sentait plus proche de lui. Bizarre, de s'être ôté cette idée de la tête, de l'ignorer comme le coin en désordre du placard.

Il la sortit ce soir-là. Ils se montrèrent l'un envers l'autre d'une politesse exquise au dîner, comme toujours désormais à force d'habitude. Elle ne lui toucha pas mot de ce qu'elle avait déniché.

*

Le lendemain matin, toujours vêtue de sa robe vert citron, Laurie ramassa le quotidien dans l'allée et jeta un regard sur la une.

Les lettres de la page se tortillèrent comme les vers que son mari avait piqués sur leurs hameçons la seule fois où il l'avait emmenée pêcher. Chaque fois qu'elle essayait de se focaliser sur un mot, il s'étirait, se déformait et devenait un gribouillis noir incompréhensible.

Elle laissa tomber le quotidien comme s'il lui brûlait les doigts.

Les lettres nageaient dans la piscinc blanche de la double page : celles des gros titres allaient chacune de leur côté, tels des requins, alors que celles des articles, les petites, restaient en bancs de menu fretin.

Puis elles se mirent à sauter de la feuille pour atterrir sur le goudron de l'allée avant de bondir sur la pelouse où elles se mêlèrent à la terre. Il ne resta derrière elles que du papier vierge.

Laurie montra le quotidien à son mari et son fils.

« Il m'a l'air tout à fait normal, dit David. Tu as la tête qui tourne ? »

Elle s'efforça d'expliquer, avec calme, ce qu'elle voyait.

« Maman, c'est une façon détournée de parler de ma note d'anglais ? » La voix de Frankie, onze ans, oscillait entre le mécontentement et l'incrédulité. Mais il perdit bientôt tout intérêt pour le sujet. « Oh, et ne mets pas *encore* une pomme dans mon panier déjeuner, s'il te plaît. »

Laurie contempla la boîte de céréales sur la table : des motifs colorés qui tournoyaient sans vouloir se préciser. Elle ne parvint même pas à déchiffrer le logo. Puis elle consulta le calendrier au mur : les chiffres se muèrent en nouilles molles et coulèrent au sol.

« Le stress, estima son mari. Tu travailles trop. » Il posa sa tasse de café dans l'évier et prit sa veste. « Je vais être en retard. N'oublie pas d'appeler l'exterminateur. » Il essaya de l'embrasser en partant ; elle se déroba.

« Je ne blague pas ! » dit-elle d'un ton venimeux. Parfois, elle se demandait s'il l'entendait. « Je n'arrive plus à lire quoi que ce soit, merde ! »

Frankie éclata de rire pendant que David la dévisageait.

« Navrée », ajouta-t-elle.

Elle appela son travail – par chance, son téléphone avait la fonction vocale ; elle ne pouvait plus lire les noms et les numéros dans son agenda – pour avertir qu'elle ne venait pas. « Un problème aux yeux. Ou à la tête. »

Après avoir édifié des piles de livres, de magazines, de quotidiens, de publicités, de brochures religieuses, d'atlas routiers, de dictionnaires, d'encyclopédies (tout le matériau imprimé qu'elle avait trouvé dans la maison), elle s'assit au milieu.

Alors elle s'avisa du nombre de livres qu'elle possédait sans les avoir ouverts. Jadis, elle aimait la poésie et dévorait des ouvrages sur les fourmis, les étoiles, l'histoire, l'amour – tout ce qui la fascinait et qu'elle voulait connaître mieux. Désormais, elle ne lisait presque plus.

Qu'est-ce que son moi de vingt ans plus tôt penserait de ce qu'elle était devenue ?

Ne plus lire ne constituait qu'un symptôme. Elle avait un travail, un mari, un fils, une maison, et sans qu'elle le sente, l'eau se mettait à bouillir autour d'elle, les petits sacrifices s'enchaînant et chaque compromis préparant le terrain du suivant. À son insu, sa vie s'était changée en un long rêve éveillé où elle ne faisait plus que ce qu'on voulait d'elle. Elle avait cessé de désirer ce qu'elle n'avait pas.

Elle avait arrêté de lire pour son plaisir faute de curiosité intellectuelle, et ça ne lui manquait même pas.

Son ancien moi aurait eu honte.

Tandis qu'elle ouvrait et contemplait chaque magazine, chaque brochure, chaque livre, les lettres se désolidarisaient de leurs mots et s'amalgamaient en blocs sombres avant de se dissoudre en taches mouvantes.

Elle ramassa les piles à pleines brassées et les jeta contre le mur de toutes ses forces. Les livres tombèrent au sol tels des pigeons, leurs pages blanches battant avec frénésie. Les brochures se posèrent avec bien plus de retenue, à l'image des papillons. Les caractères en pleuvaient comme des graines de sésame, des fourmis noires, des paillettes de mascara. Ils glissaient au fond des crevasses du sol et disparaissaient en laissant derrière eux des pages tout aussi immaculées que de la neige fraîche.

Enfin, elle courut dans la chambre, ouvrit d'une secousse le tiroir du chevet et sortit le journal intime de son mari.

Elle s'y attendait : les lignes à l'encre bleue sinuaient sur le papier comme les sillages des escargots dans son jardin. Pas question de les déchiffrer.

Maigre consolation, l'encre ne gouttait pas des pages.

Elle pleura, à sanglots bruyants, puis en sourdine.

À contrecœur, Laura consulta son médecin, mais il ne lui trouva rien.

« Qu'est-ce que vous voyez ? » Il désignait la lettre E en haut du tableau de Snellen accroché à la cloison.

Le « E » gigota, s'aplatit et dansa sur le mur comme une grenouille.

« Une grenouille », dit-elle. Le batracien d'encre bondit au bas du tableau, atterrit à ses pieds et sortit du cabinet en sautillant. « Elle est partie, maintenant. »

Le médecin se pencha pour gribouiller une ligne sur son bloc-notes, puis il s'éclaircit la voix.

« Je ne suis sans doute pas le genre de docteur qu'il vous faudrait. »

Laura le dévisagea. Il se remit à gribouiller.

« Je peux vous recommander quelqu'un, si vous voulez. »

Elle secoua la tête. « Je ne suis pas folle, si c'est ce que vous croyez. J'ai simplement perdu la capacité de lire. »

Il soupira, s'adossa dans son fauteuil et se massa l'arête du nez.

« Bon, je vous parle en tant qu'individu lambda, là. Il y a des jours où, moi aussi, je ne comprends rien à rien. On a trop à lire de nos jours : l'internet, les smartphones, les pubs partout, les "tweets" – je ne sais même pas ce que c'est –, bref, la surcharge d'information. S'entendre répéter que tout constitue un symbole et signifie autre chose n'aide guère. Il m'arrive de souhaiter pouvoir cesser de lire pendant deux ou trois jours et voir le monde tel qu'il est. Ça reviendra peut-être à la normale si vous arrêtez de vouloir tout déchiffrer. »

Laurie se retint d'évoquer le journal intime de son mari. De confier qu'elle se sentait jugée, comme si elle était une raseuse à la vie dénuée de valeur. D'expliquer que, la nuit, elle dormait auprès d'un inconnu, un volume impénétrable, opaque, vierge, qu'elle ne comprenait plus.

Elle se rappelait le temps où elle lisait en son mari à cœur ouvert et où il le lui rendait bien : deux âmes sœurs.

Il paraissait si simple de tout partager, à l'époque. Chaque rêve paraissait un objectif atteignable et chaque obstacle une nouvelle opportunité.

Malgré ses efforts, elle échouait à retrouver cette aura. Il lui semblait relire adulte un livre qui l'avait fascinée enfant.

Laurie tâcha d'écouter son médecin, de prendre un mal pour un bien.

En règle générale, découvrit-elle, lire ne lui manquait pas.

Elle annula l'abonnement au quotidien – de toute façon, David s'informait sur le Net. Elle cessa de se préoccuper de l'ordinateur – plus d'e-mails agaçants qui essayaient de lui vendre n'importe quoi, plus de ces « amis » cancaniers sur Facebook qu'elle n'avait pas vus depuis des années, plus de lecture à l'écran qui lui refilait toujours la migraine. À court de congés maladie, elle piochait désormais dans son temps de vacances, et elle s'en fichait.

Elle se persuada de sa sérénité, de son bonheur. Durant la journée, elle laissait la télé allumée en bruit de fond, même s'il lui arrivait d'y jeter un regard. Elle la trouvait meilleure, maintenant. Plus besoin de lire les bandeaux déroulants ni les ALERTE INFO dont le clignotement incessant finissait par l'épuiser et détourner son attention.

À un moment, toutefois, elle tomba sur une femme qui, l'air suffisant, évoquait son nouveau livre, un guide destiné aux « femmes trop occupées pour être heureuses ». *Arrêtez de rejeter la responsabilité de vos problèmes sur les autres !* Elle soulignait ses propos de grands gestes. *Profitez du moment présent, prenez le contrôle de votre vie ! Rêvez, soyez extraordinaire !*

Laurie projeta la télécommande sur le poste et dut faire trois fois le tour du pâté de maisons pour se sortir de la tête l'image mentale où elle se voyait cogner ce visage souriant.

Les livres alignés sur ses rayonnages, aux pages blanches, aux couvertures illustrées sans titre, rappelaient les ouvrages factices des magasins d'ameublement, décida-t-elle. Comme elle n'en avait pas lu un seul depuis des années, ces faux lui auraient servi tout autant.

De temps à autre, elle aurait aimé pouvoir parler de ce qu'elle endurait. Mais avec qui ? Elle passerait pour folle. Il lui suffisait de fermer les yeux pour se figurer l'expression de ses proches. Non, elle devait se débrouiller seule.

Et pas question d'aborder le sujet avec David et Frankie. Comme elle ne voulait pas répéter la crise du premier matin, elle faisait comme si de rien n'était, quitte à leur raconter qu'elle pratiquait le télétravail pendant quelques semaines.

Ils ne remarquèrent rien d'anormal, peut-être parce qu'ils ne la voyaient jamais lire, de toute manière.

Elle songea à écrire – non, à dicter – un témoignage qui expliquerait combien la vie s'améliorerait si chacun cessait de lire. Il vaudrait bien le guide de l'invitée insupportable du talk-show.

Parfois, elle guettait son mari du coin de l'œil pour tâcher de le surprendre en train d'écrire dans son journal intime.

Au fil des jours, maintenir l'illusion devenait ardu. Laurie ne pouvait plus lire un menu ni déchiffrer les factures au courrier. Elle envoya à un collègue qui fêtait son départ en retraite une carte de vœux électronique lui souhaitant un prompt rétablissement – l'illustration l'avait abusée.

Il lui fallait admettre que tout venait du journal intime. Ce devait être la source de ses problèmes. Et leur solution.

Que pouvait-il écrire, là-dedans ? Il se plaignait d'elle ? Il se moquait de sa banalité, de sa petitesse ? À moins qu'il ne s'apitoie et n'estime qu'elle aurait dû consentir à plus d'efforts, montrer plus d'ambition ? Ou bien il lui reprochait d'être un frein pour lui ? Il l'avait peut-être percée à jour, auquel cas il la croyait folle. Sans doute avait-il une liaison.

Dans l'esprit de Laurie, ce journal se parait de qualités mythiques. Jamais elle n'avait autant voulu lire quoi que ce soit.

Elle devait s'efforcer de fixer le texte.

D'abord, elle le prit en photo. Le souci pouvait émaner de ses yeux. Les lettres fuiraient-elles son appareil comme elles fuyaient son regard ?

Même si les mots dans les photos apparaissaient figés en plein mouvement, les caractères restaient inintelligibles, tel un alphabet fictif basé sur des gribouillis de têtards.

De sa vision périphérique, elle surprit les pages

du journal qui tournaient de leur plein gré, pour se moquer d'elle. Mais quand elle les scrutait de face, elles demeuraient inertes.

Ensuite, elle décida de le congeler. Si les lettres pouvaient nager, se tortiller, sautiller, le froid les immobiliserait peut-être, permettant leur lecture.

Quand elle voulut le fourrer dans le congélateur, le carnet se défendit. Il ruait entre ses mains comme un poisson pour lui échapper.

« Rentre… là… dedans… » dit-elle, mâchoires serrées, en tâchant de le renfourner dans l'appareil. Elle en aurait ri, ou presque – la scène, absurde, évoquait un dessin animé –, si elle n'avait eu envie de pleurer. Aucun doute, elle perdait la boule. *Que va penser Frankie s'il voit sa mère dans un état pareil !* Mais elle continua de pousser, comme si sa vie en dépendait.

Le journal se mit à crier – un son entre le bruissement du papier et le chant des cigales – avant de s'ouvrir grand, telle une gueule d'animal sauvage, pour se refermer sur ses mains qu'il taillada.

Laurie hurla sous la morsure des pages et lâcha prise. Le journal resta inerte sur le sol de la cuisine pendant qu'elle suçait le sang sur ses doigts.

Sentant le danger, le carnet choisit la fuite. Il déserta le tiroir du chevet.

Laurie savait qu'il se cachait quelque part dans la maison, muet, reclus, tandis que, d'un jour sur l'autre, le secret de ses pages devenait plus complexe, plus attirant.

Elle décida de le traquer.

Elle prit un grand saladier qu'elle remplit de colle

afin de pouvoir y plonger le journal capturé et piéger les caractères comme sa mère piégeait jadis les mouches avec des bandes adhésives.

Sitôt seule, elle lança la chasse. Méthodique, elle inspecta chaque pièce, fouilla le moindre recoin. Prête à bondir, elle tenait une paire de ciseaux.

Elle vida les bibliothèques, retourna les tiroirs, répandit par terre toutes les liasses de papier du bureau de David. En jaillissaient d'autres lettres, cafards surpris par la lumière du jour. Elle vit les déclarations d'impôts, les relevés bancaires, les ouvrages de référence et les dossiers professionnels de son mari se muer en pages vierges sous ses yeux.

Mais elle n'avait toujours pas trouvé le seul livre qu'elle voulait, le seul qui comptait.

Puis elle entendit un bruit dehors. Frankie n'était pas censé rentrer si tôt.

Elle se précipita dans le hall d'entrée. Son mari se tenait derrière la porte moustiquaire, l'air stupéfait.

« Pourquoi tu ne répondais pas au téléphone ? J'ai… »

Elle n'écoutait pas. Elle fixait du regard sa mallette d'où émergeait un coin du carnet relié cuir.

Aussitôt elle sortit sur la terrasse couverte et lui arracha la mallette sans tenir compte du cri de surprise qu'il poussait. Elle se saisit du carnet qui s'efforça de se libérer de sa prise en se débattant comme un poulet dont on allait tordre le cou, mais elle tint bon.

Il essaya encore de lui taillader les mains. Elle le jeta par terre, posa le pied dessus et, à l'aide de ses ciseaux, entreprit d'en poignarder les pages, d'en découper les lignes bleues fluctuantes.

David criait. Elle l'ignora. Il la prit dans ses bras afin de la retenir. Les ciseaux échappèrent à Laurie, tombant avec un bruit métallique sur les lattes en bois. Elle se débattit, lui assénant des coups de poing sur la poitrine, les épaules, les bras, jusqu'à ce que ses forces l'abandonnent.

Peu à peu, les pages s'immobilisèrent. Il se mit à pleuvoir de grosses gouttes noires qui formaient des flaques remplies de lettres – telles des soupes aux pâtes alphabet.

Au loin, elle entendait son mari répéter : « Je veux que tu le lises. Je t'en prie, lis-le. »

Il la serrait fort tout contre lui comme il ne le faisait plus depuis belle lurette, comme du temps où ils dansaient avec un tel abandon que le monde paraissait figé, suspendu dans l'instant d'éternité qu'ils partageaient.

Les lignes bleues sur les pages du journal cessèrent de se tortiller. Elle s'avisa soudain qu'elle les déchiffrait sans mal.

J'ignore ce que pense Laurie…

Nous devons la décevoir…

On ne se parle plus…

Comment lui avouer que je déteste mon travail…

Parfois elle semble si distante…

Les mots devenaient flous, indistincts, mais elle continua de lire, confrontée au mystère de son propre cœur.

L'Oracle

traduit de l'anglais par Pierre-Paul Durastanti

La vieille demeure victorienne se dressait au milieu de vastes champs, à des kilomètres de la localité la plus proche. Elle appartenait à une organisation caritative qui hébergeait tous ceux que les villes voisines refusaient d'accueillir : les délinquants sexuels, les repris de justice qui avaient purgé de lourdes peines et les individus dans la situation de Penn Claverly, les pré-criminels.

Penn vivait là depuis deux décennies, depuis qu'il avait quitté la maison familiale à dix-neuf ans pour offrir à ses parents un semblant de normalité. Il avait été le premier pré-condamné à mort, le premier à recevoir la vision, le premier inscrit au registre.

Il n'avait toujours pas tué.

Un bruit de coups appuyés le tira de sa rêverie. Il fronça les sourcils et considéra la porte de son logement individuel. Nul n'était censé le déranger. Il avait terminé ses tâches de la journée ; la visite hebdomadaire de la police ne devait se produire que plus tard dans la semaine.

Penn appréciait sa solitude. Les détenus pouvaient

choisir de cultiver les champs alentour, et ce travail qui l'éloignait des autres lui plaisait. Il s'imaginait vivre comme un moine ascète : peu de biens matériels, la tranquillité d'esprit et, ce qui lui importait au plus haut point, aucun innocent dans les parages.

Les coups reprirent, insistants.

Il alla ouvrir.

« Bonjour, monsieur Claverly. »

Elle était saisissante, avec les longs cheveux noirs qui encadraient son visage laiteux et soulignaient ses yeux d'ambre. La veste de son tailleur noir mettait ses courbes en valeur, sans excès. L'espace d'un instant, le regard de Penn s'attarda sur sa poitrine. Sa visiteuse portait un maquillage discret, appliqué de façon experte. On l'aurait bien vue au générique d'une série télé sur des avocats.

« Monica Weld. Je peux entrer ? »

Il la toisa. Au fil des ans, maintes et maintes inconnues avaient jugé bon de lui écrire des lettres passionnées, voire de surgir sur le pas de sa porte.

« Je vous trouve plus jeune que le tout-venant, répliqua-t-il. Vous avez quoi, vingt-cinq ans ? »

Certains des hommes assis dans la salle commune au bout du couloir tendaient le cou pour la reluquer.

« *S'il vous plaît*, laissez-moi entrer. » Elle le regarda d'un air implorant.

Il céda et s'écarta. Selon toute vraisemblance, elle avait relevé son nom dans le registre avant de venir, parce que les hommes capables de tuer la fascinaient. Mais il se voyait mal la laisser plantée là, sous les regards concupiscents des autres.

Avant l'Oracle, les meurtriers condamnés à perpétuité ou détenus dans le couloir de la mort recevaient lettres d'amour et demandes en mariage par dizaines, voire par centaines. Les femmes venaient en prison, œuvraient sans répit pour obtenir leur remise en liberté et les épousaient, quitte à consommer le mariage dans des cellules de visite sous l'œil attentif de gardiens soudoyés.

Désormais, elles recherchaient des hommes comme lui, dont le crime restait simple potentiel. Il incarnait l'occasion de braver le danger, de défier le destin.

Monica étudia la pièce minuscule qui ne contenait qu'un lit double, un petit bureau et une chaise pliante, puis s'assit avec timidité sur le bord du matelas.

« Je dois être un peu nerveuse. » Elle releva une mèche de cheveux et la coinça derrière son oreille. « Vous voulez une bière ? J'en ai deux dans mon sac. Bien fraîches. »

Penn prit place sur la chaise.

« Non merci », dit-il, aimable mais résolu. Il avait adressé ce discours à maintes femmes au fil des ans. « Je ne cherche ni épouse, ni copine. Tout ce que je veux, c'est cultiver des légumes. La vie que je souhaite consiste à rester tout seul dans ma chambre jusqu'à ce que l'inévitable se produise. Je refuse que quelqu'un qui pourrait me plaire en pâtisse. »

L'Oracle résultait d'un pur hasard. Des scientifiques qui concevaient un appareil pour mesurer l'activité neuronale à l'aide de faibles doses de radiations avaient constaté que la décomposition aléatoire des particules radioactives induisait parfois chez l'utilisateur du casque la vision d'un moment de son existence, tel un rêve éveillé.

Une vie ressemble à un collier de perles dans l'obscurité de l'espace-temps, avec un début et un terme qui se fondent tous deux dans le néant. On dirait une chaîne de moments distincts dont chacun constitue la réduction à l'unité d'un éventail infini de possibles. Il peut arriver que l'un de ces moments, telle une perle particulièrement brillante, expédie des échos vers un bout ou l'autre de la chaîne. Ces échos, on peut les détecter.

La vision révélée par l'Oracle se situait toujours dans le futur et ne durait jamais plus d'une minute. Pour chacun des utilisateurs, elle demeurait unique et apparaissait une seule fois. Il ne contrôlait pas sa venue, et certains n'en obtenaient jamais.

Pour ceux qui la recevaient, elle se réalisait toujours.

« Il y a erreur sur la personne, déclara Monica. Je suis spécialiste en mitigation des peines pour l'association Ne Préjugeons de Rien. »

Penn en avait entendu parler. Ces gens se consacraient à une tâche impossible : défendre ceux qui étaient certains de se voir condamnés.

Comme Lex Woods, un frêle comptable à lunettes d'Austin qui s'était vu à travers l'Oracle, debout devant un tribunal alors qu'on le condamnait à la prison à vie.

À l'instar de beaucoup, Lex avait, des années durant, consulté en vain l'Oracle. Quand il avait écopé d'une vision, elle l'avait accablé. Il l'avait décrite à qui voulait l'écouter. On découvrait la plupart des pré-criminels de cette façon : ils ne pouvaient pas garder pour eux ce qu'ils apprenaient.

Bientôt, ses amis et sa famille le rejetaient ; la dépression le rongeait.

Ne Préjugeons de Rien le contacta et leurs volontaires entreprirent de le soutenir pour l'empêcher de se résoudre à son sort.

Devenus ses amis, certains d'entre eux partagèrent avec lui les visions qu'ils tenaient de l'Oracle, afin de lui donner courage. Une femme décrivit son horreur face à une maison qui brûlait dans la nuit : la sienne, avec tous les gens qu'elle aimait et tout ce qu'elle possédait. Un homme se rappela son chagrin de s'éveiller un matin en sachant que son enfant avait disparu à jamais par sa faute. Un autre décrivit la rage causée par son impuissance devant l'accident où un inconnu renversait son épouse sur le bas-côté et poursuivait sa route sans même ralentir.

Plus tard, lors de son procès, Lex expliqua qu'il avait mis le feu à la maison de la femme, kidnappé et tué l'enfant de son ami, commis le délit de fuite délibérément, tout ça parce qu'il croyait devoir accomplir ces prophéties et « mener à bien l'œuvre de Dieu ».

« Ces gens voulaient que ces choses-là se réalisent, vous ne voyez pas ? Je les ai aidés. » Il avait gloussé. « Et vous ne pouvez pas me tuer ! Je sais que vous ne le pouvez pas ! »

On l'avait déclaré irresponsable – ce qui lui évitait la peine de mort – et condamné à perpétuité.

Penn regarda Monica. « Votre organisation n'a pas déjà suffisamment échoué ?

— Mon travail consiste à établir le récit de votre vie. On ne se définit pas seulement par le moment vu dans l'Oracle. Ceux qui précèdent et qui suivent, par millions et milliards, possèdent leur propre signification.

— Mais pour moi, il n'y en a aucun qui suit.

— Il vous reste toutefois le passé, le trajet qui vous a fait. Lors de votre procès futur, si tant est qu'il y en ait un, nous raconterons la totalité de votre histoire aux jurés pour qu'ils vous considèrent dans votre ensemble.

— Pourquoi gaspiller du temps et des efforts ? Le procès *aura* lieu, on le sait. Ma culpabilité importera aussi peu que la négligence de l'instruction, la diligence de ma défense ou le nombre d'appels interjetés. L'issue ne fait aucun doute.

— Même s'il ne convainc pas ce jury-là, votre exemple parlera aux suivants. Avec un nombre d'histoires suffisant, nous pourrons espérer obtenir un jour l'abolition de cette pratique barbare qu'est la peine capitale. »

Penn tâcha d'imaginer le monde dépeint par Monica, où l'Oracle ne présentait plus de visions d'un homme sanglé et ligoté sur une table d'opération, un microphone pendant au-dessus de lui pour capter ses dernières paroles tandis que la terreur du néant tout proche le tenaillait.

Son histoire figurerait donc dans un ensemble d'histoires parlant d'hommes comme lui, racontées afin qu'il n'y ait *plus* d'hommes comme lui à passer toute leur existence dans l'attente de la chambre à gaz.

« Qu'est-ce qui vous rend si certaine d'apprécier ce que j'aurai à dire ? »

Monica le dévisagea. « Votre regard sur moi à la porte. Vous aviez envie de moi et vous auriez pu m'avoir sans difficulté si j'avais été le genre de femmes pour lequel vous me preniez. Pourtant, vous avez dit non, par crainte de me faire du mal. Votre histoire vaut le coup. »

*

Pour son seizième anniversaire, il reçut quatre cadeaux.

Le premier lui vint de Sarah. Pendant le repas de midi, elle l'emmena au local de costumes du club de théâtre, l'embrassa entre une pile d'armures en papier mâché et un portant de robes garçonnes puant le renfermé, puis, sexy et timide, lui murmura à l'oreille : « Bon, d'accord. On peut le faire... si tu veux. »

Le second lui vint de l'univers. Trois secondes avant la fin du temps réglementaire, les Clearwell Longhorns étaient menés 77 à 78. Le ballon arriva entre les mains de Penn qui bondit sans réfléchir et le regarda voler en une trajectoire élégante jusqu'au panier.

Il entendit le cri de joie de Sarah et vit du coin de l'œil l'éruption des paillettes lancées par les pom-pom girls avant que ses coéquipiers le fêtent en s'entassant sur lui. Il venait de qualifier les Longhorns pour le championnat d'État.

Son paternel lui tendit le troisième cadeau, les clés de son vieux pick-up, et sourit. « Débrouille-toi pour qu'il roule. »

Penn étreignit son père et sa mère. Cette responsabilité, il l'accueillait avec plaisir.

Le dernier cadeau vint presque après coup.

« Pense à regarder dans l'Oracle ce soir, dit sa mère. Un anniversaire n'est pas un jour comme les autres. Tu verras peut-être enfin quelque chose.

— Et peut-être que toi, tu te verras gagner la loterie », lui rétorqua son père en riant.

Les journaux télévisés parlaient tous de la Californienne et de sa vision où elle gagnait vingt millions de dollars. Des parents perdus de vue réapparaissaient, des investisseurs la suppliaient de leur céder ses gains futurs contre une somme inférieure et, lors des débats en plateau, les sceptiques se demandaient si elle mentait.

Penn gloussa. Il se fichait bien de l'Oracle, qu'il n'avait pas touché en quatre ans. Jamais il ne s'attendait à y voir quoi que ce soit. Il admirait son pick-up en imaginant les longues, longues jambes de Sarah qui, alanguie sur le siège passager, passait un pied par la fenêtre ouverte pour jouir de la brise fraîche tandis qu'ils filaient sur une grande route en plein été.

C'était un moment idéal, jugea-t-il. L'avenir se résumait à un mythe, aussi impossible que le Big Bang.

« Je n'avais pas pensé à ce jour-là depuis longtemps, dit Penn.

— Il y a des moments mémorables dans chaque vie. » Pour sa deuxième visite, Monica portait une tenue décontractée : des jeans et un tee-shirt dévoilant ses épaules musclées. Il lui faisait visiter la ferme, après l'avoir avertie qu'un tailleur et des talons hauts convenaient mal pour marcher dans la terre.

Il se pencha, cueillit une tomate ancienne bien mûre, toute craquelée, aussi grosse qu'une pomme, l'essuya sur le basque de sa chemise et la tendit à sa compagne.

Elle mordit dans le fruit, avant de rire de bon cœur quand le jus lui dégoulina des lèvres. « Quelle douceur ! »

Penn contempla la bouche pulpeuse et résista à une forte envie de l'embrasser. Cette sensation le réjouit et l'effraya dans le même temps. « Vous n'avez pas toujours traqué de futurs meurtriers. Racontez-moi votre vie avant tout ça. »

Tess, la grande sœur de Monica, c'était la courageuse des deux, celle qui enfreignait toutes les règles. Elle rapportait à la maison des romans d'amour aux couvertures osées et les deux filles se cachaient sous une couverture avec une torche électrique allumée pour les lire, le souffle court, bien après l'heure où leurs parents les croyaient endormies.

« Ce serait sympa si on menait des vies aussi excitantes que dans ces bouquins, pas vrai ? » disait l'aînée.

Et sa cadette de hocher la tête.

Puis vint le jour où l'Oracle accorda sa vision à Tess, alors âgée de seize ans.

Celle-ci réveilla Monica dans l'obscurité avant l'aube et la lui raconta : au milieu d'une chambre spartiate, elle se balançait dans un fauteuil à bascule. Il y avait des photos sur les murs, mais elle les distinguait mal. Dans la vision, se rappelait-elle, un vague contentement l'étreignait, comme si elle atteignait le bout d'une longue route, mais se sentait un peu lasse.

« Merde, je dois me contenter de ça ? fit-elle, perplexe. Je deviens une tocarde, je finis vieille, lasse, et c'est le *moment clé* de mon existence ? Qu'est-ce que j'aurai fait de ma vie ? Autant me jeter d'un pont tout de suite ! »

Dès lors, elle se déchaîna. Elle buvait, fumait, sortait avec les garçons les plus dangereux – et des hommes de dix ans ses aînés affectaient de la croire quand elle disait avoir dix-huit ans –, séchait l'école, voyageait en voiture sur un coup de tête. Elle ne refusait jamais une aventure.

« Je ne risque pas de mourir *d'enthousiasme*, criait-elle à ses parents avec un grand rire. Un jour, je serai vieille, mais saine et sauve. Je le *sais.* » Maman et Papa n'avaient aucune réponse face à cette logique imparable.

« Je compte vivre d'une façon toujours plus osée, confia-t-elle à sa sœur. *Je* choisis mes moments clés. On verra qui a raison, l'Oracle ou moi. »

Monica, qui la vénérait depuis toujours, l'admirait encore davantage. Tant de courage, tant de grâce ! Tess n'allait pas accepter son sort sans se battre.

« J'ai une vie terne », dit cette dernière une nuit. L'herbe la mettait d'humeur à se confesser. Dans l'obscurité de leur chambre, on l'entendait sangloter tout bas.

« Qu'est-ce que tu racontes ? » Monica se redressa sur son séant. « Tu jures dans cinq langues. Tu sais conduire une moto. Tu es partie en stop au Canada *et* au Mexique. Tu as fait plus de trucs en deux ans que Maman pendant toute son existence. Personne ne t'arrive à la cheville.

— Je ne peux plus m'arrêter. Jamais. Autrement, je me demande si je m'ennuie, si je commence à descendre la pente, et je dois repartir de plus belle. Je me fais l'effet d'un hamster sur sa roue, qui court sans aller nulle part, puisque je sais déjà comment mon histoire finira, quoi que je fasse. »

Sa cadette détestait l'Oracle. Elle refusait d'y toucher.

« Je vois l'intérêt. » Monica essuya la sueur à son front, laissant des traînées terreuses sur la peau. Désherber n'avait rien d'une partie de plaisir.

Elle passait chaque week-end. Elle avait pris un emploi dans un modeste cabinet en ville et informé les responsables de Ne Préjugeons de Rien qu'elle s'occupait exclusivement de Penn.

« Quand je bosse aux champs, expliqua-t-il, j'oublie et le passé et l'avenir. Je suis seul, mais je ne me sens pas seul. »

Ils s'assirent sur la terrasse couverte. Cette fois, il accepta le soda frais qu'elle sortit d'une glacière dans sa voiture.

La journée se terminait et d'autres hommes regagnaient la maison. Certains lorgnèrent Monica qui, gênée, se raidit. Penn les foudroya du regard et ils se hâtèrent de détourner la tête.

« Merci, dit-elle.

— C'est un des rares avantages de la vision que j'ai reçue. Personne ne me cherche la bagarre. »

Toute proche, Monica nota le tremblement de ses poings et la tension de ses mâchoires. Il détestait les confrontations, mais il en avait risqué une pour son compte. Elle aurait aimé tendre la main et le toucher.

« Certains de ces types sont très dangereux, souffla-t-il. Lui, là-bas, a tué trois personnes, mais plaidé coupable pour une seule, et il est sorti après avoir purgé vingt-cinq ans de prison. Il m'a dit qu'il allait recommencer. » Il la dévisagea, étonné. « Pourquoi vous n'avez pas peur ? »

Dans sa voix, elle perçut les années de rejet, les gens qui fuyaient sa présence. Soutenant son regard, elle remonta une mèche de cheveux derrière son oreille. « Je sais déjà ce qui doit m'arriver. »

*

« Jc suis toujours moi, tu sais, déclara le Penn de seize ans à l'image granuleuse et saccadée de Sarah sur son ordinateur. Rien n'a changé. »

Il ne mettait plus les pieds au lycée depuis une semaine.

Dans sa chambre aux rideaux tirés, la pénombre régnait. Il ne voulait pas laisser d'intervalle pour les téléobjectifs et les micros directionnels des reporters plantés sur les deux trottoirs de la rue.

Ils avaient commencé à installer caméras et tentes sur la pelouse de ses parents quand son père était sorti armé de son fusil de chasse. Il avait fallu l'intervention du commissaire de police pour le calmer et parvenir à un compromis avec les sangsues qui, désormais, se contentaient d'assiéger la propriété au lieu d'empiéter dessus.

« Je ne suis pas censée te parler, murmura-t-elle devant sa webcam. Mon père… »

Sa vision dans l'Oracle l'avait effrayé au point qu'il avait aussitôt appelé Sarah – et réveillé du même coup la famille entière de celle-ci. Il lui avait raconté tout ce dont il gardait souvenir en un torrent verbal qui la terrifia à son tour, puis son père à elle avait pris les commandes et appelé la police.

« Ça ne veut rien dire, plaida-t-il. Si ça se trouve, j'aurai été au mauvais endroit au mauvais moment, on me déclarera innocent et… ou alors j'ai mal interprété ce que j'ai vu. »

Sarah hocha la tête, mais sans le regarder en face.

Il ferma les yeux. Il entendait encore l'animateur du talk-show à la radio. *L'Oracle ne se trompe jamais. Ce garçon deviendra un assassin et recevra la peine capitale.*

« Ils campent aussi tout autour de chez nous, dit-elle. Ma mère ne peut même pas sortir faire les courses sans qu'ils la prennent en chasse. »

Les parents de Sarah détestaient toute forme de publicité. Lorsqu'ils avaient fait don de la dîme sur leur héritage à leur église, ils avaient refusé qu'on dévoile leur identité. Son père n'avait rien vu dans l'Oracle ; sa mère, qu'une maison pleine de petits-enfants. Ils adoraient l'ordinaire.

Penn leur convenait parce qu'il était étudiant moyen et bon sportif. Il évitait la drogue, ne buvait qu'à condition de ne pas se faire prendre. Il était poli, croyait en Dieu et aimait sa Maman.

Il n'avait maintenant plus rien d'ordinaire.

« Merci de n'avoir rien dit », bafouilla-t-il. Tout le monde ne s'était pas montré aussi loyal que Sarah. Certains de ses coéquipiers accordaient des entretiens aux médias où ils racontaient que Penn avait un « instinct de tueur » sur le terrain, jouait rugueux et n'aimait pas les animaux. Autant de mensonges, mais peu importait : les journalistes les gobaient.

« Le procureur essaie vraiment de te mettre en taule ? » demanda la jeune fille après un silence.

Sur cette question, chacun semblait avoir son opinion.

Peut-on emprisonner quelqu'un pour un crime qu'il est destiné à commettre ? La Constitution pourrait avoir son mot à dire.

Puisque l'Oracle ne se trompe jamais, la prison servira-t-elle seulement ? Peut-être y commettra-t-il son crime.

Et ainsi de suite, les débats faisaient rage, dans une ronde sans fin d'arguments et de contre-arguments.

« Je n'en sais rien. Ma famille ne doit aller nulle part tant qu'ils n'auront pas réglé la question à Austin. »

Sarah se mordilla les lèvres. « Penn, il faut vraiment que je te laisse. »

Il contempla la fenêtre de l'ordinateur en imaginant sentir le shampoing de sa petite amie – un parfum ténu, floral, la promesse d'un matin. Il aurait voulu pouvoir tendre les bras et l'étreindre.

« On convient d'un autre moment pour discuter ? »

Elle hésita, mais secoua la tête sans un mot.

« Tu as… peur de moi ? » Il attendit sa réponse.

Elle se borna à baisser les yeux. « Je regrette, Penn. Au revoir. »

*

Comme beaucoup d'autres, Monica refusait de consulter l'Oracle. *Même si nous ne sommes pas libres*, avait-elle lu dans un livre, *il nous faut garder l'illusion du libre arbitre.*

Puis, un jour, Tess la mit au défi. « Passe-le une fois, ce casque. Tu sauras quel effet ça fait. Éviter l'Oracle avec une telle assiduité, ça pourrait être un moyen détourné de ne pas être libre, non ? »

Elle l'avait donc essayé, et elle avait obtenu sa vision sur-le-champ.

Après quoi, Tess avait serré fort sa cadette. « Oh ! Je suis navrée. »

C'est à ce moment-là que Monica avait pris la mesure du désastre : même sa sœur la plaignait.

« Je vais jeter ces romans d'amour, dit l'aînée. Histoire d'éliminer la tentation. Loin des yeux… »

Si les détails se brouillèrent peu à peu, le souvenir d'une douleur atroce et d'une torture mentale subsistèrent. Dans sa vision, Monica agonisait par terre, et elle savait qui l'avait tuée : l'amour de sa vie.

L'instant crucial se présentait sans le moindre contexte, ni la moindre explication.

Elle cessa donc d'aller danser, comme de répondre quand des garçons sur des charbons ardents lui demandaient ses projets pour le week-end.

Monica se figura l'existence qui l'attendait. Elle devrait éviter de s'intéresser aux hommes, de contempler un visage buriné, une mâchoire ciselée, une silhouette élancée faisant battre son cœur plus vite. Elle serait le papillon de nuit qui vivait dans l'obscurité sans jamais imaginer la lueur de la flamme.

« Une vision épouvantable », dit-il.

La Trattoria d'Aldabella était bondée ce samedi soir. Le restaurant accueillait une clientèle décontractée : la vieille chemise et le pantalon désuet de Penn passaient inaperçus. Monica lui avait obtenu une dispense spéciale de la police pour aller en ville, à condition d'endosser la responsabilité s'il commettait un crime. Il existait des formulaires à signer pour ce type de situation.

Elle but une gorgée de vin. « Moins que la tienne.

— Les gars dans mon genre ont quelque chose qui cloche, dit-il un ton plus bas. On doit vivre avec. On n'a jamais de véritable travail, de véritable ami, de véritable opportunité. Les autres ont peur de nous. Ça nous transforme.

— Tu ne peux pas laisser les peurs des autres te définir. »

Il la regarda droit dans les yeux. « *Je* me fais peur. »

Ils déménagèrent. Ravi que la patate chaude s'éloigne, le procureur n'émit aucune objection. Ils s'établirent dans le Massachusetts, qui ne pratique pas la peine de mort.

« Je suis censé ne jamais quitter l'État ? » s'enquit Penn, sarcastique. Ses parents se contentèrent de soupirer.

Il tâcha de s'intégrer dans son nouveau lycée, mais on le reconnut en moins d'une journée, car son portrait avait fait toutes les unes possibles.

À la sortie, il se retrouva encerclé par plusieurs garçons. Une petite foule observait la scène d'un peu plus loin.

« On n'a pas peur de toi », annonça l'un d'eux – le plus grand, le chef. « Sale petit assassin. »

Penn resta immobile. Il ne prendrait *pas* l'initiative.

« Je parie que tu vas devenir un de ces tueurs en série, le nargua un autre. Et que t'as jamais eu de copine. »

La bagarre perdit en durée ce qu'elle gagna en violence. Penn en ressortit le nez cassé, mais envoya trois des garçons à l'hôpital.

Le lycée l'expulsa. Aucun autre établissement ne voulut l'accepter. Il était trop dangereux.

« Qu'est-ce que je suis censé faire ? » demanda-t-il à son père. La colère le brûlait de l'intérieur. Il se retint de cogner dans le mur, se vit armé d'un fusil, parcourant les couloirs de sa nouvelle école, abattant tous ceux qu'il croisait, puis il se prit la tête dans les mains et hurla.

Sa rage le terrifiait… et le forçait à envisager que l'Oracle ait eu raison à son sujet.

Son père le serra fort dans ses bras. Pour la première fois de leur vie, ils pleurèrent ensemble.

Tess gisait dans le lit d'hôpital, les membres immobilisés.

Elle avait négligé de regarder à deux fois dans l'eau pour repérer des débris éventuels. (« À quoi bon ? Je sais que je ne risque rien. ») Elle avait survécu, mais s'était infligé plus de soixante fractures en plongeant de la falaise.

« C'est ridicule. »

Monica brandit le roman d'amour dont elle lui faisait la lecture pour que sa sœur voie la couverture qui montrait une petite brune à la poitrine avantageuse, équipée d'un casque transparent et d'une tenue spatiale ajustée. Le beau mâle qui la tenait dans ses bras, torse nu, ses longs cheveux blonds dénoués, flottait en sa compagnie dans un champ d'étoiles. Ils échangeaient un regard langoureux. Détail inexplicable, il ne portait pas de casque.

« Je continue quand même à te le lire ?

— Oui. Je meurs d'ennui.

— Tu connais d'avance la suite. Il finira par admettre qu'il l'aime. Elle se rendra compte qu'elle ne peut pas le quitter. Ils échangeront un long baiser brûlant. Il y aura la scène de cul, puis la demande en mariage. Quel intérêt ? »

Tess leva les yeux au ciel. « Je ne les lis pas dans l'espoir qu'ils me surprennent.

— Pourquoi, alors ?

— J'aime ces personnages. Je veux savoir comment ils se rendent utiles et distrayants de la page un à la page trois cent cinquante. C'est de ça que je me souviens.

— Bingo ! lança Monica. Grande sœur, on a fait erreur sur toute la ligne. »

Tess la dévisagea. « Mais de quoi tu parles ?

— Tu sais, tous ces gens qui reçoivent la vision de l'amour de leur vie ? Ils le dessinent, cet idéal, et ils le mettent en ligne dans l'espoir de trouver ainsi leur moitié manquante. Quand ils se rencontrent, ils s'éprennent trois jours avant de se lasser l'un de l'autre, ou il leur suffit de trois minutes pour se détester, alors ils se disent au revoir, mais ils se retrouvent dix ans plus tard, l'étincelle jaillit et ils vivent alors ensemble. Bref, ça ne se passe jamais comme ils l'imaginaient. Il s'agit d'un moment important, dont ils se souviendront toujours, mais d'un simple moment. Une vie, c'est bien plus qu'un moment.

— Moi, je parle de la fin de ma vie. Ma vision m'a montré comment je mourrai.

— Non. » Monica se leva et arpenta la chambre. « La mort elle-même n'est qu'un moment ni plus ni moins crucial qu'un autre. Peu importe que tu sois assise dans une pièce un jour ou l'autre, en éprouvant satisfaction et ennui, sans penser à grand-chose. Tu ignores si ça représente l'apogée d'une vie de joies ou de chagrins. Sa trajectoire te demeure inconnue.

» Tu y as tellement songé, à ce moment, que tu as oublié de vivre. Arrête de courir. Fais la sieste, bois du thé, discute avec tes amis. Discute avec *moi*. Tu ne devrais penser qu'au présent, à ce moment-*ci*. »

Tess respirait fort. « Ce serait sympa, au fond.

— Bien, dit Monica. Laisse-moi finir de te lire ce truc. »

Ensuite, sa sœur aînée lui demanda : « Et toi ? Qu'est-ce que tu comptes faire ?

— Le trouver. »

« Alors, qu'est devenue Tess ?

— Elle vit en Californie avec ses enfants, deux garçons. » Monica marqua une pause et sourit. « Elle ne s'ennuie pas du tout, pour l'instant.

— Je ne sais pas comment ça va se passer », dit Penn. Il aimait le contact de cette main dans la sienne.

« Moi non plus. C'est tout l'intérêt. Personne ne connaît l'avenir. » Elle lui serra le bout des doigts entre les siens.

« On sait quand même…

— Rien d'utile. On aura peut-être une liaison passionnée d'un mois sans jamais se revoir par la suite. Ou on partagera cinquante ans de vie commune. Tu me tueras dans un accès de rage, ou je tomberai amoureuse d'un autre et je surgirai à ton procès pour un crime différent, dans des années, afin de raconter au jury ce qu'on aura partagé.

— Parfois, le monde me fiche dans une telle rogne que ce que je pourrais faire me terrifie. » Tremblant, il s'arrêta et la regarda droit dans les yeux. « Je ne veux pas te faire de mal.

— J'ignore si tu m'en feras. » Elle lui caressa le

visage. « On ne peut pas le savoir. Ce que je sais, c'est qu'on a le choix, toujours. Voir une scène représentée sur la couverture d'un livre et se douter qu'elle figure dans l'histoire ne nous empêche pas de continuer à lire.

— Tu n'as pas peur du tout ? »

Elle sourit, et piqua un baiser sur ses lèvres. « J'ai croisé beaucoup d'hommes comme toi, écouté leurs histoires, et je n'ai jamais eu peur… avant de te rencontrer. »

Il lui fallut une minute pour saisir le sous-entendu. *Tuée par l'amour de ma vie.*

« Moi aussi, je t'aime », dit-il. Son cœur se serrait face à la perspective de lui faire mal un jour, d'une façon ou d'une autre. Il ne parvenait pas du tout à envisager quel chemin le mènerait là.

« On n'a pas besoin de l'Oracle pour savoir que toute vie se termine par une mort, murmura-t-elle. Il faut simplement qu'on avance à tâtons dans l'obscurité et qu'on donne à chacun de nos moments tout son sens. »

Ils s'embrassèrent jusque tard dans la nuit noire.

La plaideuse

traduit de l'anglais par Pierre-Paul Durastanti

Le quinzième jour du premier mois de la septième année de l'Ère Huayin :

Le vieil homme, Hae-wook Lee, gardait le lit depuis des mois. Il gisait sur la natte, enveloppé dans une couverture. Les drogues l'aidaient à dormir – et à oublier les propos acerbes de son fils.

C'était une journée d'hiver anormalement douce pour la saison, dans ce coin reculé d'Asie du Nord-Est. Même si on avait éteint l'âtre de la cuisine adjacente, les conduits de fumée enterrés du *gudeul* irradieraient encore de la chaleur résiduelle durant des heures. Il faisait si chaud dans la pièce que Kyoon, la domestique, avait laissé les fenêtres ouvertes pour octroyer au vieillard des bouffées d'air frais, un air sec et revigorant après la neige de la veille.

Il rêvait qu'il dînait de *gogi gui*. La jolie fille de bien des années plus tôt le servait. Le regret lui serra le cœur.

Les viandes marinées le faisaient saliver et il sentait sur sa figure la chaleur du grill. Il tendit la main pour y verser un peu d'eau afin de réduire la température, mais elle ne fit qu'augmenter.

Le vieil homme, incapable de respirer, toussa et ouvrit les yeux. La fumée envahissait la pièce ; des langues de flammes léchaient le plafond et les murs. Tout brûlait : les nattes d'osier, le mobilier en bois, même le sol en papier *jangpan*. Il eut beau appeler à l'aide, personne ne vint.

« Maîtresse, il y a là un homme qui souhaite voir le vieux Maître. » Jiyin, treize ans, le visage présentant encore des rondeurs enfantines, attendait agenouillée près du seuil de la cuisine.

Son interlocutrice sortait à peine de l'enfance, elle aussi, mais semblait bien plus mûre que ses dix-neuf ans. Sui-Wei Far, toute de blanc vêtue, ne portait aucun maquillage, et le chignon qui relevait ses cheveux noirs disparaissait sous un mouchoir blanc. Le chagrin lui laissait un regard triste et las.

Elle hocha la tête, avant de se lever.

« Jiyin, termine à ma place l'offrande aux esprits du foyer ici. Veille à les remercier d'avoir gardé saine la nourriture de notre cuisine ces dernières semaines, quand nous avions tous l'esprit ailleurs. Puis apporte le thé pour notre invité. »

Sui-Wei passa dans l'entrée et, respectant les préceptes de ses professeurs confucéens, s'agenouilla derrière le paravent de soie afin de se dissimuler aux yeux de leur invité.

« Honorable visiteur, vous souhaitiez voir mon père ? » Elle s'inclina.

Depuis l'autre côté de l'écran translucide, la silhouette indistincte lui rendit son salut. « Je suis Yeon-joo Lee, fils du négociant de soie Hae-wook Lee. Une affaire urgente m'amène auprès du plaideur Far. »

Entendre le nom de son père raviva sa peine. Elle tâcha de conserver un ton aussi lisse que la surface d'un étang de lotus. « Mon père s'est éteint la semaine dernière. »

Les épaules floues s'affaissèrent. « Mes condoléances. Je viens aussi de perdre le mien. » Il avait une voix juvénile, hésitante. « Y aurait-il un jeune maître prêt à reprendre son activité ?

— Je suis enfant unique.

— Regrettable. La vie d'une innocente est en jeu. »

Durant son enfance, elle avait accompagné son père sur certaines enquêtes, calligraphié ses requêtes aux magistrats, écouté ses explications sur les détours de la loi, échafaudé, à partir des preuves qu'il lui présentait, des hypothèses sur les crimes.

« Quel dommage que tu sois une fille ! se lamentait-il. Tu es beaucoup plus futée que tous les apprentis qu'il m'a fallu former, et tu ferais un excellent plaideur.

— Assez d'âneries », répliquait sa mère, encore vivante à l'époque. « Occupe-toi plutôt de lui trouver un mari. Aucun homme ne voudra voir son épouse courir partout pour offrir son assistance à des criminels. »

Jiyin apporta une collation sur un plateau, et servit deux tasses de thé qu'elle posa de part et d'autre de l'écran.

Qu'est-ce que son père aurait souhaité ?

Elle tendit la main et, ignorant le halètement de surprise poussé par Jiyin, écarta le paravent. Yeonjoo, comme elle l'imaginait, avait vingt ans tout au plus et un regard doux, quoique chagriné.

« Je suis la plaideuse Sui-Wei Far. En quoi puis-je vous aider ? »

« L'ignorant croit que les plaideurs changent le blanc en noir, la culpabilité en innocence, mais non, disait son père. Un plaideur doit rechercher la vérité et ne défendre que les vrais innocents. »

Il pouvait se révéler difficile de trouver la vérité dans la tourmente de Yiefeng, capitale du Dawul.

Ce minuscule royaume de quelques centaines de *li* carrés, fondé par un général chinois lassé par le chaos des guerres civiles à la fin de la dernière dynastie, se situait aux confins de la Chine et de la Corée. Sa population mêlait Chinois, Coréens, Mongols et Jurchen*. Beijing le laissait en paix car il veillait à reconnaître la suzeraineté de la Chine ; Hanseong** le laissait en paix car les rois de Corée jugeaient irréalisable de conquérir un si petit état montagneux.

Le Dawul devint une plaque tournante du commerce et Yiefeng un repaire d'aventuriers : des négociants chinois, des nobles coréens, des *ronins* fuyant les guerres incessantes entre les *daimyos* du Japon, des missionnaires chrétiens ou bouddhistes,

* Nom des Mandchous jusqu'au XVIIe siècle. *(N.d.T.)*

** Nom de Séoul sous le royaume de Baekje (de – 18 à 660), puis sous la dynastie de Joseon (1392 à 1910). *(N.d.T.)*

des trafiquants tibétains, voire des voyageurs aux cheveux blonds et roux venus de la lointaine Europe.

La grande délinquance nuisait aux affaires et, plus encore, à la collecte des impôts. Les rois de Dawul administraient le très efficace système des *yamen* dont les juges enquêtaient sur les crimes, poursuivaient les criminels, déterminaient la culpabilité et infligeaient les châtiments.

« Les magistrats veulent bien faire, mais, dans leur hâte et leur zèle, ils commettent souvent des erreurs, arguait maître Far. Même s'ils ne ressentent que mépris pour les plaideurs, notre travail reste crucial. Nous contestons leurs théories afin qu'ils étudient et prennent en considération toutes les preuves. Si un homme se voit accusé à tort, les plaideurs seront les seuls qui pourront lui sauver la vie. »

Yeon-joo et Sui-Wei parcouraient les ruines fumantes de la maison Lee. Elle parlait coréen, et lui, chinois ; chacun s'efforçait ainsi de mettre l'autre à l'aise. Sous les amas de décombres couronnés de tuiles en céramique brisées, le plan d'ensemble de la demeure transparaissait.

La petite et modeste demeure de Hae-wook, un négociant pourtant prospère, combinait des traits coréens et chinois. Elle s'organisait en carré autour de la cour qui fournissait lumière et aération. Au nord se trouvait l'entrée où le vieil homme recevait ses invités et menait ses affaires. Le jour de l'incendie, les autres résidents de la rue peu fréquentée qui reliait deux avenues n'avaient vu passer aucun inconnu. Ils signalaient toutefois la sortie de Kyoon, la bonne, une heure après midi, suivie de Yeon-joo en personne un quart d'heure plus tard.

Par-delà l'entrée, la cour centrale regorgeait de bonsaïs en pot (consumés dans l'incendie) et de pierres de lettrés. À l'ouest se situaient la cuisine et la chambre de bonne, à l'est, la chambre de Yeon-joo ainsi que l'étude où le vieil homme rangeait ses livres de compte et rédigeait son courrier. Nul intrus n'avait pu venir de l'une ou l'autre de ces directions, car de hauts murs aveugles en briques séparaient la maison de ses voisines.

Au sud de la cour, il y avait la chambre de Hae-wook où la maladie l'avait confiné. Plusieurs fenêtres y donnaient sur l'extérieur. Le vieillard, quand sa santé le lui permettait, aimait admirer le petit ruisseau qui coulait non loin, derrière une étendue de gazon et une berge escarpée sur laquelle un examen attentif n'avait révélé aucune trace d'escalade.

Le temps que la brigade de lutte contre l'incendie arrive, le feu dévorait la maison. Personne ne pouvait affirmer avec certitude où il avait démarré.

Le juge Wu et deux de ses inspecteurs arpentaient le site en compagnie de plusieurs hommes, sans doute des amis du négociant décédé. L'un d'eux, un Portugais émacié, avait des cheveux châtains bouclés. Un autre, plus âgé, chauve, se drapait dans les fourrures d'un marchand jurchen.

« Yeon-joo, déclara le magistrat, je suis tout à fait sûr désormais qu'il s'agit là d'un incendie criminel, perpétré par votre servante, Kyoon. À part elle et vous, personne n'aurait pu pénétrer dans la maison et en ressortir sans témoin. Vous êtes pour votre part au-dessus de tout soupçon, bien sûr.

— Ne peut-on envisager l'accident ? hasarda le Portugais. Le système de chauffage par le sol doit être enclin à prendre feu. » Son chinois mêlait l'accent de son pays natal et celui de la côte sud de la Chine.

Le juge secoua la tête. « J'ai examiné la maçonnerie du sol et des conduits sans trouver ni crevasse, ni lézarde. Le sinistre aura démarré dans la cuisine. Même si Yeon-joo ne se rappelle pas avoir vu des flammes dans le foyer après le repas de midi, il y a toutes les chances pour que le feu ait échappé à son attention parce que la bonne l'avait couvert. L'attitude très suspecte de cette jeune fille constitue le point crucial. Quand les enquêteurs qui l'ont découverte nerveuse et bouleversée chez ses parents lui ont dit que la maison de son maître avait brûlé, elle a perdu connaissance. La fouille du bâtiment a permis de retrouver un sachet de bijoux que la famille prétend avoir reçu en cadeau de son employeur. Peu crédible ! Nous avons là une affaire toute simple : le ou la domestique cupide qui commet d'abord un vol, et ensuite un meurtre pour dissimuler son premier forfait.

— Kyoon n'est pas une meurtrière, déclara Yeon-joo. Mon père aura donné ces joyaux à la famille pour la remercier de ses fidèles services.

— Cette famille n'a pu fournir aucune lettre de maître Lee indiquant qu'il s'agissait d'un cadeau. On s'attendrait à voir un document aussi précieux conservé avec soin. »

Yeon-joo ne trouva rien à répondre, mais poursuivit avec opiniâtreté : « Toute fille de seize ans voyant la police chez elle aurait peur. Découvrez le véritable assassin. J'ai engagé mademoiselle Far pour prouver l'innocence de Kyoon. »

Wu toisa Sui-Wei qui dansa d'un pied sur l'autre sous cet œil scrutateur. « J'ignorais que vous repreniez l'habitude paternelle d'arguer du droit. L'activité paraît inconvenante pour une dame de bonne extraction. »

Elle se raidit. « Confucius ne nous enseigne-t-il pas que l'enfant aspire à se voir estimé au même titre que son père, Votre Honneur ? Où serait donc le déshonneur ? »

Le juge rougit, et toussa pour masquer son embarras.

« Si j'en crois ce qu'on m'a raconté sur maître Far, cette jeune dame semble aussi spirituelle que lui. » Le Portugais fit un clin d'œil à Sui-Wei qui lui adressa un sourire poli.

Mieux valait se garder de froisser le magistrat, toutefois. « Votre Honneur, mon père vantait votre impartialité, votre ouverture d'esprit. Je préférerais m'attirer votre respect que celui des amateurs de potins. »

Wu adoucit son regard. « Même s'il me contrariait de ses questions et de ses arguties sans fin, j'appréciais le zèle avec lequel votre père recherchait la vérité. Je vous reverrai au tribunal dans deux semaines, quand je jugerai l'accusée. »

Sui-Wei s'inclina tandis que le magistrat prenait congé.

Yeon-joo la présenta au Portugais qui, ayant adopté Ben-Ni Lo comme nom chinois, venait au Dawul acheter de la soie et de la fourrure à exporter vers l'Europe, ainsi qu'au marchand jurchen, qui s'appelait Aguda, un collègue et un concurrent des Lee. Après avoir offert leurs condoléances au jeune homme, les deux étrangers, qui ne se connaissaient pas, se saluèrent en s'inclinant avec les plus grands égards.

« Je suis venu sitôt que j'ai su, car j'avais à faire hors les murs ce matin, déclara Aguda. Il sera difficile de reprendre le flambeau seul. Faites appel à moi sans hésiter si jamais il vous faut quelque aide. Je rêve depuis longtemps de nouer un partenariat avec la famille Lee.

— J'aurais aimé voir le vieux maître une dernière fois, dit Ben-Ni. Il avait sur la manière de conduire ses affaires des positions tranchées que je respectais, mais vous envisagerez peut-être des changements qui ne pourront que bénéficier à son héritage. »

Suivant d'une oreille la discussion, Sui-Wei alla étudier les pierres de lettrés. Ces formations sédimentaires d'origine naturelle qu'on remontait du fond des lacs étaient de la taille d'un homme et criblées par l'érosion. Admirer ces volutes et ces perforations permettait, à ce qu'on affirmait, de cultiver des pensées élégantes. Peu soucieuse d'épargner à sa robe les outrages de la suie ou de l'eau répandue par les pompiers, Sui-Wei s'agenouilla pour examiner les cavités inférieures ; des fragments de papier piégés à l'intérieur avaient résisté au brasier. Tendant la main, elle extirpa ce qui lui parut des bouts de documents comptables et de lettres personnelles, ainsi qu'un objet décoratif, découpé dans du papier rouge, à l'image d'un coq.

« Mademoiselle Far m'autoriserait-elle à lui rendre visite dans un avenir proche ? »

Sui-Wei se redressa : le locuteur n'était autre que Ben-Ni. Elle sentit ses joues rosir devant la hardiesse de la requête et sous le regard franc des yeux noisette, mais elle s'avoua que l'attention la flattait.
« Je me tiendrai à votre disposition.

— Et je vous le revaudrai en vous montrant des merveilles d'Europe inconnues en Asie. »

Aguda toisa son confrère en haussant un sourcil.
« Vous ne songeriez pas à enfreindre la loi, hein ?

— Du tout, mais un négociant a toujours intérêt à connaître des hommes… et des femmes… susceptibles de le défendre devant les tribunaux locaux.

— Vous devriez peut-être m'acheter des ornements de jade bénéfiques, notamment en matière légale. »

Sui-Wei poursuivit sa route vers le côté sud de la maison, proche de la berge. La neige et la glace recouvrant le sol du jardin avaient fondu à la chaleur de l'incendie pour dévoiler l'herbe morte. En plusieurs endroits, la végétation paraissait aplatie comme sous l'effet d'un poids.

« Le feu a aussi détruit les statues de glace de maître Lee, indiqua Aguda. Il était beaucoup plus poète que moi : selon lui, sa collection lui rappelait l'aspect transitoire de la vie. Je me contente d'aimer sculpter, en simple passe-temps. Pour son dernier anniversaire, je lui avais offert la sculpture d'une fillette qui dansait en jouant du tambour, et elle a disparu, de même que son récipiendaire, bien avant son temps. »

La servante accusée se tapissait, terrifiée, au fond de sa cellule. Il fallut à Sui-Wei un long moment pour l'amadouer afin d'obtenir son témoignage.

Le matin de l'incendie, Kyoon avait effectué ses tâches habituelles : apporter au vieux maître son petit-déjeuner, nettoyer la maison, servir tôt le repas de midi. Puis, tandis qu'il s'adonnait à sa sieste, elle était sortie faire des courses et voir ses parents. Elle avait vérifié que, dans l'âtre, le feu ne brûlait plus.

Yeon-joo confirma ce témoignage. Il avait étudié dans sa chambre toute la matinée et aperçu la jeune fille de loin en loin, puis quitté la propriété pour inspecter un entrepôt dans un quartier éloigné. Avant de partir, il avait jeté un regard dans la chambre de son père pour s'assurer que le vieillard dormait bien, puis dans la cuisine.

« Qu'avez-vous acheté au boucher ? demanda Sui-Wei à la bonne.

— Des plats de côte.

— Pour la soupe chinoise de porc aux radis ?

— Oui. Le maître l'apprécie, les froides soirées d'hiver. »

En son for intérieur, Sui-Wei se morigénait : s'intéresser à des détails futiles comme la cuisine et les courses relevait d'une tournure d'esprit féminine ! Jamais son père n'aurait posé des questions aussi stupides.

Mais il lui répétait souvent : *Évite de négliger les détails. On ne sait jamais quel fil démêlera l'écheveau.*

Elle réduisit au silence la voix dubitative dans sa tête.

« Après la boucherie, votre dernière étape, vous êtes allée chez vos parents.

— Tout droit, oui.

— Par quel chemin ?

— Les portes de la ville. C'est plus long, mais j'aime bien traverser le marché.

— Oh, j'adore les robes *hantu* qu'on y trouve. Les modèles de la famille Su sont frappants cette année.

— Oui, mademoiselle Far. Mais je n'ai pas vu l'étalage ce jour-là. Il se faisait tard et l'ombre de l'auvent dissimulait les vêtements. »

Et ainsi de suite. Sui-Wei ne découvrit rien d'utile.

Le seul point des réponses de Kyoon qui la laissait un peu dubitative concernait la bourse de joyaux trouvée chez elle. La jeune fille affirmait qu'ils venaient du vieux maître Lee, ce que le fils confirmait.

« Mais c'est très inhabituel pour un employeur de faire des cadeaux aussi coûteux sans justifier sa munificence dans une lettre. Y avait-il une raison spécifique ? »

Kyoon considéra Yeon-joo d'un air terrifié. Il prit le relais. « Mon père a toujours fait preuve de générosité avec nos domestiques. Il se sentait redevable parce que la mère de Kyoon œuvrait à son service avant de se marier, et que Kyoon elle-même travaille pour nous depuis sa plus tendre enfance. »

Sui-Wei restait perplexe. Quelque chose la gênait dans les regards de la jeune fille vers Yeon-joo.

*

Que le magistrat Wu affirme qu'il n'y avait aucun témoin ne se vérifiait pas forcément.

Sui-Wei et Jiyin gagnèrent les ruines après la tombée du soir, heure du dîner. Comme Yeon-joo séjournait chez Aguda sur l'invitation de ce dernier, l'endroit était désert.

« Maîtresse, je n'aime pas les fantômes, déclara Jiyin en frissonnant dans l'obscurité.

— Ne t'en fais pas. Nous venons seulement rendre visite aux esprits du foyer. »

La bonne se montra soulagée. Si les hommes ne prenaient guère garde aux humbles esprits du foyer, les deux femmes veillaient aux offrandes pour empêcher le riz de brûler et la maison de prendre feu. D'un panier, Jiyin tira des boulettes de pâte et des fruits confits qu'elle disposa sur des coupelles dans ce qu'il subsistait de l'âtre. Sui-Wei alluma les bougies tout autour et se mit à prier.

« Honorables esprits du foyer des Lee, il est l'heure de dîner. J'ai ravivé les flammes dans cet âtre froid. »

Pauvres esprits, songea-t-elle. Ils connaissaient des temps difficiles : beaucoup de familles converties au christianisme les chassaient. Ces sans-abris trouvaient parfois à partager le foyer d'une autre demeure, mais aucun esprit n'accueillerait des réfugiés d'une maison détruite lors d'un incendie, car ils portaient malheur. Par cet hiver glacial, il leur faudrait au plus quelques jours pour se déliter, faute de feu nourricier.

Peu à peu, tandis que les flammes des bougies vacillaient sous la bise, les silhouettes translucides d'un vieil homme et d'une vieille femme apparurent dans la lueur ténue.

Merci. Merci.

« Honorables esprits, pouvez-vous me relater ce que vous vous rappelez de l'incendie ? »

Une lumière terrible.

Sui-Wei devait tendre l'oreille pour les entendre dans le vent.

« Avez-vous vu d'où le feu est parti ? »

Du ciel. Du sol. Du ciel. Du sol.

Elle fronça les sourcils. Cela ne tenait pas debout.

« Avez-vous vu qui a allumé le feu ? »

Ils se mirent à danser. Le vieillard, qui gambadait, tenait sur son épaule un *buk* imaginaire, un gros tambour qu'il frappait avec une baguette tout aussi imaginaire.

Tum-tum, tum-tum. Tous deux fredonnaient en dansant.

« Une fête », murmura Sui-Wei. Une idée lui vint. « Une fête implique des feux d'artifice. L'incendie a-t-il démarré parce qu'on en a lancé d'allumés dans la maison ? C'est ce que vous sous-entendiez en disant "du ciel" ? » *Non, c'est impossible. Quelqu'un aurait vu ou entendu les explosions.*

Le vieux couple l'ignora pour entamer une dispute.

Elle est de ton sang !

J'ai fait tout mon possible pour elle.

Pas assez, loin de là.

Sui-Wei secoua la tête. Elle arrivait trop tard. Les

esprits étaient très vieux, et le choc causé par la destruction de leur maison les avait rendus fous.

Jiyin tombait des nues. Qu'un homme s'invite chez une célibataire à pareille heure tenait du scandale. Mais Sui-Wei rétorqua que lui refuser l'entrée reviendrait à commettre une pire grossièreté.

Avec ostentation, la bonne cogna la bouilloire le plus fort possible dans la cuisine.

Ben-Ni s'assit sans remarquer ce manque d'hospitalité. « Mademoiselle Far, j'espère que l'enquête se passe bien.

— En réalité, je n'ai pas effectué le moindre progrès.

— Vous paraissez épuisée. Peut-être une conversation avec un étranger vous donnera-t-elle une autre perspective sur les personnes et les choses qui vous sont familières. Justement, la *perspective*, c'est ce que je m'en viens vous montrer : un miracle de l'ingéniosité européenne. »

Il sortit de son sac de voyage un tube métallique et passa dans la cour. Intriguée, Sui-Wei le suivit. À l'instar de son père, elle adorait apprendre.

Il fixa l'instrument à un trépied de telle sorte qu'il pointe vers le ciel, colla son œil sur l'extrémité inférieure, opéra quelques ajustements, puis fit signe à la jeune femme de regarder par elle-même.

Elle vit la Lune, mais plus proche, plus grosse. Haletante, elle se recula.

Ben-Ni éclata de rire. « Il s'agit d'un télescope. Il use de principes optiques pour agrandir les objets lointains. »

Sui-Wei se repencha. La Lune semblait une pièce de jade gravée de motifs noirs. Elle chercha en vain des signes du lapin et de l'osmanthus des contes de son enfance.

« Stupéfiant, chuchota-t-elle.

— Les mécanismes inventés en Europe sont aussi exquis que la soie moirée coréenne, et il conviendrait de partager ces merveilles. Mais la Corée interdit à ses marchands tout commerce avec nous, parce que nous vendons des armes au Japon.

— Cela explique-t-il pourquoi vous vouliez faire affaire avec maître Hae-wook Lee, ici, au Dawul ? Pour contourner ces restrictions ? »

Il hocha la tête. « Je comptais lui proposer des prix plus attractifs et l'exclusivité sur les biens européens, mais il a paru suspicieux, refusé d'irriter ses acheteurs chinois et jugé sans intérêt mes horloges mécaniques et autres "jouets". Son fils vous ressemble beaucoup, par contre ; les possibilités du neuf l'intriguent. J'ai cru comprendre qu'il s'entendait mal avec son père. »

Sui-Wei prit note de l'information dans un coin de sa tête.

Elle le pria d'expliciter les principes optiques, de dessiner comment les lentilles concentraient et courbaient la lumière, puis il braqua le télescope vers une région différente du ciel. Alors qu'elle se penchait pour l'observer par le tube, il resta dans son dos et posa la main sur son épaule.

Elle se figea puis se retourna, mais son air franc, l'intérêt patent avec lequel il attendait sa réaction, prouvaient qu'il n'avait pas voulu l'insulter. Elle tâcha donc de se détendre et contempla les anneaux de Saturne. Son esprit errait loin des étoiles. La chaleur de la main masculine à travers la fine étoffe que Sui-Wei portait lui rosissait les joues.

Bien après le départ de Ben-Ni, elle se souvenait toujours de ce contact.

« Votre père avait-il des ennemis ? »

Ils revenaient à pied d'un entretien avec les parents de Kyoon, des gens simples. Arrivée à Yiefeng de sa campagne vingt ans plus tôt, la mère avait trouvé un emploi de bonne chez Hae-wook Lee ; le père était un manouvrier jurchen. Ils n'avaient offert aucun éclairage sur la situation.

Yeon-joo choisit ses mots avec soin. « Je le connais mal. Enfant, on m'a envoyé étudier en Chine. Je ne suis rentré que l'an passé. Mais je crois que c'était un homme avisé et juste. Même s'il s'assurait de recevoir son dû, il ne profitait pas de ses partenaires commerciaux. Le seul susceptible de ne guère l'apprécier, c'est Aguda. Une féroce compétition les opposait pour obtenir la licence d'importation de la soie coréenne ; c'est mon père qui l'a emporté. Ils restaient polis l'un envers l'autre, toutefois. Aguda lui a rendu visite durant sa maladie.

— Mais, le jour de l'incendie, il était absent.

— En effet, et il s'est montré plaisant avec moi depuis. Il propose d'acquérir la licence coréenne de mon père, enfin, la mienne, et mon inventaire, jusqu'à ce que j'aie mis assez d'ordre dans l'affaire pour pouvoir les racheter. D'ailleurs, je loge chez lui pour l'heure. Son offre n'a rien d'alléchant, mais je vais peut-être devoir l'accepter. Le feu a détruit nos archives commerciales. Il me faudra du temps pour recréer nos comptes et nos listes de clients. »

Un peu plus tôt, ils avaient longé l'entrepôt Lee. Sui-Wei, face au bâtiment sans vie, aux portes closes, au seuil couvert d'une neige qu'aucune empreinte de pas d'acheteur ni de manœuvre ne marquait, avait songé qu'il semblait porter le deuil de son maître.

Elle s'arrêta au marché afin d'acheter à dîner. Depuis la mort de sa mère, c'était elle qui tenait la maison et faire les courses ne la dérangeait pas.

« Pourrais-je avoir du plat de côtes ?

— Il ne m'en reste plus, dit le boucher. Tout le monde en réclame pour la soupe en hiver. Il faut venir tôt si vous en voulez. »

Désappointée, elle se rabattit sur des pieds de cochon, un mets moins raffiné.

« Je vous raccompagne chez Aguda », proposa-t-elle.

Le logis du négociant affectait le style d'un pavillon de chasse jurchen : dépourvu de cour centrale, et les pièces en enfilade.

« Je vous prie d'excuser mon apparence, dit Aguda d'un air enjoué tout en s'essuyant le visage et le cou à l'aide d'un chiffon. Je n'attendais pas de visiteurs.

— Maître Aguda s'adonne à sa passion, précisa Yeon-joo. C'est le meilleur sculpteur sur glace de Yiefeng.

— Le jeune maître Lee est trop aimable.

— Pourquoi ne pas montrer votre atelier à mademoiselle Far ?

— Ce réduit froid, sombre et humide ne saurait convenir à une dame. »

Sui-Wei se sentit rougir. « Non, je le verrai volontiers. Je ne suis pas si délicate. »

Sans enthousiasme, Aguda leur fit traverser une cabane de jardin qui surmontait une glacière souterraine au centre de laquelle se trouvait un espace de travail vide éclairé par des lampes à huile devant des miroirs d'argent incurvés qui focalisaient la clarté. Sui-Wei apprécia la conception inédite de ces dispositifs, maintenant qu'elle tenait de Ben-Ni des rudiments d'optique. Leur hôte était de toute évidence quelqu'un d'astucieux, pour avoir découvert de tels principes par ses propres moyens.

« J'isole cette cave à l'aide de paille et, durant l'hiver, je la garnis de glace du fleuve afin de pouvoir travailler même l'été. »

La statue qu'il élaborait consistait en un imposant dragon, à moitié fini, si bien que la créature semblait jaillir d'un bloc de glace. Le marteau et le ciseau reposant sur le banc voisin témoignaient des efforts d'Aguda.

Alors que la jeune femme parcourait du regard le local, elle découvrit d'autres sculptures translucides : des loups, des soldats, des danseuses qui brandissaient un *buk*.

« Est-ce l'une de celles-ci que vous avez offerte à maître Lee ? »

Il hocha la tête, le chagrin voilant ses traits.

Elle alla scruter la plus proche. La danseuse, sur la pointe des pieds, tenait son tambour incliné au-dessus de sa tête. Sui-Wei se la figura posée devant la fenêtre de la chambre du vieillard. Même allongé dans son lit, il aurait aperçu le buste de la statue, et son *buk*, resplendissant au soleil.

« Je me trouve en présence d'un grand artiste », déclara-t-elle.

Aguda écarta le compliment d'un rire qu'elle jugea forcé.

L'atmosphère confinée de cette cave glaciale mettait la jeune femme mal à l'aise, de même que les ombres mouvantes. Leur hôte ne leur témoignait guère de chaleur non plus. Tout cela lui donnait envie de partir.

Elle s'en irrita. Son père avait souvent exploré des lieux obscurs et affronté la méfiance. Si elle comptait poursuivre son œuvre, il lui fallait se montrer plus hardie, se prouver qu'elle ne ressentait aucune angoisse.

« Puis-je réclamer un souvenir de ma visite ? J'admire beaucoup votre art. » Elle désigna un petit cylindre de glace irrégulière posé sur un établi.

Un jeu de lumière creusa les traits d'Aguda, qui ne tarda guère à sourire. « C'est le cœur d'un puits miniature, extirpé au foret, rien de plus. »

Bon gré mal gré, Sui-Wei passa outre à sa réserve naturelle. Il lui fallait apprendre à s'imposer. « J'aimerais néanmoins l'avoir, si vous acceptez de m'en faire l'honneur. »

Il le lui tendit sans un mot. L'une des extrémités montrait des gravures en creux imitant les pierres du bord d'un puits. Le sculpteur avait dit vrai.

Elle le remercia, puis tous trois remontèrent

prendre le thé dans le jardin. Il faisait beau, mais encore frais.

Sui-Wei posa le cylindre près d'elle sur la terre battue et vit qu'il paraissait gris au soleil. En y regardant de plus près, elle observa de fines particules en suspension dans la glace translucide, qui lui donnaient un ombré noirâtre au lieu de la blanche clarté trouble à laquelle on se serait attendu.

La tasse tiède dans sa main chassa les souvenirs du sous-sol froid et humide. La conversation dériva vers des sujets sans conséquences.

Après le thé, Sui-Wei se leva pour prendre congé. Quand elle se baissa pour ramasser le cylindre, elle découvrit à sa place un minuscule crapaud sculpté dans une glace si claire qu'il paraissait presque invisible.

Ébahie, elle le plaça sur la paume de sa main. « Comment avez-vous fait ? »

Aguda se gratta la tête. « J'essayais d'obtenir cette statue au fond du puits. Je n'étais pas sûr de mon coup. »

Sa visiteuse se remémora l'aspect sali du cylindre. « Vous avez d'abord sculpté le crapaud, avec l'eau de rivière la plus pure, sans bulle d'air ni imperfection, avant de le plonger dans une solution d'eau et de vase. Une fois celle-ci gelée, il s'est trouvé enserré par une colonne de glace sombre. Et de même que nous saupoudrons de la poussière de charbon sur un seuil afin d'enlever le verglas, la glace sombre de votre "puits" fond en premier et révèle le crapaud cristallin qu'elle contient.

— Mademoiselle Far est vraiment très avisée, dit

Aguda. Votre regard acéré révélera la vérité sur le meurtre de maître Lee, tout comme la chaleur du soleil a révélé ce crapaud. »

Sui-Wei tendait à Jiyin le panier de courses, lorsqu'elle marqua un temps d'arrêt pour considérer les pieds de porc, médiocre substitut aux plats de côte.

Il faut venir tôt si vous en voulez.

« Vous avez menti », déclara la plaideuse.

Kyoon fondit en larmes, entoura ses genoux de ses bras et se balança sur son séant.

« Vous avez acheté des plats de côte le jour de l'incendie. Par temps hivernal, beaucoup de gens apprécient la richesse de ce morceau de viande, si bien que le boucher en manque dès le début de l'après-midi. Il n'y a qu'un quart d'heure de marche entre son échoppe et la maison de votre famille. Or, vous avez dit que vous ne voyiez pas l'étalage de robes de la famille Su dans l'ombre de cette fin d'après-midi. Il manque au moins une heure dans votre emploi de temps. »

À la déception de Sui-Wei se mêlait une certaine fierté. Il s'agissait là d'un détail que son père aurait pu laisser passer. *Un détail féminin.*

« Racontez-moi ce qui vous a réellement occupée dans l'intervalle. » *Serait-elle coupable, en réalité ?*

« Je ne peux pas. Je ne peux vraiment pas. » La jeune fille s'essuya les yeux sur ses manches. « Je n'ai pas allumé cet incendie. Je n'aurais jamais fait de mal au vieux maître. »

D'instinct, Sui-Wei la crut. *Mais elle dissimule un secret.*

Faute de soleil et de nourriture convenable, la bonne arborait un masque de porcelaine blanc comme la neige immaculée devant l'entrepôt des Lee.

Nul n'était passé depuis la dernière chute la veille du feu.

Elle frémit. *Yeon-joo non plus n'était pas allé là le jour du sinistre. Lui aussi mentait.*

En esprit, Sui-Wei revit la jeune fille terrifiée le regarder pour lui réclamer des instructions.

Elle paria sur son intuition.

« Vous êtes allée retrouver Yeon-joo. »

Kyoon cessa de pleurer et la dévisagea, bouche bée.

Sui-Wei sentait son propre cœur cogner dans sa poitrine.

« C'est *lui* qui vous a donné ces bijoux, hein ? Vous vous aimiez et il a voulu offrir une dot à vos parents. »

Mais la bonne secoua la tête avec emphase. « Non, non. Le jeune maître… C'est ridicule, cette suggestion. »

De nouveau, la plaideuse la crut. *S'ils ne s'aimaient pas, pourquoi Yeon-joo avait-il vu la bonne en secret ?*

Ostensiblement, elle opina du chef. « Bon état d'esprit chez un domestique. Le jeune maître Lee m'a déjà tout dit. Il ne pouvait guère vous laisser parler librement la dernière fois, puisque les gardiens n'étaient pas loin. Là tout de suite, je vous mettais à l'épreuve pour m'assurer que vous ne vous mépreniez pas, après tout ce qu'il a fait pour vous. »

Soulagée, Kyoon soupira. « Merci, mais vous ressemblez au jeune maître, mademoiselle Far : gentille et imprévisible.

— Il vous a choquée ce jour-là, non ?

— Oui. Ce matin-là, quand le vieux maître et lui se criaient dessus, j'ai eu si peur que j'ai couru dans la cuisine et que je me suis cachée derrière le tas de bois. Mais il m'a rattrapée quand j'allais chez mes parents et il a tenu à me donner le sac de bijoux. Je n'y comprenais pas grand-chose. »

Sui-Wei s'efforça de garder un ton égal. « Il m'a rapporté que vous aviez longuement devisé. »

L'autre hocha la tête. « Il m'a bombardée de questions : ma vie quand j'étais petite, mes plats préférés, mon opinion du vieux maître. Puis il a demandé si j'avais entendu à quel sujet ils se disputaient. J'ai répondu que non, car j'étais si terrifiée que je m'étais bouché les oreilles, et il m'a dit que tout irait bien. Il fallait seulement que je ne parle jamais de la dispute, ni de notre discussion. Il a ajouté que les bijoux venaient du vieux maître. "Tu les mérites." »

*

Sui-Wei, en proie à la plus vive confusion, arpentait sa chambre. Jiyin, venue lui parler du dîner, se fit chasser d'un geste irrité.

Kyoon et Yeon-joo, les deux personnes qui avaient accès à la maison Lee le jour de l'incendie, incarnaient les seuls suspects plausibles.

La bonne nouvelle ? Sa cliente se révélait innocente. La mauvaise ? Son employeur devait être le coupable.

Il avait reconnu des relations distantes avec maître Lee. Et Ben-Ni avait indiqué qu'une tension existait entre le père et le fils sur l'orientation à donner à leur négoce. Lassé de l'approche conservatrice du vieil homme, Yeon-joo avait-il cédé à la tentation de l'écarter ?

La dispute du matin constituait la dernière goutte. Une fois Kyoon sortie, Yeon-joo avait largement eu l'occasion d'allumer l'incendie et de s'en aller, voire de tuer Hae-wook dans son sommeil avant d'utiliser le feu pour détruire les preuves. Poursuivre la bonne, lui donner la bourse, lui faire jurer le secret – tout cela représentait les actes d'un homme déterminé à réduire un témoin au silence par un pot-de-vin afin de se couvrir. Prétendre que les joyaux venaient de son père avait servi à la persuader de les accepter. Les questions posées à la jeune fille visaient sans doute à vérifier qu'elle manquait de sophistication, si bien qu'on pouvait la dominer et la manipuler sans difficulté.

Ou bien, plus sournois encore, donner les bijoux tentait de faire porter le soupçon sur Kyoon. Dans ce cas, engager Sui-Wei Far pour la défendre rajoutait au subterfuge : après tout, qui donc irait suspecter l'individu payant sa défense de vouloir incriminer l'accusée pour un meurtre ?

Elle serra les dents. Yeon-joo avait dû la choisir comme plaideuse à cause du peu d'expérience qu'elle possédait. Il pensait pouvoir ainsi la berner sans difficulté.

*

« À qui obéiriez-vous ? lança-t-elle. À votre employeur, ou à votre conscience ? »

Sui-Wei avait accepté d'aider Ben-Ni à choisir un objet décoratif en jade dans l'inventaire hétéroclite de curiosités et d'antiquités réuni par Aguda. Ce dernier, appelé ailleurs par une affaire quelconque, laissait ses invités se débrouiller dans sa boutique.

Décider de la bonne voie lui posait problème. Pour sauver Kyoon, elle devait découvrir la vérité ; mais si le meurtrier se révélait bien être Yeon-joo, alors l'enquête qu'elle menait lui paraissait aussi une sorte de trahison. Ben-Ni était le seul auquel elle estimait pouvoir en parler.

Il interrompit son examen d'un cheval de jade miniature pour se tourner. « Je l'ignore. Vivre revient à accepter le compromis, mais servir la vérité procure une douce satisfaction. Plus douce que tout le reste. »

Sui-Wei hocha la tête et réfléchit à ce qu'il venait de dire tout en continuant son exploration du magasin encombré. Il y avait des pierres de lettrés et des coraux dans un coin, des armes et des vases rituels en bronze dans un autre. Contre un des murs, les rayonnages contenaient des horloges, des figurines en jade, des maquettes de *jiguan* et des porcelaines trois couleurs des Tang. Cette collection amassée par Aguda montrait aussi peu d'organisation que de goût.

Elle prit un tube métallique sur l'une des étagères

– un télescope, plus petit que celui que Ben-Ni lui avait montré.

« *Où est-ce que vous avez trouvé ça ?* » s'écria-t-il, le teint crayeux.

De surprise, elle lâcha l'objet qui se brisa, éparpillant des lentilles en verre sur le sol.

Tandis qu'ils ramassaient les débris, agenouillés tous les deux, il baissa la voix pour lui présenter ses excuses. « Je suis navré de vous avoir fait sursauter. Constater qu'Aguda dispose d'un tel objet m'a étonné.

— Il doit le tenir d'un autre Européen. »

Ben-Ni acquiesça. « Je vous prierai de ne pas lui parler de cet incident. Il m'escroquera sur le prix du jade s'il est de mauvaise humeur. Passez-moi ces morceaux, je vous prie. » Il les dissimula dans sa bourse. « Après mon achat, je les lui montrerai et je lui expliquerai que c'est de ma faute. »

Au retour du marchand, les deux hommes négocièrent le prix du cheval de jade avant de conclure leur transaction.

« Mademoiselle Far, repartir seule vous dérangerait-il ? J'aimerais aborder d'autres sujets avec maître Aguda. »

Sui-Wei s'en fut sans discuter. Mais alors qu'elle quittait la maison, elle s'aperçut avec désarroi qu'une des lentilles du télescope s'était logée dans les plis d'une de ses manches volumineuses. Elle saisit le verre lisse, incurvé, puis hésita. Quoique peu désireuse de rebrousser chemin, elle ne voulait pas priver Aguda de l'opportunité de réparer son instrument à cause d'une pièce manquante. À contrecœur, elle pivota sur ses talons et regagna la boutique.

Elle allait toquer à la porte quand elle entendit des voix furibondes dans le local.

« Il faut être très négligent pour le laisser à la vue ! Nous sommes censés n'avoir fait connaissance qu'après la mort du vieil homme. Elle est très futée.

— C'est vous qui tenez à la suivre partout comme un chiot. À quoi jouez-vous ? »

L'espace d'un instant, le bruit du sang dans ses tympans noya tous les autres sons. Sui-Wei s'obligea au calme. Elle recula sans bruit dans le couloir jusqu'à la pièce voisine, un cellier rempli de sacs de céréales et de patates, où elle colla son oreille contre la fine cloison.

« … découvrir ce qu'elle sait.

— Vous auriez dû rester à l'écart. Laisser cet idiot de juge pendre la bonne.

— Elle commence à soupçonner Yeon-joo. Je l'ai poussée un peu dans ce sens. S'il écope de la potence, tant mieux. »

L'obscurité régnait dans ce local étouffant, mais la haute lucarne par laquelle pénétrait un rai de lumière où dansaient un million de grains de poussière fendait les ténèbres.

Sui-Wei ne parvenait plus à réfléchir de façon cohérente. Négligemment, elle brandit la lentille à la clarté. Un reflet flou de la scène de l'autre côté du fenestron apparut sur le mur opposé. Elle la contempla, sans parvenir à bien la percevoir. Elle se remémora Ben-Ni lui expliquant que l'image manquait de focalisation.

« Si elle l'accuse et qu'il se voit condamné, la licence de Yeon-joo tombera en déshérence et reviendra à l'état. Il faut donc la lui racheter au plus vite. »

Elle orienta la lentille de telle sorte que l'image tombe sur sa paume ouverte, puis la rapprocha et l'éloigna pour tâcher de la rendre plus nette. Les rayons lumineux se retrouvèrent concentrés en un seul point brillant et Sui-Wei retint un cri : la chaleur lui brûlait la peau.

Mais la douleur lui éclaircit les idées. Sans le vouloir, elle revit les esprits du foyer qui mimaient la danse au tambour, le *buk* imaginaire brandi au-dessus de leur tête.

« Vous êtes certaine de pouvoir sauver Kyoon ? »

Sui-Wei opina du chef.

Yeon-joo, gêné, se dandinait d'un pied sur l'autre. « Je ne peux vous régler pour l'heure. Je manque d'espèces et vous m'avez prié de ne vendre ni mon inventaire, ni ma licence à Aguda. Je vous remercie de votre hospitalité. Elle me paraît un peu injustifiée, alors que *je* suis censé vous payer, *vous*. »

Sui-Wei avait tenu à ce qu'il emménage chez elle avant le procès, en dépit du scandale y afférent. Elle avait expliqué devoir le consulter souvent pour préparer le jugement. Qu'il accède à sa requête l'avait fortement soulagée.

Le juge Wu entra dans le tribunal du *yamen* vêtu de sa robe et de son chapeau d'apparat. Les huissiers, disposés sur deux rangs à l'avant de la salle, martelèrent de leurs bâtons le sol dallé tandis que le magistrat gravissait l'estrade pour s'asseoir derrière sa table de justice. Peu à peu, le public fit silence. Promenant son regard alentour, Sui-Wei constata qu'Aguda et Ben-Ni figuraient dans l'assistance.

Le juge abattit le plat de sa règle en bois dur, symbole de la justice et de son autorité, sur le dessus de sa table. L'écho du bruit sec résonna dans la pièce. La cour siégeait.

« Voici que nous jugeons le meurtre de Hae-wook Lee. Mon personnel et moi-même avons enquêté diligemment et attribué la cause du décès à l'incendie criminel perpétré par la dénommée Kyoon, domestique de la maison Lee. »

Le magistrat considéra le public d'un regard distant alors que deux des huissiers amenaient Kyoon menottée. On la fit s'agenouiller devant la table de justice.

« Le jour de l'incendie, vous avez volé des bijoux de prix à Hae-wook Lee et allumé dans la cuisine un petit feu conçu pour s'étendre une fois que vous auriez quitté la maison. Vous disposiez du motif, du moyen et de l'opportunité. Que plaidez-vous ? »

Sui-Wei sortit du public pour se placer auprès de la bonne et s'inclina bien bas. « Votre Honneur, la plaideuse Sui-Wei Far parle au nom de l'accusée. Nous plaidons l'innoccnce.

— Très bien. Qu'avez-vous à dire ?

— Vous pensez qu'elle a bâti un petit feu dans la cuisine, mais je peux prouver qu'il a démarré ailleurs. » Des plis de sa manche, elle sortit des bouts de papier froissés qu'elle tendit à l'un des huissiers pour qu'il les apporte à la table.

« On les a trouvés dans les cavités inférieures des

pierres de lettrés de la cour des Lee. Un feu pousse l'air chaud à la verticale et s'alimente en air froid par sa base. Ces miettes de papier ont donc été soufflées dans ces logements par les courants d'air froid qui alimentaient l'incendie avant que celui-ci ne s'étende à toutes les pièces. De toute évidence, ces décomptes et ces lettres provenaient du bureau, côté est. Et ce coq rouge était le charme qu'on accrochait au mur de la cuisine pour le Nouvel An. Leur conjonction montre que le feu, au début, a attiré l'air de l'est *et* de l'ouest de la cour. Le meurtrier a déclenché l'incendie non pas dans la cuisine, mais dans la chambre de Hae-wook. »

Le juge la toisa. « Comment cela se pourrait-il ? Yeon-joo a regardé dans la chambre de son père après le départ de Kyoon sans y voir le moindre signe de feu. Et personne n'a pu pénétrer dans cette pièce aux heures considérées.

— Je vais vous montrer. »

Sui-Wei posa une feuille de papier sur le sol de la salle.

« On appelle cet objet une lentille. » Elle sortit le verre du télescope d'Aguda qu'elle avait conservé. « Elle a la faculté de courber et de concentrer les rayons de lumière. »

Elle brandit la lentille au-dessus du papier, en ajustant la distance jusqu'à focaliser en un unique point brillant le jour entré par les fenêtres du mur sud. Bientôt, la surface blanche se mit à fumer, puis une langue de flamme naquit. La foule haleta de surprise.

« Le jour de l'incendie, il y avait déjà sur la propriété des Lee une lentille prête à causer des dégâts sitôt que le soleil se trouverait dans l'alignement idéal. »

Du ciel. Du sol.

Sui-Wei haussa le ton pour dominer le brouhaha. « Votre Honneur, je vais prouver ce que j'avance. Mais en premier lieu, vous devez faire détenir les marchands Aguda et Ben-Ni sur-le-champ, pour complot de meurtre. »

Un peu plus tard, Sui-Wei montra au magistrat les statues de glace qu'elle avait envoyé les huissiers chercher dans la cave du sculpteur.

« Comme Hae-wook refusait de vendre sa soie coréenne à Ben-Ni, Aguda et ce dernier ont décidé de l'écarter afin que son fils finisse par vendre à vil prix la licence d'importation de soie à Aguda. Combiner leur connaissance de la glace et de l'optique leur a permis d'élaborer un meurtre crapuleux.

» L'avantage principal d'utiliser une lentille de glace pour démarrer un feu, c'est que la chaleur détruira l'instrument et donc la preuve. Par ailleurs, les assassins n'auraient aucun besoin de se trouver à proximité, ce qui leur fournirait de bons alibis. Le défaut de cette méthode, c'est sa faillibilité : son succès dépend du temps idoine et d'une certaine dose de chance. Voilà pourquoi ils ont fabriqué plusieurs statues : si l'une fondait sans provoquer d'incendie, on pouvait en offrir une autre à Hae-wook pour une nouvelle tentative. »

Le juge Wu fit le tour des danseuses au tambour, à bonne distance, comme si elles pouvaient prendre feu d'un instant à l'autre. « Mais où se trouve la lentille ? »

Sui-Wei désigna le *buk* qu'elles brandissaient au-dessus de leur tête.

« Aguda a découvert l'art de créer des statues en couches superposées dont la plus obscure fond avant la plus claire. Il dissimulait ainsi une lentille transparente dans un tambour de glace sombre. »

De ses mains trempées dans l'eau chaude, elle fit fondre la couche grise jusqu'à ce que le disque brillant apparaisse.

« Le vieillard restait souvent seul chez lui l'après-midi. Les meurtriers, qui le savaient, ont donc calculé l'angle et la focale de la lentille pour concentrer la chaleur du soleil en un point brûlant sur le sol en papier de la chambre lorsque l'astre se trouvait haut dans le ciel d'occident. Puis Aguda a placé une statue en cadeau devant la fenêtre de Hae-wook. Il leur suffisait dès lors d'attendre une belle journée pour tirer du feu de la glace. »

« Plaideuse Far, dit Wu d'une voix bourrue, n'écoutez pas les cancans. Aujourd'hui votre père serait fier de vous. *Moi*, pour ma part, je serai toujours honoré de bénéficier de votre assistance dans mon tribunal. »

Sui-Wei s'inclina bien bas, cachant ses larmes de gratitude derrière ses manches bouffantes.

Quand le juge lut l'accusation à l'encontre d'Aguda et de Ben-Ni avant de les mettre aux fers, il parut avoir oublié la bourse de joyaux qui lui avait fait soupçonner Kyoon. Tant mieux, se dit-elle. Les secrets ne devaient pas tous surgir. Plaider avec succès, c'était aussi savoir quand rester discret.

Yeon-joo se tenait, protecteur, près de la jeune fille qu'on venait de libérer. Maintenant que Sui-Wei savait la vérité, elle discernait sans mal l'air de famille.

Elle est de ton sang !

J'ai fait tout mon possible pour elle.

Pas assez, loin de là.

Les esprits du foyer avaient répété quelques phrases de la dispute. Le fils s'efforçait de payer pour les péchés du vieil homme en toute discrétion, et de dédommager Kyoon, qui ignorait ses origines, sans apporter la honte sur la famille.

Ils œuvraient pour préserver l'héritage de leurs pères respectifs – Sui-Wei en dévoilant la vérité, Yeon-joo en la dissimulant. Un jour, espérait-elle, il trouverait le courage d'éclairer sa sœur.

Celle-ci alla étreindre ses parents.

« Plaideuse, dit le jeune homme en s'inclinant, la famille Lee a une dette envers vous.

— Servir la vérité procure une douce satisfaction. Plus douce que tout le reste. » Elle parlait dans un murmure. « Et maintenant, voulez-vous bien venir avec moi pour accueillir vos esprits du foyer dans ma maison, jusqu'à ce que vous puissiez rebâtir la vôtre ? »

Le peuple de Pélé

traduit de l'anglais par Pierre-Paul Durastanti

L'exploration et l'utilisation de l'espace extra-atmosphérique, y compris la Lune et les autres corps célestes, doivent se faire pour le bien et dans l'intérêt de tous les pays, quel que soit le stade de leur développement économique ou scientifique ; elles sont l'apanage de l'humanité tout entière.

L'espace extra-atmosphérique, y compris la Lune et les autres corps célestes, ne peut faire l'objet d'appropriation nationale par proclamation de souveraineté, ni par voie d'utilisation ou d'occupation, ni par aucun autre moyen.

— Traité sur les principes régissant les activités des États en matière d'exploration et d'utilisation de l'espace extra-atmosphérique, y compris la Lune et les autres corps célestes, 1967

Kerry Sherman, le commandant du *Columbia*, travaillait sans hâte, avec soin. En apesanteur, on prenait d'autant plus garde à l'élan, la masse, l'inertie. Les cosses d'animation suspendue pesaient près de cent kilos chacune et, s'il allait trop vite, il risquait d'en projeter une contre le mur comme un bélier médiéval. L'atelier de réparation le plus proche se situait sur Terre, à 27,8 années-lumière.

Il jucha la première sur le portique de réanimation dans l'aire médicale et laissa l'ordinateur se charger de dégeler le corps qu'elle contenait – un processus complexe et délicat.

Tandis que la machine s'acquittait de sa tâche, Sherman, d'une ruade, se dirigea vers l'avant de l'aire de pilotage. L'orbite haute du *Columbia* lui offrait une vue magnifique du globe où les ovales bleus et verts de l'eau ponctuaient un paysage brun clair sous un voile de tourbillons blancs à la dérive : la Terre en plus aride, avec de grands lacs au lieu de mers et d'océans. Le soleil, 61 Virginis, se situait derrière le vaisseau ; sa clarté scintillait sur les petites calottes polaires. Le long des chaînes de montagnes ceinturant la planète, quelques volcans rotaient des panaches de fumée réduits par la distance à de minuscules bouffées. Pendant la conférence de presse d'avant le lancement, on avait tablé sur l'existence théorique de volcans, désormais confirmée, pour baptiser ce monde Pélé, d'après le nom de la déesse hawaïenne du feu.

Des bruits dans son dos lui apprirent que l'occupant de la première cosse s'était levé.

« Bien dormi ? lança Sherman sans se détourner de son écran circulaire.

— Comme un bébé », dit Darren Crose. Le commandant en second, par ailleurs géologue en chef, plana derrière le moniteur avant de se sangler au mur à l'aide de bandes velcro passées sur son torse et ses cuisses. Il s'orienta de façon à voir vers le

« haut », au-dessus de sa tête, l'écran que son supérieur regardait vers le « bas », entre ses pieds. Crose préférait toujours adopter une perspective différente. « Un café ? »

Surpris, le commandant acquiesça. L'autre lui jeta une poche argentée qui culbuta en couvrant la distance. Sherman s'en saisit, tira sur la languette au fond et attendit que les produits chimiques exothermiques agissent ; puis il extruda la paille, la pinça entre ses lèvres, appliqua sur le sachet une pression expérimentale et poussa un grand soupir d'aise dès la première gorgée de son instantané – le meilleur café qu'il ait jamais bu, lui semblait-il en cet instant.

Kerry Sherman, un grand échalas, avait tous ses cheveux bruns, bien qu'il ait fêté ses quarante-cinq ans avant le lancement. Du fait de sa voix profonde et de son débit lent, son second le qualifiait parfois de narrateur de bande-annonce. Darren Crose, trapu et chauve, pour sa part, s'exprimait comme un professeur Nimbus. Parmi leurs coéquipiers, il passait pour plus abordable et décontracté que son supérieur, ce qui leur convenait à tous deux. Ils formaient un binôme efficient.

Sherman toisa son partenaire qui, tête en « bas », sirotait avec satisfaction sa poche de café. « Tu as pris sur ton poids alloué pour ces trucs ? Tu en as embarqué combien ?

— Quatre, pas plus. Je compte réserver les deux derniers à tes tristement célèbres réunions plénières. Je me rappelle très bien la ruée vers les sièges confortables au fond dans les coins sombres. »

Sherman sourit, avant de boire une nouvelle gorgée.

Avec une masse initiale 850 fois plus importante que sa charge utile, le *Columbia*, même s'il constituait l'apogée de l'inventivité américaine, était tout sauf un vaisseau efficace. Le trajet de la Terre à Pélé resterait son unique voyage : le coût de la quantité d'antimatière requise pour un aller-retour, compte tenu du carburant nécessaire pour transporter le carburant, aurait été plus qu'astronomique. Minimiser la masse utile avait imposé à tous, outre le régime amaigrissant préalable au lancement, le recours à l'animation suspendue pendant la durée entière du vol afin de réduire les articles de consommation. En tant qu'officier supérieur, Crose s'était vu allouer dix kilos pour ses effets personnels. Quatre cafés instantanés, ce n'était sans doute pas le meilleur usage qu'on pouvait faire de la ressource, mais pour l'heure, Sherman appréciait ce choix.

« On se croirait à Weld, non ? » L'autre désignait la planète qui tournoyait au-dessus de sa tête.

Sherman rigola. Un bon quart de siècle plus tôt (soixante ans selon le référentiel terrien), les algorithmes du Bureau des admissions les avaient logés dans la même chambre, selon toute vraisemblance parce qu'ils avaient tous deux indiqué sur leur formulaire qu'ils souffraient d'insomnie. Ils avaient passé bien des petits matins dans la salle commune, à boire du jus de chaussette préparé dans leur cafetière non réglementaire, et à regarder le campus s'animer sous leur fenêtre.

« On croirait qu'il s'est à peine passé une journée

depuis qu'on s'est endormis après avoir été sanglés, reprit Crose.

— Le trajet aura duré un peu plus de trente ans, d'après le référentiel terrien, ou six ans et demi en temps de vaisseau, du fait de la dilatation. À mi-chemin, on a atteint 99,79 % de *c* et pulvérisé le record des Russes. »

Crose siffla. « J'aimerais que Maman puisse me voir à la télé. L'homme le plus rapide du monde ! Et Sally... »

Il regretta aussitôt ce qu'il venait de dire. Quel que soit le cadre inertiel utilisé, sa mère était un tas d'os dans une boîte sous terre, et Sally, la femme de Sherman (ou plutôt son ex), au mieux une vieillarde.

Un désespoir confus noua l'estomac du commandant ; il s'efforça de retenir un sanglot.

De nombreuses sessions avec les psychologues du projet avaient préparé chaque membre d'équipage à ce moment là, au *choc temporel.* « On se focalise sur la mission, répétaient-ils. On se concentre sur la tâche immédiate. Vous avez dit vos adieux dès l'instant où vous avez accepté de partir. »

Mais il y avait toujours une différence entre anticipation et expérience.

Sherman fit comme s'il n'avait rien entendu. Tous deux fermèrent les yeux avant de respirer profondément, un truc enseigné par les psychologues pour éloigner la panique. Se débarrasser des fantômes d'un passé qui datait aussi bien de la veille que de trente ans n'allait pas sans quelques problèmes.

« La bonne nouvelle, c'est qu'il n'y a aucun autre navire terrien ici, dit-il sitôt qu'il eut repris le contrôle de sa voix. J'en déduis que les lois de la physique ont tenu le coup : pas de voyage PVL. »

Ni aucun moyen de rentrer, ajouta-t-il in petto.

« Ç'aurait été dommage de se réveiller pour découvrir un premier arrivant. Des nouvelles de Houston ? »

Sherman secoua la tête. « Ils ont dû commencer d'émettre deux ans après notre départ, selon leur référentiel. Le signal devrait donc arriver ces temps-ci. Mais 61 Virginis connaît un cycle actif et les éruptions solaires sont très bruyantes. Il faudra un bail à l'ordinateur pour filtrer le nécessaire.

— Autant démarrer la procédure d'atterrissage, alors. »

On se focalise sur la mission.

Il posa à la perfection la navette de l'orbiteur sur la plaine alluviale plate comme la main, près du lac d'un vert vif qu'il avait baptisé Nova California eu égard à sa forme.

Dans le sas, chaque membre du groupe de débarquement portait sa tenue EVA, par prudence plutôt que par nécessité. Le champ magnétique et l'atmosphère de Pélé filtraient les radiations solaires nocives ; et cette atmosphère, comptant 15 % d'oxygène en volume, se révélait respirable, malgré les vertiges encourus avant l'acclimatation. Même si les sondes robotisées n'avaient rien trouvé qui suggère que la planète possédait une vie organique indigène, on avait quand même préféré isoler l'équipage – et les essaims de micro-organismes qui l'accompagnaient – de l'environnement.

« Tu as préparé ton discours ? » lança Crose, la caméra en main.

Sherman sourit sans mot dire à son second qui déclencha l'ouverture du sas.

Il descendit les marches, tenant le drapeau par la hampe. Confronté à un fort vent de face, il trébucha, mais reprit son équilibre. La température, proche des 10 °C, incitait à porter un sweater plutôt qu'un gros pull.

Au sol, il laissa la première empreinte de pas humain sur un corps céleste hors du système solaire. Dans son dos, le reste du groupe de débarquement l'acclama. Il se figea une seconde, puis regarda alentour.

C'était le début de la matinée, en temps local. 61 Virginis restait bas dans le ciel et la lumière dorée donnait un aspect neuf au paysage. Droit devant, l'eau émeraude du lac Nova California se fondait dans l'horizon. Soulevées par le vent, des vagues d'un mètre de haut s'abattaient avec régularité sur la berge. La plaine ponctuée de rochers scintillait dans le lointain, comme jonchée d'éclats de verre. Dans le ciel, les longs filaments des cirrus rayaient l'azur, telles les traînées de condensation des avions à réaction sur Terre.

Sherman déroula le drapeau qui battit avec bruit, enfonça la hampe à ses pieds, non sans effort, et la lâcha. Le pavillon aux cinquante-quatre étoiles et aux bandes rouges et blanches se déploya au-dessus du paysage étranger.

« Nous y voilà. » Il agita la main à l'adresse de

la caméra. Si ça ne valait guère Neil Armstrong, ça semblait cependant approprié.

Le groupe de débarquement se dispersa pour un premier regard sur Pélé. Barbara Pratt, la biologiste, effectua des prélèvements dans le lac Nova California, tandis que T.J. Brackman et Oko Achebe, les deux mécaniciens, dressaient le camp de base : sous le soleil, les cloisons et les ossatures à mémoire de forme se déployaient comme des origamis de métal et se reliaient pour former des pièces, des couloirs, des dômes, des tours, des panneaux solaires.

Sherman et Crose se dirigèrent vers les scintillements qu'ils avaient vus parmi les rochers à l'écart du lac.

« Il y a plus hospitalier comme sol. » D'un coup de pied, le second souleva une gerbe de poussière. « À cultiver, ce ne sera pas de la tarte une fois la procédure de quarantaine terminée.

— Il faudra bien que tu trouves une solution. Je refuse de bouffer de la pâte recyclée durant les quarante prochaines années. Sans mes légumes frais, je deviens très grognon. »

Ils se trouvaient à un kilomètre du vaisseau. De près, les lueurs se réduisaient à des amas cristallins. Certains pointaient hors des crevasses entre les rochers. D'autres gisaient sur le sol dénudé. Les plus gros mesuraient quelques mètres de diamètre, les plus petits la taille d'un ongle. D'un rose pâle, d'un blanc laiteux ou d'un violet si sombre qu'il tirait sur le noir, ils réfractaient et reflétaient la vive clarté de

61 Virginis sous l'aspect de cent mille points lumineux.

« On jurerait le résultat de l'explosion d'une géode, dit Crose.

— Ou d'une boutique New Age », riposta Sherman.

La comparaison manquait toutefois de pertinence. Un examen plus minutieux révélait leurs aspects spécifiques. À l'inverse des formations naturelles, des tiges et des blocs de longueur inégale, ces cristaux présentaient un aspect artificiel : feuilles rectangulaires articulées autour d'un moyeu central comme une roue à aubes ; bols, coupes et sphères où des centaines de petites facettes géométriques formaient des surfaces lisses ; tubes cloutés de minuscules bosses selon des motifs récurrents. On croyait voir les pièces détachées d'un engin chimérique.

Le vent, qui était tombé, reprit de plus belle, faisant rouler ou osciller ces roues, ces bols, ces tubes et ces sphères. Le mouvement générait en leur sein des motifs lumineux faits d'éclairs et d'étincelles, comme s'ils contenaient des lucioles.

Crose resta à la surface pour étudier les objets cristallins et superviser la construction de la base tandis que Sherman regagnait le *Columbia* afin de surveiller le dégel du reste de l'équipage. Par groupes de cinq, les réanimés rejoignaient la planète en navette, excités à la perspective d'explorer un monde nouveau.

Tout se passa comme prévu jusqu'au dixième jour.

On réveilla en dernier Jenny Ouyang, jeune chercheuse en biologie, une Chinoise gracile de vingt ans à peine. Ses signes vitaux ne posaient aucun problème, mais dès qu'elle put se lever et regarder Pélé à l'écran, elle repartit à l'aire médicale, dont elle refusa de bouger.

Choc temporel, se dit le commandant. Crose et lui y avaient échappé de peu au réveil. Pendant les moments de calme, il le sentait encore darder ses vrilles à l'orée de sa conscience. Ça n'avait rien de scientifique comme diagnostic, mais Sherman éprouvait parfois l'envie farouche de se calfeutrer dans un coin sombre.

Comme le sentiment de solitude ou le retrait social, un choc temporel aigu pouvait empoisonner l'humeur fragile de la minuscule communauté et gagner l'ensemble de l'équipage. Il devait couper le mal à la racine.

Elle flottait, apathique, près du portique de réanimation, inexpressive, immobile, à part un spasme occasionnel qui la secouait sans bruit.

Voilà ce qui arrive quand on fait passer la politique avant l'intérêt de la mission, songea-t-il, furibond.

La jeune femme devait être le membre d'équipage qu'il connaissait le moins. À un mois du lancement, la Russie et la Chine du Nord avaient bruyamment déploré l'absence de personnes d'ascendance chinoise dans l'expédition. Afin de préserver la valeur de propagande du *Columbia* comme témoin de la vision positive et universaliste de la Voie américaine, Washington avait remplacé à la dernière minute un autre coéquipier par un ressortissant de la Ville libre de Hong Kong : Jenny.

Sherman s'était opposé à cette décision en soulignant – de manière raisonnable, lui semblait-il – que le Congrès et la présidence ne pouvaient s'en prendre qu'à eux-mêmes après la purge systématique de tous les scientifiques sino-américains au cours des décennies précédentes. Pourquoi devrait-il, lui, se voir imposer un quota ethnique pour résoudre un problème historique ? Son objection était restée lettre morte.

Jenny avait à peine profité d'une période d'acclimatation avec le reste de l'équipage avant le lancement. Elle n'avait pas eu le temps de nouer des liens d'amitié, ni de s'intégrer aux équipes. Certains lui en voulaient sans doute de prendre la place d'un collègue qu'ils appréciaient. Il y avait là tous les ingrédients d'un désastre annoncé, désastre auquel il devait maintenant tâcher de remédier.

Il se propulsa d'une ruade à ses côtés, puis agrippa une poignée. La jeune femme ne leva pas les yeux.

« Jenny, j'ai vraiment besoin de vous, *ici et maintenant.* »

Elle détourna la tête, ses longs cheveux se déployant en corolle, puis se recroquevilla en apesanteur, genoux contre la figure.

Un souvenir revint à Sherman, accompagné d'une pointe de culpabilité. Sally avait adopté la même position dans leur lit, le visage détourné, caché, quand il lui avait annoncé que son dernier examen médical lui permettait de partir et qu'il comptait accepter.

Sans doute avait-elle toujours su qu'il le ferait le moment venu. C'était pour cette raison qu'il avait refusé d'avoir des enfants et d'évoquer l'avenir. Elle avait espéré qu'il finirait par changer d'avis avec le temps, comme beaucoup.

Il l'aimait. Ni l'un ni l'autre n'en doutait. Mais il avait cette tournure d'esprit singulière. Il avait essayé de lui expliquer son désir de plonger dans le vide, son agitation face aux étoiles, la sympathie que lui inspiraient les Franklin, Andrée, Scott et autres Amundsen, ces hommes prêts à laisser derrière eux la femme de leur vie pour l'occasion de fouler une terre vierge et contempler un paysage inconnu. Il croyait avoir toujours été franc avec elle, mais l'amour s'y entend pour se nourrir d'espoir envers et contre tout.

Au lieu de se résoudre à tendre la main, à la toucher, il avait quitté la chambre sans rien ajouter et fermé la porte.

Cette fois il tendit la main et la posa sur l'épaule de la jeune femme qui ne réagit pas.

« Vous voici à des années-lumière de chez vous. Tous les gens que vous avez connus sont morts ou pourraient tout aussi bien l'être, puisqu'ils ont vécu trente ans en votre absence et que vous ne les reverrez jamais. »

Jenny restait immobile, mais de toute évidence, elle l'écoutait.

« Ce n'est pas un sentiment dont on se défait. Il m'arrive encore de me réveiller en me raccrochant à des rêves dont j'aimerais qu'ils soient bien réels. Mais il faut choisir entre ne songer qu'au passé et faire quelque chose de son existence. Pour votre part, les cent cinquante personnes à bord représentent les seuls humains restants dans l'univers entier. Vous pouvez décider d'honorer votre devoir envers les vivants ou vous attarder auprès de vos fantômes. On peut vous rendormir si vous y tenez, mais, à votre prochain réveil, vous risquez de vous retrouver vraiment seule. »

Sherman continua ses balayages dans le but de recevoir les transmissions de Houston. Les satellites lancés à l'écart de l'orage magnétique qui entourait 61 Virginis devaient – du moins l'espérait-il – permettre à l'ordinateur de pénétrer le bruit ambiant. Il se représentait les champs d'antennes en Arizona et en Australie, spécifiquement bâtis pour garder le contact avec le *Columbia*, mais, même avec des moyens de communication aussi puissants, capter leur signal provenant d'une telle distance, ce serait un peu comme de rattraper à Taipei une balle de baseball lancée depuis San Francisco.

L'ordinateur bipa et afficha un texte qui se répétait. Le commandant sentit son rythme cardiaque s'accélérer et prit une profonde inspiration. Le premier message du centre de mission daterait, en référentiel terrien, de vingt-huit ans.

RÉSERVÉ AU COMMANDEMENT : LE BRÉSIL A REJOINT LE NORPAC. CONTENIR PLUS LONGTEMPS LE CONFLIT LIMITÉ AVEC L'INDE ET LE MEXIQUE POURRAIT PAR CONSÉQUENT SE RÉVÉLER IMPOSSIBLE. SUR DÉCISION PRÉSIDENTIELLE, LES ÉTATS-UNIS

SE SONT OFFICIELLEMENT RETIRÉS DU TRAITÉ SUR L'ESPACE EXTRA-ATMOSPHÉRIQUE. VOUS AVEZ ORDRE DE REVENDIQUER SUR-LE-CHAMP LES PLANÈTES ET AUTRES CORPS CÉLESTES DÉCOUVERTS DANS LES PARAGES DE 61 VIRGINIS AU NOM DES ÉTATS-UNIS ET D'EN TRANSMETTRE LA PREUVE.

Sherman trouva Crose collé à l'oculaire d'un microscope. Des roues et des tubes cristallins, certains réduits en petits fragments, jonchaient la surface du plan de travail devant lequel siégeait son second.

« Tu avances ? »

L'autre leva les yeux de l'appareil et secoua la tête. « Pas trop. Ils se composent surtout de cristaux et de quasicristaux de silicate auxquels s'ajoutent divers métaux comme le fer, le potassium, le scandium et divers lanthanides. Mais je ne comprends rien à leur fonction ni à leur fabrication. Et s'ils doivent s'ajuster pour former une structure quelconque, je ne vois pas non plus à quoi elle pourrait ressembler. »

Il s'écarta. Au microscope, vit son supérieur en prenant sa place, la surface cristalline comportait des sillons complexes qui dessinaient un labyrinthe constellé de paillettes métalliques.

« J'ignore d'où viennent ces lignes, reprit Crose. D'une abrasion quelconque, peut-être. Comme les pièces diffèrent toutes en taille et en forme, je doute qu'elles résultent d'une production de masse.

— Et leurs clignotements quand elles font la culbute ?

— Un effet piézoélectrique. Les contraintes mécaniques des chocs induits par les déplacements des cristaux génèrent des charges. Les lignes que tu viens de voir canalisent les étincelles, semble-t-il. Certaines parties métalliques doivent agir comme des condensateurs. J'en perds mon latin. »

Sherman saisit une roue à aubes de la taille de son pouce sur le plan de travail, la leva dans la lumière et constata que ses fines gravures la reflétaient en motifs hypnotiques. Il la reposa, lui donna une pichenette et la regarda rouler sur une distance de quelques centimètres avant de s'immobiliser, de minuscules étincelles dansant dans ses creux tout au long.

« Barbara n'a toujours trouvé aucune trace de composés organiques complexes ni autre preuve de vie. On a effectué un balayage planétaire poussé et prélevé des échantillons par centaines un peu partout. Quels que soient ceux qui ont fabriqué ces trucs, je pense qu'ils ont disparu depuis un bail.

— Il vaut mieux qu'on n'ait pas d'indigènes à gérer. » Le commandant fit part à son second du message de Houston. « Je doute que la vidéo qu'on a tournée leur convienne. J'ai planté le drapeau, mais sans revendiquer clairement Pélé. À l'origine, on devait laisser ambiguës les intentions des États-Unis. Il va peut-être falloir qu'on en filme une autre. »

Crose se frotta le menton d'un air pensif. « À ton avis, qui est le président actuel ?

— Derringer, je parie. Ça dépend du candidat que le camp opposé a choisi, cela dit.

— Je ne parle pas de qui a gagné les élections

après notre départ et a envoyé ce message. Je parle de *maintenant*. »

Sherman siffla, les lèvres pincées. « La simultanéité, c'est coton à des distances relativistes. Si j'ai bien compris ce que tu as en tête, la personne en question pédalait encore sur un tricycle quand on a quitté la Terre. Le temps de recevoir de ses nouvelles, on aura les cheveux blancs. »

Crose hocha la tête. « Voyons voir. On a lancé la mission sino-russe vers Gliese 581 deux ans avant la nôtre. L'euro-indienne est partie un an plus tôt. Une planète plus proche de la Terre, mais deux vaisseaux plus lents que le nôtre : à moins d'un atout dans leur manche, ils sont toujours en route. Ils ne peuvent pas avoir revendiqué quoi que ce soit même maintenant, et certainement pas il y a vingt-huit ans, quand Houston a envoyé ce message. Et même s'il y a eu prise de possession, la Terre n'en sait encore rien.

— Tout juste. On doit donc revendiquer Pélé de manière préventive. Récupérer tout 61 Virginis nous donnera un bel ascendant psychologique sur la Russie et la Chine, et vaudra cher pour la propagande. Réserver un système entier à des colonies américaines nous octroiera une avance stratégique que les autres ne pourront tout simplement pas rattraper.

— Mais ce message date de vingt-huit ans, en référentiel terrien. Le temps que notre revendication atteigne la planète, il se sera passé cinquante-six ans depuis l'ordre initial. Nous recevons une communication du passé, et notre réponse leur servira de rappel de leur propre passé. Il y a peu de chances que la guerre dure de nos jours… et encore moins qu'elle se poursuive dans l'avenir.

— Nos ordres sont clairs. On savait dès le départ que cette mission pouvait s'orienter dans ce sens si la guerre larvée dégénérait. Pendant trois ans, les États-Unis et leurs alliés ont consacré 10 % de leur PIB au *Columbia* afin qu'on remporte la course aux étoiles. On n'a pas fait tout ça par pure noblesse. »

Crose acquiesça. « Je comprends bien. Simplement, je m'en voudrais de voir le *Columbia* imiter le *Shenandoah*, le vapeur des Sudistes, et continuer sa guerre faute de la savoir finie. Pour nous, le décalage se mesure en décennies. Notre devoir concerne les vivants, pas les morts. »

La transmission suivante, équivalent d'un colis de survie, contenait quelques bonnes nouvelles du pays en plus de lettres et d'enregistrements divers, audio et vidéo. Il fallut un moment à l'ordinateur pour tout télécharger.

Sherman avait reçu un unique courrier : une photographie basse résolution de Sally, granuleuse, mal étalonnée, criblée de bruit numérique. Elle posait devant leur maison, tout sourire, ses cheveux noirs cachant l'un de ses yeux. Un bref message texte l'accompagnait : « Continue. »

Il s'agissait d'un vieux truc tout simple qu'ils utilisaient du temps où, accaparé par l'entraînement préliminaire, il ne pouvait pas quitter la base pendant des mois d'affilée. Pour contourner la censure, ils dissimulaient ce qu'ils tenaient à se dire en manipulant les valeurs des pixels dans des images de mauvaise qualité.

Kerry,

Je te pardonne.

Je regrette d'avoir manqué le lancement. Il me semblait que te regarder t'élever dans le ciel sur une colonne de feu me donnerait le sentiment d'assister à ton enterrement.

T'écrire, c'est un peu adresser une lettre au futur. Quand j'étais petite, je doutais qu'on essaie un jour de bondir vers les étoiles. L'espace ne nous concernait pas. Les problèmes terriens suffisaient.

Mais voici venu le jour fatidique où tu vogues parmi les astres derrière un cerf-volant propulsé par le souffle des explosions d'antimatière. Il a fallu la menace de la guerre, et la guerre elle-même, pour nous relancer. Pourquoi cette malédiction qui veut qu'on ne progresse qu'aux périodes où on ne pense qu'à s'entre-tuer ?

Je le sais : le temps que tu reçoives mon message, je serai sans doute à l'hospice, le cerveau en gruyère, comme mon père. Faute de souvenirs, je vivrai dans un éternel présent où chaque lever de soleil me surprendra.

Mais je fais peut-être preuve d'optimisme. Il se pourrait qu'il s'agisse du conflit ultime. Qu'il ne reste que des débris radioactifs le jour où cette lettre te parviendra. La guerre possède sa propre logique et chacun croit faire son devoir. Toi et ton équipage, vous pourriez vous retrouver les seuls humains survivants dans l'univers entier.

Je comprends donc pourquoi tu as choisi de partir.

Même si tu ne le vois pas sous cet angle, il se peut qu'au fond de toi, tu aies deviné ce qui s'annonçait et voulu fuir les motifs désuets, les trajectoires historiques usées, les orbites dont nous ne pouvions plus décrocher.

Je t'imagine sous ce ciel étranger. Je t'imagine repartant de zéro. Je t'imagine tel que tu as décollé il y a deux ans, avec de beaux jours devant toi.

Je te pardonne, Kerry. S'il te plaît, tire le meilleur parti possible de cette occasion de vivre libre.

La cafétéria, local le plus vaste du camp de base, pouvait héberger les 151 membres d'équipage du *Columbia*, à condition qu'ils restent en majorité debout. On s'y rendait pour les réunions plénières hebdomadaires, mais aussi afin de voir ses amis, jouer à des jeux de société ou simplement faire l'andouille.

À cette heure-ci, au milieu de la nuit, elle était vide. La journée sur Pélé durait quatre heures de plus que sur Terre, mais les rythmes circadiens des arrivants s'étaient adaptés au bout d'un mois. Toutefois, le sommeil de Sherman restait perturbé par son insomnie chronique. Il avait l'habitude de se retrouver seul.

Il attrapa une tasse d'eau chaude caféinée – rien à voir avec un vrai café – et s'assit à une table proche de la fenêtre. À mi-chemin de son apogée, le satellite principal de Pélé apparaissait trois fois plus gros que la Lune terrienne ; sa vive clarté blanche baignait d'argent spectral les berges du lac Nova California. Le satellite secondaire, simple croissant jaune mais encore plus imposant, se lèverait d'ici une heure. Comme le vent soufflait, le commandant voyait des étincelles jouer sur la plaine dans le lointain, échos vacillants des étoiles qui la surplombaient.

Il entendit quelqu'un approcher, puis s'asseoir à sa table en face de lui. Levant les yeux, il découvrit Jenny Ouyang.

« On bosse ou on n'arrive pas à dormir ? demanda-t-il.

— Un peu des deux. » Elle réunit ses mains, pianotant de tous ses doigts avec nervosité. « Merci, capitaine. Ce dont vous avez parlé… m'a aidé.

— Je me suis contenté de vous dire ce que je ressentais à mon réveil. Il faut parfois que quelqu'un s'en fasse l'écho pour que vous assimiliez ce que vous savez déjà. Vous n'êtes pas seule. Ou plutôt, nous sommes seuls ensemble. Aucun de nous n'a jamais fait ça auparavant. »

Elle hocha la tête, le regard rivé sur ses mains.

« Pourquoi vous être portée volontaire pour le *Columbia*, au fait ? »

Prise au dépourvu, elle leva les yeux. « Mes parents et moi étions américains. La crainte des espions chinois nous a valu, alors que j'étais toute petite, la déchéance de notre nationalité et la déportation. » Le regard insistant, elle durcit le ton. « Ce n'étaient pas des espions.

— Bien sûr que non. » *Que les vérifications d'antécédents lui permettent d'intégrer l'équipage signifie que les fédés ont reconnu, à leur manière indirecte, avoir déconné à l'époque avec ses parents. C'est l'apa-*

nage des gouvernements et des états de commettre des erreurs aux dépens des gens.

« Ils ont toujours souhaité que je retourne en Amérique quand les choses iraient mieux. Et ils m'ont poussée à faire acte de candidature dans l'espoir que je lave leur honneur si je réussissais. Je ne croyais guère en mes chances.

— Vous n'étiez pas sûre de vouloir venir ?

— Je n'ai jamais eu le temps d'y réfléchir. »

Sherman but une gorgée de son « café ». Barbara lui avait rapporté que Jenny bossait plus dur que le reste de l'équipe. Il pensait la cerner : étudiante motivée, notes excellentes, aptitudes notables, qui suivait volontiers les directives des figures d'autorité, mais qui manquait d'originalité.

« Sur quoi vous travaillez ?

— Je cherche encore des signes de vie. Il a bien fallu que *quelqu'un* fabrique ces cristaux.

— Et ça se passe comment ?

— Barbara estime que je perds mon temps. Mais je tiens à explorer toutes les possibilités, y compris celles qu'elle a écartées. »

Sherman hocha la tête. « Par contre, on va devoir lever la quarantaine bientôt si vous ne trouvez rien. On devient tous un peu fébriles. » Il se leva. « Bonsoir.

— Je suis contente d'être venue. »

Il la dévisagea, surpris. « Et pourquoi donc ? »

Elle garda son regard braqué sur le paysage extraterrestre. « Personne ne me connaît, ici. Aucune de mes relations n'a plus cours. Quand je me suis réveillée et que je m'en suis *vraiment* rendu compte, il m'a semblé me noyer. Je suis hors de portée de ma famille et, chaque jour qui passe, ils me paraissaient plus éloignés, plus irréels.

» J'ai reçu une lettre d'eux. Malgré la censure, j'ai bien vu que les événements sur Terre les inquiétaient. J'ai pleuré, mais j'avais l'impression de lire un début de roman : ce qui allait leur arriver avait déjà eu lieu, même si j'en ignorais la teneur. L'intrigue était gravée dans le marbre ; je ne pouvais rien y changer.

» Alors j'ai repensé à ce que vous m'aviez dit. La Terre, c'était le passé, un lieu de souvenirs et de fantômes. Je peux choisir de m'y attarder, ou *d'être* ici.

» Ça me paraît moins pénible que je ne le pensais. Je crois… que je vis enfin pour moi. Oui, le temps nous a fait échouer ici, offert un nouveau départ, dépouillés de nos obligations et de nos devoirs d'antan. Je me sens libre. »

Si l'énigme des cristaux occupait Crose et quelques-uns des ingénieurs, intéressés par la science des matériaux, leurs coéquipiers menaient des travaux prioritaires : réaliser des cultures terriennes en utilisant le sol et l'atmosphère de Pélé dans des environnements contrôlés, cartographier le paysage et le climat, et découvrir tout ce que la planète pouvait offrir à une occupation humaine sur le long terme. L'effort crucial en la matière impliquait, après des conciliabules et des rires, de se grouper par deux et de rejoindre des pièces isolées.

Trois mois après l'atterrissage, on confirmait la première grossesse. Crose produisit une bouteille de champagne – prise, là encore, sur son poids alloué –

qui passa de bouche en bouche jusqu'à ce que les 151 pionniers, dont la future maman, aient bu leur gorgée.

« Cet enfant n'aura aucun souvenir de la Terre », déclara le second. Sherman et lui, debout un peu à l'écart de la fête, s'adossaient au mur de la cafétéria. « Pas de choc temporel. Il n'aura jamais connu d'autre foyer que Pélé. »

Le commandant hocha la tête. « La Terre ne représentera qu'une légende pour lui.

— Tu as refait la vidéo que Houston réclamait ? »

Sherman resta muet.

Au bout d'un moment, Crose partit à rire.

« Qu'est-ce qu'il y a de drôle ? demanda son compagnon.

— Ma foi, si on revendiquait la planète, cet enfant naîtrait américain sur un sol américain. Mais ça signifierait quoi ? Comment voter pour un président à des années-lumière de là ? Qu'est-ce que les États-Unis pourraient exiger de lui ? Il vit dans le passé de l'Amérique, dans son futur aussi, mais en aucun cas dans son présent. »

RÉSERVÉ AU COMMANDEMENT : AU VU DES TROUBLES DANS LA VILLE LIBRE DE HONG KONG ET DE LA POSSIBILITÉ D'UNE DÉFECTION, VOUS AVEZ ORDRE DE DÉTENIR OU DE PLACER EN ANIMATION SUSPENDUE JENNY OUYANG JUSQU'À LA RÉSOLUTION ÉVENTUELLE DE LA CRISE.

Sherman contempla l'écran.

Jenny n'a pas été le seul ajout pour motif politique. Qui sera la prochaine cible ?

Il secoua la tête avant de reprendre sa lecture des résumés journaliers des recherches en cours.

« Je n'arrive pas à croire qu'elle m'ait court-circuitée », dit Barbara Pratt dès qu'elle s'assit face au commandant. Avec les deux chaises supplémentaires qui l'encombraient, le petit bureau paraissait confiné au possible.

« Elle a beaucoup insisté, expliqua Sherman. Elle devait nous voir tout de suite, Darren et moi. Je lui ai répondu qu'il fallait t'inclure.

— C'est une perte de temps. Je l'ai écoutée. Elle a perdu la boule.

— En fait, elle tient peut-être un truc. » Crose sourit à la biologiste en chef qui le fusilla du regard.

On toqua à la porte, puis Jenny Ouyang se faufila dans le réduit avec un sourire d'excuse à Pratt. « Navrée, Barbara, mais je n'ai pas eu l'impression que vous m'écoutiez. »

L'autre femme haussa les épaules. Sherman fit signe à la nouvelle venue de poursuivre.

« Ça concerne les cristaux. Je crois avoir deviné comment ils ont été créés. »

Elle posa sa tablette qui projeta une image sur le plafond – la seule possibilité, en définitive, puisque les murs du local minuscule disparaissaient sous les écrans, les notes, les cartes et les graphiques. Les trois membres de son public se penchèrent en arrière et levèrent la tête. Ouyang fit défiler quelques photos.

« Les cristaux que nous avons trouvés ont en commun une forme circulaire : des roues, des tubes, des sphères, des bols. Ils roulent donc tous sous l'effet des forces de Pélé : les vents, les crues subites, la pesanteur. Ils sont conçus pour *se déplacer*. Pas très vite, attention. Cent mètres par an au plus. »

Elle afficha une nouvelle image : une carte de la planète avec de grosses flèches à sa surface.

« J'ai eu l'idée d'étudier la configuration des vents. Pélé voit sa géographie dominée par des hauteurs aux pôles et à l'équateur, et des plaines aux latitudes intermédiaires. Les dépressions se déplacent essentiellement d'ouest en est le long de ces plaines, et les cristaux se déplacent avec.

» Les grands lacs se concentrent aussi sur ces latitudes. Au fil du temps, les cristaux sont poussés par les vents dans les lacs où ils s'enfoncent.

» Là, en quelques années, la vase les recouvre avant d'être compressée et de durcir en les enveloppant d'une gangue de pierre poreuse.

— Il arrive la même chose aux animaux sur Terre, précisa Crose. D'où les fossiles.

— Vous avez donc établi où vont les cristaux, dit Sherman. Mais d'où viennent-ils ?

— Oui. » Ouyang projeta une nouvelle image. « J'étais coincée. Mais le commandant Crose, que j'interrogeais sur la géologie de Pélé, m'a expliqué que ses marées atteignent des extrêmes, à cause des deux satellites naturels massifs et de leurs orbites excentriques. Ces effets de marée impactent non seulement les lacs, mais aussi le noyau magmatique, ce qui induit un excès périodique d'activité volcanique selon certains alignements des lunes.

— Pélé a des âges incendiaires en plus d'âges glaciaires, ajouta Crose.

— Quand la planète vit une de ces périodes d'éruptions violentes, les gaz libérés se changent en acides carbonique, sulfurique et chlorhydrique dans les eaux de pluie et de rivière. Ces fluides corrosifs se répandent dans les lacs et s'infiltrent dans les roches sédimentaires poreuses – où ils dissolvent les cristaux, ne laissant que leurs empreintes. »

Le plafond affichait des plans de coupe de cœurs rocheux où apparaissaient des cavités en forme de cristal.

« À mesure que les satellites se désalignent, l'activité volcanique s'apaise. Les minéraux en suspension dans l'eau se cristallisent dans les cavités qu'ils vont remplir peu à peu.

— Comme avec la technique de la cire perdue, suggéra Sherman.

— Tout juste. Les cristaux grandissent dans le moule laissé par leurs prédécesseurs, mais la copie sera imparfaite, pour maintes raisons : impuretés, variations dans la composition des minéraux, déformations géologiques, etc. Puis, pendant les ères glaciaires de Pélé, quand les niveaux d'eau baissent sur le plan global, les cycles de gel et de dégel font remonter ces nouveaux cristaux à la surface.

— Puis les vents les balaient, ce qui relance le processus, conclut le commandant.

— Les cristaux sont donc naturels, et non pas fabriqués, dit Crose.

— Bien plus encore, ils sont vivants.

— Voilà où on pète les plombs, commenta Barbara Pratt.

— Expliquez-vous, Jenny, dit Sherman.

— Chacun est une structure complexe, très organisée. Il grandit. Il se déplace. Il consomme et transforme l'énergie par piézoélectricité, thermoélectricité et pyroélectricité. Il se reproduit : les moules de boue jouent le rôle de l'ADN, y compris dans les mutations. Simplement, le cristal fait tout ça sur une échelle de temps géologique.

— Mais il n'y a là que du déterminisme. Vous parlez d'une pierre que le vent pousse et qui dévale des pentes.

— Pour être honnête, glissa Crose, les processus chimiques et physiques sont tous déterministes. Chacun de nous est un ensemble de processus déterministes, à l'instar d'un caillou déplacé par le vent.

— Les cristaux ont évolué, commandant. Leur plan d'organisation circulaire le prouve. Ceux qui ne peuvent pas se déplacer facilement n'arrivent pas à s'installer dans la vase, à mourir paisiblement au fond d'un lac et à laisser des descendants après le passage des coulées de lave et des flots acides. Pour survivre, il faut avoir développé une structure qui permette de capter le vent et de chevaucher l'eau pour rejoindre, au fil des ères géologiques, un lieu de reproduction. »

Il se massa l'arête du nez. « Maintenant, je vois ce que tu voulais dire, Barbara.

— Il s'agit d'un argument astucieux, d'accord, mais c'est du sophisme, pas de la science, dit cette dernière. Vous ne me ferez jamais admettre que ces pierres sont vivantes. On définit la vie autrement.

— Pourquoi ? riposta Ouyang. On est sur un autre monde. Les contraintes issues du passé ne nous concernent plus. On peut tout réexaminer. »

Il faut parfois que quelqu'un s'en fasse l'écho pour que vous assimiliez ce que vous savez déjà, songea Sherman.

« Peu importe d'admettre que ces cailloux sont vivants, non ? dit Crose. Je pourrais aussi les qualifier de phénomène géologique remarquable. Qu'est-ce que ça changerait, à part sur le plan sémantique ?

— Tout, répondit Ouyang. Je vais vous le montrer. »

On avait dégagé un espace au centre du labo de biologie et reconverti l'antenne parabolique d'un petit radiotélescope de rechange pour la fixer à plat sur la cuvette, inclinée, d'un mélangeur rotatif. Quand le mélangeur tournait à vitesse réduite, l'antenne parabolique oscillait comme une toupie, tout en modifiant l'angle de son axe dans son mouvement circulaire.

Avec soin, Ouyang plaça une sphère de cristal de la taille d'une bille de roulette au centre de l'antenne. Elle roula vers le bord avant de suivre ce dernier, accélérée par l'oscillation circulaire de la parabole. Des étincelles jaillissaient en son cœur alors qu'elle rebondissait.

« Commandant, vous voulez bien éteindre la lumière ? »

Le cristal devint une boule de feu qui roulait

dans le noir de l'espace cosmique. Le bruit percussif qu'il produisait en rebondissant contre le bord de l'antenne évoquait un carillon continu, plaisant à l'oreille.

La musique des sphères, se dit Sherman.

Dans l'obscurité, Ouyang saisit un diapason et frappa le cristal deux fois d'affilée alors qu'il passait près d'elle. Des éclairs brillants le remplirent en deux vives éruptions avant de s'estomper.

Il revint. Elle le frappa trois fois.

Puis cinq, sept, onze fois. Elle devait maintenant courir pour se maintenir à sa portée.

Alors elle s'arrêta. « Regardez. »

Le cristal continuait de rouler. Soudain, il s'illumina par décharges successives. Chacun compta en silence. Un, deux, trois… jusqu'à treize.

« On peut tenir ces motifs électriques pour de simples curiosités géologiques et physiques, un calcul mécanique accidentel, dit Ouyang. Du déterminisme, des potentiels, des électrons. Mais les motifs électriques dans nos cerveaux ne valent pas mieux. L'étincelle de vie ou la conscience n'est vraiment qu'un mécanisme complexe. »

Elle est radieuse, songea Sherman. La jeune fille timide et hésitante avait disparu. *On jurerait une autre personne.*

« Les tracés des sillons sur les surfaces proviennent sans doute de l'abrasion et de l'érosion. » Crose paraissait enivré par les possibilités. « Dans ce cas, ils modifient les motifs électriques des cristaux et forment une sorte de mémoire. Ils sont dupliqués dans les moules, comme le reste. Pour ces créatures, il n'y a aucune différence entre les souvenirs et les gènes.

— L'antenne pivotante n'a pas valeur de test en conditions réelles, bien sûr, reconnut Ouyang. Ils ne connaissent jamais de périodes de mouvement aussi soutenues dans leur habitat naturel. En comparaison, il leur faudrait rouler au bas d'une très longue pente. L'un d'eux pourrait vivre cinquante mille ans : il oscillerait, roulerait quatre fois par jour, parcourrait au plus cinquante mètres par an. Leur conscience, si jamais elle existe bien, adopterait le rythme du temps géologique. Leur expérience du monde n'a rien d'un présent continuel, mais se vit comme de brefs accès distincts entrecoupés de longues périodes de quiétude. Si le commandant Crose a raison, ils gardent toutefois leurs souvenirs des générations précédentes, remontant peut-être à des millions d'années.

» S'agit-il seulement d'archives que le passé a gravées, ou tracent-ils des sillons que leurs pensées doivent suivre ? Possèdent-ils le libre arbitre ? Sont-ils esclaves de l'ancien temps ? En quoi notre arrivée va-t-elle les transformer ?

» Même si nous avons parcouru des années-lumière pour les découvrir, l'abîme le plus vaste qui nous sépare reste la durée. Nous devons leur sembler des éclairs, évanouis en un instant. Nous allons trop vite, et eux trop lentement – des éphémères face aux chênes éternels. Nous aurions pu passer nos vies entières sans prendre conscience les uns des autres. Mais, là, je crois avoir édifié une passerelle. »

« Tu es sûr de toi ? demanda Crose derrière la caméra.

— Comment est-ce que je serais sûr de quoi que ce soit ? répliqua Sherman. Un jour, on croit filer des coups de pied dans des cailloux en se baladant ; le lendemain, on apprend que ce sont des êtres d'une espèce inconnue. On aborde un monde nouveau, plein de surprises.

» Houston et Washington ont pu – et peuvent encore – nous prendre pour des pions sur une ressource stratégique lointaine, mais on aura moins de mal à enjamber le gouffre conceptuel avec les Péléens que le gouffre temporel avec la Terre. La main morte du passé ne nous contrôle plus et les conflits terriens ne sont plus les nôtres. Nous sommes seuls. Nous sommes libres. L'Amérique ne l'a-t-elle pas toujours promis ?

— Ils te considéreront comme un traître. Mais l'équipage et moi, on est avec toi. Oui, c'est bien un pas de géant pour l'humanité. »

Crose inclina la caméra en veillant à ce que la sphère qui tournait toujours sur l'antenne parabolique occupe la moitié du champ et Sherman l'autre moitié. La musique cristalline flottait dans l'air jusqu'au microphone.

Le commandant prit la parole : « Bonjour. Ici le peuple de Pélé. »

Mono no aware

traduit de l'anglais par Pierre-Paul Durastanti

Le monde affecte la forme du kanji pour *parapluie*, mais dans une calligraphie si médiocre (on jurerait mon écriture) que tous ses éléments apparaissent disproportionnés.

Mon père aurait honte de ma main enfantine. En fait, je ne sais plus guère dessiner la majorité des caractères. J'avais à peine huit ans quand ma scolarité a pris fin au Japon.

Dans le cas présent, ce piètre dessin va devoir suffire.

En haut, l'espèce de voûte, c'est la voile solaire. Même mon kanji difforme ne vous donne qu'une vague idée de son immensité. Cent fois plus mince que du papier, son disque tournoyant se déploie sur mille kilomètres de diamètre tel un cerf-volant géant bien déterminé à capturer le moindre photon de passage. La voile nous dérobe l'espace.

Elle traîne un câble de cent kilomètres en nanotubes de carbone : léger, robuste et flexible. Au bout de ce long filin, il y a le cœur de l'*Espérance*, le module de vie, cylindre de cinq cents mètres de haut où s'entassent les mille vingt et un habitants du monde.

La lumière solaire qui pousse la voile nous propulse sur une orbite en spirale de plus en plus large. L'accélération incessante nous épingle aux ponts et donne du poids à tout.

Notre trajectoire nous emmène vers une étoile appelée 61 Virginis. On ne la voit pas, puisqu'elle se trouve derrière la voile solaire. L'*Espérance* l'atteindra d'ici trois cents ans, à peu près. Avec de la chance, mes arrière-arrière-arrière… – j'ai calculé un jour combien d'« arrière » il me fallait, mais je ne m'en souviens plus – … petits-enfants la verront.

Le module, faute de fenêtres, ne propose aucun panorama des astres qui défilent. La plupart des gens s'en fichent : ils se sont lassés du spectacle depuis longtemps. Moi, j'aime regarder par les caméras fixées sur le fond du vaisseau, afin de contempler la lueur rougeâtre, en constante diminution, de notre soleil, notre passé.

« Hiroto. » Papa me secouait pour me réveiller. « Prends tes affaires. C'est l'heure. »

Ma petite valise était prête. Il ne me restait qu'à y ranger mon jeu de go. J'avais cinq ans quand mon père me l'avait offert. Nos parties étaient mes instants favoris de la journée.

Lorsqu'on a mis le nez dehors, Papa, Maman et moi, le soleil n'était pas encore levé. Tous nos voisins attendaient devant leur porte avec leurs sacs. On a échangé des bonjours polis sous les étoiles du ciel d'été. Comme d'habitude, j'ai cherché le Marteau, et je l'ai trouvé sans peine. D'aussi loin que je me rappelle, l'astéroïde était l'objet le plus brillant au firmament, à l'exception de la Lune, et son éclat grandissait d'année en année.

Un camion équipé de haut-parleurs sur le toit a remonté la rue au ralenti.

« Attention, citoyens de Kurume ! Veuillez rejoindre en bon ordre l'arrêt du bus. Il y aura assez d'autocars pour vous mener à la gare, où vous prendrez le train pour Kagoshima. Laissez vos voitures. Les routes doivent demeurer dégagées pour les cars d'évacuation et les véhicules officiels ! »

Chaque famille a longé le trottoir d'un pas lent.

« Je vous porte vos bagages, madame Maeda ? a proposé Papa à notre voisine.

— Volontiers, merci », a dit la vieille dame.

Après dix minutes de marche, elle a marqué une pause et pris appui contre un lampadaire.

« On arrive, grand-mère », ai-je dit. Trop essoufflée pour parler, elle a hoché la tête. J'ai essayé de l'encourager. « Il vous tarde de voir votre petit-fils à Kagoshima, je parie. À moi aussi, Michi me manque. Dans le vaisseau spatial, vous pourrez vous asseoir avec lui et vous reposer. Il paraît qu'il y aura assez de sièges pour tout le monde. »

Maman m'a approuvé d'un sourire.

« Nous avons de la chance. » Le geste de Papa englobait les gens qui se dirigeaient de façon disciplinée vers l'arrêt de bus (les jeunes hommes solennels, la chemise repassée, les souliers cirés ; les femmes d'âge mûr aidant leurs vieux parents), les artères propres par ailleurs désertes et le calme qui prévalait – malgré la foule, personne ne haussait le ton. L'air semblait frémir de la proximité entre ces familles, ces voisins, ces amis, ces collègues, tous unis par des liens aussi invisibles et solides que des fils de soie.

J'avais vu à la télévision ce qui se passait ailleurs dans le monde : les pillards qui hurlaient et dansaient dans les rues, les soldats et les policiers qui tiraient en l'air et parfois dans la cohue, les maisons en feu, les piles instables de cadavres, les généraux qui s'époumonaient devant leurs partisans pris de frénésie, jurant de venger de vieux griefs alors que la fin du monde approchait à grands pas.

« Hiroto, garde ceci à l'esprit toute ta vie. » Saisi d'une vive émotion, mon père a regardé alentour. « C'est face à l'adversité qu'on montre sa force en tant que peuple. Sache que ce n'est pas notre solitude personnelle qui nous définit, mais le tissu de relations où on se trouve impliqué. Il faut savoir oublier ses besoins égoïstes pour pouvoir vivre en harmonie. L'individu est petit, impuissant, mais rassemblée, unie, la nation japonaise est invincible. »

« Monsieur Shimizu, je déteste ce jeu », déclare Bobby du haut de ses huit ans.

L'école se situe au centre du module de vie cylindrique, où elle bénéficie le plus du blindage anti-radiation. À l'avant de la salle de classe pend le grand drapeau américain auquel les enfants prêtent serment chaque matin. Les pavillons plus petits des autres nations disposant de survivants à bord de ce vaisseau s'étirent des deux côtés. Tout au bout de la rangée de gauche, un dessin d'enfant représente le *Hinomaru* – les coins de la feuille blanche recroquevillés, le rouge vif du soleil levant réduit à un orange crépusculaire par les ans. Je l'ai dessiné le jour où j'ai embarqué sur l'*Espérance*.

J'approche une chaise de la table qui accueille Bobby et son ami Eric. « Pourquoi est-ce que tu le détestes ? »

Une grille de dix-neuf lignes par dix-neuf les sépare. Sur certaines des intersections sont posées des pierres blanches et noires.

Toutes les deux semaines, la surveillance de la voile me laisse un jour de congé et je viens éduquer les écoliers en leur parlant un peu du Japon. Il m'arrive de me trouver bête. Comment prétendre leur apprendre quoi que ce soit à propos d'un pays dont je ne garde que de vagues souvenirs d'enfant ?

Mais il n'y a pas d'autre choix. Tous les techniciens non américains comme moi estiment de leur devoir de participer au programme d'enrichissement culturel de l'école et donc de transmettre ce qu'ils peuvent.

« Tous les pions se ressemblent et ils ne bougent jamais, dit Bobby. C'est nul.

— Quels jeux est-ce que vous aimez ?

— *Chasseurs d'astéroïdes!* s'écrie Eric. *Ça*, c'est un bon jeu! On sauve le monde.

— Je parle des jeux qui ne se jouent pas sur ordinateur. »

Bobby hausse les épaules. « Les échecs, ça passe. J'aime bien la reine. Elle est puissante, elle ne ressemble pas à tous les autres. C'est une héroïne.

— Les échecs se limitent à de simples escarmouches. Le go possède une plus large perspective. Il offre des batailles entières.

— Le go, ça manque de héros », s'obstine Bobby.

Je vois mal quoi lui répondre.

*

Il n'y avait plus nulle part où loger à Kagoshima; tout le monde a dormi sur la route du port spatial. À l'horizon, les grands vaisseaux d'évacuation argentés brillaient au soleil.

Papa m'a expliqué que, comme des fragments détachés du Marteau fonçaient vers Mars et la Lune, les vaisseaux allaient devoir nous emmener plus loin dans l'espace, pour notre sécurité.

« Je veux un siège côté hublot. » J'imaginais les étoiles en train de défiler à toute vitesse.

« Tu devrais le laisser aux plus jeunes. Rappelle-toi qu'on doit tous consentir à quelques sacrifices pour vivre ensemble. »

On a empilé nos valises afin de dresser des cloisons sur lesquelles on a jeté des draps pour nous abriter du vent et du soleil. Tous les jours, les inspecteurs du gouvernement passaient nous distribuer des provisions et s'assurer que tout allait bien.

« Soyez patients ! disaient-ils. Ça avance lentement, oui, mais on fait notre possible. Il y aura de la place pour tous. »

On a été patients. Certaines des mères ont organisé des cours pour les enfants pendant la journée et les pères mis en place un système de priorité afin que les familles à charge de personnes âgées et de bébés embarquent les premières une fois les vaisseaux enfin prêts.

Au bout de quatre jours, les assurances des inspecteurs ne rassuraient plus grand-monde. Dans la foule, les rumeurs se répandaient.

« C'est les vaisseaux. Ils ont quelque chose qui cloche.

— Les constructeurs ont abusé le gouvernement. Ils se disaient prêts, mais ils ont menti, et le Premier ministre a trop honte pour reconnaître la vérité.

— À ce que j'ai entendu, il n'y a qu'un appareil et seules quelques centaines de personnalités y auront une place. Les autres ne sont que des coquilles vides.

— Ils espèrent que les Américains vont changer d'avis et construire d'autres vaisseaux pour leurs alliés. »

Maman est venue parler à l'oreille de Papa qui a secoué la tête et l'a fait taire. « Ne répète jamais ces choses-là.

— Mais dans l'intérêt de Hiroto…

— Non ! » Mon père n'avait jamais paru aussi furieux. Il a marqué une pause et dégluti. « Il faut garder confiance les uns envers les autres, et nous fier au Premier ministre et aux Forces d'autodéfense. »

Ma mère semblait malheureuse. Je lui ai pris la main. « Je n'ai pas peur.

— Tu as raison, a dit Papa, soulagé. Il n'y a pas à avoir peur. »

Il m'a soulevé de terre – ce qui m'a un peu gêné, car il ne l'avait pas fait depuis que j'étais tout petit – et désigné la foule compacte, des milliers et des milliers de personnes, qui nous entourait à perte de vue.

« Regarde tout ce monde : les aïeules, les jeunes pères, les grandes sœurs, les petits frères. Paniquer et propager des rumeurs dans une foule pareille, ce serait égoïste, malavisé. Il pourrait y avoir beaucoup de blessés. On doit rester à nos places et prendre du recul. »

Mindy et moi, on fait l'amour sans hâte. J'adore humer ses cheveux noirs bouclés à l'odeur riche et chaude qui vous chatouille le nez comme la mer, comme le sel.

Ensuite, enlacés sur la couchette, on contemple l'écran de mon plafond.

J'y diffuse en boucle le champ d'étoiles qui s'éloigne. Ma compagne travaille à la navigation et m'enregistre le flux en haute définition que reçoit le cockpit.

Je fais comme s'il s'agissait d'une grande baie montrant le ciel nocturne sous laquelle on serait allongés. D'autres, je le sais, préfèrent y montrer des photos et des vidéos de la Terre, mais ça me chagrine trop.

« Comment tu dis "étoile" dans ta langue ? s'enquiert Mindy.

— *Hoshi.*

— Et "invité" ?

— *Okyakusan.*

— On est les *hoshi okyakusan* ? Les invités des étoiles ?

— Le japonais ne fonctionne pas comme ça. »

Chanteuse, elle apprécie les sonorités des langues autres que l'anglais. « On a du mal à entendre la musique derrière les mots quand leur signification nous fait obstacle », m'a-t-elle dit un jour.

Elle a l'espagnol pour langue natale, mais s'en souvient encore moins bien que moi de la mienne. Souvent elle me réclame des mots japonais qu'elle incorpore à ses chansons.

Je tâche, sans garantie, d'élaborer une tournure poétique. « *Wareware ha, hoshi no aida ni kyaku ni kite.* » *Nous voici devenus des invités parmi les étoiles.*

« Il y a mille façons de tourner une phrase, répétait mon père, chacune pour une occasion spécifique. » Il m'a appris que le japonais foisonne de nuances, de souplesse et d'élégances, si bien que toute phrase forme un poème. La langue se replie sur elle-même, les mots tus se révélant aussi importants que les termes prononcés ; les contextes se juxtaposent en autant de couches, comme l'acier d'un sabre de samouraï.

Je voudrais que Papa soit là, pour pouvoir lui demander comment on dit *Tu me manques* de la manière appropriée à l'occasion de son vingt-cinquième anniversaire en tant que dernier survivant de son peuple.

« Ma sœur dévorait les BD japonaises. Les mangas. »

Comme moi, Mindy est orpheline. Ça contribue à nous rapprocher.

« Tu te la rappelles bien ?

— Pas trop. J'avais cinq ans quand je suis montée à bord. Avant, on a entendu des coups de feu, on s'est tous cachés dans le noir, puis on a couru, pleuré, volé de quoi manger. Elle était toujours là pour me calmer en me lisant tout bas ses mangas. Ensuite… »

J'avais regardé la vidéo une seule fois. De notre orbite haute, la bille bleue et blanche de la Terre avait paru osciller un instant sous l'impact de l'astéroïde, avant que les vagues de destruction s'étendent peu à peu, sans bruit, sur la totalité du globe.

Je l'attire contre moi et pose un doux baiser sur son front, en guise de réconfort. « Ne parlons pas de choses tristes. »

Elle m'enlace et me serre fort, comme si elle n'allait plus jamais me lâcher.

« Qu'est-ce qu'il te revient de ces mangas ?

— Tous ces robots géants. Je me disais : *le Japon est drôlement puissant.* »

J'essaie de l'imaginer – des colosses de métal héroïques parcourant le pays, œuvrant avec l'énergie du désespoir afin de sauver les gens.

On a diffusé les excuses du Premier ministre par haut-parleurs. Certaines personnes les ont aussi regardées sur leur téléphone.

Tout ce dont je me souviens, c'est qu'il parlait d'une voix ténue, avec une mauvaise mine : vieilli, fragile. Il avait l'air véritablement navré. « J'ai déçu mes compatriotes. »

Les rumeurs s'avéraient exactes. Les armateurs avaient pris les subventions sans pour autant bâtir de vaisseaux respectant les critères requis de solidité ou de performances. Cette mascarade s'était poursuivie jusqu'au bout. On n'avait découvert la vérité que trop tard.

Le Japon n'était pas la seule nation à avoir trahi son peuple. Les autres pays s'étaient chamaillés sur leurs contributions respectives à l'effort d'évacuation sitôt qu'on avait découvert que la trajectoire du Marteau l'amènerait à percuter la Terre. Lorsque ce plan avait échoué, ils avaient préféré parier que l'astéroïde raterait la planète et gaspiller ressources humaines et financières dans de vains conflits.

Une fois le discours du Premier ministre terminé, après de rares cris de colère, la foule avait retrouvé le silence. Peu à peu, en bon ordre, les gens avaient entrepris de refaire leurs bagages et de quitter les campements.

« Ils sont rentrés chez eux comme ça ? demande Mindy, incrédule.

— Oui.

— Ni pillages des magasins, ni mouvements de foule, ni mutineries de soldats dans les rues ?

— On était au Japon. » J'entends dans ma voix une fierté qui fait écho à celle de mon père.

« Ils devaient être résignés. Ils avaient renoncé. Un trait culturel, je suppose.

— Non. » Je tâche de réprimer mon irritation. Ses mots me vexent, comme l'ennui déclaré de Bobby pour le go. « Rien à voir. »

« Avec qui discute Papa ?

— Le professeur Hamilton, a dit Maman. Lui, ton père, moi, on fréquentait la même université, en Amérique. »

Je le regardais parler anglais au téléphone. Il paraissait tout autre : non seulement sa voix adoptait un rythme et un ton différents, mais son visage s'animait et sa main décrivait des gestes plus appuyés. On aurait cru un étranger.

Et il criait dans l'appareil.

« Qu'est-ce qu'il dit ? »

Ma mère m'a fait taire. Elle le regardait attentivement, écoutait chaque mot.

« *No !* a lancé Papa. *No !* » Je n'avais pas besoin de traduction.

Après, tous deux en ont discuté. « Il essaie de bien faire, à sa façon, a dit Maman.

— Il n'a pas changé, toujours aussi égoïste, a répliqué mon père d'un ton sec.

— Tu es injuste. Au lieu de me joindre en secret, il t'a appelé, convaincu que, si les rôles étaient inversés, il donnerait volontiers à la femme qu'il aime une chance de survie, même en compagnie d'un autre. »

Il l'a dévisagée. Je n'avais jamais entendu mes parents se proclamer leur amour, mais certaines paroles peuvent être vraies sans être formulées.

« Je ne lui aurais jamais répondu oui », a repris ma mère en souriant, avant d'aller préparer notre repas de midi dans la cuisine. Papa l'a suivie du regard.

« Superbe journée, m'a-t-il dit. Allons faire un tour. »

On a croisé des voisins sur les trottoirs. Les échanges de saluts, les questions sur la santé : tout semblait normal. Dans le ciel crépusculaire, le Marteau brillait encore davantage.

« Tu dois avoir très peur, Hiroto.

— Ils ne vont pas essayer de construire d'autres vaisseaux d'évacuation ? »

Mon père n'a pas répondu à ma question. Le vent de cette fin d'été charriait le bruit des cigales : *crrr, crrr, crrrrr.*

« *Rien ne dit*
Dans le chant de la cigale
*Qu'elle est près de sa fin**.

— Papa ?

— Un poème de Basho. Tu le comprends ? »

J'ai secoué la tête. Je n'appréciais guère la poésie.

Mon père a soupiré, m'a souri, puis il a regardé le soleil couchant et repris la parole :

« *Le crépuscule contient une infinie beauté*
Malgré sa proximité avec la fin du jour. »

* Traduction de Makoto Kemmoku et Dominique Chipot in *L'Intégrale des haïkus*, de Basho, Points, « Poésie ». *(N.d.T.)*

Je me suis récité ces vers, qui me touchaient. J'ai tenté de traduire cette émotion en mots. « Il me semble qu'un doux chaton me lèche l'intérieur du cœur. »

Au lieu de rire de moi, Papa a hoché la tête, l'air solennel.

« Ça vient d'un poème d'un écrivain de la période Tang, Li Shangyin. Bien qu'il soit chinois, le sentiment est plutôt japonais. »

On a continué notre promenade et je me suis arrêté près d'un pissenlit. J'ai trouvé très beau l'angle de la fleur jaune. De nouveau, il me semblait qu'une langue de chaton me chatouillait le cœur.

« Cette fleur... » J'hésitais, incapable de trouver les mots justes.

Papa a murmuré :

« *La fleur se balance*
Aussi jaune que la Lune
Si fine ce soir. »

J'ai acquiescé. L'image semblait fugitive et permanente, comme mon ressenti du temps quand j'étais tout petit. Elle me rendait triste et heureux à la fois.

« Tout passe, Hiroto. Tu éprouves au fond de ton cœur ce qu'on appelle *mono no aware*, la sensibilité de l'éphémère. Le soleil, le pissenlit, la cigale, le Marteau, nous tous, sujets aux équations de James Clerk Maxwell, sommes des motifs transitoires destinés à disparaître, dans une seconde ou dans une éternité. »

En observant les rues toutes propres, les gens qui allaient d'un pas lent, le gazon, la lumière du soir, j'ai su que tout avait sa place ; tout allait bien. On a poursuivi notre balade, Papa et moi. Nos ombres se touchaient.

Malgré le Marteau juste au-dessus de nous, je n'avais pas peur.

*

Mon travail consiste à scruter une grille de témoins lumineux devant moi qui évoque un peu un plateau de jeu de go géant.

En général, il n'y a pas plus ennuyeux. Les témoins, qui indiquent la tension en divers points de la voile solaire, dessinent le même motif toutes les quelques minutes, tandis que la voile se plisse doucement dans la lumière mourante du soleil lointain. Leur cycle m'est aussi familier que le souffle de Mindy quand elle dort.

On se déplace déjà à une fraction notable de la vitesse de la lumière. D'ici quelques années, une fois atteinte l'allure voulue, on mettra le cap sur 61 Virginis et ses planètes intactes, laissant derrière nous, comme un souvenir oublié, l'astre qui nous a donné naissance.

Mais aujourd'hui, le fameux motif semble clocher. Dans le coin sud-ouest, un des témoins clignote trop vite – d'une fraction de seconde.

« Navigation, dis-je dans le microphone, ici la Station de contrôle principale de la voile. Vous pouvez confirmer que nous suivons la bonne trajectoire ? »

Bientôt, la voix de Mindy retentit dans mes écouteurs, nuancée d'une vague surprise. « Je ne l'avais pas remarqué, mais il y a bien une légère déviation. Que s'est-il passé ?

— Je l'ignore encore. » Je considère la grille devant moi, et ce témoin qui s'entête – désynchronisé, disharmonieux.

Maman m'a emmené, sans Papa, à Fukuoka. « On fait les courses de Noël et on veut te surprendre », a-t-elle dit. Mon père a souri et secoué la tête.

On s'est frayé un chemin dans les rues encombrées. Parce qu'il s'agirait peut-être du dernier Noël sur Terre, il régnait une gaieté encore plus marquée.

Dans le métro, j'ai jeté un coup d'œil sur le journal que lisait notre voisin de siège. « Les USA contre-attaquent ! » proclamait la manchette. Sur la grande photo, le président américain souriait, triomphant. En dessous s'étalait une série d'autres clichés, dont certains que j'avais déjà vus : l'explosion du premier vaisseau d'évacuation expérimental américain lors de son vol d'essai ; le chef d'un état voyou qui la revendiquait ; l'entrée des soldats des États-Unis dans une capitale étrangère.

En bas de page, il y avait un petit article : « Les savants américains sceptiques face à l'apocalypse ». Certaines personnes préféraient ne pas croire au désastre plutôt que de l'accepter comme inévitable.

Je me faisais une fête de choisir un cadeau pour

mon père, mais au lieu de la zone des magasins d'électronique, comme je m'y attendais, Maman a choisi un district inconnu de moi. Elle a sorti son téléphone et passé un bref appel, en anglais. Surpris, j'ai levé les yeux vers elle.

On a atteint un bâtiment qui arborait une grande bannière étoilée, on y est entrés et on s'est assis dans un bureau. Un Américain nous a rejoints. Il avait l'air triste, mais tâchait de le dissimuler.

« Rin… » Il a prononcé le nom de ma mère, puis il s'est tu. Dans cette unique syllabe, il y avait du regret, du désir et une histoire compliquée.

« Le professeur Hamilton », m'a dit Maman. J'ai serré la main de l'homme ainsi que je voyais les Américains se saluer à la télé.

Ils ont discuté un moment. Ma mère a pleuré et il est resté là, gêné – comme s'il voulait la prendre dans ses bras mais qu'il n'osait pas.

« Je te laisse avec le professeur Hamilton.

— Quoi ? »

Maman m'a saisi par les épaules, s'est accroupie et m'a regardé dans les yeux. « En secret, les Américains ont placé un vaisseau en orbite. C'est le seul qu'ils ont réussi à lancer avant de se retrouver en guerre, conçu par le professeur, un… vieil ami à moi. Il peut emmener une personne à bord. Tu tiens là ta seule chance.

— Je ne partirai pas. »

Elle a fini par ouvrir la porte pour s'en aller. Hamilton me tenait ferme. Je me débattais et je criais.

On a tous été stupéfaits de voir Papa sur le seuil.

Ma mère a fondu en larmes.

Il l'a serrée dans ses bras, ce que je ne l'avais jamais vu faire. Ça me paraissait très américain, comme geste.

« Je regrette, répétait-elle. Je regrette, je regrette. » Elle pleurait toujours.

« Ce n'est pas grave, a dit mon père. Je comprends. »

Le professeur m'a lâché. J'ai couru vers mes parents, que j'ai étreints de toutes mes forces.

Maman a posé sur Papa un regard qui ne disait rien et tout à la fois.

Les traits de mon père se sont animés, comme ceux d'une statue de cire s'éveillant à la vie. Il a soupiré, puis m'a toisé.

« Tu n'as pas peur, hein ? »

J'ai secoué la tête.

« Alors tu peux partir. » Il a regardé le professeur droit dans les yeux. « Merci de vous occuper de mon fils. »

Ébahis, on le dévisageait, ma mère et moi.

« *Sème le pissenlit*
Ses graines au vent d'automne
Qui les porte loin. »

J'ai hoché la tête comme si je comprenais.

Vite, Papa m'a broyé les côtes.

« Rappelle-toi que tu es japonais. »

Et ils sont partis.

« Quelque chose a crevé la voile », annonce le professeur Hamilton.

La petite pièce n'accueille que le haut commandement – plus Mindy et moi, puisque nous sommes d'ores et déjà au courant. Inutile de créer la panique parmi les passagers.

« Cet accroc tend à faire gîter le vaisseau qui dévie de sa trajectoire. Si on ne raccommode pas cette déchirure, elle va s'étendre, la toile s'affaisser et l'*Espérance* partir à la dérive dans l'espace.

— Cet accroc, y a-t-il un moyen de le réparer ? » demande le commandant de bord.

Hamilton, qui est comme un père pour moi, secoue sa tête à la crinière blanche. Je ne l'ai jamais vu si abattu.

« Il se situe à des centaines de kilomètres du moyeu de la voile. Il faudra des jours pour envoyer quelqu'un, puisqu'on ne peut pas se déplacer trop vite sur la voile : on risquerait de créer un autre accroc. Et le temps d'arriver, la déchirure sera trop longue pour qu'on puisse la rapiécer. »

Et voilà. Tout passe.

Je ferme les yeux pour me figurer la voile à la pellicule si mince qu'elle se crève si on la touche sans précaution. Mais un réseau complexe de plis et d'entretoises offre un support à cette membrane pour lui assurer rigidité et tension. Enfant, j'avais regardé la structure se déployer dans l'espace comme l'un des origamis de ma mère.

Je m'imagine accrochant et décrochant une longe afin de suivre ces entretoises pour glisser sur la voile telle une libellule à la surface d'une mare.

« Je peux l'atteindre en soixante-douze heures. »

Tout le monde se tourne vers moi. J'expose mon idée. « Je connais bien le plan des entretoises : toute ma vie ou presque, je les ai surveillées de loin. Je trouverai le chemin le plus direct. »

Hamilton paraît dubitatif. « On ne les a pas conçues pour supporter une manœuvre pareille. Je n'ai jamais prévu ce scénario.

— Alors on improvisera, lui réplique ma compagne. Merde, on est des Américains. On n'abandonne pas. »

Il lève les yeux. « Merci, Mindy. »

On planifie, on discute, on s'engueule, on bosse toute la nuit.

*

Gravir le câble du module de vie jusqu'à la voile est aussi long que difficile. Il me faut près de douze heures.

Laissez-moi vous montrer à quoi je ressemble à l'aide du deuxième caractère de mon nom :

翔

Il signifie « s'envoler ». Vous voyez ce radical à gauche ? C'est moi, accroché au câble par une paire d'antennes qui sortent de mon casque. Sur mon dos, il y a mes voiles – ou plutôt les fusées porteuses et les réservoirs d'appoint qui me propulsent vers le miroir très fin de la voile solaire, le vaste dôme réflecteur qui bouche le ciel.

Mindy bavarde avec moi par la liaison radio. On échange des plaisanteries, des secrets, on parle de nos projets futurs. Quand on tombe en panne d'inspiration, elle chante pour moi. Le but, c'est de me tenir éveillé.

« *Wareware ha, hoshi no aida ni kyaku ni kite.* »

Mais la montée, c'est la partie facile. Le trajet le long de la voile sur le réseau d'entretoises jusqu'à la déchirure sera beaucoup plus difficile.

Il y a trente-six heures que j'ai entamé ma sortie. Mindy a la voix lasse, traînante. Elle bâille.

« Dors, bébé », dis-je tout bas dans le micro. Je suis si crevé que j'aimerais fermer les yeux un petit instant.

Je longe une route un soir d'été, mon père à mes côtés.

« *On habite un pays de volcans et de séisme, de typhons et de tsunamis, Hiroto. On a toujours affronté une existence précaire, en suspens dans une fine pellicule entre le feu du sous-sol et le vide de l'espace.* »

Me revoilà dans ma tenue, seul. Ma perte momentanée de concentration me fait cogner mon sac à dos contre une des poutrelles de la voile. L'un de mes réservoirs de carburant manque de se décrocher ; je le rattrape de justesse. La masse de mon équipement est calculée au gramme près, afin que je me déplace vite : je ne dispose d'aucune marge d'erreur. Je ne peux pas me permettre de perdre quoi que ce soit.

Je tâche de m'extirper du rêve et de continuer ma route.

« *Mais c'est la conscience de la mort toujours proche, de la beauté inhérente à chaque instant, qui nous permet de tout supporter.* Mono no aware, *mon fils, c'est l'empathie avec l'univers, l'âme de notre nation, ce qui nous a donné la force d'endurer Hiroshima, l'occupation, les privations, et à présent la perspective de l'annihilation, sans éprouver le moindre désespoir.* »

« Hiroto, réveille-toi ! » Une supplique désespérée dans la voix de Mindy. Je reprends conscience dans un sursaut. Il y a, quoi, deux, trois, quatre jours que je n'ai pas dormi ?

Pour les cinquante derniers kilomètres, je me décrocherai des entretoises et ne me fierai qu'à mes fusées pour glisser sur la voile tandis que mon cadre se déplacera à une fraction de la vitesse de la lumière. L'idée même donne le vertige.

Soudain Papa me tient de nouveau compagnie, suspendu dans l'espace sous la voile. On joue au go.

« Regarde dans le coin sud-ouest. J'ai divisé ton armée en deux. Mes pierres blanches ne vont plus tarder à encercler et à capturer ce groupe entier. »

En regardant là où il m'indique, je vois le problème. Une brèche m'a échappé. Ce que je prenais pour mon armée était en réalité deux groupes séparés par un intervalle. Je dois le combler avec ma prochaine pierre.

Je secoue la tête afin de chasser l'hallucination. Il me faut terminer ma tâche – ensuite je pourrai dormir.

Il y a un trou dans la voile déchirée devant moi. À notre vitesse actuelle, même un grain de poussière ayant échappé aux boucliers ioniques peut causer un désastre. Les bords déchiquetés battent doucement dans le vide, mus par le vent solaire et la pression des radiations. Si un photon unique ne représente qu'un détail minuscule, insignifiant, dépourvu de masse, il peut, avec ses semblables, gonfler une voile aussi vaste que le ciel et propulser mille personnes.

L'univers est une merveille.

Je soulève une pierre noire et je me dispose à combler la brèche, à relier mes armées.

La pierre redevient le nécessaire de raccommodage sorti de mon sac à dos. Je manœuvre avec mes réacteurs jusqu'à planer au-dessus de la déchirure, par laquelle j'aperçois les étoiles, ces astres que personne à bord n'a vus depuis bien des années. Je les observe, en imaginant qu'autour de l'une d'elles, un beau jour, le genre humain, fusionné en une seule nation, se relèvera de sa quasi-extinction, repartira de zéro et retrouvera la prospérité.

Avec prudence, je pose la rustine, j'allume le chalumeau et je chauffe la pièce rapportée. Je devine qu'elle fond pour s'étaler, se lier aux chaînes d'hydrocarbure de la voile. Dès que j'aurai fini, je vaporiserai par-dessus des atomes d'argent pour poser une nouvelle couche réfléchissante.

« Ça marche », dis-je dans le micro. J'entends des cris de joie étouffés en fond sonore.

« Tu es un héros », déclare Mindy.

Je me vois en robot géant dans un manga et je souris.

Le chalumeau crachote et s'éteint.

« Regarde, dit Papa. Tu dois jouer ta pierre

suivante pour boucher ce trou. Mais est-ce bien ce que tu veux ? »

Je secoue le réservoir qui alimente l'appareil. Rien. C'est celui que j'ai cogné contre une des poutrelles. Le choc a dû provoquer une fuite. Il ne reste plus assez de carburant pour achever la réparation. La rustine, qui se trouve collée à une seule lèvre de l'entaille, bat doucement.

« Reviens, suggère Hamilton. On te réapprovisionne et tu réessaies. »

Je suis épuisé. J'aurai beau me démener, je ne parviendrai jamais à effectuer le trajet dans le même délai. D'ici là, qui sait la taille que la déchirure aura atteinte ? Le professeur en a aussi bien conscience que moi. Il veut simplement me ramener dans le refuge douillet du vaisseau.

J'ai du carburant dans mon réservoir – pour mon retour.

Mon père me scrute, dans l'expectative.

« Je vois, dis-je d'une voix lente. Si je consacre ma pierre à cette brèche-ci, je n'aurai plus la possibilité de revenir au petit groupe du nord-est. Tu le captureras.

— Une pierre ne saurait se trouver en deux endroits. Il faut choisir, mon fils.

— Je t'écoute. »

Je cherche une réponse sur son visage.

« Regarde autour de toi », dit-il. Je vois Maman, madame Maeda, le Premier ministre, nos voisins de Kurume et les gens qui ont attendu avec nous à Kagoshima, Kyushu, dans tout le Japon, sur toute la Terre et à bord de l'*Espérance*. Ils me considèrent, pleins d'espoir ; ils attendent que j'agisse.

Papa murmure :

« *Les étoiles brillent.*
Nous sommes des invités,
Un sourire, un nom. »

« J'ai une solution, dis-je au professeur par la radio.

— Je le savais ! » Mindy parle d'une voix fière, enjouée.

Hamilton demeure muet un instant. Il anticipe mon projet. Puis il rompt le silence. « Hiroto... merci. »

Je découple le chalumeau du réservoir inutile, je le relie à celui que je porte dans mon dos et je l'allume. La flamme brille, bien définie – une lame de clarté. J'ordonne atomes et photons devant moi en un réseau de lumière et de force.

« Voilà. Corrigez votre trajectoire.

— Bien reçu. » Le professeur Hamilton s'efforce de cacher la tristesse dans sa voix.

« Tu dois d'abord revenir, réplique Mindy. Si on effectue la correction sans attendre, tu n'auras nulle part où te sangler.

— Ça ne fait rien, bébé. Je ne reviens pas. Il ne reste plus assez de carburant.

— On va te récupérer !

— Vous ne pourrez jamais négocier les entretoises aussi vite. » Je parle gentiment. « Personne ne connaît leur plan aussi bien que moi. Le temps que vous arriviez, l'air m'aura manqué. »

J'attends qu'elle retrouve son calme. « Ne parlons pas de choses tristes. Je t'aime. »

Puis j'éteins la liaison et je m'élance dans l'espace pour leur épargner la tentation de monter une mission de secours futile. Et je tombe, loin, loin sous la voûte de la voile.

Je la regarde pivoter, démasquant le firmament dans tout l'éclat de sa gloire. Si ténu désormais, le soleil n'est qu'un astre comme d'autres, qui ne se lève ni ne se couche. Jeté à la dérive parmi les étoiles, me voilà seul, mais en harmonie et en paix avec elles.

Une langue de chaton me chatouille le cœur.

Je pose ma pierre suivante dans la brèche.

Papa joue comme je m'y attendais. Mes pierres de l'angle nord-est disparaissent, jetées à la dérive.

Mais mon groupe principal demeure sauf. Il risque même de prospérer à l'avenir.

« Il y a peut-être des héros au jeu de go », dit la voix de Bobby.

Mindy m'a trouvé héroïquc. Mais je n'étais qu'un homme au bon endroit au bon moment. Le professeur Hamilton a été héroïque, parce qu'il a conçu l'*Espérance*. Mindy aussi, parce qu'elle m'a tenu éveillé. Ma mère aussi, parce qu'elle a accepté de me confier à quelqu'un d'autre pour me sauver. Mon père aussi, parce qu'il m'a montré ce qu'il convenait de faire.

Ce sont les places que nous occupons dans l'existence des autres qui nous définissent.

Je ramène mon regard sur le plateau pour voir les motifs formés par les vies et par les souffles. « Séparées, les pierres n'ont rien d'héroïque ; elles le deviennent toutes ensemble.

— Belle journée pour une promenade, hein ? » dit Papa.

Et nous suivons la rue, pour pouvoir nous rappeler chaque brin d'herbe, chaque goutte de rosée, chaque rayon du soleil mourant, dans leur infinie beauté.

La Forme de la pensée

traduit de l'anglais par Pierre-Paul Durastanti

Le Berceau du chat donne le Mouchoir peint qui donne le Plat de nouilles qui donne la Mangeoire qui donne le Filet de pêche. Ce ne sont que les premières des deux cents variantes créées par les enfants humains morts d'ennui au cours du Long Voyage.

J'étais autrefois des leurs.

Li jeune Ket fredonne tandis qu'ul lève les bras, la ficelle enroulée tout autour des doigts. Ul me jette un coup d'œil ; j'agite la main. Ul a le long cou de cygne et le corps bulbeux de san parent, Tunloji. Je vois en li la version juvénile de man aimé.

Même après toutes ces années, les pronoms et adjectifs inventés me semblent toujours bizarres, comme des cailloux dans le flot paisible de mes pensées.

Le motif se forme, puis se transforme, de la manière dont un souvenir en entraîne un autre, ou dont une scène évoque la suivante dans une histoire. Mais entre les divers motifs, la ficelle en dessine cent ou mille qui ne portent pas de nom : le Mouchoir presque peint, le Pas encore plat de nouilles, l'À mi-chemin de la mangeoire.

Il y a des années, sur le *Rapa Nui*, mes amis et moi, nous passions sans transition d'un motif à l'autre, en tendant la ficelle afin d'admirer la beauté des dessins. Les divers états intermédiaires, quand la ficelle lâche ne portait pas encore de nom, nous importaient peu.

Les enfants devant moi effectuent des gestes gracieux et lents, fascinés par la tension et le relâchement de la ficelle à chaque étape. Pour eux, il n'y a aucune différence entre fil tendu et fil lâche, mains mobiles et mains immobiles. Ils ont nommé les milliers de motifs qui séparent toutes les paires des deux cents variantes que je leur ai apprises.

Li partenaire et parent-de-couvée de Ket, Ilo, délicat et gracile, s'approche ; c'est à son tour de prendre la ficelle. J'entends les coques qui chaussent ses quatre pieds glisser sur le sable du terrain de jeux tandis qu'ul se dandine tout en réfléchissant à son motif.

Les Kalathanis adorent ce jeu importé par les humains. Selon ma mère, ils en apprécient le caractère aussi formel qu'élaboré, chaque partenaire parlant à son tour puis contraint au silence une fois qu'ul a entrelacé autour de ses doigts la ficelle tendue dont le motif complexe les maintient en place.

« Ils pourraient finir par tenir cette activité comme une métaphore de la vie, avait-elle dit un jour. Donner, recevoir, parler, observer, dominer, se soumettre.

— Tout ce que tu perçois suit des sillons usés. Tunloji a raison : tu es incapable de voir les siens tels qu'ils sont. Tu ne sens pas le… » J'avais levé les mains pour les serrer et les poser contre ma poitrine comme si je tentais d'étancher le sang d'une blessure. Il s'agissait d'un signe kalathani – d'un ensemble de signes – que je n'étais jamais parvenue à lui faire comprendre.

« *Tsuko* », dit-elle machinalement, scrutant mes mains.

Maman persistait à schématiser la langue kalathani en une série de gestes individuels, unités minimalistes de sens qu'on pouvait définir et écrire afin de les ramener à la forme de notre pensée, de notre discours. Elle usait de ces syllabes pour dire ce qui ne pouvait pas se dire et nommer ce qui ne pouvait pas se nommer.

Et moi, plus au fait, je les utilisais aussi ; même si je comprenais bien les Kalathanis, ma réflexion requérait ces syllabes pour prendre forme, comme une tente des piquets.

Mes mains avaient chu mollement, épuisées par la futilité de ma tentative. C'était la dernière fois que j'avais essayé de tenir une conversation rationnelle avec ma mère.

Les bruits de pas qui prennent de l'ampleur me ramènent au présent. Je lève les yeux et constate que les autres enfants entourent Ket et Ilo. Leurs doigts tremblent et les extrémités brillent, indice d'une anxiété croissante. Il y a un souci.

J'accours. Ils m'ouvrent un passage vers le centre de leur groupe. Ket et Ilo se font face. Ilo gesticule sans retenue ; Ket reste muet, mais, à voir la manière dont son corps vibre, ul s'apprête à perdre l'extrémité de ses frondes sous l'effet de la tension nerveuse.

Calme-toi, dis-je à Ket, mes mains soutenant son regard. Je ralentis mes signes pour adopter le registre de l'affection et mes propres extrémités vibrent au rythme de mon cœur dans l'espoir de synchroniser li jeune Kalathani avec moi. Démunie d'extrémités bioluminescentes, pourvue d'un plus petit nombre de doigts, je n'aurai jamais la faculté de parler avec autant de clarté qu'un membre de cette espèce, mais les enfants ont appris à me pardonner mon accent et à faire l'effort d'essayer de me comprendre.

Qu'est-ce qui ne va pas ?

Nous sommes coincés, me répond Ilo.

Ul tend ses mains, liées selon le motif du Parachute. De cette forme, on ne peut plus évoluer. Les nœuds sont morts.

Je li prends dans mes bras. Les frondes sur sa tête vibrent, frémissent et scintillent dans les rayons rougeâtres du soleil couchant. Ul me dévisage, ses grands yeux ronds sans iris aussi noirs que la nuit.

Alors que l'obscurité et le silence descendent sur nous, les autres enfants se précipitent pour nous offrir réflexions et conseils. Leurs doigts bavards dansent et luisent d'un éclat laiteux.

« On croirait un essaim de lucioles », a dit Papa.

J'avais six ans. Lui et moi, on regardait jouer les petits Kalathanis à quelques pas de nous dans la cour. Les bouts lumineux de leurs doigts traçaient des sillages brillants dans la nuit. Le jeu se passait dans un étrange silence, sans les discussions et les rires qui retentissaient quand on pratiquait la même activité, mes copains et moi.

Derrière eux, on voyait les vagues silhouettes des gardes, raides comme des bâtons, revêtus de l'armure cérémonielle aux couleurs vives et munis d'une massue.

Installés dans la navette au toit relevé, on attendait que Maman ressorte de l'énorme bâtiment aveugle devant nous.

Un palais, ça ? me demandais-je. On aurait dit un bloc de pierre, une montagne sculptée et façonnée par des géants, sans aucun rapport avec les palais de mes livres d'images. Ma mère m'avait expliqué qu'on appelait l'édifice ainsi par facilité de langage. On ignorait si les Kalathanis avaient un roi ou même un gouvernement.

Et selon elle, les murs épais leur permettaient de chauffer ou de rafraîchir facilement leurs bâtiments. Ils n'avaient pas besoin de fenêtres, puisque leurs doigts bioluminescents se voyaient aussi bien dans le noir.

Je m'inquiétais pour Maman, seule dans ce vaste édifice où régnait l'obscurité.

« Sarah, m'a soufflé Papa, tu ne trouves pas qu'on dirait des autruches à quatre pattes ? »

J'ai lâché un petit rire. Il savait toujours me remonter le moral.

Avec leur petite tête au bout d'un cou interminable et leur corps trapu perché sur quatre pattes maigres, les Kalathanis ressemblaient un peu aux autruches que nos ancêtres avaient emportées à bord du *Rapa Nui* en guise de bétail quand ils avaient quitté Pélé et gonflé de lumière leurs ailes solaires.

Ils possédaient aussi de longs bras qui se ramifiaient en doigts délicats, tels les rémiges primaires des oiseaux prêts à s'envoler. Leurs mouvements, qui me paraissaient gracieux, m'évoquaient une danse, et j'enviais leur équilibre facile, la fluidité de leurs gestes.

Quel effet ça fait, de parler avec son corps entier ?

Chaude, moite, vivante, sauvage, l'atmosphère différait au possible de l'air rance dont j'avais l'habitude à bord du vaisseau. À présent que mon père m'avait réconfortée, l'espace qui m'entourait, aux lignes de fuite se poursuivant jusqu'à un horizon éloigné de plus de quelques mètres, me valait un délicieux vertige. Au-dessus de nous se déployait un ciel clouté d'étoiles brillantes – dont la plus éclatante, à l'aplomb de notre position, était le *Rapa Nui*, d'après Papa. Faute de lune (sans aucune espèce de logique, je m'attendais à en trouver une, au vu des vieilles vidéos tournées sur Pélé), la plaine herbue alentour restait toutefois d'un noir d'encre.

L'herbe bruissait du passage de petits animaux sauvages. Parfois, au loin, un volatile poussait une longue plainte. Les enfants émettaient toutes sortes de bruits : des piétinements de chaussure, des halètements, des brindilles qui se brisaient sous leurs pieds. Mais ce qui dominait, dans mes tympans, c'étaient les battements de mon cœur.

« Vraiment bizarre, leur mutisme », m'a chuchoté Papa.

Maman nous l'avait expliqué : les Kalathanis n'avaient ni voix ni oreilles.

J'ai suivi d'un regard attentif les sillages phosphorescents laissés par les doigts des petits ; j'aurais aimé comprendre ce qu'ils disaient.

Avant notre départ pour le Palais, ma mère avait pris deux bâtons lumineux, nos éclairages de secours, et les avait secoués jusqu'à ce qu'ils émettent leur lueur verdâtre.

« Et voilà, j'ai ma voix ! » Elle s'était penchée pour nous embrasser – moi, puis lui. « Souhaitez-moi bonne chance. »

Au dernier moment, il l'avait retenue. « N'y va pas. J'ai un mauvais pressentiment. »

Elle avait répondu avec gentillesse mais fermeté : « Il n'y a pas d'autre linguiste. C'est mon boulot. »

Puis, pour le rasséréner, elle lui avait désigné les enfants debout près du vaisseau. « Ils ont amené leurs petits. C'est une marque de confiance. Ils ne nous veulent aucun mal.

— Tu ne sais *rien* de ce qu'ils ont en tête.

— On a un devoir envers le vaisseau. Envers notre avenir commun. » Elle l'avait embrassé. « Et tu te fais toujours du mouron. »

Il l'avait lâchée à contrecœur et elle avait disparu dans le bâtiment.

Je le voyais qui agitait les doigts. Sur le sol de la navette, à ses pieds, il y avait nos armes. Même s'il s'efforçait de me remonter le moral, je me rendais compte qu'il avait peur. Je voyais bien qu'il prenait sur lui – il voulait les empoigner et tirer.

Papa était l'officier de sécurité du vaisseau. Son travail consistait à anticiper le moindre danger sur notre route, les nébuleuses trop denses pour les écrans, ou bien les membres d'équipage au bord de la folie spatiale. Sa vigilance nous avait tous protégés et l'inconnu le déstabilisait.

« Allez, allez », a-t-il murmuré avant d'effleurer sa bague gravée à l'enseigne du grand Oiseau-Tonnerre, protecteur du *Rapa Nui*, tenant d'une serre un faisceau de flèches et de l'autre un rameau d'olivier. Papa me le disait : on avait beau parler de paix, il fallait toujours rester prêt à se battre. Il n'y avait pas d'autre moyen d'assurer notre survie. J'ai pris sa grande main entre les miennes pour l'apaiser. On aurait cru un battoir de géant.

Alors les lumières des enfants ont cessé de danser pour se répartir en deux groupes, laissant un chemin plus sombre en leur milieu. On a deviné peu à peu dans le noir deux lueurs vertes constantes qui s'approchaient de nous, montant et descendant sur un rythme que je reconnaissais de toutes les fois où elle m'avait tenue dans ses bras pour me promener dans les coursives bruyantes et confinées du vaisseau afin de m'endormir. En les voyant sautiller, je me souvenais du mouvement spectral contre moi comme d'une douce caresse et d'un murmure de réconfort.

« Maman ! » ai-je crié. Même moi, j'ai sursauté devant le volume de ma voix. Elle a paru porter à l'infini sur la plaine déserte, jusqu'à ce que des volatiles jaillissent de l'herbe et que le battement de leurs ailes semble porter mon cri encore plus loin. En réaction au bruit que j'avais émis, les doigts brillants des enfants ont dansé d'excitation.

Ma mère a atteint la navette au bout d'une seconde et m'a prise dans ses bras, le visage fendu d'un large sourire. « Je crois bien qu'ils sont d'accord pour nous donner des terres. Bienvenue dans ton nouveau foyer, Sarah ! »

« On devrait laisser une autre famille vivre ici et jouer les anthropologues, a dit Papa à Maman quand on a emménagé dans notre nouvelle maison. J'ai du mal à vous garder en sûreté dans un endroit pareil, Sarah et toi. »

Il aurait préféré qu'on reste sur la Concession – les cent kilomètres carrés de front de mer octroyés par les Kalathanis, situés à proximité de leur localité autour du Palais que nous avions fini par appeler la Capitale.

Après l'atterrissage, il y avait eu débat parmi les colons sur l'édification d'une clôture autour de la Concession. Ma mère avait souligné qu'un mur ferait mauvaise impression et le Conseil avait fini par en convenir. Les petits Kalathanis se baladaient souvent dans la Concession, curieux de tout.

Maman était curieuse, elle aussi, et elle avait un plan. « Il nous faut apprendre la langue de nos hôtes et découvrir leur culture. Le meilleur moyen, ce serait que Sarah grandisse parmi eux. » Elle me regardait avec un sourire encourageant et, sentant le poids de la responsabilité, j'avais hoché la tête.

Le Conseil soutenait ma mère. Papa n'a guère apprécié, mais, des années plus tard, je découvrirais la vraie raison de son acceptation.

Notre nouvelle maison était une hutte construite dans la Capitale. Maman avait tenté d'obtenir la permission auprès des dirigeants kalathanis avec lesquels elle avait négocié la Concession, mais elle se demandait s'ils comprenaient bien ce qu'elle souhaitait. En tout cas, nul ne nous a empêchés de transporter là-bas notre maison compactée et de la déplier comme une boîte en origami. Terminée, elle ressemblait à l'une de ces cabanes féeriques où vivent des sorcières et des ours dans les livres de contes que je lisais petite : une porte au centre, deux fenêtres de part et d'autre, un toit en pointe.

« On pourra leur apprendre la culture humaine en retour, je suppose », a dit ma mère avec un regard enjoué. J'avais passé toute mon existence dans les cabines cubiques et les couloirs incurvés du *Rapa Nui*, un décor tout de métal, et je ne connaissais les vastes cités brillantes et les mers infinies de Pélé que par le biais d'antiques vidéos pleines d'images et de sons incompréhensibles. Mais cette hutte venait d'un passé encore plus ancien, la Vieille Terre mythique, origine de l'humanité, sur laquelle personne n'avait posé les yeux depuis cent générations.

Pourquoi essayer de recréer un foyer qu'on n'a jamais eu ? aurais-je bien demandé. Maman non plus n'aimait pas cette maison, mais c'était la seule dont on disposait à bord du vaisseau. D'après ma mère, notre nature nous poussait à imposer l'ancien et le familier sur le neuf et l'inconnu ; ainsi, les colons avaient semé du blé et créé des enclos pour les autruches sitôt après l'atterrissage au lieu de s'efforcer d'apprendre comment les Kalathanis vivaient.

« Ne sois pas trop optimiste, disait Papa. Les rencontres entre des peuples de niveaux technologiques trop disparates finissent rarement bien. » Les Kalathanis ne maîtrisaient ni le vol spatial, ni même la poudre. Leur arme la plus avancée semblait être la sarbacane.

« Et ce sont souvent les plus avancés qui se tirent le plus mal de ces confrontations, parce qu'ils tendent à idéaliser leurs adversaires, de sorte que leur morale supérieure et leur sensibilité délicate font obstacle à leurs propres intérêts. »

Il y avait chez mon père une certitude qui, quand j'étais enfant, m'apaisait : la voix de la sécurité, de la protection. Il voyait le danger de très loin et, avec lui dans les parages, je resterais toujours en sûreté, me semblait-il.

« On s'est ramollis sur le vaisseau, disait-il encore. Après un tel nombre de générations sans guerre, on surestime notre capacité à comprendre une espèce extraterrestre et résoudre les conflits sans violence.

» Mais on devrait se montrer prudents. À l'issue du temps passé ici, qu'est-ce que tu as vraiment appris ? Oui, tu nous as obtenu la Concession, en te basant néanmoins sur de vagues intuitions à propos de ce qu'ils pensent et ce qu'ils disent. Tu ignores encore s'ils disposent d'une langue qu'on pourra parler ou simplement de schémas mentaux proches des nôtres. Aller vivre parmi eux sans protection, c'est tenter le diable. »

Six mois plus tôt, Maman s'était posée à la surface, toute seule, pour nouer un premier contact. Après le choc initial, le groupe de Kalathanis rencontré avait coopéré suffisamment pour établir un code mathématique de base, parler décompte, nombres premiers et vastes distances, puis établir que nous étions des mortels venus des étoiles.

Elle nous avait emmenés avec elle au Palais. « Je tiens à ce qu'ils te voient, Sarah, afin de constater que nous avons nous aussi des enfants, tout comme eux. Ça les rassurera. »

Papa avait détesté ce plan ; d'après lui, en paraissant trop semblables aux Kalathanis, on passerait pour vulnérables. Il aurait préféré une démonstration de force, afin qu'ils nous croient invincibles, étrangers, surpuissants. Mais le Conseil s'était rallié à Maman cette fois-là, comme il l'avait fait par la suite lorsqu'elle lui avait soumis son projet d'emménager avec sa famille dans la Capitale.

« À la place des Kalathanis, mon objectif serait d'acquérir le plus de technologie humaine possible. Tant que subsiste un différentiel aussi énorme, il ne peut y avoir de dialogue équitable. Mais sitôt le fossé comblé a minima, j'attaquerais ces mêmes humains pour prendre l'ascendant.

— Ils ne pensent peut-être pas comme ça.

— Envisager le pire, c'est mon travail, a dit Papa d'un ton las.

— Ma foi, ils sont cinq cents millions contre deux mille, a répliqué Maman d'un air jovial. C'est un gros avantage pour leur camp. Je me refuse à retourner vagabonder parmi les étoiles dans un tube métallique. Je préfère mourir à l'air libre.

— Ils sont toujours divisés en mille tribus antagonistes. On aurait pu bénéficier d'un foyer sûr, à condition d'accepter de se battre pour l'obtenir. »

Je me suis approchée de la fenêtre pour lever les

yeux vers les demeures imposantes de la Capitale, disposées tout autour de nous dans la lueur d'or rouge du soleil géant mais froid. Ces édifices se dressaient tels des couteaux de pierre à cent bons mètres de hauteur. En comparaison, notre maison évoquait un simple jouet.

« Jouet », c'est d'ailleurs le premier mot de kalathani que j'ai appris.

Le lendemain de l'emménagement dans notre nouvelle maison, j'ai ouvert la porte sur un jeune Kalathani debout dehors.

L'enfant faisait à peu près ma taille – ce qui, d'après la logique de mes six ans, signifiait qu'il avait à peu près mon âge. J'ai estimé que je voyais là un garçon, parce qu'il tenait la version miniature des massues que portaient les gardes du Palais.

« Salut ! » Je me suis sentie bête. Il devait me trouver aussi raisonnable qu'un poisson qui aurait bu de l'eau. Je savais très bien que les Kalathanis ne parlaient pas. C'était la raison même de ma présence.

De grands yeux noirs sans iris me contemplaient depuis un visage ridé, couronné de centaines de frondes charnues et molles qui remuaient tels des tentacules – j'ignorais alors que ça indiquait sa nervosité. Il s'est avancé en traînant les pieds pour me tendre son arme.

Sans réfléchir, je l'ai prise. Elle était très légère.

« Fais attention, a dit Papa dans mon dos. Ce truc pourrait être empoisonné. » Je lui ai adressé un regard inquiet et il a essayé de me rassurer. « J'imagine qu'il tente de mériter ta confiance en te montrant qu'il ne te veut aucun mal. »

J'ai manipulé l'objet avec précaution, en tenant à distance les deux extrémités puisque j'ignorais laquelle comportait la partie mortelle. Les mains bientôt en sueur, je l'ai lâché, et j'ai poussé un cri quand il est tombé par terre.

Les frondes du garçon se sont mises à frémir comme des herbes sous la brise. Je l'ai regardé avec inquiétude.

Il a reculé d'un pas. Ses frondes dansaient plus vite et de façon encore plus chaotique.

« Ellen, on a besoin de toi ici ! » a lancé Papa vers le fond de la maison.

Une minute plus tard, Maman se tenait dans mon dos.

« Ne bouge plus. Il faudrait savoir quel tabou tu as pu enfreindre. » Elle a scruté notre visiteur, puis ajouté dans un murmure : « Je crois qu'il s'agit de l'enfant d'un des chefs avec lesquels j'ai négocié. »

Les frondes s'immobilisaient. Il a soutenu mon regard et désigné l'arme par terre entre nous. Lentement, il a levé ses mains aux seize doigts délicats – fines et souples brindilles. Il les a écartés, avant de placer sa main gauche sur la droite et de pianoter dans l'air en décrivant un mouvement dans le sens inverse des aiguilles d'une montre.

« Je n'ai jamais vu ce signe », a commenté ma mère.

Je ne faisais guère attention à elle. En regardant les mains du garçon piquer et remonter, j'ai cru percevoir dans son geste de l'allégresse, voire un plaisir sans mélange.

Il a considéré notre air égaré – comprenait-il seulement qu'on ne le comprenait pas ? –, puis essayé autre chose : de son index, il a tracé un Z dans l'air.

« Ça, je connais ! a repris Maman, haletante d'excitation. C'est une particule de négation. »

Puis le garçon a joint ses mains et les a plaquées contre le milieu de son corps trapu, perché au sommet de ses longues jambes.

« Ça aussi, je l'ai déjà vu sans savoir ce que ça signifie au juste. Peut-être "réel", "vrai", "exact". Une minute… »

Elle est allée chercher son ordinateur. Ma mère avait mis au point un système de notation des signes qu'utilisaient les Kalathanis. Elle les décomposait – emplacement de la main, forme, mouvement, orientation, éclairage, contexte –, puis elle les enregistrait à l'aide d'un alphabet de son invention. Ça l'aidait à les répertorier et lui permettait de les nommer. « Oui, il s'agit du signe *tsuko*. Il a beaucoup figuré dans les négociations. »

Pas réel. J'ai reporté mon regard sur l'arme au sol, avant de la ramasser et d'examiner les deux bouts.

« Sarah ! » Papa a voulu m'en empêcher. Maman l'a retenu.

Pas d'embouchure. L'arme n'était qu'un jouet, taillé dans un matériau dense, comparable au bois.

Afin de reproduire le premier signe du garçon, j'ai bougé mes mains en cercle tout en remuant les doigts, comme si j'imitais une araignée qui suivrait le bord d'un cadran.

« *Ethleth*, a murmuré Maman derrière moi. Que signifie *ethleth* ? »

J'ai désigné l'arme, écarté mes parents pour rentrer au pas de course dans la maison, puis rapporté le modèle réduit du *Rapa Nui* que Papa m'avait taillé dans un bout de mousse isolante inutilisée quand j'étais petite. J'adorais cet objet.

Je l'ai tendu au garçon et tracé à nouveau le signe *ethleth*, avant d'ajouter au bénéfice de mes parents : « Un jouet. Il a dit que c'était un jouet. Pas *tsuko*. »

Ses frondes battaient tels des serpentins attachés à une des grilles de ventilation du vaisseau. Il a croisé les mains derrière sa tête, avant de les désentrelacer et de les ramener devant lui pour écarter les doigts et les remuer comme s'il jouait d'un piano invisible.

« Même si les signes semblent compliqués, a soufflé ma mère, ils doivent s'échafauder sur des micro-gestes distincts susceptibles d'être combinés. »

Je n'ai pas tout compris à ce qu'elle disait, mais les doigts papillonnants me fascinaient. Je sentais presque ces gestes dans mes propres mains, comme si leur sens prenait forme.

« Il répète un signe sans arrêt, a repris Maman. *Tunloji.* »

Tunloji, Tunloji, Tunloji. À ce moment-là, j'ai soudain vu l'enfant comme une fille, et non plus un garçon. Ça pouvait venir de la façon dont elle me regardait, avec intérêt mais sans agressivité, ou de l'aspect que prenaient désormais ses rides, belles et voulues, tel un maquillage gravé sur sa peau. En la dévisageant, j'ai cru voir un éclair de compréhension dans ses yeux.

J'ai placé mes mains derrière ma nuque et dit : « Sarah, Sarah, Sarah. »

Tunloji a soufflé de l'air entre ses lèvres pour s'efforcer d'imiter les sons que je produisais.

J'ai ri ; ses frondes ont frémi.

Voilà comment je suis devenue un pont entre deux peuples.

Quand j'étais toute petite, Maman me disait d'imaginer le vaisseau comme un pont entre les mondes.

Le *Rapa Nui* tenait son nom d'une espèce mythique de la Vieille Terre, des hommes et des femmes qui, avec courage, avaient bravé une vaste mer dans de minuscules canots, leur volonté farouche leur permettant de franchir des distances incroyables et de peupler les îlots répandus sur l'immense océan comme les planètes habitables dans le vide spatial.

J'appartenais à la quatorzième génération native du vaisseau. Les enfants n'avaient guère de place pour courir et jouer. Je regardais, envieuse, les antiques vidéos montrant des mouvements et des espaces pareillement illimités – les danseurs et les danseuses de ballet, les tentacules souples des anémones de mer, les arbres agités par le vent, les troupeaux d'animaux lancés sur les plaines d'une planète, le berceau de mon espèce, que je ne visiterais jamais.

À bord, tout n'était que bruit : les machines grondaient, l'air pulsé bourdonnait, les familles entassées murmuraient. Mais sur Kalath, il y avait des espaces et des silences infinis où se perdre ; même les disputes se passaient sans bruit. Dès qu'on fermait les yeux, on se retrouvait dans son monde.

« Tu aimes le contraste ? » a demandé Maman.

J'ai hoché la tête. Ma nouvelle vie me plaisait beaucoup, même si Papa se faisait un sang d'encre, persuadé qu'il était du caractère fugace de la paix.

« Noter les contrastes, c'est le cœur de notre activité. » Afin de trouver l'inspiration, ma mère étudiait les langues mortes de la Vieille Terre dans nos archives. Elle expliquait que les sons d'un langage quelconque, au lieu de former un spectre continu, se retrouvent groupés en unités distinctes et contrastées qu'on appelle des phonèmes. Si les sons peuvent varier de bien des manières, seules certaines se révèlent pertinentes. Le ton, la différence entre plosives aspirées et non aspirées, la fonction des muettes, peuvent ou non jouer un rôle. Pour bien maîtriser une autre langue, il convient par-dessus tout d'identifier les variations sonores qui, parce que phonémiques, font sens.

Si les Kalathanis parlent avec les mains, l'analogie avec les langues des signes humaines incitait ma mère à estimer qu'il existait des « chérèmes », équivalents aux phonèmes, permettant de relever les contrastes signifiants en matière de mouvement, de positionnement, d'emplacement, de forme et de luminosité.

« Tu vas m'aider, Sarah. Ton cerveau reste flexible. Les chemins de la longue histoire humaine ne l'ont pas encore figé. Tu pourras apprendre à penser comme les Kalathanis en te liant d'amitié et en jouant avec eux. On affinera notre alphabet jusqu'à posséder l'ensemble de leurs chérèmes et on ajoutera des entrées à notre dictionnaire jusqu'à disposer des clés pour déverrouiller leur esprit.

— Attention, tes découvertes risquent de te décevoir, a dit Papa. Toutes les espèces supérieures poursuivent le même objectif : dominer les êtres différents, et survivre.

— Espérons qu'on a dépassé ce stade. Je suis sûre que les Kalathanis et nous avons beaucoup à apprendre les uns des autres. »

Elle s'est tournée vers moi. « Tu seras le prisme à travers lequel on verra les belles couleurs d'une culture étrangère. »

*

Un arc-en-ciel enjambait le ciel d'occident. L'averse avait laissé un air frais, tonifiant.

J'essayais d'enseigner à Tunloji, et d'apprendre de lui, le nom des couleurs du spectre lumineux, sans grand succès.

« Rouge. » J'ai désigné d'abord l'arc-en-ciel, puis la fleur pentagonale toute proche de moi, aussi rouge que les nuages du couchant et que le bord sanguinolent de l'irisation.

Tunloji a contemplé la fleur, avant de tapoter l'air du bout des doigts. Elle paraissait – je la voyais, calme et réfléchie, comme une fille ce jour-là – caresser le flanc d'une grosse bête.

J'ai tenté d'imiter son signe en désignant la fleur. Tunloji m'a regardée et a baissé la tête dans un geste que j'avais fini par traduire en un haussement d'épaules évasif.

Alors j'ai de nouveau pointé mon doigt vers l'arc-en-ciel, puis vers l'herbe alentour, et dit : « Vert. » Détrempée, elle m'évoquait les olives de l'aire hydroponique du *Rapa Nui*, qu'on réservait aux grandes occasions.

Tunloji l'a considérée en traçant le même signe.

« Non. » Dans un accès de frustration, j'ai secoué la tête. Les Kalathanis étaient-ils daltoniens ? Je m'efforçais depuis des jours de trouver le nom des couleurs, en vain. Maman avait interrogé les biologistes de la Concession sur ce qu'ils savaient pour l'instant de la physiologie de nos hôtes. Les motifs décoratifs de leurs vêtements et de leurs bâtiments suggéraient une vision des couleurs comparable à la nôtre. Échouer à faire passer un concept aussi simple me semblait incompréhensible.

Tunloji a ployé le cou et incliné la tête, montrant qu'elle aussi se sentait frustrée, avant de me faire signe d'approcher et de plier ses jambes à plusieurs jointures pour s'accroupir.

Elle a désigné un brin d'herbe, en s'assurant que je voyais bien lequel au juste, et tracé un signe pour la centième fois.

« Je sais. » Mon impatience s'entendait. « Rouge, vert, jaune : vous avez un seul mot pour toutes les couleurs. » Je l'ai reproduit sans conviction.

Tunloji m'a pris les mains. Elle avait la peau parcheminée et fraîche d'un lézard. J'ai retenu un cri de surprise. Jamais encore un Kalathani ne m'avait touchée.

Délicate, elle a guidé mes mains, répétant son

ondoiement subtil, et ne m'a lâchée qu'une fois certaine que je maîtrisais la vitesse, la position, le geste.

Ensuite, elle a indiqué un autre brin d'herbe et répété son signe.

Avant que j'aie le temps de l'imiter, elle m'empoignait de nouveau les mains pour me guider dans le tracé. Mais, à son contact, j'ai senti une légère différence : certaines parties de l'ondoiement étaient plus accentuées, d'autres, moins.

J'ai reporté mon regard vers les deux brins d'herbe. Leurs verts respectifs arboraient une nuance ténue que je n'aurais jamais cru pouvoir exprimer dans une langue quelconque.

Alors j'ai pointé de nouveau mon doigt vers l'arc-en-ciel, ramassé une brindille, schématisé le spectre en sept bandes, désigné chacune d'elles et énuméré les couleurs : « Rouge, orange, jaune, vert, bleu, indigo, violet. »

Tunloji a paru déroutée. Elle a considéré le phénomène céleste, le schéma, puis moi, avant de mouvoir ses mains en cercle, lentement, avec une pause occasionnelle pour tracer ce signe sempiternel et désigner des fleurs, des pierres, des nuages illuminés par le soleil.

Sensibilisée au sujet, j'ai constaté que chaque itération du signe offrait une dissemblance minime. Au lieu de prendre en compte cette disparité, Maman et moi l'avions tenue pour l'équivalent de la variété inévitable dans la prononciation d'un phonème à l'intérieur d'un mot. Je prenais conscience, enfin, que Tunloji nommait les diverses nuances disposées selon une vaste palette : rouge cramoisi (telle cette fleur), indigo pâle (comme cette feuille), jaune vif (tel ce nuage), pourpre chatoyant (comme cet insecte).

Comment les Kalathanis pouvaient-ils parler, alors qu'ils disposaient d'un million de mots rien que pour les couleurs de l'arc-en-ciel ? L'idée même me donnait la migraine. *Ne voyaient-ils les couleurs que comme des nuanciers infinis au lieu de vastes catégories ?*

« Les divergences les plus intéressantes entre les langues ne se situent pas au niveau du vocabulaire, disait Maman. Pour mieux les comprendre, il faut observer la variété des qualités du monde dont elles *nécessitent* l'encodage. »

Certains langages divisaient les noms en classes, avec des classificateurs : comme les objets fins et plats différaient des objets ronds et compacts, il fallait ranger tout ce dont on souhaitait parler sous de telles catégories. D'autres langues possédaient des formes verbales distinctes selon le temps, l'aspect, l'humeur, la voix, la personne, si bien qu'on devait coder ces éléments dans le discours sans pouvoir les laisser ouverts à l'interprétation.

« La langue kalathani encode de minuscules variations par le contexte, la comparaison. Elle exige des détails, des références concrètes, ce qui n'a rien à voir avec la précision. Pour parler, ces êtres ont besoin d'une telle spécificité que le raisonnement abstrait leur pose sans doute problème. »

« Ce n'est qu'un mauvais moment, a déclaré ma mère. Un malentendu passager. »

Je voyais Papa se retenir de rétorquer qu'il avait prédit ce genre d'incident. Il a préféré essayer de la convaincre. « Les gens ont peur. Ils cherchent la sécurité. Comme nous tous. Ce n'est pas ta faute si l'expérience a échoué. »

On était blottis dans la maison. Mon père serrait son arme une fois de plus. Il avait exigé qu'on regagne tous la Concession, mais Maman avait obstinément refusé.

« Ils les ont *mangés*, Ellen. »

On avait inhumé deux des colons, morts de vieillesse, dans un nouveau cimetière à la lisière de la Concession. La nuit venue, les Kalathanis avaient déterré et dépecé les corps, avant de les consommer à l'aube sous les regards horrifiés des autres colons, auxquels on avait même proposé une part. Une bagarre avait éclaté, des coups de feu avaient été tirés et un colon et deux Kalathanis gravement blessés, bien qu'on ne déplore aucun mort.

« J'ai vu leurs formations de combat et leurs aptitudes. Ils ne disposent peut-être pas de notre armement, mais ils sont rapides, meurtriers et organisés. Ils savent tirer profit de leur supériorité numérique. Ils ont œuvré à trois, en parfaite coordination, pour trancher la jambe de Jordan. »

Ils avaient battu en retraite, pour revenir bientôt porteurs de certains de leurs propres cadavres qu'ils avaient entrepris de manger aussi, réitérant leur offre aux colons.

« Ils ont proposé leurs morts comme s'ils partageaient des carcasses d'animal, de la nourriture. Je ne pense pas qu'ils fassent la différence entre les êtres intelligents et ceux qui ne le sont pas. Ce n'était que de la viande. Comment pourrait-on espérer les comprendre ? Ce sont des barbares, sans aucun respect de la vie, sans la moindre moralité.

— Il s'agissait peut-être d'une offrande de paix. » Maman parlait d'une voix tremblante, hésitante. « Ils sont peut-être aussi désorientés que nous à ce sujet. On doit continuer de s'efforcer à la compréhension mutuelle.

— J'ai toujours aimé ton idéalisme. » Papa redoutait de la peiner, je le voyais, cependant il a repris la parole après une courte pause. « Mais parfois on ne peut plus se le permettre. Toute la Concession vit sur les nerfs. Au prochain incident, il y *aura* des morts. Je ne peux pas t'empêcher de mettre en péril ta vie et celle de notre enfant, mais on a le devoir de ne plus risquer celles de tous les autres. »

Le Conseil a fini par suivre la suggestion de mon père et par ériger un rempart – avec tours de guet et tourelles de mitrailleuse.

Les Kalathanis l'ont regardé s'élever, leurs frondes figées, immobiles.

*

Tunloji a désigné le mur au loin, m'a interrogée à son sujet et, à défaut de savoir le lui expliquer, j'ai haussé les épaules.

Après un mois séparés, on jouait de nouveau ensemble. Maman avait moins d'espoir de comprendre les Kalathanis, mais elle trouvait que je progressais bien avec Tunloji.

J'ai sorti une boucle de ficelle et on s'est assis côte à côte, séparés par un petit intervalle, pour regarder nos réflexions prendre diverses formes.

C'était un bon jeu quand on n'avait rien à dire.

Même si, par diplomatie, on n'a plus reparlé de l'incident qui avait entraîné la construction du mur, le Conseil a prié les scientifiques, dont ma mère, de poursuivre leur étude des coutumes des Kalathanis pour voir si ceux-ci présentaient un danger.

Les biologistes de la Concession avaient découvert que nos hôtes étaient asexués.

« Pas tout à fait, avait ajouté Maman. Plutôt unisexués. »

Faute d'espace vital, on n'avait jamais caché aux enfants à bord du *Rapa Nui* d'où venaient les bébés. « Discrètement, les biologistes ont observé les Kalathanis…

— Pour tâcher d'obtenir des vidéos cochonnes extraterrestres, a gloussé Papa.

— … et établi que leur biologie reproductrice ne se base par sur deux sexes ou plus. Le dimorphisme sexuel que nous avions observé équivaut à une illusion : en fait, leurs traits physiques balaient tout un spectre. Chaque Kalathani naît asexuellement d'un parent unique, mais l'enfant n'est pas le clone exact de l'ascendant. Les adultes échangent des bouts de matériau génétique tout au long de leur vie. Même si on ne décrypte pas encore très bien le mécanisme exact, il y a des chances pour qu'il implique une forme d'intimité qui se rapproche des appariements humains.

— Les hommes ne sont pas des hommes et les femmes ne sont pas des femmes, a dit Papa. Ce qui explique pourquoi on a tant de mal à les comprendre. Il n'y a chez ces gens aucune compétition sexuelle, aucune propension à atteindre la grandeur.

— C'est même encore plus étrange, a enchaîné ma mère. Les Kalathanis échangent aussi, quoique dans des quantités très inférieures, des gènes avec des espèces non sensibles. En fait, la notion même d'"espèce" apparaît mal définie, au vu de leur biologie. Ça pourrait expliquer, dans une certaine mesure, leur problème récurrent avec les limites, qui semble partie intégrante de nombreux sujets. Ainsi, leurs schémas de parenté sont entrelacés, compliqués, et intègrent maints et maints types et degrés de familiarité distincts. Au lieu de différer les uns des autres, les divers langages et dialectes qu'on a étudiés se fondent les uns *dans* les autres.

— Même l'idée d'une division en tribus et nations semble remise en cause, a marmonné mon père en secouant la tête. Comment élucider suffisamment leur mode de pensée pour prévoir leurs stratégies ?

— Il nous faudra certainement modifier notre perspective pour les comprendre, a convenu Maman. Même leur habitude de manger les morts entretient sans doute un rapport avec les échanges génétiques. Faute d'une faculté d'abstraction, il se peut qu'il leur manque l'aspiration à la transcendance et donc nos tabous innés. »

Pour ma part, je me focalisais sur un seul aspect : Tunloji n'était ni garçon ni fille, ni « il » ni « elle ». Et de par notre amitié, Tunloji n'avait rien d'un « ça », non plus.

Ma langue et le flux de ma pensée exigeaient de moi que je lui assigne une catégorie, mais il n'en existait aucune qui corresponde.

Au fil des ans, Tunloji et moi, on a parcouru la gamme de l'amitié. Les deux mains écartées, tenant en coupe le vide intermédiaire, se sont approchées jusqu'à ce que les doigts se touchent presque, comme reliés par des ficelles invisibles pour jouer au Berceau du chat.

Maman avait beau le réviser, son alphabet de chérèmes ne pouvait pas capturer l'infinie variété de la langue kalathani. Elle ajoutait sans répit des indicateurs d'intensité numérique pour des caractéristiques comme l'éclat, la vitesse, le degré de courbure, mais il s'agissait d'une tâche impossible. À l'instar de leur vision en nuances innombrables plutôt qu'en couleurs distinctes, le discours des Kalathanis rejetait toute échelle susceptible de séparer en étapes distinctes la qualité observée.

Papa passait de moins en moins de temps à notre maison de la Capitale. Il se cantonnait à la Concession enclavée. Sa présence me manquait, tout comme le réconfort que je tirais du son de sa voix.

Quand il était là, ma mère et lui se disputaient souvent.

Il s'inquiétait toujours davantage, et le Conseil aussi, de l'opacité des intentions des Kalathanis, mais quand j'essayais de lui expliquer ce que j'apprenais sur eux, mes tentatives n'aboutissaient guère.

« Sarah, je ne vois pas comment utiliser ce que tu me dis pour élaborer une stratégie qui nous mettrait à l'abri et nous garantirait un avenir sûr », répondait-il, déçu par l'absence de progrès dans nos investigations et furieux de sa propre impuissance.

Il a confié un jour à Maman avoir proposé que des jeunes Kalathanis vivent sur la Concession et y fréquentent l'école afin de se retrouver exposés à la culture humaine.

Ma mère a d'abord cru, ravie, qu'il cherchait un moyen d'abattre le mur. La démarche paraissait compléter ce qu'on faisait, fournir un autre moyen de construire des ponts entre les deux peuples. Elle a parlé aux chefs kalathanis, avec Tunloji et moi comme interprètes. Hormis quelques congés où je rejoignais la Concession, je passais tout mon temps à la Capitale. Avec Tunloji, on dialoguait bien ; mes rêves et mes réflexions commençaient à utiliser les signes kalathanis.

Les chefs ont donné leur accord et envoyé dix de leurs jeunes à l'école de la Concession.

Quand Maman l'a visitée un mois plus tard, ce qu'elle y a vu l'a fâchée.

« Ce n'est pas une école ! a-t-elle lancé à Papa sans autre forme de procès. Oui, on les nourrit bien, on les laisse se divertir avec l'ordinateur, mais ils sont presque prisonniers. On ne fait aucun effort pour leur *enseigner* quoi que ce soit ou communiquer. Qu'est-ce que vous fabriquez réellement ?

— Ils servent de police d'assurance, s'est borné à répondre mon père.

— Contre quoi ? »

Un soupir. « À ton avis, pourquoi les Kalathanis ont-ils accepté de nous laisser habiter leur Capitale ?

— Parce qu'ils souhaitent apprendre à notre contact autant que nous au leur ? »

Il a secoué la tête. « Tu parles des Nobles Sauvages de tes rêves. Reconnais leurs qualités de stratèges. En nous gardant ici, toi, moi et Sarah, ils ont trois otages qu'ils peuvent rassembler sans mal en cas de conflit. À l'inverse, la colonie, en permettant qu'on reste, témoigne sa confiance et promet qu'aucun conflit n'éclatera. C'est pour le bien de la colonie que j'ai fini par accepter que Sarah et toi viviez ici. Mais pour que la diplomatie prévale, il faut l'équilibre : on doit avoir des otages kalathanis. »

Elle a plissé les yeux. « Pour toi, Sarah et moi, on est une monnaie d'échange ? Tu considères des enfants comme des *otages* ?

— J'essaie de nous tenir en vie parmi des gens hostiles.

— Pourquoi vouloir qu'ils soient *hostiles* ? Pourquoi ne pas simplement les voir comme de bons voisins, d'aimables hôtes qui nous laissent partager leur planète ? »

C'est d'une voix basse et chagrine que Papa a répondu. « J'aimerais que tu aies raison, et moi tort, mais les règles de l'évolution sont une constante de l'univers entier. Pour réussir, toutes les espèces intelligentes qui dominent leur planète doivent manifester une certaine hostilité à qui vient d'ailleurs. L'intelligence et l'agressivité constituent les deux faces de la même pièce. Ceux qui soutiennent le contraire en dépit de tout se bercent d'illusions. »

« Ce serait du délire que de poursuivre les négociations, a marmonné mon père. Ils préparent un truc.

— Ils sont différents, a répliqué Maman. *Étrangers.* Mais on peut raisonner avec eux. »

Dix années avaient passé depuis l'établissement de la Concession. Entre-temps, les Kalathanis n'avaient fait que devenir plus opaques, plus incompréhensibles aux pionniers. En ma qualité d'interprète aux pourparlers, je croyais savoir ce qui clochait et j'avais essayé d'expliquer le problème au Conseil. Mais ses membres, qui n'entendaient que ce qu'ils voulaient bien entendre, m'avaient ignorée.

La rumeur qui courait dans la Concession voulait que les Kalathanis s'inquiètent de la croissance de notre population. On déplorait aussi que, malgré tout ce qu'on avait fait, et malgré l'école spéciale pour leurs jeunes, les extraterrestres n'aient toujours pas montré grand intérêt à apprendre de nous, à adopter nos idéaux.

Papa a ri, amer. « On parle de gens qui ignorent l'écrit, dont la langue paraît conçue pour résister à toute notation. Ils vivent dans une brume perpétuelle où leurs intentions sont aussi vagues que des poissons qui filent en eau trouble. Raisonner avec eux est tout bonnement impossible. »

Maman n'a rien répondu, ce qui signifiait qu'elle était à la fois en désaccord et en accord avec lui. Au fil des ans, faute de comprendre les Kalathanis, elle avait révisé sa vision positive initiale, mais je doutais qu'elle ait fini par partager le point de vue de mon père.

Je me demandais si ces subtiles distinctions importaient encore. À entendre Papa et les autres membres du Conseil, il fallait choisir son camp, désormais : soit on était avec eux, soit on était contre eux.

Je me documentais sur l'histoire des peuples de la Vieille Terre dans les archives du vaisseau. Autrefois, les humains se divisaient en milliers de tribus et parlaient des milliers de langues, chacune avec son éventail de dialectes, d'écritures, de manières de classer et de voir le monde. Mais, au gré du temps, les dialectes de chaque langue s'étaient réduits à un seul, puis les langues réduites à une seule, et les écritures en avaient fait autant. L'humanité entière parlait et écrivait de la même façon, maintenant.

« Pourquoi est-ce que ça s'est passé comme ça ? avais-je demandé à ma mère.

— Question de progrès. »

Une langue altérait la manière dont on pensait le monde. Elle fonctionnait comme un gène, ses locuteurs formant une espèce qui luttait pour sa survie. La langue qui remportait ce combat et survivait devait, par nécessité, représenter la plus éclairée, la plus apte à la réflexion et au raisonnement, et conférer à ses locuteurs la meilleure chance d'acquérir une technologie avancée et une richesse abondante. Telle était l'hypothèse Sapir-Whorf-Maïr, conçue dans l'ancien temps par le grand philosophe et général Maïr, qui avait synthétisé les observations de deux penseurs antérieurs pour les mener à leur conclusion logique.

« Par l'exploration, la colonisation, les langues favorisent la compétition, la domination, l'apprentissage, l'éveil. On a adopté la meilleure, soit celle qui a parfait la forme de nos pensées. En chemin, on a éliminé les écritures, les bruits et les distinctions moins robustes, moins utiles. C'est ainsi que l'humanité s'est unifiée. Même le peuple auquel le nom de notre vaisseau rend hommage a fini par cesser de parler sa propre langue. »

Une chronologie évidente, inévitable : la meilleure langue donnait les meilleures idées, qui donnaient les meilleures armes, qui donnaient la victoire et la domination.

Pourtant, je restais quelque peu dubitative. J'avais appris dans une certaine mesure à parler kalathani, à penser comme eux. Dans leur langue, il faut toujours envisager les nuances du sens. Il n'y a aucune manière simple, avérée, de dire quoi que ce soit. Tout est affaire de degré, chaque caractéristique est sujette à l'analyse, à la redéfinition. Je refusais l'idée que cette vision du monde soit condamnée.

Voilà où les négociations achoppaient. Les Kalathanis ne disaient pas non, et ils ne disaient pas oui. Ils posaient des questions : pourquoi les humains rechignaient-ils à partager leur technologie et tenaient-ils à édifier des murs ? Mais lcs nuances se perdaient à la traduction. Le Conseil prenait ces questions pour des dénégations, pour un prélude à la guerre.

Ce langage tolère mal les abstractions et les catégories, a écrit Maman. *On comprend sans peine que les Kalathanis n'aient jamais élaboré de système d'écriture. Hormis une notation formelle pour les mathématiques et un ensemble de conventions graphiques pour l'ingénierie et l'architecture, ils sont quasi analphabètes.*

« Ainsi va le monde, a résumé Papa. Les Kalathanis ont été exposés à une culture différente, supérieure. Ils peuvent s'éduquer et s'adapter, ou ils mourront, mais, dans un cas comme dans l'autre, il y aura la guerre. »

On était assis sur la pente herbue. J'apprenais à Tunloji les dernières des deux cents variantes.

Vous aimez construire des murs, a-t-ul déclaré.

Je rends ainsi au plus près ses mots en anglais. En fait, au lieu de « vous », Tunloji avait dit « ceux qui possèdent des degrés de parenté avec toi » ; ce que je traduis par « aimez » signifiait plutôt « appréciez davantage que l'affamé la nourriture et moins que l'esseulé la compagnie ».

C'était épuisant de devoir retirer tellement de nuances et de sens de chaque énoncé. Les traductions anglaises, si je voulais essayer de rendre justice à l'original, auraient paru aussi disgracieuses que les pronoms inventés auxquels il me fallait recourir pour faire référence à Tunloji. Je préférais de loin penser en kalathani qu'en anglais.

Ça leur donne un sentiment de sécurité. Je m'efforçais de signer sans paraître sur la défensive.

Tu ne veux pas dire « nous » *?*

Tunloji utilisait le mot anglais. Les Kalathanis avaient du mal avec le son « s », mais j'avais compris.

Les pronoms kalathanis, à l'instar de leurs autres signes, comportaient une infinité de nuances. Des mots anglais tels que « nous » (incluant ou non le destinataire), « vous », « tu », « ils » (avec le destinataire potentiellement inclus ou exclu), et ainsi de suite, n'étaient que des bornes grossières sur un spectre subtil. J'avais utilisé un signe m'excluant des individus concernés (les pionniers de la Concession), alors que Tunloji avait insisté sur le « nous » humain.

J'ai tressailli.

Il en va toujours ainsi avec eux, a poursuivi Tunloji. À la façon dont ul signait, j'étais proche de me retrouver incluse dans ce « eux », mais ul n'avait pas poussé jusqu'à « vous ». *Ils pensent toujours en termes de* « nous » *et* « eux ».

Je ne pouvais guère li contredire. De même que j'avais appris à réfléchir en Kalathani, ul savait maintenant penser en humain.

On parle de guerre parmi eux. J'avais hésité, et failli user du signe pour *nous*, mais je m'étais abstenue.

Ses frondes vibraient de colère. *Vous qui évoquez la paix, l'entraide et l'apprentissage, vous ne pensez qu'à faire la guerre, qu'à utiliser vos armes supérieures. Vous avez deux côtés, deux faces. Vous parlez de deux voix. Vous manquez de* tsuko.

L'aigle qui tenait les flèches et le rameau d'olivier. Les disputes entre mes parents.

Le *tsuko* de ma mère désignait en fait une famille de signes indiquant des degrés d'authenticité. Tunloji s'était frappé la poitrine aussi fort qu'ul le pouvait.

Mais, même dans sa colère, ul avait pris soin de tourner ce *vous* d'une façon qui pouvait ou non m'inclure. Je restais là, honteuse, la ficelle du Berceau du chat oubliée sur mes genoux.

On parle aussi de guerre parmi eux, a ajouté Tunloji au bout d'un moment. Ul m'étonnait, en faisant référence non à la Concession, mais à la Capitale derrière nous.

Pourquoi ? ai-je demandé.

Les enfants qui ont vécu parmi vous ont appris davantage que ton père ne le croit. On parle beaucoup de ce que vos armes peuvent faire, de la puissance de vos vaisseaux, et de la manière tranchée dont vous voyez une ligne entre vous et pas-vous.

Le soi et l'autre, le yin et le yang, le masculin et le féminin.

Je méprise leur discours, a dit Tunloji. *Il n'est pas* tsuko. *Ils croient en des mirages.*

De nouveau, ul avait parlé du *tsuko* avec une telle ardeur qu'ul s'était frappé la poitrine comme en s'assénant un coup de poing.

Mes doigts chauds entrelacés avec les siens parcheminés, j'ai pris sa main. Au bout d'un moment, ul a passé son bras autour de mes épaules. On avait grandi de concert, si bien qu'on faisait la même taille.

On a noué une étreinte, non à la kalathani – les membres entrelacés –, ni à l'humaine – chacun la tête sur l'épaule de l'autre –, mais en se tenant à bout de bras et front contre front. Ses frondes me massaient le crâne.

Soudain, avant que je ne m'avise de ce qui se passait, ul a passé la main sous mon chemisier et posé ses doigts délicats sur la peau nue de mon sein, sous lequel mon cœur battait la chamade.

J'ai haleté. J'avais passé à Tunloji les vidéos

d'éducation sexuelle du *Rapa Nui* ; ul m'avait montré comment les siens nouaient des relations intimes pour échanger du matériel génétique, un secret dont les scientifiques de la Concession n'avaient aucune idée.

Puis je me suis détendue et j'ai posé mes propres doigts sur ses lèvres. Bientôt, ul ouvrait la bouche et les acceptait à l'intérieur où, tremblants, ils exploraient les membranes aux plis délicats et à la chaude moiteur.

Ul a marqué une pause. *C'est ce que tu veux ?*

Oui. Je parlais de l'intérieur de li, mes doigts caressant et massant les couches sensibles d'un monde nouveau.

Ul a fermé les yeux. Admettre en soi les organes de la parole, les mots mêmes de l'être aimé – il n'y a plus de malentendu possible. Confiance, intimité, *tsuko*.

Nous avons fait l'amour sous les étoiles, tard dans la nuit, tandis que la Concession et la Capitale s'éloignaient de plus en plus et que le conflit envisagé prenait corps, passant par les stades innomés entre rêve et réalité.

Je me trouvais à la Concession quand la guerre a éclaté.

Papa l'avait prévu. Dans son idée, Maman et moi étions des otages, les seules monnaies d'échange des Kalathanis.

Il a eu du mal à croire avec quelle facilité il avait pu nous amener ici sans que les Kalathanis y trouvent à redire. Durant toutes ces années, il avait veillé avec soin à ce que l'une de nous deux reste à la Capitale lorsque l'autre se rendait à la Concession, car il jugeait crucial de démontrer à nos hôtes que nous leur faisions confiance.

Il avait gâché son talent.

En même temps, une bonne vingtaine de jeunes Kalathanis se trouvaient dans la Concession. Sur sa recommandation, le Conseil les avait capturés et amenés au mur afin de prouver que la colonie ne plaisantait pas.

Soit les Kalathanis acceptaient sur-le-champ d'évacuer une zone d'environ un million de kilomètres carrés autour de la Concession, soit les colons exécuteraient ces enfants.

Quand j'ai tenté de quitter la Concession, mon père m'a giflée avec force. « N'oublie jamais qui tu es, Sarah : un membre de l'espèce humaine.

— Ne t'en fais pas. » Maman essayait de me réconforter. « Il ne s'agit que d'une tactique de négociation. On n'irait pas jusqu'à tuer quelqu'un. » Tout en l'écoutant, je tâchais de juger quelle part de *tsuko* il y avait dans ses paroles.

Les Kalathanis ont mis des heures à s'aviser que la colonie leur déclarait la guerre. En réponse, ils ont réuni une armée formidable qui a marché vers les murs de la Concession.

À la vue de cette énorme masse, les gardes des enfants ont paniqué et deux des jeunes Kalathanis ont été tués, par accident ou non.

« Arrêtez ! » a hurlé mon père à l'armée extraterrestre. Debout à ses côtés au sommet de l'enceinte, j'ai dû traduire. Des faisceaux lumineux projetaient des images géantes de mes mains sur les murs, comme des créatures fantastiques qui auraient dansé dans la brume. « N'approchez plus. »

Par milliers, en rangs serrés, ils continuaient d'avancer en silence. Ils arboraient leurs armures les plus robustes et tenaient leurs armes les plus puissantes, mais ce n'étaient que des jouets face aux défenses des humains.

« C'est inutile, ai-je dit à Papa. Ils… nous ne pensons pas de cette façon. » Mais il n'écoutait rien.

Il a pointé son pistolet sur un autre jeune Kalathani qui le regardait, impassible.

« Qu'est-ce qui cloche, chez vous ? a-t-il demandé d'une voix rauque. Vous n'avez pas peur de mourir ? »

Il était plus près de la vérité qu'il ne s'en rendait compte. Les gens qu'il craignait tellement accordaient une valeur différente à l'existence que lui.

J'aurais voulu le lui expliquer : les Kalathanis ne voient pas la vie et la mort comme des états distincts. La mort ne leur paraît en rien comme le pire des sorts possible qu'il convient d'éviter à tout prix. Tout un ensemble d'étapes concerne la vie, la mort et l'au-delà : on vit libre, on vit dans la peur, on vit sans *tsuko*, on dépasse la mort en esclave, on est mort mais libre, et ainsi de suite jusqu'à la transcendance.

C'est pourquoi, des années plus tôt, les Kalathanis avaient essayé de consommer des cadavres humains : pour explorer à fond la région nuancée entre la vie et la mort d'un peuple inconnu, pour essayer d'absorber le nouveau dans l'existant par degrés successifs. Ils avaient aussi proposé de partager leurs propres morts avec les colons, afin que les humains apprennent à dépasser leur peur du trépas.

« Arrêtez, merde ! Pourquoi ne vous arrêtez-vous pas ? » Il s'est avancé, il a abattu le jeune Kalathani près de lui et il l'a jeté au pied du mur.

L'armée n'a même pas ralenti.

« Nous ne nous arrêterons jamais », ai-je dit à mon père. Les traits déformés par une expression de rage et de terreur que je ne reconnaissais pas, il évoquait un extraterrestre.

« Ce sont des barbares, a-t-il répliqué. Au lieu d'accepter l'inévitable, de concéder la défaite, de tolérer le joug d'une race supérieure, ils préfèrent voir leurs enfants mourir. On ne pourra jamais les raisonner. » À mesure qu'il parlait, sa voix prenait des accents mélancoliques, mais déterminés.

Il a ordonné qu'on continue de tuer les otages kalathanis et de les jeter du haut de l'enceinte. Maman est descendue du mur, les mains sur les yeux.

L'armée poursuivait son ascension vers nous.

Papa a intimé aux hommes de tirer sur les Kalathanis. On n'avait plus aucun espoir de négocier la paix. Il ne cherchait plus à les vaincre.

« Il faut les annihiler. » La nuance de responsabilité, la note profonde de sécurité que j'aimais depuis toujours avait déserté sa voix. Je n'y entendais plus que du désespoir et de la terreur.

Au fur et à mesure que les Kalathanis des premiers rangs mouraient, d'autres venaient les remplacer.

Je n'oublierai jamais cette scène étrange. Ils mouraient en silence, faute d'avoir l'habitude de parler dans leurs derniers instants. Seuls les chocs sourds des corps tombant au sol accompagnaient le sifflement étouffé des armes à énergie. Comme leurs sarbacanes ne portaient pas jusqu'au sommet des murs, les Kalathanis ne ripostaient jamais.

Était-ce la faute de leur langue s'ils ne possédaient pas d'armes à feu ou à énergie et devaient nous affronter avec leurs corps comme seuls boucliers pour se protéger les uns les autres ?

L'hypothèse Sapir-Whorf-Maïr impliquait aussi de croire au sang, à la violence, à la mort. La médaille avait un revers.

Je n'avais aucune idée, non plus, de ce qu'ils préparaient. Comptaient-ils seulement aller de l'avant et mourir jusqu'à ce que les corps entassés leur permettent d'escalader le mur de la Concession ?

Et ensuite ? Allaient-ils tuer tous les êtres humains qu'ils croiseraient ? Croiraient-ils agir par compassion parce qu'ils jugeaient la mort préférable au fait de ne voir le monde qu'en catégories distinctes, qu'en pièces détachées ?

Je trouvais ce qui se passait plus horrible que toutes les scènes de carnage des archives du vaisseau.

L'obscurité tombait, les doigts des Kalathanis bougeant en rythme me rappelaient la danse des étoiles dans le vide spatial.

Je refusais de choisir un camp. J'en avais soupé des camps.

Les lueurs dansantes des astres se faisaient de plus

en plus brillantes alors que ma tête devenait de plus en plus légère.

Tout ce dont je me souviens, c'est d'avoir sauté dans un océan d'étoiles, comme un vaisseau qui accélérerait dans un champ stellaire.

Il paraît que Tunloji m'a rattrapée dans ma chute, mais il s'agit sans doute d'un enjolivement ultérieur. Chaque fois qu'on me le raconte, on se garde bien d'insuffler aux signes le degré de *tsuko* qui exprimerait la foi dans le caractère factuel du récit. Non, le locuteur signe dans le registre du mythe, du conte, de la légende, de la chanson de geste.

Qu'est-ce qui s'est passé ensuite ?

Ton père a ouvert la bouche et la ligne entre « nous » *et* « vous » *a disparu.*

« Il n'y a que toi qui les aies jamais compris, a dit Maman. Je passerai le reste de mes jours à essayer de te comprendre, toi. »

J'ai piqué un baiser sur sa joue pour la dernière fois.

« Pourquoi ? » m'a demandé mon père, pendant que les derniers colons montaient en navette vers le *Rapa Nui*, dans la perspective d'un second voyage de plusieurs générations en quête d'un nouveau foyer. « Pourquoi est-ce que tu tiens à rester ici ? »

J'ai enlacé Tunloji par le cou. Mon père a tressailli. Il refusait de li regarder dans les yeux. Pour lui, ce qui nous liait, Tunloji et moi, était une abomination intolérable.

Peu importait que les Kalathanis laissent les colons partir sans tracasserie, peu importait qu'ils aient renoncé à venger leurs centaines de morts, mon père croyait dur comme fer qu'ils étaient dépourvus de morale et de raison parce qu'ils avaient refusé de se rendre en voyant leurs enfants périr.

« Jamais je n'aurais dû accepter qu'on t'élève parmi eux », a-t-il marmonné.

J'allais parler, mais Maman m'a devancée. « Ne sois pas trop dure avec lui.

— C'est une coque qu'aucune compréhension ne pénètre. C'est un imbécile.

— Et quelqu'un qui a ordonné aux hommes de cesser le feu quand tu as sauté du mur pour rejoindre les Kalathanis. Il a renoncé à sa responsabilité envers la colonie, à son âme, pour toi. Il t'aime plus que tu ne peux l'imaginer. »

À ça, je n'avais aucune réponse. Il avait jugé ma vie plus précieuse que celle de centaines de milliers de Kalathanis – préféré perdre la guerre et laisser la colonie à leur merci que risquer de me faire du mal. Pour lui, il y avait un gouffre infranchissable entre « humain » et « kalathani », entre « parent » et « étranger », entre « nous » et « eux ». Et sur ce gouffre, il bâtissait un édifice moral.

Cette façon de penser, les Kalathanis ne l'avaient jamais comprise, et je ne la saisissais qu'à peine.

« Tu es plus des leurs que des nôtres », a résumé Papa.

Tu as raison, ai-je dit. Puis j'ai pressé mes poings contre mon cœur. *Tsuko.* Mais sans appuyer. Je désirais plus que tout qu'il comprenne la subtilité de mon propos et qu'il lise dans cette délicatesse la volonté réelle de le blesser le moins possible et de continuer à m'identifier comme sa fille.

Je l'aimais toujours, à ma manière.

Je déroule la ficelle autour des doigts de Ket, puis je la façonne en une nouvelle forme – la Forme de la pensée, un dessin de mon invention.

La Forme de la pensée donne l'Arc-en-ciel qui donne la Poignée d'étoiles qui donne les Voies jumelles qui donnent les deux cents nouvelles variantes imaginées par les jeunes Kalathanis morts d'ennui en train d'essayer d'imaginer les humains vivant jadis parmi eux.

Je regarde Ket droit dans les yeux, en li demandant ainsi d'adopter cette nouvelle forme, cette voie inédite.

Une décision entraîne la suivante ; des chemins s'ouvrent tandis que d'autres se ferment.

Le laps de temps que les humains ont passé parmi eux a transformé les Kalathanis, tout comme le laps de temps que j'ai passé parmi les Kalathanis m'a transformée.

Ma mère se trompait ; je le sais, maintenant. Il n'y a pas, il ne peut pas y avoir un langage unique, ni un seul mode de pensée. Déjà, les colons du *Rapa Nui* raisonnent autrement que leurs ancêtres à l'époque où ceux-ci ont embarqué dans le vaisseau. Dans l'immensité de l'espace interstellaire, les phonèmes dérivent et s'altèrent, les vieilles différences se brouillent et de nouvelles surgissent. Éparpillée dans les étoiles, l'espèce humaine parle de nouveau mille langues, chacune façonnée par, et façonnant, une nouvelle logique, une nouvelle vision du monde.

Je constate déjà que les jeunes Kalathanis trouvent plus facile de voir les lignes à la place des nuances, les catégories au lieu de l'éventail. Le langage évolue, plus saccadé, moins fluide, plus susceptible aux distinctions. Il se peut qu'un jour ils perçoivent l'arc-en-ciel en sept couleurs et divisent le monde plus distinctement entre nous et eux.

Ket me prend la ficelle, les frondes apaisées, le corps détendu, joyeux. Je l'étreins plus fermement, et je ligote ses doigts, pour nous réduire au silence, li et moi. Les autres, persuadés qu'il s'agit d'un nouveau jeu, s'agglutinent autour de nous. Un nœud se forme ainsi.

Je voudrais que ce moment, pauvre en division, riche en variation, dure l'éternité.

Les vagues

traduit de l'anglais par Pierre-Paul Durastanti

Il y a longtemps, juste après la séparation du Ciel et de la Terre, Nü Wa se promenait sur la berge du Fleuve Jaune en savourant le contact du limon sur la plante de ses pieds.

Autour d'elle, des fleurs de toutes les couleurs de l'arc-en-ciel s'épanouissaient, aussi jolies que le ciel d'orient, où elle avait dû boucher avec une pâte de gemmes fondues la fuite causée par des petits dieux en guerre. Cerfs et buffles filaient sur la plaine, tandis que crocodiles et carpes dorées s'ébattaient dans l'eau.

Mais Nü Wa était seule. Elle n'avait personne à qui parler ou avec qui partager toute cette beauté.

Elle s'assit au bord du cours d'eau, recueillit une poignée de boue et entreprit de la sculpter. Avant peu, elle avait créé une version miniature d'elle-même : une tête ronde, un long torse, des bras, des jambes, de petites mains et des doigts façonnés à grand soin avec une esquille de bambou.

Elle prit la statuette au creux de ses paumes, la porta à sa bouche et lui insuffla la vie. La figurine haleta, se débattit entre ses mains et se mit à babiller.

Nü Wa éclata de rire. Elle ne serait plus seule désormais. Posant la minuscule sculpture sur la berge du Fleuve Jaune, elle ramassa un nouveau monticule de boue et en commença une autre.

L'Homme fut ainsi créé à partir de la terre, et à la terre il retournerait toujours.

« Qu'est-ce qui s'est passé après ? voulut savoir une voix ensommeillée.

— Je te raconterai ça demain soir, répondit Maggie Chao. C'est l'heure de dormir. »

Elle borda Bobby, cinq ans, et Lydia, six ans, éteignit la lumière de leur chambre et ferma la porte en sortant.

Un instant, elle resta immobile, l'oreille tendue, comme si elle pouvait entendre les photons filant le long de la coque profilée qui tournait sur elle-même.

La vaste voile solaire se gonflait dans le vide spatial et l'*Écume*, accélérant toujours, s'éloignait en spirale du soleil dont l'éclat se décalait vers le rouge, crépuscule perpétuel qui se ternissait sans cesse.

Il faut que tu voies ça, murmura João, mari de Maggie et Officier en second, dans son esprit. Ils pouvaient se parler grâce à la puce d'interface neurale que chacun d'eux portait implantée dans son cerveau. Ces dispositifs stimulaient, par pulsations lumineuses, les neurones génétiquement modifiés des aires langagières du cortex, les activant ainsi que la parole l'aurait fait.

Elle considérait parfois l'implant comme une petite voile solaire que les photons gonflaient pour générer la pensée.

Cette technologie séduisait beaucoup moins João. Même une décennie après l'intervention chirurgicale, la possibilité de se trouver dans la tête l'un de l'autre lui inspirait encore des réserves. Il comprenait les avantages à rester en contact permanent, mais ce système de communication lui paraissait encombrant, aliénant, comme s'ils se muaient peu à peu en cyborgs, en machines. Il n'y recourait qu'en cas d'extrême urgence.

J'arrive, répondit-elle avant de gagner sans tarder le pont de recherche, plus près du centre du vaisseau, où la gravité simulée par la coque en rotation était plus légère. Les colons en plaisantaient : selon eux, l'emplacement de ce laboratoire aidait les gens à mieux réfléchir, le cerveau se voyant mieux irrigué en sang oxygéné.

On avait inclus Maggie Chao dans cette mission pour son expertise en matière d'écosystèmes autosuffisants, mais aussi pour sa jeunesse et sa fertilité. Puisqu'ils voyageaient à une petite fraction de la vitesse de la lumière, il allait leur falloir près de quatre cents ans (d'après le cadre de référence du vaisseau) pour atteindre 61 Virginis, même compte tenu des modestes effets de dilatation temporelle. Cela impliquait de prévoir la naissance d'enfants et de petits-enfants afin qu'un jour les descendants des colons puissent apporter le souvenir des trois cents explorateurs originels à la surface d'un autre monde.

Elle retrouva João au labo. Il lui tendit une tablette tactile en silence. Toujours, il lui laissait le temps d'atteindre ses propres conclusions devant un fait nouveau, sans essayer d'orienter ses réflexions.

C'était un de ses premiers traits de caractère qu'elle avait appréciés quand ils avaient noué une relation des années plus tôt.

« Extraordinaire, dit-elle en consultant le résumé. C'est la première fois qu'ils essaient de nous contacter en dix ans. »

Beaucoup de gens sur Terre avaient considéré l'*Écume* comme une folie, un outil de propagande de la part d'un gouvernement incapable de résoudre les vrais problèmes. En quoi lancer une mission de plusieurs siècles vers les étoiles pouvait-il se justifier alors qu'on mourait encore de faim ou de maladie ? Après le départ, on avait limité les contacts au minimum avec la planète mère, avant de les interrompre. La nouvelle administration refusait d'entretenir ces énormes antennes terrestres – peut-être même préférait-elle oublier cette nef des fous.

Voilà pourtant qu'ils envoyaient un message par-delà le vaste gouffre du néant.

Tandis qu'elle lisait le reste, son expression passa peu à peu de l'excitation à l'incrédulité.

« D'après eux, le don de l'immortalité doit concerner l'humanité entière, déclara João. Même scs voyageurs les plus éloignés. »

La transmission décrivait une procédure médicale inédite. Un virus modifié – un nano-ordinateur moléculaire, pour ceux qui préféraient réfléchir en ces termes – se répliquait dans les cellules somatiques et parcourait les doubles hélices de l'ADN dont il réparait les dégâts subis, réprimait certains segments pour en promouvoir d'autres, avec comme résultat l'interruption de la sénescence cellulaire et la cessation du vieillissement.

Les humains n'auraient plus à mourir.

Maggie regarda son compagnon dans les yeux. « On peut le faire ici ? » *Fouler dans un lointain futur le sol d'une autre planète, respirer l'air libre…*

« Oui, dit-il. Même s'il faut du temps, on y arrivera, j'en suis sûr. » Il hésita. « Mais les enfants… »

Bobby et Lydia ne devaient rien au hasard : ils résultaient de l'interaction d'algorithmes élaborés avec soin incluant la prévision de population, la sélection d'embryons, la santé génétique, l'espérance de vie et les taux de renouvellement et de consommation des ressources.

À bord, chaque gramme de matière était pris en compte. L'*Écume* emportait le strict nécessaire pour subvenir aux besoins d'une population stable, mais la marge d'erreur se révélait très faible. Les naissances étaient programmées afin que les enfants aient assez de temps pour apprendre de leurs parents les connaissances indispensables. Le jour où ceux-ci, sous la surveillance des machines, mourraient paisiblement, leurs descendants les remplaceraient sans heurts.

« … seraient les derniers nés jusqu'à notre atterrissage », termina-t-elle. Le vaisseau tablait sur un équilibre précis entre jeunes et adultes, incluant l'énergie, les réserves et mille autres paramètres. Si la moindre latitude subsistait, jamais il ne pourrait abriter une population d'adultes immortels dans la force de l'âge et au summum de leurs besoins caloriques.

« On pourrait soit mourir et les laisser grandir,

résuma João, soit vivre éternellement et les garder petits. »

Maggie imagina le virus servant à stopper le processus de croissance et de maturation chez les très jeunes. Les enfants demeureraient tels durant des siècles, sans eux-mêmes avoir d'enfants.

Enfin, la lumière se fit en elle.

« C'est pour ça qu'on intéresse de nouveau les Terriens. La Terre est un très gros vaisseau. Si personne n'y meurt, ils finiront aussi par manquer de place. Il n'y a pas de problème plus urgent sur leur planète. Ils vont devoir nous imiter et se lancer dans l'espace. »

Tu te demandes pourquoi il existe autant de récits sur la création des humains ? Parce que toutes les histoires vraies se déclinent de bien des façons.

Laisse-moi t'en raconter une autre.

Jadis, le monde vivait sous le règne des Titans, lesquels habitaient le mont Othrys. Le plus puissant et le plus brave d'entre eux était Kronos, qui avait par le passé pris la tête de leur rébellion contre Ouranos, son père, un tyran. Après qu'il l'avait tué, le parricide était devenu le roi des dieux.

Au gré du temps, Kronos s'était transformé en tyran à son tour. Peut-être par crainte de subir le sort qu'il avait réservé à son père, il engloutissait ses enfants dès leur naissance.

Rhéa, sa femme, donna naissance à un nouveau fils, Zeus. Pour le sauver, elle emmaillota une pierre, comme un bébé, dans une couverture et, par tromperie, fit avaler ce ballot à Kronos. Quant à son véritable enfant, elle l'envoya en Crète où il grandit en buvant du lait de chèvre.

Ne fais pas cette tête. Il paraît que c'est très bon, le lait de chèvre.

Une fois Zeus en âge d'affronter son père, Rhéa servit à Kronos un vin amer qui lui fit vomir tous les enfants qu'il avait avalés, les frères et les sœurs de Zeus. Pendant dix ans, ce dernier mena les Olympiens – le nom sous lequel on les connaîtrait – dans une guerre sanglante contre leur père et les Titans. Les jeunes dieux finirent par vaincre les anciens, qu'ils jetèrent dans le Tartare sans soleil.

Les Olympiens engendrèrent des enfants, car ainsi allait le monde. Zeus eut une nombreuse progéniture, mortelle ou non. Il chérissait notamment Athéna, déesse née de sa tête, de ses pensées mêmes. Il y a beaucoup de récits à leur sujet, que je te raconterai une autre fois.

On épargna certains Titans, qui n'avaient pas combattu aux côtés de Kronos. L'un d'eux, Prométhée, façonna dans l'argile une race d'êtres. On dit qu'il se pencha sur eux pour leur murmurer les paroles de sagesse qui leur donnèrent vie.

On ignore ce qu'il a appris à ces nouvelles créatures, qui étaient nous. Mais il s'agissait d'un dieu qui avait vu des fils se soulever contre leurs pères et une génération remplacer la précédente pour refaire le monde. Ce qu'il leur a dit, on peut le deviner.

Révoltez-vous. Le changement est la seule constante.

« La mort, c'est le choix facile, dit Maggie.

— C'est le choix juste », répliqua João.

Elle aurait voulu confiner la discussion à leurs têtes, mais il refusait : il tenait à parler avec ses lèvres et sa langue, par bouffées d'air, à la façon ancienne.

On avait rogné le moindre gramme de masse inutile lors de la construction de l'*Écume*. Les parois étaient minces, les pièces encombrées. Leurs voix se répercutaient à travers les passerelles et les coursives.

Partout à bord, les autres familles, que la même dispute opposait, s'interrompaient pour écouter.

« Les vieux doivent mourir pour laisser place aux jeunes, dit João. Quand tu as signé, tu savais qu'on ne verrait jamais l'atterrissage de l'*Écume*. Ce sont les enfants de nos enfants, à des générations d'écart, qui doivent hériter de ce nouveau monde.

— On peut s'y poser en personne. On n'a plus besoin de laisser ce dur labeur à nos descendants futurs.

— Il faut qu'on donne une culture humaine viable à cette colonie. On n'a aucune idée des conséquences à long terme du traitement sur notre santé mentale…

— Dans ce cas, effectuons le travail qu'on a accepté : une exploration. Et découvrons ce qui va se passer.

— Si on cède à la tentation, les gens qui atterriront seront des quadricentenaires qui avaient peur de mourir, aux idées ossifiées remontant à la Vieille Terre. Comment apprendre à nos enfants la valeur du sacrifice, le sens de l'héroïsme, la fraîcheur d'un nouveau départ ? On sera à peine humains.

— On n'est plus humains depuis le jour où on a

signé pour cette mission ! » Maggie se maîtrisa. « Sois honnête : les algorithmes d'allocation des naissances se fichent de nous et de nos enfants. On n'est que des réceptacles pour livrer un mélange de gènes planifié et optimal. Tu veux vraiment que des générations entières grandissent et meurent ici, sans rien connaître d'autre que ce tube de métal ? Je me fais du souci pour *leur* santé mentale.

— La mort est cruciale à la croissance de notre espèce. » Il parlait d'une voix empreinte de confiance, et de l'espoir que cela suffise pour deux.

« Devoir mourir pour conserver son humanité n'est qu'un mythe. » Maggie, peinée, regarda son mari. Il y avait entre eux un abîme aussi inexorable que la dilatation temporelle.

Elle parla alors dans sa tête à lui. Elle formula sa pensée, l'imagina, muée en photons, dardée vers le cerveau de João pour enjamber l'abîme. *On cesse d'être humains du moment qu'on accepte la mort.*

Il lui rendit son regard sans rien dire, ni dans sa tête, ni à haute voix, ce qui était sa manière de se montrer éloquent.

Ils restèrent ainsi pendant une éternité.

Dieu a créé l'humanité immortelle, comme les anges.

Avant qu'Adam et Ève ne choisissent de manger le fruit de l'Arbre de la connaissance du bien et du mal, ils ne vieillissaient pas, ne tombaient jamais malades. La journée, ils cultivaient le Jardin d'Éden ; la nuit, ils savouraient le plaisir d'être ensemble.

Oui, j'imagine que le Jardin d'Éden ressemblait un peu au pont hydroponique.

Parfois, les anges leur rendaient visite et, d'après Milton, un bonhomme né trop tard pour être inclus dans la Bible, ils discutaient et spéculaient sur tout : la Terre tournait-elle autour du Soleil, ou vice versa ? La vie existait-elle sur les autres planètes ? Les anges faisaient-ils l'amour, eux aussi ?

Oh, non ! Je ne plaisante pas. Vous pourrez vérifier dans l'ordinateur.

Adam et Ève étaient donc à jamais jeunes et curieux. Ils n'avaient pas besoin de la mort pour apprendre, travailler, aimer, trouver un sens à leur vie.

Si cette histoire est vraie, nous n'étions donc pas censés mourir un jour. Et la connaissance du bien et du mal n'a été que la connaissance du regret.

« Tu connais des histoires très bizarres, grand-maman », dit Sara, six ans.

« Elles sont vieilles. Quand j'étais petite, ma mamie m'en a raconté tout plein, et puis j'ai beaucoup lu.

— Tu veux que je vive toujours comme toi, sans vieillir ni mourir un jour comme ma maman à moi ?

— Je ne peux pas te dire quoi faire, ma douce. Il faudra que tu choisisses par toi-même quand tu seras grande.

— Comme pour la connaissance du bien et du mal ?

— En quelque sorte. »

Elle se pencha et embrassa son arrière-arrière-

arrière... – elle avait perdu le compte depuis longtemps – ... petite-fille aussi doucement que possible. Comme tous les enfants nés dans la gravité basse de l'*Écume*, Sara avait les os fins et fragiles d'un oiseau. Maggie éteignit la veilleuse et sortit.

Même si son quatre-centième anniversaire tombait dans un mois, elle faisait à peine trente-cinq ans. La recette de la Fontaine de jouvence, dernier cadeau de la Terre aux colons avant la fin des communications, fonctionnait à merveille.

Elle haleta et se figea. Un garçon d'une dizaine d'années attendait devant la porte de sa cabine.

Bobby, dit-elle. Hormis les très jeunes, qui ne portaient pas encore l'implant, tous les colons discutaient désormais par la pensée plutôt que par la parole. C'était plus rapide et plus discret.

Il la regarda, sans rien dire ni penser à son adresse. Une fois de plus, la ressemblance qu'il présentait avec son père la frappa. Il avait ses expressions, ses tics de langage, et sa façon de parler en gardant le silence.

Elle soupira, ouvrit la porte et le suivit.

Encore un mois. Il s'assit tout au bord de la couchette afin d'éviter que ses pieds ne se balancent dans le vide.

À bord, tout le monde comptait les jours. Dans un mois, en effet, ils se mettraient en orbite autour de la quatrième planète de 61 Virginis, leur destination, une nouvelle Terre.

Après l'atterrissage, tu comptes changer d'avis sur... – Maggie hésita, avant de se résoudre à terminer sa phrase – ... *ton apparence ?*

Il secoua la tête, avec une nuance d'irritabilité enfantine. *Maman, j'ai pris ma décision depuis bien longtemps. Laisse tomber. Je me plais comme je suis.*

En fin de compte, les hommes et les femmes de l'*Écume* avaient décidé de laisser à chaque individu le libre choix sur la jeunesse éternelle.

Les mathématiques impitoyables de leur écosystème fermé ne souffraient aucune exception : si quelqu'un choisissait l'immortalité, un enfant devait rester au même âge jusqu'à ce qu'un passager du vaisseau décide de vieillir et de mourir, ouvrant ainsi un créneau supplémentaire pour un adulte.

João avait choisi de vieillir et de mourir, Maggie de rester jeune. Ils avaient tenu une réunion de famille qui évoquait un peu un divorce.

« L'un de vous pourra grandir, déclara-t-il.

— Lequel ? demanda Lydia.

— On pense que c'est à vous de décider », dit João avec un regard vers Maggie qui hocha la tête à contrecœur.

Elle trouvait son mari injuste et cruel d'imposer ce choix à leurs enfants. Comment pouvaient-ils décider de grandir ou non alors qu'ils ignoraient ce que ça signifiait au juste ?

« Ce n'est pas plus injuste que de décider, toi et moi, si on veut ou non être immortels, avait-il répliqué. On ignore ce que ça signifie au juste, nous aussi. C'est terrible de leur imposer ce choix, mais décider *à leur place* serait encore plus cruel. » Il n'avait pas tort, avait-elle dû admettre.

Il lui semblait qu'ils demandaient aux enfants de choisir un camp. C'était peut-être l'idée.

Lydia et Bobby échangèrent un regard et parurent trouver un terrain d'entente sans un mot. Elle se leva, s'approcha de João et le serra dans ses bras. Dans le même temps, Bobby vint étreindre Maggie.

Ensuite, ils échangèrent leurs places pour embrasser leurs parents à nouveau, comme si de rien n'était.

Les réfractaires au traitement s'en tinrent au plan initial. Tandis que João prenait de l'âge, Lydia grandit, adolescente gauche, puis belle jeune femme. Elle choisit l'ingénierie, ainsi que l'annonçaient ses tests d'aptitude, et décida qu'elle aimait bel et bien Catherine, la jeune doctoresse que les ordinateurs lui suggéraient comme compagne idéale.

« Veux-tu vieillir et mourir avec moi ? » demanda Lydia à une Catherine rouge d'émoi.

Une fois mariées, elles donnèrent naissance à deux filles qui les remplaceraient le moment venu.

« Ça t'arrive de regretter d'avoir choisi cette voie ? » lui demanda João un jour. Il était très vieux, très malade ; deux semaines plus tard, les ordinateurs lui administreraient les drogues qui lui permettraient de s'endormir pour ne plus se réveiller.

« Non. » Lydia prit la vieille main entre les siennes. « Je n'ai pas peur de laisser ma place au nouveau. »

Qui dit qu'on n'est pas ce « nouveau » ? pensa Maggie.

Au fond, son camp l'emportait. Au fil des ans, un nombre toujours croissant de colons avait rejoint les rangs des immortels. Mais les descendants de Lydia s'y étaient refusés avec entêtement. Sara était la dernière enfant non traitée du vaisseau. Son aïeule le savait bien : les histoires du soir lui manqueraient quand elle aurait grandi.

Bobby restait figé à l'âge physique de dix ans. Les autres gamins perpétuels et lui s'intégraient non sans mal à la vie des colons. Tous disposaient de décennies – et parfois de siècles – d'expérience accumulée, mais ils conservaient la charge émotionnelle et la flexibilité mentale des enfants. Ils pouvaient être vieux et jeunes au même instant.

De vives tensions et d'âpres conflits surgissaient de temps en temps sur leurs fonctions à bord. Parfois, des parents qui avaient cru vouloir vivre à jamais cédaient leur place quand leurs descendants la réclamaient.

Mais Bobby n'avait jamais demandé à grandir.

Mon cerveau a la souplesse de celui d'un garçon de dix ans, dit-il. *Pourquoi voudrais-je y renoncer ?*

Maggie devait reconnaître qu'elle s'était toujours sentie plus à l'aise en compagnie de Lydia et de ses descendants. Même s'ils avaient tous, à l'instar de João, choisi de mourir, ce qui pouvait passer pour un blâme envers sa décision, elle se trouvait souvent apte à mieux comprendre leur existence et à y jouer un rôle.

Par contre, elle n'arrivait pas à imaginer ce qui se passait dans la tête de Bobby. Il lui donnait même la chair de poule, ce qui avait quelque chose d'hypocrite : il s'était contenté d'imiter sa mère, après tout.

Tu ne sauras jamais à quoi ça ressemble, d'être

adulte, répondit-elle. *D'aimer en homme, et pas en petit garçon.*

Ce qu'il n'avait jamais eu ne pouvait pas lui manquer ; il haussa donc les épaules. *J'apprends de nouvelles langues à toute allure. Intégrer une nouvelle vision du monde ne me pose aucun problème. J'aimerai toujours le nouveau.*

Il poursuivit tout haut, et sa voix de jeunot excité monta dans les aigus. « Si on trouve la vie et la civilisation en bas, on aura besoin de gens comme moi, d'enfants éternels, pour apprendre qui sont ces gens et les comprendre sans peur. »

Émue, Maggie, qui n'écoutait plus trop son fils depuis longtemps, hocha la tête, acceptant son choix.

Il la dévisagea, radieux, avec le sourire béat du garçon de dix ans qui en a vu davantage que l'humanité entière.

« Je vais en avoir l'occasion, Maman. On a les résultats des premières observations rapprochées de 61 Virginis e. La planète est habitée, Maman. »

Sous l'*Écume* tournait 61 Virginis e. À sa surface alternaient des hexagones et des pentagones de mille cinq cents kilomètres de large, noir d'encre et brun clair granuleux en quantités égales. Maggie y voyait un ballon de football.

Elle considéra les trois extraterrestres debout devant elle dans l'aire des navettes, chacun mesurant peut-être un mètre quatre-vingts. Leur corps métallique en forme de tonneau segmenté reposait sur quatre pattes à articulations multiples fines comme des baguettes.

À l'approche des véhicules, les colons avaient pensé qu'il s'agissait de minuscules appareils éclaireurs, mais les scans confirmaient l'absence de matière organique à l'intérieur. On les avait alors pris pour des sondes autonomes, jusqu'à ce qu'ils s'arrêtent devant la caméra du vaisseau, extrudent leurs mains et tapotent l'objectif.

Oui, leurs *mains*. À mi-hauteur, deux longs bras sinueux émergeaient, terminés par des appendices doux et souples, formés d'un filet en alliage. Maggie baissa les yeux sur ses propres mains. Celles des autres leur ressemblaient : quatre doigts effilés, un pouce opposable et des phalanges flexibles.

Dans l'ensemble, elle leur trouvait l'aspect de centaures robots.

Tout au sommet de leur corps métallique trônait une protubérance sphérique ponctuée de grappes de lentilles en verre, tels des yeux à facettes. Par ailleurs, la « tête » était recouverte d'un tapis d'aiguilles fixées à des mécanismes dont le mouvement synchrone rappelait les tentacules d'une anémone de mer.

Les aiguilles frémirent, comme balayées par une vague. Peu à peu, elles prirent l'apparence de paupières, de lèvres et de sourcils pixellisés. Un visage. Un visage humain.

L'extraterrestre se mit à parler. On aurait juré de l'anglais mais le sens échappait à Maggie. Les phonèmes, de même que les motifs changeants des aiguilles, semblaient fugaces, incohérents, quoique de peu.

Ce n'est que de l'anglais après des siècles de dérive

de la prononciation, l'informa Bobby. *Il a dit : « Heureux de vous revoir au sein de l'humanité. »*

Les aiguilles du visage étranger modelèrent un sourire. Le garçon poursuivit sa traduction. *Nous avons quitté la Terre bien après votre départ, mais nous allions plus vite et nous vous avons dépassés en route il y a des siècles. Nous vous attendions.*

Maggie sentit le sol se dérober sous ses pieds. Elle jeta un regard à la ronde et constata que beaucoup parmi les vieux colons, les immortels, avaient l'air hébété.

Mais Bobby, l'enfant éternel, s'avança. « Merci », dit-il tout haut, avant de rendre son sourire au visiteur.

Laisse-moi te raconter une histoire, Sara. Nous autres, les humains, on compte depuis toujours sur les histoires pour maintenir à distance la peur de l'inconnu.

Je t'ai dit que les dieux mayas ont créé les gens avec du maïs. Tu ignores peut-être qu'il y avait eu des tentatives de création auparavant.

D'abord, ce furent les animaux : le jaguar courageux, le perroquet chamarré, le poisson aplati, le serpent allongé, la grande baleine, la phalène paresseuse, l'iguane iridescent et la chauve-souris agile. (On pourra regarder leurs images sur l'ordinateur plus tard.) Le problème, c'est que les animaux se contentaient de brailler ou de grogner, faute de pouvoir prononcer le nom de leurs créateurs.

Alors les dieux ont pétri dans la boue une espèce d'êtres intelligents, mais ces hommes de boue perdaient leur forme. Ramolli par l'eau, leur visage s'affaissait, désireux de rejoindre la terre à laquelle on les avait arrachés. Incapables de parler, ils émettaient des gargouillis. Ils devenaient peu à peu asymétriques. Ils ne pouvaient pas procréer, perpétuer leur propre existence.

L'expérience suivante des dieux est la plus intéressante à nos yeux. Ils créèrent une race de pantins en bois, des sortes de poupées. Les articulations permettaient à leurs membres de bouger ; les traits sculptés laissaient leurs lèvres libres de claquer et leurs yeux de s'ouvrir. Ces marionnettes sans fil habitaient des maisons agglutinées en villages, et menaient une vie bien remplie.

Toutefois, les dieux s'aperçurent que ces hommes de bois n'avaient ni âme, ni esprit, de sorte qu'ils ne pouvaient rendre grâce à leurs créateurs comme il convenait. Ces derniers envoyèrent une vaste inondation les détruire, puis ils demandèrent aux animaux de la jungle de les attaquer. Quand la colère divine s'apaisa, les hommes de bois étaient devenus des singes.

Alors seulement les dieux se tournèrent-ils vers le maïs.

Beaucoup de gens se sont demandé si les hommes de bois avaient supporté de devoir céder leur place aux enfants du maïs. Ils attendent peut-être en secret de voir la création repartir en arrière, ce qui les autoriserait à revenir.

Les hexagones noirs étaient des panneaux solaires, expliqua Atax, le chef des trois envoyés de

61 Virginis e. Ils fournissaient l'énergie nécessaire à la population. Les zones brun clair étaient les villes, de gigantesques unités de calcul dans lesquelles les milliers de milliards d'humains menaient leur existence virtuelle.

À l'arrivée d'Atax et des autres colons, 61 Virginis e n'était pas particulièrement hospitalière à la vie d'origine terrienne. Il faisait trop chaud, l'air n'était que poison, et la vie extraterrestre existante – surtout des microbes primitifs – se révélait mortelle au possible.

Mais Atax et les autres qui avaient pris pied sur la planète n'étaient pas humains au sens où Maggie l'entendait. Ils se composaient de métal plus que d'eau et la chimie organique ne les limitait plus guère. Ces colons se hâtèrent de bâtir des forges et des fonderies, et leurs descendants ne tardèrent pas à se répandre sur le globe.

En règle générale, ils choisissaient de se fondre dans la Singularité, le gestalt mondial organique et artificiel à la fois dans lequel, puisqu'il traitait la pensée à la vitesse du calcul quantique, les ères géologiques passaient en l'espace d'une seconde. Dans cet univers de bits et de qubits, ils vivaient telles des divinités.

Mais, parfois, quand ils ressentaient le besoin atavique de la réalité physique, ils choisissaient de devenir des individus et de s'incarner, comme Atax et ses compagnons, dans des engins autonomes pour exister dans la lente temporalité des atomes et des étoiles.

Il n'y avait plus aucune séparation entre le fantôme et la machine.

« Voici un humain actuel. » Atax pivotait lentement sur lui-même pour montrer son corps métallique aux colons de l'*Écume*. « Notre corps est fait d'acier et de titane, notre cerveau de graphène et de silicium. Nous sommes presque indestructibles. En fait, nous pouvons nous déplacer dans l'espace sans vaisseau ni combinaison, sans protection d'aucune sorte. Nous avons laissé derrière nous cette chair corruptible. »

Ses compagnons et lui scrutaient les humains antiques qui les entouraient. Maggie considéra leurs lentilles noires afin d'essayer de deviner ce que ressentaient ces machines. De la curiosité ? De la nostalgie ? De la pitié ?

Elle frémit face à ces visages de métal mouvant, grossière imitation de la chair et du sang. Lorsqu'elle se tourna vers Bobby, il paraissait extatique.

« Vous pouvez vous joindre à nous si vous voulez, reprit Atax. Il est difficile d'effectuer un tel choix sans expérience préalable de notre mode d'existence, mais il vous revient de le faire. Nous ne saurions choisir à votre place. »

Le nouveau, se dit Maggie.

Même la jeunesse et la vie éternelles pâlissaient face à la liberté offerte par une machine pensante nantie de la beauté austère des matrices cristallines en lieu et place des imperfections brouillonnes des cellules vivantes.

Enfin, l'humanité avait quitté l'évolution pour aborder le domaine du dessein intelligent.

« Je n'ai pas peur », dit Sara.

Elle avait demandé à passer un moment avec Maggie une fois les autres partis. Toutes deux échangèrent une étreinte prolongée.

« Tu crois que j'aurais déçu grand-papa João ? Il n'aurait pas pris cette décision, lui.

— Je sais qu'il aurait voulu que tu décides par toi-même. On change en tant qu'espèce comme en tant qu'individu. Si on lui avait offert le choix qui t'incombe, qui sait vers quoi il aurait penché ? En tout cas, ne laisse jamais le passé peser sur ta vie. »

Maggie lui posa un baiser sur la joue et la lâcha, puis un engin emmena Sara en la tenant par la main – le processus de métamorphose allait commencer.

C'était la dernière des enfants non traités, et ce sera la première à devenir une machine.

Même si Maggie refusa d'observer la transformation des autres, elle regarda, sur sa demande, son fils Bobby se faire remplacer morceau par morceau.

« Tu n'auras jamais d'enfants, dit-elle.

— Au contraire. » Il fléchit ses nouvelles mains de métal, tellement plus grandes et plus fortes que ses vieilles mains de garçonnet. « J'en aurai à l'infini, nés de mon esprit. » Sa voix, un agréable bourdonnement électronique, évoquait un programme d'apprentissage aux trésors de patience. « Ils hériteront de mes pensées tout comme j'ai hérité de tes gènes. Et un jour, s'ils le désirent, je leur construirai des corps, aussi beaux et fonctionnels que celui-ci. »

Il tendit la main pour lui effleurer le bras : le bout

de ses doigts lisses et froids, nanostructures aussi souples que de la chair, caressa la peau de Maggie. Elle haleta de surprise.

Bobby sourit, les traits du visage – ce réseau de milliers d'aiguilles – accentués par l'amusement.

Elle eut un mouvement de recul involontaire.

Le visage parcouru de ridules prit un air grave, se figea, puis devint impassible.

Maggie comprit l'accusation inexprimée. De quel droit éprouvait-elle de la révulsion ? Elle aussi traitait son corps comme une machine : un moteur de lipides et de protéines, un appareil de cellules et de muscles. De même, son esprit occupait une coque de chair qui avait dépassé depuis belle lurette son espérance de vie naturelle. Elle était tout aussi « artificielle » que lui.

Mais, tandis qu'elle regardait son fils disparaître dans un châssis de métal animé, elle fondit en larmes.

Il ne peut plus pleurer, se répétait-elle sans cesse, comme si rien d'autre ne les séparait.

Bobby avait raison. Ceux qui avaient choisi de se figer au stade enfantin optèrent plus vite pour le téléchargement vers la machine. Ils avaient l'esprit flexible : abandonner la chair au profit du métal ne revenait qu'à moderniser le matériel.

Les immortels plus anciens, en revanche, s'attardaient, peu enclins à se détourner de leurs derniers vestiges d'humanité. Un par un, néanmoins, ils succombèrent au chant des sirènes.

Des années durant, Maggie demeura la seule humaine de chair sur 61 Virginis e – voire dans l'univers entier. Les machines lui construisirent une maison spécifique, isolée de la chaleur formidable, de l'atmosphère empoisonnée et du bruit tonitruant de la planète. Là, elle s'occupait l'esprit en parcourant les archives de l'*Écume*, riches de toute l'histoire morte de l'humanité, cette humanité dont les représentants mécaniques la laissaient tranquille.

Un jour, une machine d'environ soixante centimètres de haut entra dans sa maison et s'approcha d'un pas hésitant. Elle évoquait un petit chiot.

« Qui es-tu ? demanda Maggie.

— Je descends de toi, dit la machine.

— Alors, Bobby a enfin décidé d'avoir un enfant. Il lui en a fallu, du temps.

— Je suis le 5.032.322e enfant de mon parent. »

Elle en éprouva un vertige. Peu après sa transformation en machine, Bobby avait décidé de sauter le dernier pas et de rejoindre la Singularité. Ils ne s'étaient pas parlé depuis bien longtemps.

« Tu as un nom ?

— Pas au sens où tu l'entends. Mais appelle-moi Athéna, si tu veux.

— Pourquoi Athéna ?

— Ça vient d'une histoire que mon parent me racontait quand j'étais petite. »

Maggie considéra la machine minuscule ; son expression s'adoucit.

« Quel âge as-tu ?

— J'ai du mal à te répondre, dit Athéna. Nous naissons virtuels et chaque seconde de notre existence au sein de la Singularité se compose de milliers de milliards de cycles de calcul. Je conçois plus de pensées en une seconde que toi pendant toute ta vie. »

Sa petite-fille, un centaure mécanique miniature tout droit sorti de la fonderie, flambant neuf, était aussi beaucoup plus âgée et beaucoup plus sage qu'elle, selon la plupart des échelles de valeur.

« Pourquoi avoir endossé un déguisement qui me ferait penser à toi comme à une enfant ?

— Parce que je veux écouter tes histoires, dit Athéna. Les vieilles histoires. »

Il reste des jeunes gens, songea Maggie. *Du nouveau.*

Pourquoi le vieux ne pourrait-il pas se régénérer ?

Elle décida donc de se télécharger aussi. De rejoindre sa famille.

Au commencement, le monde était un immense vide que sillonnaient des fleuves glacés, gorgés de venin. Le venin cailla, puis goutta pour former Ymir, le premier géant, et Audhumla, une vache de glace.

Ymir se nourrit du lait d'Audhumla et prit des forces.

Bien sûr que tu n'as jamais vu de vache. Eh bien, c'est une créature qui donne du lait, un liquide que tu aurais bu si tu étais encore…

J'imagine que ça ressemble un peu à la façon dont tu as absorbé l'électricité, d'abord par filets, quand tu étais jeune, puis dans de plus grandes quantités avec l'âge, pour gagner en puissance.

Ymir grandit et grandit, jusqu'à ce qu'enfin trois dieux, les frères Vili, Vé et Odin, le tuent. À partir de sa carcasse, ils créèrent le monde : son sang donna la mer tiède et salée, sa chair la riche terre fertile, ses os les collines abruptes qui souvent brisaient les socs de charrue, ses cheveux les forêts obscures que le vent agitait. Enfin, dans ses larges sourcils, ils sculptèrent Midgard, le royaume où vivaient les humains.

Après la mort d'Ymir, les trois frères divins longèrent une plage au bout de laquelle ils virent deux arbres appuyés l'un contre l'autre. À l'aide de leur bois, les dieux façonnèrent deux figures humaines. L'un des frères leur insuffla la vie, un autre les dota d'intelligence et le troisième leur conféra la raison et le don de la parole. Ainsi naquirent Ask et Embla, le premier homme et la première femme.

Tu doutes qu'on ait utilisé du bois pour créer les hommes et les femmes ? Pourtant, tu es en métal. Qui te dit que des arbres ne serviraient pas tout aussi bien ?

Laisse-moi te raconter d'où viennent ces noms. « Ask » signifie « frêne », un bois très dur dont on tire l'instrument pour démarrer le feu, et « Embla », « aulne », un bois plus mou, facile à enflammer. L'allumage d'un feu par friction, avec le mouvement de l'archet et du foret pour embraser les brindilles, évoquait aux conteurs une analogie avec le sexe. Il s'agissait peut-être de la véritable histoire qu'ils voulaient raconter.

Jadis, tes ancêtres auraient été scandalisés de m'entendre te parler de sexe. Le mot reste un mystère pour toi, mais il a perdu l'attrait qu'il exerçait. Avant qu'on ne découvre la vie éternelle, le sexe et les enfants représentaient les équivalents de l'immortalité les meilleurs à notre disposition.

Telle une ruche florissante, la Singularité entreprit de dépêcher un flot incessant de colons loin de 61 Virginis e.

Un jour, Athéna vint lui dire qu'elle s'incarnerait bientôt afin de prendre la tête de sa propre colonie.

À l'idée de ne plus la revoir, Maggie déprima. On pouvait donc aimer de nouveau, même en tant que machine.

Et si je t'accompagnais? suggéra-t-elle. *Posséder un lien avec le passé bénéficiera à tes enfants.*

La joie que cette requête inspirait à Athéna se révéla aussi électrique que contagieuse.

Si Sara vint la saluer, Bobby ne se montra pas. Il n'avait jamais pardonné à Maggie le rejet qu'elle lui avait manifesté quand il était devenu machine.

Même les immortels ont des regrets, se dit-elle.

Ainsi, un million d'esprits s'incarnèrent dans des coques métalliques en forme de centaures robots et, tel un essaim d'abeilles parties à la recherche d'une nouvelle ruche, prirent leur essor, escamotèrent leurs membres – ce qui leur donna l'aspect de larmes stylisées – et montèrent tout droit vers le ciel.

Ils s'élevèrent dans l'air âcre, dans le ciel écarlate, pour quitter le puits de gravité de cette planète lourde et, guidés par les flux changeants des vents solaires et le tournoiement vertigineux de la galaxie, s'aventurer sur l'océan des étoiles.

Une année-lumière après l'autre, ils parcoururent le vide. Ils dépassèrent des mondes déjà colonisés avec leurs propres panneaux solaires, leurs propres Singularités bourdonnantes.

Ils poursuivirent leur vol, en quête de la planète idéale, un nouveau monde, un nouveau foyer.

Ils allaient réunis pour combattre le néant glacial. Leur puissance de calcul, leur intelligence, leur complexité, tout semblait insignifiant, négligeable devant cette immensité. Ils ressentaient au loin l'appel des trous noirs et la majesté des novæ. Ils se blottirent les uns contre les autres pour trouver du réconfort dans leur humanité partagée.

À mesure qu'ils poursuivaient leur voyage, Maggie leur racontait des histoires, tissant une toile dans la constellation de colons avec ses ondes radio, comme des fils d'araignée.

Il existe bien des récits sur le Temps du rêve, la plupart secrets et sacrés. Mais on en a raconté certains aux étrangers et en voici un.

Au début, il y avait le ciel et la terre, et la terre était aussi plate et dénuée que l'alliage de titane luisant qui recouvre notre corps.

Mais sous la terre vivaient les esprits, qui rêvaient.

Ensuite, le temps commença de s'écouler et ces esprits se réveillèrent.

Ils émergèrent des tréfonds pour s'incarner en animaux : Émeu, Koala, Ornithorynque, Dingo, Kangourou, Requin… Certains adoptèrent même l'aspect des humains. Leur forme n'était pas fixée ; ils pouvaient l'altérer à volonté.

En parcourant la terre, ils la façonnèrent. Ils creusaient les vallées, édifiaient les collines, arasaient le sol des déserts, traçaient les sillons des cours d'eau.

Et ils donnèrent naissance à des enfants, des enfants qui, eux, ne pouvaient pas changer de forme : les animaux, les végétaux, les humains. Ces enfants, nés du Temps du rêve, ne lui appartenaient pas.

Les esprits fatigués se laissèrent couler dans la terre d'où ils avaient surgi. Et leurs enfants ne gardèrent que de vagues souvenirs du Temps du rêve, le temps d'avant le temps.

Mais qui peut dire qu'ils ne retourneront jamais à cet état où ils pouvaient changer de forme à volonté, ni au temps où le temps ne signifiait rien ?

Ils sortirent du rêve que tissait Maggie pour découvrir un autre rêve.

Suspendus dans le vide de l'espace, à des années-lumière de leur destination, ils se trouvèrent sans transition baignés d'une lumière chatoyante.

Non, il ne s'agissait pas de *lumière*, au juste. Même si les objectifs montés sur leur châssis voyaient bien au-delà du spectre visible aux humains primitifs, ce champ d'énergie qui les entourait vibrait à des fréquences bien supérieures et bien inférieures à leurs propres limitations.

Il ralentit, calquant sa vitesse sur leur vol subluminique.

Ce n'est plus très loin.

La phrase exerça une pression sur leur conscience telle une vague, comme si toutes leurs portes logiques vibraient en sympathie. Elle semblait à la fois étrangère et familière.

Maggie regarda Athéna, qui filait près d'elle.

Tu as entendu ? demandèrent-elles en même temps. Leurs pensées se tapotèrent, une caresse d'ondes radio.

La première projeta une sonde mentale dans l'espace. *Tu es humain ?*

La pause qui s'ensuivit dura un milliardième de seconde qui leur parut une éternité à la vitesse où ils se déplaçaient.

Nous ne nous appliquions plus ce qualificatif depuis très longtemps.

Un déluge de pensées, d'images et de sentiments s'abattit sur Maggie de toutes les directions, irrésistible.

En une nanoseconde, elle éprouva la joie de flotter à la surface d'une géante gazeuse, au cœur d'une tempête qui aurait pu engloutir la Terre. Elle fit l'expérience d'un bain dans la chromosphère d'une étoile, surfant sur des panaches chauffés à blanc et des éruptions de centaines de milliers de kilomètres. Elle ressentit la solitude qui accompagnait le fait de traiter l'univers entier en terrain de jeu, sans posséder de foyer.

Venus après vous, nous vous avons dépassés.

Bienvenue, aïeux. Ce n'est plus très loin.

Il fut un temps où nous connaissions bien des récits de la création du monde. Chaque continent, immense, accueillait de nombreux peuples dont chacun racontait sa version.

Beaucoup ont disparu, et leurs récits avec eux.

En voici un qui a survécu. Distordu, mutilé, arrangé pour correspondre à ce que les étrangers voulaient entendre, il ne conserve pas moins un fond de vérité.

Au commencement, le monde n'était qu'un vide privé de lumière et les esprits vivaient dans l'obscurité.

Premier réveillé, le Soleil fit monter la vapeur d'eau dans le ciel et cuire la terre. Tous les autres esprits – l'Homme, le Léopard, la Grue, le Lion, le Zèbre, le Gnou et même l'Hippopotame – se levèrent ensuite. Ils vagabondèrent sur les plaines en devisant avec animation.

Mais alors le Soleil se coucha, et les animaux et l'Homme se tapirent dans le noir, trop apeurés pour bouger. Il fallut attendre le matin pour que chacun vaque de nouveau à ses occupations.

Mais l'Homme refusait d'attendre. Une nuit, il inventa le feu pour disposer de son propre soleil, de sa propre chaleur et de sa propre lumière qui obéiraient à sa volonté et qui le sépareraient des animaux – cette nuit-là et les suivantes.

L'Homme aspirait donc toujours à la lumière, la lumière qui lui donne la vie, la lumière à laquelle il retournera.

Et la nuit, autour du feu, lui et les siens se racontent les histoires vraies, encore et encore.

Maggie choisit de rejoindre la lumière.

Elle se dépouilla de son châssis, qui avait été son foyer et son corps durant si longtemps. Des siècles ?

Des millénaires ? Une éternité ? Mesurer le temps n'avait plus aucun sens.

Changés en schémas énergétiques, Maggie et les siens apprirent à se fondre, s'étirer, scintiller, irradier. Elle apprit à se suspendre entre les étoiles, sa conscience devenue un ruban à travers l'espace et le temps.

Elle cabriola d'un bord de la galaxie à l'autre.

Lorsqu'elle traversa le schéma qu'était à présent Athéna, elle ressentit l'enfant comme un chatouillis, comme un rire.

Tu ne trouves pas ça génial, grand-maman ? Viens nous voir, Sara et moi !

Mais Maggie était déjà trop loin pour répondre.

Mon châssis me manque.

La pensée émanait de Bobby, qui demeurait en vol auprès d'un trou noir.

Durant des milliers d'années, ils l'admirèrent ensemble, postés juste au-delà de l'horizon événementiel.

C'est magnifique, dit-il. *Mais parfois, il me semble bien que je préférerais ma vieille carapace.*

Tu te fais vieux, répliqua-t-elle. *Tout comme moi.*

Ils se pressèrent l'un contre l'autre et ce pan de l'univers s'illumina brièvement – le rire d'une tempête d'ions.

Puis ils se dirent au revoir.

Jolie planète, se dit Maggie.

Un petit globe rocheux presque totalement couvert d'eau.

Elle se posa sur une vaste île à l'embouchure d'un fleuve.

Le soleil flottait à la verticale, assez brûlant pour qu'elle voie de la vapeur s'élever des rives boueuses. Elle plana au-dessus de la plaine alluviale.

La boue était trop tentante. Maggie s'immobilisa, puis se condensa jusqu'à ce que ses schémas d'énergie acquièrent la force voulue. En agitant l'eau, elle cueillit un monticule de limon qu'elle déversa sur la berge, puis elle le sculpta pour lui donner une apparence humaine : les jambes et les bras écartés, une tête ronde où des empreintes et des saillies figuraient les yeux, le nez, la bouche.

Elle considéra la statue de João pendant quelque temps, la caressa et la laissa sécher au soleil.

Alentour, elle aperçut des brins d'herbe criblés de perles de silicium et de fleurs noires qui s'efforçaient d'absorber le moindre rayon de soleil. Des flèches argentées filaient dans l'eau brune et des ombres dorées dans le ciel indigo. Elle vit de grands corps écailleux marcher pesamment en beuglant au loin ; tout près, un geyser impressionnant jaillit près du fleuve, tandis que des arcs-en-ciel naissaient dans la brume tiède.

Maggie était seule : personne avec qui discuter, partager la beauté de cet endroit.

Entendant un bruissement précipité, elle chercha la source du bruit. À quelque distance du cours d'eau, de minuscules créatures dont les yeux cloutaient toute la tête coulaient des regards précautionneux hors d'une forêt composée d'arbres au tronc triangulaire et aux feuilles pentagonales.

Elle s'approcha de ces créatures. Sans effort, elle entra en elles et se saisit des longues chaînes d'une molécule précise, leurs instructions pour la prochaine génération. Elle effectua un léger ajustement et les relâcha.

Les créatures glapirent et, mues par une étrange sensation au niveau de leurs organes internes, détalèrent.

Plutôt qu'une modification drastique, elle avait opéré une altération minime – donné un coup de pouce dans la bonne direction. Bien après qu'elle serait repartie, le changement se poursuivrait et les mutations s'accumuleraient. Dans trois ou quatre cents générations, elles susciteraient une étincelle qui grandirait jusqu'à ce que ces êtres se mettent à envisager de garder une miette de soleil la nuit, de nommer les choses, de se raconter des histoires les uns aux autres sur l'origine de tout. Ils pourraient choisir.

Du nouveau dans l'univers. Du nouveau dans la famille.

Mais maintenant, il était temps de regagner les étoiles.

Maggie s'éleva depuis l'île. Au-dessous d'elle, la mer envoyait vague après vague s'écraser sur le rivage. Chacune rattrapait et surpassait la précédente, gravissant un peu plus la plage. Des lambeaux d'écume s'envolaient au vent qui les entraînait vers l'inconnu.

DU MÊME AUTEUR

Aux Éditions du Bélial'

LA MÉNAGERIE DE PAPIER (Folio Science-Fiction nº 586)
L'HOMME QUI MIT FIN À L'HISTOIRE
LE REGARD

Dans la même collection

487. Christian Léourier — *Le cycle de Lanmeur*, I
488. Lisa Tuttle — *Ainsi naissent les fantômes*
489. Pablo de Santis — *La soif primordiale*
490. Norbert Merjagnan — *Treis, altitude zéro*
491. Robert Charles Wilson — *Julian*
492. Patrick Ness — *La voix du Couteau* (Le Chaos en marche, I)
493. Patrick Ness — *Le Cercle et la Flèche* (Le Chaos en marche, II)
494. Patrick Ness — *La guerre du Bruit* (Le Chaos en marche, III)
495. S.G. Browne — *Comment j'ai cuisiné mon père, ma mère... et retrouvé l'amour*
496. Glen Duncan — *Le dernier loup-garou*
497. Christian Léourier — *Le cycle de Lanmeur*, II
498. Mira Grant — *Feed* (Feed, I)
499. Richard Matheson — *Par-delà la légende*
500. Dan Simmons — *L'échiquier du mal*
501. Mira Grant — *Deadline* (Feed, II)
502. Robert Holdstock — *Avilion*
503. Graham Joyce — *Lignes de vie*
504. Mira Grant — *Red Flag* (Feed, III)
505. Jean-Philippe Jaworski — *Même pas mort* (Rois du monde, I)
506. Arkadi et Boris Strougatski — *Il est difficile d'être un dieu*
507. Laurent Genefort — *Omale*, 1
508. Laurent Genefort — *Omale*, 2
509. Laurent Whale — *Les étoiles s'en balancent*
510. Robert Charles Wilson — *Vortex*
511. Anna Starobinets — *Je suis la reine*
512. Roland C. Wagner — *Rêves de Gloire*
513. Roland C. Wagner — *Le train de la réalité*

514. Jean-Philippe Depotte *Le chemin des dieux*
515. Ian McDonald *La maison des derviches*
516. Jean-Michel Truong *Reproduction interdite*
517. Serge Brussolo *Anges de fer, paradis d'acier* (INÉDIT)
518. Christian Léourier *Le Cycle de Lanmeur*, III
519. Bernard Simonay *Le secret interdit*
520. Jean-Philippe Jaworski *Récits du Vieux Royaume*
521. Roger Zelazny *Les princes d'Ambre* (Cycle 1)
522. Christopher Priest *Les insulaires*
523. Jane Rogers *Le testament de Jessie Lamb*
524. Jack Womack *Journal de nuit*
525. Ray Bradbury *L'Arbre d'Halloween*
526. Jean-Marc Ligny *Aqua*™
527. Bernard Simonay *Le prince déchu* (Les enfants de l'Atlantide, I)
528. Isaac Asimov *Fondation 1*
529. Isaac Asimov *Fondation 2*
530. J. G. Ballard *La forêt de cristal*
531. Glen Duncan *Talulla*
532. Graham Joyce *Les limites de l'enchantement*
533. Mary Shelley *Frankenstein*
534. Isaac Asimov *Les vents du changement*
535. Joël Houssin *Argentine*
536. Martin Millar *Les petites fées de New York*
537. Mélanie Fazi *Le jardin des silences*
538. Graham Joyce *Au cœur du silence*
539. Bernard Simonay *L'Archipel du Soleil* (Les enfants de l'Atlantide, II)
540. Christopher Priest *Notre île sombre*
541. Bernard Simonay *Le crépuscule des Géants* (Les enfants de l'Atlantide, III)
542. Jack Vance *Le dernier château*

543.	Hervé Jubert	*Magies secrètes* (Une enquête de Georges Hercule Bélisaire Beauregard)
544.	Hervé Jubert	*Le tournoi des ombres* (Une enquête de Georges Hercule Bélisaire Beauregard)
545.	Hervé Jubert	*La nuit des égrégores* (Une enquête de Georges Hercule Bélisaire Beauregard, INÉDIT)
546.	L. L. Kloetzer	*Anamnèse de Lady Star*
547.	Paul Carta	*La quête du prince boiteux* (Chroniques d'au-delà du Seuil, I)
548.	Bernard Simonay	*La Terre des Morts* (Les enfants de l'Atlantide, IV)
549.	Jo Walton	*Morwenna*
550.	Paul Carta	*Le Siège des dieux* (Chroniques d'au-delà du Seuil, II)
551.	Arnaud Duval	*Les ombres de Torino*
552.	Robert Charles Wilson	*La trilogie Spin*
553.	Isaac Asimov	*Période d'essai*
554.	Thomas Day	*Sept secondes pour devenir un aigle*
555.	Glen Duncan	*Rites de sang*
556.	Robert Charles Wilson	*Les derniers jours du paradis*
557.	Laurent Genefort	*Les vaisseaux d'Omale*
558.	Jean-Marc Ligny	*Exodes*
559.	Ian McDonald	*La petite déesse*
560.	Roger Zelazny	*Les princes d'Ambre* (Cycle 2)
561.	Jean-Luc Bizien	*Vent rouge* (Katana, I)
562.	Jean-Luc Bizien	*Dragon noir* (Katana, II)

Composition : IGS-CP à L'Isle-d'Espagnac (16)
Achevé d'imprimer par Novoprint,
à Barcelone, le 6 novembre 2017
Dépôt légal : novembre 2017
Premier dépôt légal dans la collection : septembre 2017

ISBN : 978-2-07-079310-5/Imprimé en Espagne

330975